ZUFLUCHT FÜR RYLEIGH

Die Zuflucht in den Bergen, Buch 7

SUSAN STOKER

Titelbild entworfen von: Chris Mackey, AURA Design Group
ISBN Taschenbuch: 978-1-64499-440-5
Besuchen Sie Susan im Netz!
www.stokeraces.com
facebook.com/authorsusanstoker
twitter.com/Susan_Stoker
bookbub.com/authors/susan-stoker
instagram.com/authorsusanstoker
Email: Susan@StokerAces.com

1

SUSAN STOKER

Schutz für Addison (6 May)
Schutz für Kelli
Schutz für Bree

Das Bergungsteam vom Eagle Point
Ein Retter für Lilly
Ein Retter für Elsie
Ein Retter für Bristol
Ein Retter für Caryn
Ein Retter für Finley
Ein Retter für Heather
Ein Retter für Khloe

SEALs of Protection: Legacy
Ein Beschützer für Caite
Ein Beschützer für Brenae
Ein Beschützer für Sidney
Ein Beschützer für Piper
Ein Beschützer für Zoey
Ein Beschützer für Avery
Ein Beschützer für Kalee
Ein Beschützer für Jane

Die SEALs von Hawaii:
Die Suche nach Elodie
Die Suche nach Lexie
Die Suche nach Kenna
Die Suche nach Monica
Die Suche nach Carly
Die Suche nach Ashlyn
Die Suche nach Jodelle

Delta Team Zwei
Ein Held für Gillian

Ein Held für Kinley
Ein Held für Aspen
Ein Held für Jayme
Ein Held für Riley
Ein Held für Devyn
Ein Held für Ember
Ein Held für Sierra

Mountain Mercenaries:

Die Befreiung von Allye
Die Befreiung von Chloe
Die Befreiung von Morgan
Die Befreiung von Harlow
Die Befreiung von Everly
Die Befreiung von Zara
Die Befreiung von Raven

Ace Security Reihe:

Anspruch auf Grace
Anspruch auf Alexis
Anspruch auf Bailey
Anspruch auf Felicity
Anspruch auf Sarah

Die Delta Force Heroes:

Die Rettung von Rayne
Die Rettung von Emily
Die Rettung von Harley
Die Hochzeit von Emily
Die Rettung von Kassie
Die Rettung von Bryn
Die Rettung von Casey
Die Rettung von Wendy
Die Rettung von Sadie

Die Rettung von Mary
Die Rettung von Macie
Die Rettung von Annie

SEALs of Protection:
Schutz für Caroline
Schutz für Alabama
Schutz für Fiona
Die Hochzeit von Caroline
Schutz für Summer
Schutz für Cheyenne
Schutz für Jessyka
Schutz für Julie
Schutz für Melody
Schutz für die Zukunft
Schutz für Kiera
Schutz für Alabamas Kinder
Schutz für Dakota

Eine Sammlung von Kurzgeschichten
Ein langer kurzer Augenblick

KAPITEL EINS

»Ist das nicht aufregend?«, fragte Alaska Ry mit einem breiten Lächeln, bevor sie durch den Raum eilte, um mit Henley zu sprechen.

Sie schaffte es, ihre Freundin anzulächeln und zu nicken, aber sobald sie ihr den Rücken zuwandte, verzog Ry die Lippen wieder. Sie war nicht in der Stimmung, die bevorstehende Geburt von Henleys und Tonkas Baby zu feiern.

Alle waren in der Lodge in der *Zuflucht* versammelt, und Robert und Luna hatten einen riesigen Kuchen für die improvisierte Babyparty gebacken. Die Stimmung war festlich und Vorfreude lag in der Luft. Dies war das erste Baby, das in der engen Gruppe von Freunden geboren wurde, aber es würden in naher Zukunft noch mehr kommen. Reese war in ungefähr einem Monat dran. Dann Lara ein paar Monate später, und Maisy hatte vor Kurzem erfahren, dass sie ebenfalls schwanger war. Ganz zu schweigen von Coras und Pipes erstem Pflegekind, das in der nächsten Woche kommen würde.

Es war eine freudige Zeit in der *Zuflucht* ... für alle außer Ry.

Sie sollte nicht hier sein. Leider war es zu spät. Sie hätte schon viel früher gehen sollen.

Aber erst war Jasna verschwunden ... und dann wurde Reese entführt. Und sie hätte nicht mit sich selbst leben können, wenn sie nicht alles getan hätte, um bei Laras Rettung zu helfen. Aber ihr eigentlicher Untergang war Stone. Sie war fest entschlossen gewesen, alles zu tun, um ihn zu finden – und benutzte schließlich einen Computer, der nicht geschützt war.

Sie hatte die besten Absichten gehabt, aber das zählte nicht ... nicht für einen Mann wie ihren Vater.

Sie seufzte.

»Wenn du so unglücklich bist, kannst du gehen, Ryleigh.«

Ry versteifte sich. Sie musste den Kopf nicht drehen, um zu sehen, wer sich ihr näherte. Es gab nur einen Menschen, der ihren eigentlichen Vornamen benutzte. Sie war »Ryan« gewesen, bis sie den Besitzern der *Zuflucht* gestanden hatte, dass sie über ihre Identität gelogen hatte und warum sie hier war. Jetzt nannte sie sich Ry, was ihr eigentlich besser gefiel als Ryan.

Aber Spencer »Tiny« Denny weigerte sich, sie mit einem anderen Namen als Ryleigh anzusprechen.

Abgesehen von der Verwendung ihres Vornamens würde sie Tinys Stimme überall wiedererkennen. Der tiefe, brummige Klang glitt ihre Wirbelsäule hinunter und jagte ihr Schauer über den Rücken. Einst hatte sie davon geträumt, eine Affäre mit ihm zu haben. Aber sie hatte jede Chance darauf in dem Moment verspielt, in dem sie zugab, dass sie nicht nur Tiny, sondern *alle* in der *Zuflucht* belogen hatte. Sie hatte es aus guten Gründen getan, aber sie hatte keinen Zweifel, dass dieser Mann ihr nie verzeihen würde.

Immerhin ... hatte er ihr das gesagt.

Alle anderen schienen mit dem, was sie getan hatte, gut klarzukommen. Sie hatte nichts getan, was der *Zuflucht* oder den Menschen, die hier lebten, Schaden zugefügt hätte ... noch nicht. Sie hatte alles getan, was sie konnte, um zu helfen, wann und wo sie konnte. Und doch hatte Ry das Gefühl, dass Tiny ihr nicht verzeihen würde, selbst wenn sie den Ort davor bewahrte, zu Asche zu verbrennen.

Sie konnte es ihm nicht wirklich verübeln. Die Dinge, die sie hier getan hatte, waren nur die Spitze des Eisbergs. Wenn Tiny oder der Rest der Männer, denen der weltberühmte Zufluchtsort gehörte, wüssten, wer sie *wirklich* war, wozu sie fähig war, was sie getan hatte ... sie würde so schnell rausgeschmissen, dass ihr der Kopf schwirrte.

Und Ry hatte das Gefühl, dass Tiny wusste, dass sie so viel mehr verbarg, als sie zugab. Das war wahrscheinlich auch der Grund, warum er so schroff zu ihr war.

»Hast du mich gehört?«, fragte er.

Ry nickte.

»Entweder hörst du auf, so zu gucken, als würdest du lieber Melbas Stall ausmisten, und lächelst, oder du gehst«, sagte er.

Sie nahm einen tiefen Atemzug. Sie war zwar nicht mehr allzu gern in Tinys Nähe, aber er hatte recht. Sie tat ihr Bestes, um ihre Muskeln zu entspannen, und schaffte es sogar, Alaska anzulächeln, die sie und Tiny von der anderen Seite des Raumes mit besorgter Miene anstarrte.

Ry blickte zu dem Mann und betrachtete ihn einen langen Moment. Er war ein paar Zentimeter größer als sie, und sie war nicht gerade klein. Mit seinen eins zweiundachtzig schien er allein schon wegen seines selbstbewussten Auftretens jeden zu überragen. Es war kein Geheimnis, dass die Mädchen und andere ihn mit dem kultigen Jake Ryan aus dem Film *Das darf man nur als*

Erwachsener verglichen, aber Ry fand nicht, dass er wie der Schauspieler aussah. Er sah viel besser aus. Die Stoppeln auf seinem Kiefer und seinen Wangen lösten in ihr den Wunsch aus, mit der Hand darüberzufahren, um zu wissen, wie es sich anfühlte.

Er hatte die erstaunlichsten türkisfarbenen Augen, die sie je gesehen hatte, langes Haar und etwas, von dem sie dachte, dass es eine permanente Furche in seiner Stirn war. Eine, die in letzter Zeit immer tiefer zu werden schien. *Ihretwegen.*

Er war muskulös und einschüchternd, und in seiner Nähe fühlte Ry sich irgendwie sicher. Es war ein Zwiespalt, der keinen Sinn ergab. Er mochte sie nicht einmal, und doch wusste sie, dass er nicht zögern würde, sie zu beschützen, wenn die Kacke am Dampfen war. Einfach weil die anderen sie als Freundin betrachteten.

Er war loyal, ein harter Arbeiter und ein sehr aufmerksamer Mensch. Von außen betrachtet hätte man meinen können, er sei entspannt und ein großer Teddybär, aber Ry kannte die Wahrheit. Sie lebte nun schon seit einigen Monaten in seiner Hütte, und sobald er am Ende eines jeden Tages durch seine Tür trat, fiel die höfliche Fassade ab, die er für die Welt trug, und er wurde zu dem Mann, der er wirklich war.

Zäh. Hart. Unerbittlich. Misstrauisch.

Und Ry war wahrscheinlich die größte Idiotin auf dem Planeten – denn sie mochte ihn sogar noch mehr, jetzt, da sie den wahren Mann darunter gesehen hatte. Ja, er konnte gemein sein, und Ry war mehr als einmal Opfer seiner Gehässigkeit geworden, seit sie zugegeben hatte, alle belogen zu haben. Aber sie hatte ihn auch in Aktion gesehen. Sein Hintergrund als Navy SEAL hatte ihm das Rüstzeug gegeben, um unter Druck zu handeln. Er wusste sofort und instinktiv, was getan werden musste, und er zögerte nie, sich in jede Situation zu stürzen, wenn es darum ging, seine Freunde zu schützen.

Ry erlaubte sich nur selten, über ihre Zukunft nachzudenken, denn sie ahnte, dass ihre Zeit auf der Erde schon bald enden würde, wenn es nach ihrem Vater ginge ... aber wenn sie es sich *doch* erlaubte zu träumen, war Tiny an ihrer Seite. Sie arbeiteten als Team zusammen, schalteten Tyrannen aus und machten ihre Ecke der Welt ein wenig sicherer und besser.

Aber das war ein *Wunschtraum*. So wie Tiny sie im Moment anfunkelte, war es offensichtlich, dass er ihr gegenüber nie etwas anderes als Misstrauen empfinden würde.

Zu bleiben war, als bekäme sie immer wieder ein Messer in die Seite gestoßen und würde trotzdem ständig zurückkommen. Aber sie konnte nicht gehen. Nicht jetzt. Nicht, wenn sie sicher war, dass ihr Vater sie gefunden hatte.

Nach all den Vorsichtsmaßnahmen, die sie getroffen hatte. Nach all den Opfern, die sie gebracht hatte ... war nur ein Fehler nötig, damit er sie aufspürte. Aber sie bereute es nicht, Bricks Computer nur dieses eine Mal benutzt zu haben. Sie war genauso verzweifelt wie alle anderen gewesen, Stone, Owl und Lara zu finden. Die Benutzung des ungesicherten Computers für ein paar Suchanfragen war alles, was der gute alte Dad brauchte, um den Faden zu finden, den sie im Cyberspace hinterlassen hatte ... aber es hatte ihnen auch geholfen, ihre Freunde zu finden.

»Was ist heute mit dir los?«, fragte Tiny schroff.

Ry schluckte schwer. »Ich weiß nicht, was du meinst«, log sie.

Tiny schnaubte. »Sicher. Ich weiß nicht, warum ich erwartet habe, dass du wieder etwas anderes tust, als zu lügen.«

Sie zuckte zusammen und drehte sich zu ihm um, plötzlich erschöpft. Sie war es leid, die Menschen anzulügen, die ihr die Welt bedeuteten. Sie war es leid, bei dem Mann neben ihr wie auf Eiern zu laufen. Sie war es einfach ... leid.

»Du willst wissen, was mit mir los ist?«, fragte sie mit leiser Stimme.

»Ja, Ryleigh. Das will ich«, antwortete Tiny und sah ihr in die Augen.

»Ich habe schreckliche Angst. Jeder Augenblick, den ich hier bin, bringt mehr Gefahr für alle und alles, was ich kennen und lieben gelernt habe. Aber ich kann nicht gehen, denn wenn ich das tue, wird es hier niemanden geben, der euch alle beschützen kann.

Ich habe alle belogen. Ich habe gelogen, um den Job zu bekommen, aber weißt du was? Ich würde es immer wieder tun, wenn ich die Wahl hätte. Denn ich *mag* es hier. Ich freue mich für Henley und Tonka. Ich liebe die dummen Ziegen, die jedes Mal, wenn ich in den Stall gehe, versuchen, mein Hemd zu fressen. Ich liebe es, mit Jasna über ihre Tage in der Schule zu plaudern. Die Arbeit mit Carly und Jess war der Höhepunkt meiner Vormittage, bevor ich meinen Job als Zimmermädchen aufgeben musste. Ich kann es kaum erwarten zu sehen, wie dieser Ort mit dem neuen Hubschrauber aufblüht.

Die Zuflucht ist ein wunderbarer Ort. Er ist heiter, ruhig und heilend, und er tut den Männern und Frauen, die hierherkommen, so gut. Und ich weiß, wenn ich bleibe, könnte das alles zerstört werden. Aber wenn ich gehe, wird es *definitiv* zerstört werden.

Es tut mir leid, dass ich gelogen habe. Dir, den Mädchen und deinen Freunden gegenüber. Es tut mir leid, dass du mit mir in deiner Hütte festsitzt, obwohl du mich so sehr hasst. Und es tut mir *verdammt* leid, dass es dich so unglücklich macht, in meiner Nähe zu sein. Aber ich werde das in Ordnung bringen. Irgendwie. Dann werde ich gehen und du wirst mich nie wiedersehen müssen.

Da du richtig bemerkt hast, dass ich ein Miesepeter bin, gehe ich jetzt zurück in die Hütte. Erzähl den anderen, was du willst, warum ich weg bin. Es spielt keine Rolle. Nichts spielt mehr eine Rolle.«

Mit diesen Worten drehte sie sich auf dem Absatz um und ging auf die Tür zu. Tränen brannten ihr in den Augen, als sie die Flucht ergriff. Wahrscheinlich hätte sie nicht mit all dem herausplatzen sollen, aber sie hatte nicht gelogen. Über nichts von alledem. Sie hatte schreckliche Angst und war so verängstigt und traurig, dass ihre Anwesenheit hier eine Bedrohung für die einzigen Menschen in ihrem Leben darstellte, die sie nicht wie einen Freak behandelten.

Sie schaffte es aus der Tür und war erst vier Schritte in Richtung Wald und Tinys Hütte gegangen, als sie am Ellbogen gepackt und herumgewirbelt wurde.

Ry handelte aus reinem Instinkt. Mit den Gedanken an ihren Vater im Kopf – und daran, was er ihr antun würde, wenn er schließlich den ersten Schritt machte, um sich zurückzuholen, was sie ihm genommen hatte – warf sie sich zur Seite und landete hart auf der Hüfte. Sie zögerte nicht, als sie auf dem Boden aufschlug, und nutzte ihren Schwung, um sich von der Bedrohung wegzurollen.

»Mein Gott, Ryleigh! Ich bin es. Bist du in Ordnung?«

Wieder erkannte sie die Stimme sofort. Tiny war ihr gefolgt.

Natürlich war er das. Er mochte es, das letzte Wort zu haben.

Irritiert rappelte Ry sich auf und stellte sich ihrem Erzfeind.

»Was zum Teufel ist gerade passiert?«, fragte er.

»Ich wusste nicht, dass du mir gefolgt bist. Du hast mich erschreckt, das ist alles«, sagte sie und hob das Kinn an.

»Dachtest du wirklich, ich würde dir wehtun?«, fragte Tiny mit tiefer, schroffer Stimme.

Ry wusste nicht, was sie darauf antworten sollte. Dachte sie, er würde etwas tun, um ihre Haut zu verletzen? Sie *körperlich* verletzen? Nein. Nicht wirklich. Aber er *hatte* ihr wehgetan. Jedes Mal wenn er sie finster anschaute. Jedes Mal wenn er sich weigerte, mit ihr zu reden, wenn sie allein in seiner Hütte waren. Und jedes Mal, wenn er sich herabließ, den Mund zu öffnen, und seine Verachtung für sie laut und deutlich zum Ausdruck brachte, verletzte er sie.

»Scheiße!«, rief er aus, ging auf und ab und fuhr sich mit einer Hand durch die Haare. Als er ihr wieder gegenüberstand, konnte Ry die Entschlossenheit in seinem Blick sehen. »Wir müssen reden.«

»Nein«, sagte sie, ohne zu zögern. »Müssen wir nicht.«

»Du kannst nicht erwarten, mir das alles an den Kopf zu werfen und dann nicht zu erklären, was zum Teufel du gemeint hast.«

Ry seufzte. Sie war so erschöpft. Und von jetzt an würde alles nur noch schwieriger werden. Sie hatte ihre Zunge nicht wie sonst im Zaum gehalten. Sie hatte Tiny gegenüber viel zu viel ausgeplaudert.

»Der richtige Zeitpunkt, um miteinander zu reden, wäre gewesen, als ich dir gesagt habe, wer ich bin. Als ich zugegeben habe, dass ich den Job hier unter falschem Vorwand bekommen habe. Aber du wolltest damals nicht hören, was ich zu sagen hatte, und ich bin jetzt nicht gerade geneigt, mich zu erklären. Glaub mir, wenn ich gehen könnte, würde ich es tun. Du hättest deine Hütte zurück, müsstest nicht jeden Tag mein Gesicht sehen und hättest nicht das Bedürfnis, ständig in meiner Nähe zu sein, um dafür zu sorgen, dass ich nichts tue, was der *Zuflucht* schaden könnte. Damit du es weißt, Tiny – ich würde *nie* etwas tun, was diesen Ort absichtlich in Gefahr bringt. Nicht wenn ich so verdammt hart dafür gearbeitet habe, dass er gedeiht. Aber es gibt Leute, die sich nichts sehnlicher wünschen, als dass dieser Ort niederbrennt. Einfach, weil er *mir* etwas bedeutet.

Und deshalb kann ich nicht gehen. Weil ich es vermasselt habe. Aber ich werde es in Ordnung bringen. Ich weiß nicht wie, aber das werde ich. Du willst alle meine Geheimnisse wissen? So ein Pech. Vorher hätte ich sie dir vielleicht verraten ... aber jetzt? Nein. Dafür ist es zu spät. Du sollst nur wissen, dass ich alles tun werde, um *Die Zuflucht* stärker zu machen, als sie jemals zuvor war. Für all die Babys, die im kommenden Jahr geboren werden, für dich und deine Freunde, die unserem Land tapfer und, ohne zu zögern, gedient haben, und für jeden einzelnen Gast, der diesen Ort zur Heilung braucht.«

»Ryleigh«, begann Tiny, aber sie war fertig.

Sie wandte sich von dem einzigen Mann ab, der die Fähigkeit besaß, sie mit einem einfachen Blick in Stücke zu reißen, und ging zu seiner Hütte. Wenn sie einen anderen Ort hätte, wo sie hingehen könnte, würde sie es tun. Aber sie war aus ihrer Wohnung in Los Alamos ausgezogen, als Stone vermisst wurde, damit sie jede noch so kleine Information, die sie fand, schneller weitergeben konnte. Das kleine Gästezimmer in Tinys Hütte war für den Moment ihr Zuhause, und obwohl sie dankbar für das Dach über ihrem Kopf war, war jede Sekunde, die sie mit Tiny verbrachte, eine Qual. Denn er hasste sie. Das hatte er ihr deutlich zu verstehen gegeben.

Zum Glück folgte er ihr nicht zurück in seine Hütte. Ry trat ein und ging direkt in ihr Zimmer, wo sie sich auf das Bett legte und auf der Seite zusammenrollte. Sie schloss die Augen und versuchte, eine Strategie zu entwickeln. Aber obwohl sie dringend einen Plan brauchte, konnte sie an nichts anderes denken als an die Verwirrung und Sorge in Tinys Augen, nachdem sie dummerweise zu viel erzählt hatte.

Diesen Gesichtsausdruck hatte sie bei ihm noch nie gesehen, wenn es um *sie* ging. Normalerweise sah er sie mit Misstrauen und Verachtung an.

Verwirrt und müde von dem Stress, unter dem sie gestanden hatte, fiel Ry in einen unruhigen Schlaf. Mit Träumen vom Gesicht ihres Vaters, der manisch lachte, und Tiny, der den Kopf schüttelte und zu seinen Freunden sagte: »Ich habe euch gesagt, dass sie Ärger macht.«

KAPITEL ZWEI

Tiny starrte Ryleigh nach, als sie zwischen den Bäumen verschwand und auf seine Hütte zusteuerte. Er war verwirrt. Die Dinge, die sie gesagt hatte, warfen alles über den Haufen, was er bisher über die Frau zu wissen geglaubt hatte.

Er wäre der Erste, der zugab, dass er hart zu ihr gewesen war. Es tat ihm nicht leid. Sie hatte sie immer und immer wieder angelogen. Nicht nur das, es war auch offensichtlich, dass sie mit ihren Computerkenntnissen *Die Zuflucht* mühelos vernichten könnte. Der Gedanke, dass diesem Ort etwas zustoßen könnte, ließ Tiny das Blut in den Adern gefrieren.

Er konnte sich nicht vorstellen, nicht hier zu leben. Nicht in den Bergen von New Mexico zu sein. Wenn dieser Ort scheiterte, konnte er nirgendwo hin. Er hatte keine Ahnung, was er tun würde. *Die Zuflucht* hatte ihn gerettet, und er war Tex so dankbar, dass er ihn mit Brick und den anderen Männern zusammengebracht hatte, und all seinen Freunden, dass sie sich entschlossen hatten, diesen einzigartigen Rückzugsort zu einem Erfolg zu machen.

Und nach Jahren der dringend benötigten Heilung und Ruhe an dem Ort, den er mit seinen eigenen Händen mit aufgebaut hatte ... die Wahrheit war, dass Ryleigh ihn Dinge fühlen ließ, von denen er dachte, sie seien tot und begraben.

Sie machte ihn wütend, frustrierte ihn ... und doch sorgte sich ein tief vergrabener Teil von ihm um sie.

Er *hasste* sich selbst, wenn er sie anschrie. Ihm entging nicht, wie sie vor ihm zusammenzuckte und sich jedes Mal zurückzuziehen schien. Und doch hatte er nicht aufhören können. Er war so *wütend*, dass sie sie alle getäuscht hatte, und er traute ihr einfach nicht. Sicher, er vertraute vielen Menschen in seinem Leben nicht, aber Lügen waren die eine Sache, die er nicht tolerieren konnte, und Ryleigh hatte schon in der Sekunde gelogen, in der sie *Die Zuflucht* zum ersten Mal betreten hatte.

Aber langsam dämmerte ihm, dass sie vielleicht, nur *vielleicht*, verdammt gute Gründe für diese Lügen gehabt hatte.

So wie es einige seiner Freunde angedeutet hatten, dass das der Fall sein könnte. Aber er hatte sich geweigert, ihnen zuzuhören.

Sie hatte heute Abend eine Menge Dinge gesagt, Dinge, über die er nachdenken und die er seinen Freunden und den Miteigentümern der *Zuflucht* mitteilen musste ... aber am meisten beunruhigte ihn die Tatsache, dass sie Angst hatte. Nein, sie hatte *Todesangst*. Wovor, das wusste er nicht, aber es gefiel ihm nicht. Ganz und gar nicht.

Tiny drehte sich um und ging zurück in die Lodge, wo er schnell merkte, dass er nicht in der Stimmung war, sich zu unterhalten. Er fand Tonka, der abseits der Gruppe stand und seine Frau mit einem kleinen Lächeln im Gesicht beobachtete.

Sein Freund drehte sich zu Tiny um, als er sich ihm näherte.

»Du gehst?«, fragte Tonka ohne Umschweife.

»Wenn es dir recht ist«, sagte er achselzuckend.

Tonkas Lippen zuckten. »Ich glaube, ich verstehe besser als jeder andere, wenn jemand Freiraum braucht.«

Tiny lachte, dann wurde er nüchtern. »Die Veränderungen an dir sind, offen gesagt, erstaunlich. Der Mann, den ich kannte, als wir hier ankamen, hätte es nicht ertragen, so lange mit so vielen Menschen zusammen zu sein, wie du es heute Abend bist. Vor allem hätte er es gehasst, so im Mittelpunkt zu stehen.«

Tonka zuckte mit den Schultern. »Ich liebe es nicht, aber ich *liebe* Henley. Und wenn ich sehe, wie glücklich sie ist, wie wohl sie sich in der Nähe ihrer Freunde fühlt ... dann ist es unwichtig, was ich will.«

»Beunruhigt es dich nicht? Wie sehr dein Leben sich wegen einer Frau verändert hat?«, fragte Tiny, aufrichtig neugierig auf die Antwort seines Freundes.

»Nein. Die Sache ist die ... ich habe eigentlich gar nicht gelebt, bevor ich Henley hereingelassen habe. Ich steckte in der Vergangenheit fest und in dem, was mir widerfahren war. Ich habe zugelassen, dass es mein Leben bestimmt, anstatt mich mit dem Geschehenen auseinanderzusetzen und weiterzumachen. Dank ihr habe ich gelernt, dass das Leben nicht aufhört, wenn etwas Schlimmes passiert. Wir müssen entweder einen Weg finden, das zu überwinden, was das Leben uns in den Weg stellt, oder wir hören ganz auf zu leben.«

»Das klingt wie etwas, das ein Psychologe sagen würde«, sagte Tiny zynisch.

»Vielleicht, vielleicht auch nicht. Und es ist mir sogar egal, dass du über den Beruf meiner Frau lästerst. Ich habe eine Menge von Henley gelernt. Es ist nicht so, als bestünde ihr Leben nur aus eitel Sonnenschein. Wenn sie die Schrecken, die sie erlebt hat, überstanden hat, warum kann ich das nicht auch? Ich werde Steel immer vermissen. In meinem Herzen wird immer eine Lücke für meinen Hund bleiben, aber das Leben geht weiter. Und um deine Frage zu beantworten ... ich werde es nie genießen, im Mittelpunkt zu stehen, aber für Henley würde ich alles tun. Das Gleiche gilt für unser ungeborenes Kind und Jasna. Sie sind mein Ein und Alles.«

Tiny freute sich für Tonka. Das tat er wirklich. Auch wenn er diese Art von Hingabe nicht verstehen konnte. Sie erforderte Vertrauen, und er hatte nicht das Zeug dazu, einem Partner auf diese Weise zu vertrauen. Nicht noch einmal. Er war zu sehr verletzt worden. »Gut. Wie auch immer, ich gehe.«

»Ich habe Ry vor einer Weile gehen sehen. Ich nehme an, sie wird nicht den Untergang der *Zuflucht* planen, wenn du sie nur zwei Minuten aus den Augen lässt«, sagte Tonka trocken.

»Jetzt, da Stone zurück ist und sie niemanden mehr zu retten hat ... wäre ich mir da nicht so sicher«, erwiderte er.

»Die Frauen mögen sie. Sie werden traurig sein, wenn sie geht«, sagte Tonka.

Tiny zuckte mit den Schultern. »Sie werden schon klarkommen. Sie haben ihre Ehemänner. Und all die Babys, die bald zur Welt kommen.«

Der Blick, den Tonka ihm zuwarf, hätte Tiny beinahe unruhig gemacht, aber er blieb standhaft. Er hielt den Augenkontakt mit seinem Freund einen langen Moment.

»Ich glaube, von uns allen bist du am ... kaputtesten«, sagte Tonka schließlich.

Er hatte nicht unrecht. »Mir geht es gut«, log er.

»Und sie braucht einen Freund«, beharrte Tonka.

Tiny war fertig. Er wollte nicht hören, wie Tonka die Frau verteidigte, der er nicht über den Weg traute. Er hatte aus nächster Nähe gesehen, was sie mit ihrem Computer anstellen konnte. Sie war zehnmal so tödlich wie ein Terrorist mit einer Panzerfaust. Er hatte keinen Zweifel daran, dass sie mit ihren Fingerspitzen und einer Tastatur ein ganzes Land auslöschen konnte. Wenn alle den Kopf in den Sand stecken und nicht sehen wollten, wie gefährlich Ryleigh für *Die Zuflucht* sein konnte, war das ihre Sache. Er würde sich nicht so leicht täuschen lassen. Deshalb hatte er es auf sich genommen, sie mit Adleraugen zu beobachten.

»Nun, ich werde es nicht sein«, sagte Tiny entschlossen. »Ich gratuliere zum Baby. Henley geht in ein paar Tagen ins Krankenhaus, um die Wehen einleiten zu lassen, richtig?«

»Ja. Am Freitag.«

Tiny nickte, dann klopfte er seinem Freund auf die Schulter und drückte ihn zur Unterstützung, bevor er sich umdrehte und zur Tür ging. Als er auf die Uhr sah, bemerkte er, dass Ryleigh vor fünfzehn Minuten gegangen war. Sein Herzschlag beschleunigte sich. In fünfzehn Minuten konnte sie eine Menge Schaden anrichten.

Er hasste dieses Gefühl, aber er konnte nicht anders.

Als er durch die Bäume in Richtung seiner Hütte ging, unterdrückte er das schlechte Gewissen, das er empfand, weil er das Schlimmste von seinem Hausgast dachte. Er dachte absichtlich an einige der Dinge, über die sie gelogen hatte, seit sie in der *Zuflucht* war.

Sie hatte Alexis dazu gebracht zu kündigen, damit sie eine Chance hatte, ihren Job als Zimmermädchen zu bekommen. Sie hatte über ihren Namen und ihre Vorgeschichte gelogen. Ihre Erfahrung.

Und dann waren da noch die Halbwahrheiten. Er war dankbar, dass sie Jasna und Reese hatte helfen können. Aber er konnte sich des Eindrucks nicht erwehren, dass sie vielleicht noch schneller gefunden worden wären, wenn sie früher gesagt hätte, wer sie war und was sie konnte.

Sie hatte erst die Wahrheit darüber gesagt, wer sie war –

und was sie konnte –, als sie keine andere Wahl mehr hatte. Als sie verzweifelt versucht hatten, Owl, Stone und Lara zu finden.

Obwohl er versuchte, sich an all die Male zu erinnern, in denen Ryleigh ihn und seine Freunde angelogen hatte, konnte er nicht umhin, sich an diese vier Worte zu erinnern, von denen er instinktiv wusste, dass sie sie vor weniger als dreißig Minuten nicht hatte ausplaudern wollen.

»Ich habe schreckliche Angst.«

Damit hatte sie nicht gelogen.

Tiny hatte ihr Gesicht gesehen, als sie es gesagt hatte. Er konnte die Angst in ihren Augen erkennen. Er wusste nicht genau, vor wem oder was sie sich fürchtete, nur dass sie behauptete, sie wolle gehen, könne es aber nicht. Er verstand nicht, was das bedeutete ... aber der Gedanke, dass sie nicht mehr da war, beunruhigte ihn auf eine Weise, die er nie jemandem gegenüber zugegeben hätte.

Sie hatte auch etwas über das Beschützen der *Zuflucht* gesagt, und dass sie dachte, ihre Anwesenheit würde den Ort in Gefahr bringen. Das ergab keinen Sinn. Und Tiny gefiel es nicht, nicht zu wissen, welche Bedrohung auf sie zukommen könnte – oder *woher* sie kam.

Er brauchte mehr Informationen, und die konnte er nur bekommen, wenn er mit Ryleigh sprach.

Entschlossen, sie dazu zu bringen, ihm geradeheraus zu sagen, was los war – ob sie es wollte oder nicht –, eilte Tiny den Rest des Weges zu seiner Hütte.

Als er eintrat, war das Licht aus, und Ryleigh war nirgends zu sehen.

Einen Moment lang setzte sein Herz einen Schlag aus. War sie also doch gegangen? Sie war nur kurz aus seinem Blickfeld verschwunden, aber es war möglich, dass sie geflohen war. Mit schnellen Schritten ging er zu dem

Zimmer, in dem sie untergekommen war, und stieß die Tür auf, ohne anzuklopfen.

Seine Muskeln entspannten sich, als er Ryleigh auf dem Bett sah. Sie war nicht gegangen. Tiny wollte sich gar nicht fragen, warum er so erleichtert war ... aber dann runzelte er die Stirn, als er die Frau weiter anstarrte, die sein Leben auf den Kopf gestellt hatte.

Sie lag auf der Seite, mit dem Gesicht zur Tür, die Knie angezogen und zu einem kleinen Ball zusammengerollt. Sie sah ... verletzlich aus. Er konnte ihre mahagonibraunen Augen nicht sehen, da sie fest geschlossen waren, aber ihr glattes schwarzes Haar fiel ihr über die Wange, und die Enden lagen auf dem Kissen unter ihrem Kopf.

Als er den Blick langsam über sie gleiten ließ, fiel ihm auf, dass sie während der letzten Monate deutlich an Gewicht verloren hatte. Er hatte nicht viel darüber nachgedacht, wann oder was sie aß, aber er hatte ein schlechtes Gewissen, denn er wusste, *wenn* sie gemeinsam aßen, dann in völligem Schweigen, wobei Tiny sie gewöhnlich anfunkelte und ihre Anwesenheit verabscheute. Ryleigh verließ den Tisch immer schnell.

Er war ein kolossaler Arsch gewesen. Das konnte er zugeben. Aber er war sich nicht sicher, wie er etwas anderes sein konnte als das, was er war. Ryleigh machte ihn unruhig und nervös zugleich. Die anderen mochten es vielleicht nicht zugeben, aber diese Frau war eine Bedrohung. Er hatte nur versucht, sie im Auge zu behalten, um sicherzugehen, dass sie nichts tat, was seinem Zuhause und seinem Zufluchtsort schaden würde.

Und doch ...

Er lehnte sich schwer gegen den Türpfosten, als ihm klar wurde, dass er, selbst *wenn* sie versuchen würde, der *Zuflucht* Schaden zuzufügen, nicht die geringste Ahnung hätte, wie man das Problem lösen könnte. Er verstand

Computer nicht so wie sie. Er wusste überhaupt nicht, was er vor sich hatte, wenn sie mit den Fingern Codes auf der Tastatur veränderte.

Er hatte zugesehen, wie sie ihr Wissen und ihre Kontakte im Dark Web nutzte, um Stone zu finden. Und was sie tat ... war genial. Die Frau war schlauer als jeder andere, den er je getroffen hatte. Sie war so weit außerhalb seiner Liga, dass es nicht einmal lustig war.

Ihr Geständnis heute Abend machte ihm auch klar, dass er sich selbst etwas vorgemacht hatte – er hatte sie nicht gezwungen zu bleiben, damit er sie im Auge behalten konnte. Sie war aus *freien Stücken* hier. Sie hatte sich entschieden, in der *Zuflucht* zu bleiben. Mehr noch, sie hatte sich *entschieden*, in seiner Hütte zu bleiben, obwohl er sie wie den letzten Dreck behandelte.

Wie eine Art selbst auferlegte Buße.

Tiny bemerkte, wie sie jedes Mal zusammenzuckte, wenn er sie schroff ansprach. Wie sie so oft wie möglich in ihrem Zimmer blieb, um jeden Konflikt zu vermeiden. Und doch hatte ihn das nicht dazu gebracht, sein Verhalten ihr gegenüber zu mildern ... und es hatte Ryleigh nicht dazu gebracht, die Angebote ihrer Freunde anzunehmen, in einer ihrer Hütten unterzukommen.

Zum ersten Mal, seit sie zugegeben hatte, nicht die zu sein, für die alle sie gehalten hatten, empfand Tiny ein wenig Reue für die Art, wie er sie behandelt hatte. Das bedeutete nicht, dass er ihr plötzlich *vertraute*. Nur, dass er sich eingestehen konnte, ein Idiot gewesen zu sein.

Als er sie jetzt sah, verletzlich und offensichtlich gestresst nach ihrer Körpersprache im Schlaf zu urteilen, seufzte Tiny. Das hatte *er* getan. Er hatte dafür gesorgt, dass sie sich unwillkommen, nervös und vermutlich unsicher fühlte, wenn man bedachte, wie sie sich heute Abend auf den Boden geworfen hatte.

Und trotzdem ... war sie immer noch nicht gegangen.

Wäre er an ihrer Stelle gewesen, wäre er in dem Moment verschwunden, in dem Stone wieder sicher in der *Zuflucht* war. Aber sie war hier.

Als er sich an ihre Worte von vorhin erinnerte, wie sie gesagt hatte, es sei zu spät, um zu gehen, presste Tiny die Lippen zu einer harten Linie zusammen. Er wollte sie aufwecken, darauf bestehen, dass sie ihm sagte, was los war, was sie ihm oder den anderen nicht erzählte.

Sie hatte immer noch zu viele Geheimnisse, aber so ungern er es auch zugeben wollte, Tiny war nicht mehr so wütend darüber wie noch vor zwei Stunden. Sie versuchte, sie zu schützen, so viel schien klar zu sein. Wovor oder vor wem, das wusste er nicht – aber er würde es herausfinden.

Er richtete sich auf, zog die Tür zu Ryleighs Zimmer zu, ließ sie einen Spalt offen, damit er hören konnte, wenn sie ihn brauchte – was lächerlich war, denn es war nicht so, als hätte sie in der ganzen Zeit, die sie hier war, jemals nach ihm geschrien, aber trotzdem –, und ging in den Wohnbereich. Er schenkte sich ein großes Glas Wasser ein, setzte sich aufs Sofa und starrte ins Leere, während er versuchte, seine nächsten Schritte im Kopf durchzugehen.

Ryleigh hatte vor irgendetwas Angst, fühlte sich nicht in der Lage zu gehen, obwohl sie es offensichtlich wollte, und was immer ihr Angst machte, hatte mit der *Zuflucht* zu tun.

Ein Schauer des Entsetzens lief Tiny über den Rücken. Etwas war im Anmarsch. Etwas Großes, wenn es ein Computergenie wie Ryleigh erschreckte. Er wusste nicht, was, wer oder wann, aber es schien klar zu sein, dass der Schlüssel dazu, dass *Die Zuflucht* unversehrt blieb, die schlafende Frau im Zimmer nebenan war.

Tiny war der Marine beigetreten, um zu schützen und zu dienen. Er hatte es geliebt, ein SEAL zu sein. Er hatte nicht viel getan, um Ryleigh zu schützen oder zu dienen ...

aber ab morgen würde das anders sein. Er mochte ihr nicht trauen, aber er konnte zugeben, dass nichts, was sie getan hatte, ihn oder seine Freunde wirklich verletzt hatte. Im Gegenteil, sie hatte alles in ihrer Macht Stehende getan, um zu helfen.

Er würde ihr gegenüber nachsichtig sein und sein Bestes tun, damit sie sich ihm anvertraute. Sobald er wusste, was die Bedrohung war, konnte er sie entschärfen. Dann könnte Ryleigh gehen. Mit ihrem Leben weitermachen. Und er könnte das Gleiche tun.

Jetzt, da Tiny die Angst in ihren Augen gesehen hatte, fiel es ihm schwer, die Feindseligkeit aufrechtzuerhalten, die er so lange gegenüber seinem Hausgast empfunden hatte. Sie täuschte diese Gefühle nicht vor. Darauf würde er seine Budweiser-Nadel verwetten. Wie lautet das Sprichwort? Honig zieht mehr Fliegen an als Essig. Ab morgen würde er tun, was er konnte, um Ryleigh zu helfen, ihre Last zu tragen.

Tiny fühlte sich so gut wie seit Monaten nicht mehr, auch wenn er nicht ganz verstand warum – abgesehen davon, dass er sich nur widerwillig eingestand, dass es auch ohne die Enthüllungen des heutigen Abends immer schwieriger geworden war, schroff zu seinem Hausgast zu sein –, trank den Rest seines Wassers aus und stand auf. Er trug das leere Glas zur Spüle und ging in Richtung seines Schlafzimmers.

Morgen. Ein neuer Tag, ein neuer Plan.

Und Tiny würde nicht versagen. Das war keine Option. Nicht wenn die Haare in seinem Nacken sich aufstellten. Er hatte dieses Gefühl nie ignoriert, wenn er als SEAL auf Mission war, und er würde es auch jetzt nicht ignorieren. Wenn Ryleigh der Schlüssel zur Sicherheit der *Zuflucht* war, würde er alles tun, was nötig war, damit sie sich ihm anvertraute.

KAPITEL DREI

Ry war zunehmend beunruhigt. In den letzten zwei Tagen war Tiny ... anders gewesen. Und das machte ihr Angst. Als sie am Tag nach Henleys Babyparty in den Wohnbereich der Hütte gekommen war, hatte er tatsächlich »Guten Morgen« gesagt ... als hätte er die letzten Monate nicht damit verbracht, sie zu Beginn eines jeden Tages anzugrunzen und anzuknurren.

Dann hatte er ihr einen Becher mit Kaffee gereicht, genau so, wie sie ihn mochte. Das hatte er noch nie getan. Sie hatte sich jeden Morgen ihren eigenen Kaffee gekocht. Sie hatte auf das Getränk gestarrt und sich gefragt, ob er es vergiftet hatte, und er hatte gelacht. *Gelacht.* Und ihr gesagt, als könne er ihre Gedanken lesen, dass er nichts hineingetan habe ... außer dem Zucker und der Milch, die sie normalerweise mochte.

Und von da an wurden die Dinge nur noch seltsamer. Er hatte sie kein einziges Mal angefunkelt. Er hatte nicht darauf bestanden, dass sie ihm genau sagte, was sie online machte. Er hatte keine abfälligen Bemerkungen über ihre

Kontakte im Dark Web gemacht, die sie manchmal benutzte, wenn sie Informationen brauchte.

Er verhielt sich nicht wie der Tiny, den sie während der letzten Monate kennengelernt hatte, und sie hatte keine Ahnung warum. Und das machte sie unglaublich nervös.

Tiny war kein sanfter Mann. Er nannte die Dinge beim Namen. Er redete nicht um den heißen Brei herum, wenn er über etwas verärgert war. Er verabscheute Lügen – was ihrem Verständnis nach der Grund dafür war, dass er sie hasste –, aber er tat so, als würden all die Unwahrheiten, die sie seit ihrer Ankunft in der *Zuflucht* erzählt hatte, ihm nichts mehr bedeuten. Sie wusste, dass das nicht der Fall war, denn er hatte ihr immer wieder gesagt, dass er ihr *überhaupt nicht* vertraute.

Aber in den letzten zwei Tagen hatte er sie mehr als je zuvor in Ruhe gelassen. Er bedrängte sie nicht mehr, während sie das Internet durchforstete, um herauszufinden, was ihr Vater im Schilde führte. Er verlangte nicht mehr, dass sie ihm jeden Morgen sagte, wohin sie ging und mit wem sie sich traf. Es war, als sei am Abend der Babyparty etwas passiert, aber sie war sich nicht sicher, was das sein könnte.

Ja, sie hatte einige Dinge ausgeplaudert, die sie lieber nicht verraten hätte, aber er hatte keine Fragen mehr gestellt, nachdem sie ihm klargemacht hatte, dass sie keine Geheimnisse mehr preisgeben würde. Er hatte nicht verlangt, dass sie ihm sagte, warum sie nicht gehen konnte – oder schlimmer noch, darauf bestanden, dass sie ging, nachdem Stone sicher in *Die Zuflucht* zurückgekehrt war.

Es war bizarr. Und ehrlich gesagt gefiel es Ry nicht. Sie wartete auf die nächste Hiobsbotschaft.

Aber hoffentlich würde das nicht heute passieren, denn alle waren gerade auf dem Weg ins Krankenhaus. Henley ließ die Wehen einleiten, und niemand wollte die Geburt ihres und Tonkas Babys verpassen. Sie hatten sich dafür entschieden, das Geschlecht nicht herauszufinden, und so schienen alle doppelt so aufgeregt zu sein.

Natürlich hatte Ry nicht widerstehen können. Sie hatte sich in die Datenbank des Krankenhauses gehackt und die Bilder der Ultraschalluntersuchung gefunden, sodass sie das Geschlecht kannte. Aber sie würde kein Geheimnis ausplaudern, wenn es ihr nicht zustand. Ihr Bedürfnis nach Informationen, um nicht überrascht zu werden, war ein großer Makel. Ry wusste das, aber sie konnte sich nicht davon abhalten, nach Informationen zu graben, von denen sie wusste, dass sie da draußen zu finden waren. Das machte sie zu einem schrecklichen Menschen, aber ihr Vater hatte so viele Dinge vor ihr verborgen, dass sie einen tiefen Zwang verspürte, nach Informationen zu suchen. Das war die einzige Möglichkeit, sich selbst zu schützen.

Derzeit saß sie auf dem Rücksitz von Bricks Rubicon zwischen Cora und Lara. Alaska war auf dem Beifahrersitz. Die anderen befanden sich entweder auf dem Weg ins Krankenhaus oder waren bereits dort.

»Haben Tonka und Henley schon Namen ausgesucht?«, fragte Lara, während sie unbewusst mit einer Hand über ihren eigenen schwangeren Bauch fuhr.

»Ich glaube schon, aber sie wollen sie nicht verraten«, sagte Alaska achselzuckend.

»Es ist ein Mädchen. Ich weiß es!«, rief Cora freudig aus.

»Nein, definitiv ein Junge«, widersprach Lara. »Er liegt wirklich tief in ihrem Bauch.«

»Wie jemand ein Baby austrägt, hat nichts mit dem Geschlecht zu tun«, erwiderte Cora schnaubend.

»Doch, hat es! Ich habe es im Internet gelesen!«

»Ich habe gestern eine Geschichte über eine Frau gelesen, die von Bigfoot entführt wurde und sein Kind bekommen hat ... also muss es doch wahr sein, oder?«, gab Cora zurück.

Alle lachten.

»Okay, gutes Argument. Ich ... ich will, dass sie einen Jungen bekommen«, sagte Lara.

»Warum?«

»Ich weiß nicht. Ich meine, ein Junge wäre großartig. Er könnte Tonka folgen und helfen, die Tiere zu füttern und so.«

»Und ein Mädchen kann das nicht?«, schnaubte Cora.

Ry biss sich auf die Lippe, um ein Lächeln zu unterdrücken. Es war immer ein Riesenspaß, mit den beiden Freundinnen zusammen zu sein. Sie stritten und diskutierten wie Schwestern, aber die Liebe zwischen ihnen war leicht zu erkennen. Dass Cora nach Laras Verschwinden alles Erdenkliche getan hatte, um ihre Freundin zu finden, verstand Ry nicht. Gedanklich konnte sie es nachvollziehen, aber sie hatte noch nie eine solche Beziehung zu jemandem gehabt ... ob blutsverwandt oder nicht.

Lara seufzte dramatisch. »Okay, stimmt. Ich bin sexistisch. Und jetzt, da ich darüber nachdenke ... Tonka mit einer weiteren Tochter zu sehen, die ihn um ihren kleinen Finger gewickelt hat, so wie es mit Jasna – und seinen Hunden Wally und Beauty – der Fall ist, wäre genauso fantastisch.«

Ry sah Brick lächeln, während er fuhr, aber er unterbrach das Gespräch nicht. Viel zu schnell bogen sie auf den Parkplatz des kleinen Krankenhauses in Los Alamos ein. Ry wusste aus Gesprächen in der *Zuflucht*, dass Tonka gewollt hatte, dass Henley nach Albuquerque fuhr, um ihr Baby zu bekommen, da das Krankenhaus dort größer war, aber sie hatte sich quergestellt und darauf bestanden, dass sie »zu Hause« entbinden wolle.

Brick hielt vor den Krankenhaustüren, um die Frauen

aussteigen zu lassen, bevor er parkte. Ry ging mit ihren Freundinnen durch die Tür und sie machten sich auf den Weg zum Wartezimmer am Ende des Flurs. Es war nicht schwer herauszufinden, wo sich alle befanden, denn Reeses Lachen ertönte zu ihrer Rechten.

Sobald sie den Raum betraten, schien es, als begännen alle gleichzeitig zu reden. Ry hatte sich daran gewöhnt, wie ... *überschwänglich* die Bewohner der *Zuflucht* waren, aber es überraschte sie trotzdem manchmal. Sie war in einem äußerst ruhigen Haus aufgewachsen. Von ihr wurde erwartet, dass sie sich auch so verhielt. Ihre Mutter hatte versucht, Ryleigh zu ermutigen, mehr zu lachen, nach draußen zu gehen und zu spielen, aber ihr Vater hatte das Sagen im Haus, und er zog es vor, dass sie vor einer Tastatur saß und alles lernte, was er ihr beizubringen hatte.

Der Gedanke an ihre Mutter machte Ry traurig, also lenkte sie ihre Gedanken bewusst auf die Menschen um sie herum.

»Wir haben doch nichts verpasst, oder?«, fragte Alaska in die Runde.

Maisy kicherte. »Nein. Obwohl ihr knapp dran seid.«

»Ich weiß. Der letzte Gast, der eincheckte, hatte hundert Fragen. Und dann musste ich mich vergewissern, dass Robert, Jess und Hudson alles unter Kontrolle hatten.«

Es kam nicht oft vor, dass alle Besitzer der *Zuflucht* das Anwesen gleichzeitig verließen. Aber da dies ein besonderer Anlass war, hatte niemand zurückbleiben wollen. Ry fühlte sich unwohl dabei, zu gehen, besonders da ihr Vater da draußen war und zweifellos beobachtete und plante, aber sie hatte nicht gewusst, wie sie sich zurückziehen sollte, ohne den Grund zu erklären.

Bald würde der Zeitpunkt kommen, an dem sie nicht nur Tiny, sondern *allen* Jungs von dem erzählen musste, was bald geschehen könnte ... aber sie hoffte und betete, dass sie sich irrte.

»Bist du okay?«

Die drei Worte kamen von ihrer Rechten, und sie überraschten Ry so sehr, dass sie vor Überraschung zusammenzuckte.

»Hey, ganz ruhig.«

Ry sah zu Tiny auf und spürte, wie sie errötete. Sie hatte keine Ahnung, wie sie sein Näherkommen übersehen hatte. Er sah heute gut aus. Er trug abgewetzte Jeans und ein kariertes Hemd, das sich an seine Arme und seine Brust zu schmiegen schien. Und wie immer roch er fantastisch. Sie vermutete, dass es an der Seife lag, die er benutzte, denn Tiny war nicht der Typ Mann, der Eau de Cologne benutzte.

Als er eine Augenbraue hob, wurde Ry klar, dass sie ihn angestarrt hatte, anstatt auf seine Frage zu antworten. »Oh, ja, mir geht es gut. Ist mit Henley alles in Ordnung?«

Er antwortete nicht sofort, sondern starrte sie nur an. Ry fühlte sich nicht wohl, wenn sie so angestarrt wurde. Die meiste Zeit ihres Lebens hatte sie sich bemüht, nicht bemerkt zu werden, sowohl persönlich als auch beim Herumhantieren im Internet. Aber dieser Mann *sah* sie. Sie hatte nicht das Gefühl, irgendetwas vor ihm verbergen zu können, vor allem jetzt, da sie praktisch zusammenlebten.

»Es geht ihr gut«, sagte er schließlich. »Tonka kommt immer wieder raus und hält uns auf dem Laufenden. Wie wir hörten, ist sie inzwischen voll geweitet und bereit zum Pressen.«

Es fühlte sich ein wenig seltsam an, mit Tiny über den Geburtsvorgang zu sprechen, aber es schien ihm nicht im Geringsten unangenehm zu sein, über die Dilatation und ihre Bedeutung zu sprechen. Sie hätte nicht überrascht sein sollen. Er war erstaunlich unerschütterlich – meistens.

»Das ist gut«, sagte Ry nach einem Moment. Sie fühlte

sich unbehaglich und unwohl in seiner Nähe. Das war schon immer so gewesen, denn sie war sich ihrer Anziehung zu ihm nur allzu bewusst. Aber nachdem sie zugegeben hatte, dass sie nicht wirklich Ryan hieß und sich den Job in der *Zuflucht* ergaunert hatte, waren die wenigen erwidernden Blicke, die er ihr zuvor zugeworfen hatte, völlig verschwunden.

Was sie zu den letzten zwei Tagen zurückbrachte. Wenn er sie jetzt ansah, schien es, als versuchte er, ihre Gedanken zu lesen, herauszufinden, wie sie tickte. Und obwohl sie das nervös machte ... konnte sie nicht leugnen, dass die Anziehung, die sie während ihrer ersten Monate in der *Zuflucht* für ihn empfunden hatte, wieder aufflammte.

Das jagte Ry eine Heidenangst ein. Denn Tiny mochte sie nicht auf diese Weise. Und wenn er seine Taktik änderte, versuchte, nett zu ihr zu sein oder – Gott bewahre – sie aus irgendeinem unbekannten Grund zu verführen, war die Wahrscheinlichkeit groß, dass sie darauf hereinfiel.

Tiny musterte sie weiter, und es fühlte sich an, als seien sie in diesem Moment die einzigen beiden Menschen auf der Welt. Ry könnte in seinen türkisfarbenen Augen ertrinken, und es kostete sie jedes Quäntchen Beherrschung, sich nicht an ihn zu schmiegen. Sie hörte das aufgeregte Geschnatter ihrer Freunde in dem kleinen Raum nicht. Sie verlor sich in der Anziehungskraft des Mannes, der neben ihr stand. Hatte er sich näher zu ihr gelehnt? Ry atmete ein, und sein Duft erfüllte ihre Sinne.

Ja, er war wirklich näher getreten.

»Du kennst das Geschlecht, nicht wahr?«, fragte er leise, scheinbar aus heiterem Himmel.

Ry schluckte schwer und überlegte, ob sie ausweichen sollte, aber sie hatte ihn schon genug belogen. Sie nickte einfach.

Anstelle des angespannten Kiefers und des missbilligenden Blicks, den er normalerweise aufsetzte, wenn er merkte, dass sie ihre Computerkenntnisse benutzt hatte, um etwas herauszufinden, was sie nicht sollte, lächelte er tatsächlich.

Ry fragte sich, ob sie in eine Art alternative Dimension geraten war.

»Das habe ich mir schon gedacht, denn jedes Mal, wenn es um die Frage ging, ob sie einen Jungen oder ein Mädchen bekommen, hast du dich nicht dazu geäußert.«

Die Erkenntnis, dass Tiny ihr *viel* mehr Aufmerksamkeit schenkte, als ihr bewusst war, hätte sie eigentlich alarmieren müssen. Es hätte sie in den Fingern jucken sollen, sich ihren geliebten Computer zu schnappen und aus New Mexico zu verschwinden. Aber stattdessen fühlte sie sich ... beschützt. Zu wissen, dass er da war und auf sie aufpasste, ließ eine Sehnsucht, die sie in die Tiefen ihres Wesens verdrängt zu haben glaubte, heiß und schnell auflodern.

Sie wollte, was ihre Freunde hatten.

Jedes Mal wenn Brick nach Alaska sah, wenn sie am Empfang arbeitete, flammte diese Sehnsucht auf. Wenn Tonka Henley an ihrem Wagen abholte, wenn sie nach ihrer Schicht in der psychologischen Praxis in der Stadt wieder in der *Zuflucht* ankam ... wenn Spike sich von Reese die wenigen spanischen Sätze erzählen ließ, die sie gerade lernte ... wenn Pipe Cora mit seinem verdammt sexy britischen Akzent »Liebes« nannte ... wenn Owl hinter Lara stand und seine Hände auf ihrem Babybauch ruhten, als könnte er sie beide mit dieser einfachen Berührung beschützen ... wenn Stone Maisy ansah, als sei sie der Mittelpunkt seiner Welt ...

Ry sehnte sich danach, das zu haben, was sie hatten.

Es war keine Eifersucht im eigentlichen Sinne. Sie war so glücklich wie nur möglich, dass ihre Freundinnen Partner hatten, die sie offensichtlich liebten. Sie wünschte sich einfach, dass sie das Gleiche erleben könnte. Sie war jahrelang allein gewesen. Sie tat, was sie konnte, um ihrem Vater zwei Schritte voraus zu sein, der sie seit dem Tag ihrer Geburt für seine eigenen abscheulichen Pläne benutzt hatte.

Ry hatte sehr lange gebraucht, um zu verstehen, dass ihr Vater sie nicht liebte. Er hatte sie *nie* geliebt. Für ihn war sie nur ein Mittel zum Zweck. Jemand, der für alles, was er getan hatte, den Kopf hinhalten konnte, falls es dazu kommen sollte.

Sie war einunddreißig Jahre alt und hatte sich nie gewollt oder geliebt gefühlt ... bis sie in der *Zuflucht* angekommen war.

Sie hatte sich im Internet über den Rückzugsort informiert, und was sie gesehen hatte, gefiel ihr. Und was noch besser war, er lag weit abseits der ausgetretenen Pfade. Ihr Vater hätte nie erwartet, dass sie sich an einem solchen Ort verstecken würde. Es war nicht so, dass sie das Geld von dem Job als Zimmermädchen brauchte, für den sie sich vor Monaten beworben hatte – das tat sie nicht –, sondern es war ein Ort, an dem sie sich verkriechen konnte, während sie weiterhin so viel wie möglich von dem Geld verschenkte, das ihr Vater im Laufe der Jahre angesammelt hatte.

Es war nicht so einfach, wie die Leute vielleicht dachten, dreißig Millionen Dollar auszugeben. Sie durfte keine Aufmerksamkeit auf sich ziehen und musste vorsichtig sein, wo sie das Geld versteckte, bis sie es verschenken konnte. Je mehr Bankkonten sie eröffnete, desto mehr Möglichkeiten hatte ihr Vater, sie zu finden. Aber wenn sie zu viel auf ein einziges Konto einzahlte, würden Fragen auftauchen, und sie müsste sich um die steuerlichen Folgen kümmern.

Ry spürte eine Berührung an ihrem Arm, und wieder zuckte sie erschrocken zusammen. Tiny stand jetzt noch näher und blendete mit seinem Körper den Rest des

Raumes aus, während er auf sie hinunterstarrte. Er fuhr mit den Fingern ihren Oberarm auf und ab. Er hatte kein Wort gesagt, während sie in ihren Gedanken versunken war.

»So viele schwere Gedanken gehen dir durch den Kopf«, murmelte er.

Okay, dieser fast sanfte Tiny brachte Ry *völlig* aus dem Konzept. Sie war es gewohnt, dass er sie anschnauzte, ihr ein schlechtes Gewissen und Scham dafür bereitete, wer sie war und was sie tat.

»Ich mache mir nur Sorgen um Henley«, sagte sie.

»Eines Tages wirst du dich wohl dabei fühlen, mich nicht mehr anzulügen«, erwiderte er. Dann ließ er mit einer letzten Berührung seine Hand sinken und entfernte sich von ihr.

Gerade als er sich abwenden wollte, platzte Ry heraus: »Das war keine Lüge.«

Tinys Augen wurden ein wenig schmaler. »Nein?«

Sie schüttelte den Kopf. »Ich mache mir tatsächlich Sorgen um Henley. Tonka wäre am Boden zerstört, sollte ihr etwas zustoßen. Ich weiß, dass sie beide ihr Baby wollen, aber nicht auf Kosten ihrer Gesundheit. Ich habe gerade darüber nachgedacht, wie es wohl wäre, so geliebt zu werden. Zu wissen, dass jemand alles tun würde, um mich zu beschützen.«

Kaum waren die Worte ausgesprochen, bereute Ry sie. Sie hätte Tiny einfach gehen lassen sollen. Es hätte ihr egal sein sollen, dass er dachte, sie hätte ihn wieder einmal belogen.

»Hast du das noch nie gefühlt? Nicht einmal als Kind?«, fragte Tiny.

Der Drang, seine Frage wegzulachen, zu lügen und zu sagen, dass sie es *natürlich* gefühlt hatte, war stark.

Stattdessen zwang Ry sich, seinen Blick zu erwidern. Sie zuckte mit den Schultern und schüttelte den Kopf.

»Es tut mir leid. Ich hatte keine märchenhafte Kindheit, aber meine Mutter hat ihr Bestes getan. Sie hat mich geliebt. Aber mein Bruder ... er war mein bester Freund. Wir haben alles zusammen gemacht. Er hat mir immer den Rücken gestärkt, und ich ihm. Er würde alles tun, um mich zu beschützen ... so wie ich es für ihn tun würde. Wie auch immer, es tut mir leid, dass du das nicht hattest. Außerdem ... möchte ich mich für mein Verhalten entschuldigen.«

Ry drehte sich der Kopf. Wer war dieser Mann? Es konnte nicht der Kerl sein, mit dem sie in den letzten Monaten zusammengelebt hatte. Der sie jeden Tag anfunkelte, keine Gelegenheit ausließ, ihr zu zeigen, dass er ihr nicht über den Weg traute, und kein Problem damit hatte, seine ganze Frustration an ihr auszulassen.

»Ich vertraue nicht leicht.« Er schnaubte. »Das ist eigentlich eine Untertreibung.«

»Ja, das habe ich bemerkt«, sagte Ry ohne Groll.

Seine Lippen zuckten. »Ja. Wie auch immer, ich habe meinen Frust an dir ausgelassen. Du hast mich angelogen, uns alle, und das hat mir nicht gepasst. Ich verabscheue Lügen. Aber nach unserem Gespräch vor ein paar Tagen habe ich versucht, deine Situation aus einem ... objektiveren Blickwinkel zu betrachten. Ich weiß nicht, warum du getan hast, was du getan hast, oder wovor du ganz offensichtlich wegläufst, aber die Lügen, die du uns erzählt hast, waren nicht bösartig. Ja, du hast deine Fähigkeiten genutzt, um Informationen zu beschaffen, die du nicht hättest haben sollen, aber du hast sie auch für das Gute genutzt. Also ... es tut mir leid, dass ich ein Arsch war.«

Ry hob eine Hand, und bevor sie es sich anders überlegen konnte, pikste sie Tiny in die Brust. Fest.

»Au! Wofür war das denn?«, fragte er und packte ihren Finger, bevor sie ihn wieder piksen konnte.

»Ich versuche herauszufinden, ob ich das hier träume oder nicht«, erklärte Ry.

Er lachte.

Und sie konnte nichts anderes tun, als ihn ungläubig anzustarren. Innerhalb von zwei Tagen hatte er ebenso oft in ihrer Nähe gelacht. Wegen etwas, das *sie* gesagt hatte. Ja, definitiv ein Traum.

»Du träumst nicht. Ich sage nicht, dass ich auf magische Weise anfangen werde, dir zu vertrauen, oder auch nur *irgendjemandem*. Es ist nur ... ich vergebe dir, was du in der Vergangenheit getan hast, und es tut mir leid, was *ich* getan oder gesagt habe, das dir das Gefühl gegeben hat, nicht zur *Zuflucht* zu passen. Denn das tust du. Mehr als ich an den meisten Tagen.«

Tränen drohten. Aber Ry hielt sie zurück. Sie liebte die Pseudo-Familie, die sie gefunden hatte. Aber sie konnte nicht bleiben. Nicht nach dem, was sie getan hatte. Nicht wenn ihr Vater hinter ihr her war. Er suchte nach einer Möglichkeit, sie dafür bezahlen zu lassen, dass sie ihn hintergangen hatte.

»Es ist ein Mädchen!«

Ry zuckte erneut zusammen, und es entging ihr nicht, wie Tiny sie stabilisierte, bevor er zurücktrat und ihr etwas Platz ließ.

Auf Tonkas Ankündigung hin ertönte Jubel im Warteraum. Als alle sich wieder beruhigt hatten, fuhr er fort: »Henley geht es gut. Sie bringen sie gerade in ihr Zimmer, und wenn sie mit dem Wiegen und der Untersuchung des Babys fertig sind, darf sie Besuch empfangen.«

Alle fingen sofort an zu reden, gratulierten Tonka und ließen ihn wissen, dass sie so lange warten würden, bis sie an der Reihe waren, seine Tochter zu sehen.

Tonka drehte sich zu Jasna um, die unter seinem Arm

stand und sich an seine Seite schmiegte. »Willst du ihnen den Namen deiner kleinen Schwester sagen?«

Der Teenager strahlte ihn an und nickte. Sie wandte sich an die Gruppe und verkündete: »Elizabeth Ryleigh Matlick!«

Ry fiel vor Schreck die Kinnlade herunter. Nein. Sie konnten ihre Tochter nicht nach ihr benannt haben. Auf keinen Fall, nicht nachdem sie sie alle belogen hatte.

»Elizabeth, weil wir den Namen mögen. Und Ryleigh aus offensichtlichen Gründen.« Tonka sah ihr durch den Raum hinweg in die Augen. »Denn ohne dich hätten wir Jas verloren.«

Diesmal war es unmöglich, die Tränen zurückzuhalten. Ry schloss die Augen, auch als sie von ihren Freunden umgeben wurde. Sie trösteten sie und beglückwünschten sie. Die Stimmung war fröhlich, aber Ry dachte nur daran, wie großzügig und liebevoll diese Menschen gewesen waren.

Das hatte sie nicht verdient.

Ihre Anwesenheit brachte sie alle in Gefahr. Wenn sie wüssten ...

Natürlich wussten sie es *nicht*, weil sie es ihnen nicht gesagt hatte. Sie hatte Angst, dass die Freundschaft, die sie ihr entgegenbrachten, schneller versiegen würde, als sie blinzeln konnte. Und wieder einmal wäre sie allein. Auf der Flucht.

Aber während sie dort inmitten ihrer Freunde stand und darüber nachdachte, dass Tonka und Henley ihrem Baby tatsächlich *ihren* Namen gegeben hatten ... wurde ihr klar, dass sie die Männer und Frauen aus der *Zuflucht* völlig falsch eingeschätzt hatte. Wenn sie ihre Geschichte kennen würden, würden sie ihr nicht den Rücken zukehren. Sie würden alles tun, um ihr zu helfen. Denn so waren sie nun einmal.

Tonka nahm Jasna mit, als er ging, damit sie ihre Mutter und ihre kleine Schwester sehen konnte. Sie würden etwas Zeit miteinander verbringen, bevor alle in den Raum strömten, um das neueste Mitglied der *Zuflucht*-Familie kennenzulernen.

Ry wurde von allen umarmt, während sie ungeduldig darauf warteten, die kleine Elizabeth kennenzulernen. Tiny näherte sich ihr nicht mehr, aber jedes Mal, wenn sie sich umsah, entdeckte Ry ihn in der Nähe. Anstatt das Gefühl zu haben, dass er über sie wachte, weil er ihr nicht traute, fühlte sie sich ... getröstet. Die Veränderungen in seinem Verhalten verwirrten sie noch immer. Sie verstand nicht wirklich, wie oder warum er den Wechsel vollzogen hatte, aber sie konnte nicht leugnen, dass ihr dieser Tiny viel lieber war als derjenige, der schroff und geradezu gemein war.

Ry ließ die anderen zuerst in Henleys Zimmer gehen, um sie zu sehen. Sie war plötzlich schüchtern, ihre Freundin zu sehen. Sie hatte nicht geahnt, dass Henley und Tonka vorhatten, sie so zu ehren, wie sie es getan hatten. Deshalb mochte sie keine Überraschungen. Sie wusste nicht, wie sie auf sie reagieren sollte.

Schließlich war sie an der Reihe. Zu Rys Überraschung begleitete Tiny sie den Flur hinunter zu Henleys Zimmer. Sie war sprachlos und wusste nicht, was sie ihm sagen sollte. Zum Glück schien er das auch nicht von ihr zu erwarten. Er ging an ihrer Seite und trat nur hinter sie, wenn sie an jemandem auf dem Flur vorbeikamen. Selbst dann spürte sie ihn in ihrem Rücken, eine überlebensgroße Präsenz, die ihr das Gefühl gab, nicht ständig den Kopf drehen zu müssen. Das war fast ein Wunder, denn seit zehn Jahren, seit dem Tag, an dem sie sich aus dem Haus ihres Vaters geschlichen hatte, hatte sie nichts anderes getan, als über ihre Schulter zu schauen.

Als sie Henleys Zimmer betrat, fiel ihr sofort auf, wie müde ihre Freundin aussah. Glücklich, ja, aber auch erschöpft. Und das war kein Wunder. Sie hatte stundenlang in den Wehen gelegen, die Schmerzen und die Aufregung der Geburt miterlebt und hielt nun schon seit mindestens zwei Stunden mit ihren Freunden Hof.

Die kleine Elizabeth Ryleigh schlief tief und fest in Henleys Armbeuge, und Tonka stand an der Seite ihres Bettes und starrte mit einem bewundernden Blick auf seine Frau und seine Tochter hinunter.

»Hey«, sagte Ry, unsicher, was sie sonst sagen sollte.

»Komm her«, befahl Henley und streckte ihre freie Hand aus.

Ry trat vor und umarmte ihre Freundin ein wenig unbeholfen.

»Setz dich«, befahl Henley und wies mit einer Geste auf einen Stuhl, der neben dem Bett stand.

Ry setzte sich gehorsam.

»Finn, ich liebe dich, aber kannst du Ry und mich bitte einen Moment allein lassen? Du kannst mit Jas einen Snack holen. Sie hat den ganzen Tag noch nichts gegessen, und ich höre schon seit einer Stunde ihr Magenknurren.«

»Ich will nichts verpassen«, jammerte Jasna.

»Schatz, du wirst nichts verpassen. Elizabeth schläft, und sie wird so lange schlafen, wie du brauchst, um zu essen und zurückzukommen. Und ich werde ein Nickerchen machen, sobald Ry weg ist. Du kommst zurück, gibst mir einen Gutenachtkuss und fährst dann mit Finn zurück zur *Zuflucht*, denn die Ziegen fressen wahrscheinlich schon das Holz ihrer Ställe und Melba muht wahrscheinlich wie verrückt, und ich bin sicher, Scarlet Pimpernickel vermisst dich sehr. Ganz zu schweigen davon, dass es schon nach Beautys und Wallys Essenszeit ist.«

»Na gut. Aber lass Elizabeth nichts Niedliches tun, bevor

ich zurück bin«, sagte Jasna zu ihrer Mutter. Dann lehnte sie sich über das Bett, gab ihrer Mutter einen Kuss und ging zur Tür.

»Wir sind bald wieder da. Dann kannst du schlafen«, sagte Tonka zu ihr, bevor er ihr einen langen und innigen Kuss gab. »Ich liebe dich so sehr. Du hast keine Ahnung, was für ein Geschenk du mir heute gemacht hast.«

Ry fühlte sich wie das fünfte Rad am Wagen, aber sie blieb völlig still, als würde sie dadurch unsichtbar.

»Geh«, befahl Henley. »Oh, und bring mir eine große Portion Pommes frites mit. Ich bin am Verhungern.«

Tonka lachte. »Ja, Ma'am.«

Sobald Tonka weg war, trat Tiny an die Seite des Bettes und lächelte zu Henley hinunter. »Herzlichen Glückwunsch, Hen.«

»Danke, Tiny.«

»Sie ist wunderschön«, sagte er und deutete auf das schlafende Baby.

»Sie ist ein Baby, natürlich ist sie das«, sagte Henley. »Ich möchte, dass du Ry und mir auch einen Moment gibst.«

Tiny nickte. »Natürlich. Ich bin im Flur, wenn du etwas brauchst.«

Henley verdrehte die Augen. »Ich wüsste nicht, was ich brauchen könnte, aber danke.«

Tiny sah Ry in die Augen, und sie war sich nicht sicher, was sie in seinem Blick sah. Sie hatte so viele Fragen, aber sie wusste, dass sie nie eine davon stellen würde. Sie hatte immer noch das Gefühl, in einem anderen Universum zu sein. Sie hatte sich an den Status quo gewöhnt, daran, dass Tiny sie wie eine Spionin behandelte, die ständig überwacht werden musste. Und jetzt tat er ...

Sie wusste nicht, *was* er tat.

Kaum war Tiny aus dem Zimmer verschwunden, ließ Henley sich in die Kissen fallen.

»Du bist müde«, sagte Ry. »Vielleicht sollte ich auch gehen.«

Aber Henley ließ eine Hand hervorschnellen und umklammerte fest ihren Arm. »Bitte, nein. Bleib.«

»Warum?«, platzte Ry heraus.

»Weil du so ausgeglichen bist. Du hast eine Aura, die mich immer zu beruhigen scheint. Ich liebe unsere Freunde, sie sind alle fantastisch. Aber dieser ganze Enthusiasmus kann anstrengend sein. Bei dir kann ich mich entspannen. Bei dir muss ich mich nicht verstellen.«

Ihre Worte verblüfften Ry, und sie schüttelte ungläubig den Kopf, weil es ihr immer noch schwerfiel zu begreifen, was diese Frau getan hatte. »Ich kann nicht glauben, dass du deiner Tochter meinen Namen gegeben hast.«

Henley lächelte. »Du hast Jasna gerettet, Ry. Was du getan hast ... ich habe keine Worte dafür. Ich weiß nicht einmal *alles*, was du getan hast, nur das Wesentliche, aber trotzdem. So etwas hat noch nie jemand für mich getan. Du hast dein Leben für meine Tochter riskiert, und das bedeutet etwas. Es bedeutet *alles*. Du hast mir nicht erlaubt, dir zu danken, nicht wirklich, und du solltest wissen, wie wichtig du für Tonka und mich bist. Und Jas. Ohne dich würden wir ...« Ihre Stimme brach.

Rys Brust fühlte sich eng an. Als sie sich vor mehr als einem Jahr auf die Suche nach Jasna gemacht hatte, hatte sie nicht einmal darüber nachgedacht, was sie da tat. Sie hatte einfach gehandelt. Sie hatte getan, was richtig war. Was sie tun musste, um für all die Sünden ihrer Vergangenheit zu büßen.

»Wirst du mir die Geschichte erzählen? Die ganze Geschichte?«, fragte Henley.

»Ich bin mir nicht sicher –«

»Bitte«, unterbrach Henley. »Ich muss wissen, was mit ihr passiert ist. Was sie durchgemacht hat. Was du gesehen, was du getan hast. Wie du sie gefunden hast. Ich habe bisher nicht darauf gedrängt, aber heute, an Elizabeths Geburtstag ... stelle ich fest, dass ich es wissen will. Wenn Tonka es weiß, würde er es mir nie sagen, weil er mich beschützen will. Ich *will* aber nicht beschützt werden. Nicht wenn es mit Jasna zu tun hat. Bitte, Ry. Ich muss es wissen.«

Ry nickte. Sie verstand dieses Bedürfnis. Sie spürte es jeden Tag in ihrem Leben. Wenn es da draußen Informationen gab, musste sie sie finden.

»Zuerst solltest du wissen, dass ich schon vor heute wusste, dass du ein Mädchen bekommst«, platzte sie heraus.

Henley lachte. »Ich bin nicht überrascht.«

»Du bist nicht sauer?«

»Nein. Du hast das Geheimnis nicht gelüftet. Du hast nicht verraten, dass du es weißt. Niemandem gegenüber. Es macht mir nichts aus, dass du dich in die Krankenhausakte gehackt hast, um es herauszufinden. Nicht im Geringsten. Genauso wie es mir egal ist, ob du Gesetze gebrochen hast, um Jas oder Reese zu finden, oder alles andere, was du getan hast. Du bist ein guter Mensch. Durch und durch, Ry. Egal was in deiner Vergangenheit passiert ist oder wie du in *Die Zuflucht* gekommen bist, ich werde nichts anderes glauben.«

Ry war wieder einmal überwältigt. Was hatte sie getan, um die Unterstützung und Loyalität dieser Frau zu verdienen? Ja, sie hatte Jasna gefunden, aber jeder hätte das getan, was sie getan hatte, wenn er die Fähigkeiten dazu gehabt hätte.

Ry atmete tief durch und begann zu erzählen.

KAPITEL VIER

Tiny stand leise vor dem Krankenhauszimmer und lehnte sich an die Wand. Er wollte in der Nähe sein, falls Henley oder Ryleigh etwas brauchte. Er hatte nicht vorgehabt zu lauschen, aber er konnte sich jetzt nicht davon losreißen, selbst wenn sein Leben davon abhinge.

Als er Henleys Unterstützung für Ryleigh hörte, wurde sein schlechtes Gewissen noch größer, als es ohnehin schon war. Sie klang nicht im Geringsten besorgt darüber, was Ryleigh mit ihren Hackerfähigkeiten tun könnte. Und ihre Worte, dass sie dachte, Ryleigh sei durch und durch gut ...

Sie hatte recht.

Mit dieser Erkenntnis im Hinterkopf musste Tiny genauso wie Henley die Geschichte hören, wie Ryleigh Jasna gefunden hatte. Er war den Vorfall in seinem Kopf immer wieder durchgegangen, und da er kein Computergenie war, konnte er es nicht entschlüsseln. Wie sie herausgefunden hatte, wo Jasna war, wer sie entführt hatte.

Er hielt den Atem an, als Ryleigh zu sprechen begann.

»Wie du weißt, waren wir in meinem Wagen, als du den Anruf bekommen hast, dass Jasna vermisst wird«, sagte

Ryleigh. »Du hast Christian Dekkers Namen erwähnt. Nachdem ich dich und die anderen an der *Zuflucht* abgesetzt hatte, fuhr ich zurück in meine Wohnung und begann sofort, ihn zu überprüfen.«

»Ihn zu überprüfen?«, fragte Henley.

»Ja, ich habe mich in die Polizeidatenbank gehackt, um zu sehen, ob er irgendwie vorbestraft ist.«

»Er war minderjährig«, sagte Henley verwirrt.

»Und?«

Einen Moment lang herrschte Stille im Raum, dann schnaubte Henley. »Richtig, tut mir leid. Fahr fort.«

»Es gab einige Beschwerden gegen ihn, aber nichts, wofür die Polizei ihn hätte verhaften können. Ich sollte das wahrscheinlich nicht zugeben, aber … was ich tue, ist nicht mehr unbedingt ein Geheimnis. Ich habe auch *deine* Berichte über ihn gelesen, und auch die Gedanken deines Chefs über ihn. Ich habe all die Dinge gelesen, die seine Eltern gesagt haben, als sie in der Therapie waren. Mir wurde klar, dass du einen *sehr* guten Grund hattest, dir seinetwegen Sorgen zu machen. Zu glauben, dass er hinter Jasnas Verschwinden stecken könnte. Also habe ich sein Telefon geortet.

Und bevor du fragst, ja, ich habe darüber nachgedacht, die Polizei zu rufen, aber die Beamten brauchen einen hinreichenden Verdacht und einen Durchsuchungsbefehl. Bis sie das alles haben, hätte Jas verletzt werden können oder Schlimmeres. Also tat ich, was ich am besten kann, und fand ihn. Ich fand heraus, dass er in dieser Hütte mitten im Wald war. Und ich ging hin, um nachzusehen.«

»Ry! Das war weder klug noch sicher!«, rief Henley aus.

Tiny stimmte zu. Er ballte die Fäuste und musste sich beherrschen, um nicht in den Raum zu stürmen und … er war sich nicht sicher was. Er war nicht unbedingt wütend auf Ryleigh, aber er konnte nicht glauben, dass sie so dumm sein konnte. So leichtsinnig ein Risiko einzugehen ...

Ryleigh antwortete einen langen Moment nicht, und Tiny wünschte sich, er könnte ihr Gesicht sehen. Sie war schlecht darin, ihre Gefühle zu verbergen, und wenn er sie sehen könnte, wüsste er besser, was sie dachte.

»Oh, Ry«, sagte Henley schließlich, ihr Tonfall voller Emotionen. »Hat sich noch nie jemand Sorgen um deine Sicherheit gemacht?«

»Nein.« Ihr Ton war flach. Sachlich.

Er holte tief Luft und seine Wut wich der Trauer. Ryleigh tat ihm leid. Offensichtlich hatte sich noch nie jemand um sie gekümmert. Nicht als Tochter, nicht als Freundin, nicht als irgendetwas anderes. Sein Herz schmerzte für sie ... doppelt so sehr, nachdem er sie so behandelt hatte.

»Wie auch immer, es spielt keine Rolle, wie unsicher es war, denn wenn auch nur die geringste Chance bestand, dass er Jasna hatte, musste ich es herausfinden. Die Hütte sah ziemlich verlassen aus und sie lag mitten im Nirgendwo. Es gab keine Nachbarn, die mir zu Hilfe eilen konnten, sollte ich um Hilfe schreien oder so. Draußen war ein Fahrzeug geparkt, und das Kennzeichen stimmte mit dem Kennzeichen überein, das ich in Christians Akte gesehen hatte, also wusste ich, dass er dort war. Und es gab nur einen Grund, warum er an einem solchen Ort sein konnte ... und der war nicht gut. Ich wusste nicht, was ich tun sollte«, sagte Ryleigh in einem zittrigen Tonfall, der in Tiny wieder einmal den Wunsch auslöste, in den Raum zu stürmen und sie zu trösten.

»Ich bin keine Kommandotruppe. Ich bin ein Computerfreak; gut mit den Fingern auf der Tastatur, aber nicht so gut, wenn es ums Kämpfen geht.«

»Du magst keine Konflikte«, sagte Henley.

Tiny blinzelte in den Flur hinaus. Es war eine so einfache Aussage, aber jetzt, da er darüber nachdachte, hatte Henley absolut recht.

»Ich hasse sie«, stimmte Ry zu. »Ich konnte in meiner Kindheit nie etwas richtig machen. Ich wurde angeschrien ... oft. Wegen der kleinsten Fehler wurde mir gesagt, ich sei dumm. Und jedes Mal, wenn ich einen dieser Fehler machte, wurde ich bestraft, indem mir das Essen vorenthalten wurde, meine elektronischen Geräte weggenommen wurden und ich nicht zur Schule gehen durfte. Ich musste alles, was ich verbockt hatte, so lange wiederholen, bis ich es richtig gemacht hatte.«

»Was zum Beispiel?«, fragte Henley.

Es gab eine kurze Pause. »Einmal, nachdem ich mich in die Datenbank des Finanzamtes gehackt hatte, um die Steuerdaten meines Vaters zu ändern – und ich es vermasselt hatte –, kam die Polizei zu uns nach Hause. Mein Vater warf mich den Wölfen zum Fraß vor, schimpfte über ›die Jugend von heute‹ und ließ zu, dass die Polizisten mich mit auf die Wache nahmen. Ich dachte wirklich, ich würde ins Gefängnis gesteckt werden, und ich hatte schreckliche Angst. Als sie mich schließlich nach Hause brachten, nachdem sie mir stundenlang erzählt hatten, was alles Schlimmes mit mir passieren könnte, wenn ich jemals wieder so etwas tun würde, war ich völlig fertig.«

»Wie alt warst du?«, fragte Henley sanft.

»Elf.«

Tiny fiel die Kinnlade herunter. Elf? Sie hatte sich in eine staatliche Datenbank gehackt – auf Anweisung ihres Vaters, wie es sich anhörte –, als sie *elf* war? Was zum Teufel?

»Das ist wirklich jung.« Henleys Tonfall war gleichmäßig, und Tiny konnte nicht anders, als ihre Fähigkeiten zu bewundern. Sie war eine begabte Psychologin, und es war offensichtlich, warum sie in der *Zuflucht* bei den Gästen so beliebt war.

Ryleigh antwortete nicht, aber Tiny konnte sich vorstellen, dass sie Henleys Bemerkung wahrscheinlich mit einem Achselzucken abtat, bevor sie fortfuhr. »Jedenfalls, als ich im Wald stand, auf die Hütte starrte und mich fragte, ob ich Tonka oder vielleicht Tiny anrufen sollte, kam Christian aus dem Haus. Ganz allein.«

Tiny konnte nicht anders, als sich tief im Inneren gut zu fühlen, dass sie ihn um Hilfe hatte bitten wollen. Ryleigh wirkte so selbstbewusst. So zuversichtlich. Aber zu wissen, dass sie, als es drauf ankam, daran gedacht hatte, *ihn* um Hilfe zu bitten, ließ tief in seiner Brust Zufriedenheit aufblühen.

»Ich habe ihn weggehen sehen und wollte unbedingt wissen, wohin er geht, aber ich musste wissen, ob deine Vermutung, dass er Jasna entführt hat, richtig war. Ich wartete, bis er weg war, dann näherte ich mich vorsichtig dem Haus und schaute durch ein Fenster. Jas lag dort schlafend auf dem Boden. Ich meine, ich dachte mir, dass sie wahrscheinlich nicht *wirklich* schlief. Sie bewegte sich nicht. Ich sah kein Blut oder so etwas, also hoffte ich, dass das ein gutes Zeichen war. Ich nahm mir einen Moment Zeit, um online nachzusehen, wo Christian war – ich hatte mir selbst einen Link geschickt, bevor ich meine Wohnung verließ, mit der Spur seines Handys. Ich sah, dass er immer noch in Richtung Stadt unterwegs war, und ich dachte mir, dass ich genügend Zeit hatte, Jas aus der Hütte zu holen.

Ich ging hinein und schaffte es, sie so weit zu wecken, dass sie vom Boden aufstand. Ich brachte sie zu meinem Wagen und fuhr wie eine Verrückte von der Hütte weg. Ich war auf dem Weg zur *Zuflucht*, aber ich hielt an, bevor ich dort ankam. Ich schaute noch einmal nach, wo Christian war, und sah, dass er in diesem Fast-Food-Laden war. Der

Mistkerl hatte ein junges Mädchen entführt und holte sich einen *Burger*? Das ekelte mich an. Ich rief die Polizei an und gab den Beamten einen anonymen Hinweis, wo sie ihn finden konnten. Ich wusste, dass die Polizisten nach ihm suchten; ich hatte sie über eine Notfall-Scanner-App sprechen hören, die ich habe ... die übrigens völlig legal ist. Jeder kann sie herunterladen und zuhören.«

»Ich verurteile dich nicht, Ry. Nicht mal ein bisschen. Wie kannst du nur so etwas denken, nach allem, was du für mich und meine Familie getan hast?«, fragte Henley.

»Ich ... weiß nur, dass das, was ich tue, nicht legal ist. Aber es ist lange her, dass ich etwas getan habe, das jemandem wehtun könnte«, gab Ryleigh leise zu.

Tiny dachte einen Moment lang darüber nach, und obwohl er nicht genau wusste, was sie an ihrem Computer tat, waren die Dinge, die sie getan hatte, nichts als hilfreich gewesen, seit sie zugegeben hatte, nicht die zu sein, für die sie alle hielten. Ja, sie hatte sich an Orten eingehackt, an denen sie es nicht hätte tun sollen, aber sie hatte es getan, weil sie versuchte, Lara zu finden. Dann Stone.

»Wir können froh sein, dich auf unserer Seite zu haben«, sagte Henley sanft.

Er hörte ein Schniefen, dann sprach Ryleigh wieder. »Jedenfalls habe ich den Polizisten gesagt, wo Christian ist und wo das Haus im Wald liegt, nur für den Fall, dass sie nicht schnell genug auf meine Informationen reagieren, um ihn zu schnappen, solange er noch in Los Alamos ist. Ich machte mich wieder auf den Weg, um Jas in *Die Zuflucht* zu bringen, aber mir wurde klar, wie viele Fragen auf mich zukommen würden, wenn ich das täte. Ich liebe *Die Zuflucht*. Ich mochte meinen Job wirklich. Ich wusste, wenn ich einfach mit Jasna in die Lodge spaziert wäre, hätten alle Fragen gestellt und ich hätte gehen müssen. Und ich weiß, es war wirklich egoistisch von mir, aber ... ich beschloss, sie in einem der Bunker zu lassen und Tonka anonym zu schreiben, wo sie war, damit er sie holen konnte.«

»Ah ja ... die Bunker«, sagte Henley.

Tiny presste die Lippen zusammen. Er wusste, dass Tonka seiner Frau von ihren versteckten Bunkern auf dem Gelände der *Zuflucht* erzählt hatte. Er hatte sie sogar zu dem Bunker gebracht, in den Jasna gebracht worden war, damit sie ihn mit eigenen Augen sehen konnte. Als Abschluss. Auch Alaska wusste davon, denn Brick hatte sie in einem versteckt, bevor er auf die Jagd nach dem Arschloch ging, das sie wieder entführen wollte. Sie waren nicht mehr das Geheimnis, das sie einst gewesen waren, so viel war sicher.

»Du weißt von ihnen?«, fragte Ryleigh. »Sie sind nicht allgemein bekannt.«

»Ich weiß von ihnen«, bestätigte Henley. »Aber nicht, wo sie sich alle befinden. Kannst du mir mehr über sie erzählen?«

»Nein, das kann ich nicht«, sagte Ryleigh mit leichtem Nachdruck. »Es steht mir nicht zu, das Geheimnis zu verraten. Es tut mir leid.«

Ryleigh hatte es wieder einmal geschafft, Tiny zu überraschen. Die Frau hatte offensichtlich eine Menge Informationen über viele verschiedene Dinge, darunter auch über *Die Zuflucht* und wahrscheinlich auch über die Männer, denen der Ort gehörte. Aber die Tatsache, dass sie diese Informationen nicht willkürlich preisgab, beeindruckte ihn. Ihm war immer noch nicht ganz wohl bei dem Wissen, das sie besaß, und er fragte sich, was sie sonst noch geheim hielt, aber er musste zugeben, dass sie ihn überrascht hatte, indem sie Henley nicht alles erzählte, was sie über die Bunker wusste.

»Das ist in Ordnung. Du hast Jasna also zurück in *Die Zuflucht* gebracht?«

»Ja. Sie schien keine Atemprobleme zu haben, und ich

konnte keine Verletzungen an ihr feststellen. Ich nahm an, Tonka würde nicht lange brauchen, um zu ihr zu gelangen, also dachte ich mir, dass es okay sei, sie eine Weile allein zu lassen. Ich vergewisserte mich, dass sie dort, wo ich sie zurückgelassen hatte, sicher war, und ging wieder zu meinem Wagen. Auf dem Weg zurück nach Los Alamos hörte ich über den Scanner, was in der Hütte passierte, und schickte Tonka eine SMS, in der ich ihm mitteilte, wo er Jasna finden konnte.«

»Und du bist nach Hause gefahren«, sagte Henley schlicht.

»Ja.«

»Ganz allein.«

»Äh ... ja?«

»Oh, Ry«, sagte Henley, wieder in einem untröstlichen Tonfall.

Tiny fühlte dasselbe. Er wusste schon seit einer Weile, was Ryleigh getan hatte, aber es aus ihrem Mund zu hören rückte alles in ein neues Licht. Sie hatte nicht nach Anerkennung für ihre Taten gesucht. Sie hatte weder Dank noch Ruhm gewollt. Sie hatte Jasna das Leben gerettet, sie einem Mörder direkt vor der Nase weggeschnappt und war dann allein in ihre Wohnung zurückgekehrt, um über die ganze Sache zu schweigen.

»Und Reese?«

»Was ist mit ihr?«, fragte Ryleigh.

»Du hast sie aufgespürt und den Jungs gesagt, wo sie ist, und dann hast du weitergemacht, als sei nichts passiert?«

»Es war keine große Sache.«

»Keine große Sache? Ry, es ist eine *riesige* Sache. Du hast auch ihr das Leben gerettet! Wen hast du im Laufe der Jahre noch gerettet und dich geweigert, die Lorbeeren dafür zu ernten? Für wie viele andere Menschen warst du ein Schutzengel, und sie wissen es nicht einmal?«

Tiny verstand Henleys Fassungslosigkeit. Ihm ging es genauso. Er hatte das Schlimmste von Ryleigh gedacht, und er begann erst jetzt zu begreifen, wie einsam ihr Leben gewesen war.

»Nicht genügend«, war ihre Antwort. »Ich habe schlimme Dinge getan. Ich habe meine Fähigkeiten eingesetzt, um das Leben von Menschen zu zerstören.«

Tiny runzelte die Stirn. Die Ryleigh, die er kannte, war kein schlechter Mensch. Aber andererseits wurde es immer offensichtlicher, dass er Ryleigh gar nicht wirklich kannte.

»Blödsinn!«, rief Henley hitzig aus.

»Das habe ich«, beharrte sie.

»Nun, wenn das stimmt, dann *wolltest* du es nicht. Jemand hat dich gezwungen.«

Und einfach so kam die Klarheit.

Ihr Gerede von Angst, dass sie *Die Zuflucht* und alle, die dort lebten, beschützen musste, dass sie die Dinge »in Ordnung bringen« wollte, ihre Behauptung, dass sie Dinge getan hatte, um der *Zuflucht* zum Erfolg zu verhelfen, und von »Leuten«, die *Die Zuflucht* am liebsten in Schutt und Asche legen würden, weil sie ihr etwas bedeutete ... all das machte jetzt etwas mehr Sinn.

Es gab da draußen jemanden, der Ryleigh hasste. Genug, um ihr wehzutun ... vielleicht sogar jedem und allem, an dem sie Interesse zeigte.

Er vermutete schon eine Weile, dass sie sich versteckte. Auf der Flucht war. Aber wie lange, das wusste keiner so genau. Und in Anbetracht der Dinge, die sie in den letzten Tagen verraten hatte ... klang es so, als hätte derjenige, vor dem sie sich versteckte, sie höchstwahrscheinlich gefunden.

Sie hatte Jasna und Reese beschützt und sich bei dem Versuch verausgabt, Stone zu finden. Es musste ein immenser Druck auf Ryleighs schlanken Schultern lasten – und was hatte Tiny getan? Er hat es noch schlimmer gemacht. Er zeigte ihr die kalte Schulter, behandelte sie, als sei sie eine Ausgestoßene.

Und doch war sie geblieben. Weil sie sie weiterhin beschützen wollte. Sie alle.

Er fühlte sich beschissen.

Der Einblick in ihre Handlungen ließ sein Misstrauen ihr gegenüber zwar nicht verschwinden, aber es versetzte dem Schild, das er um sein Herz gewickelt hatte, eine große Delle.

»W-Was? Warum sagst du das?«, fragte Ryleigh.

»Ich habe mein Leben damit verbracht, die menschliche Psyche zu studieren«, erklärte Henley ihr. »Das Wie und Warum hinter den Handlungen der Menschen. Du bist ein guter Mensch, Ry. Bis hin zu deinen kleinen Zehen. Wenn du in der Vergangenheit schlechte Dinge getan hast, dann nicht, weil du so bist – sondern weil du keine andere Wahl hattest. Ich wünschte, ich hätte gewusst, dass du es warst, die Jas geholfen hat, als es passiert ist. Ich hätte dich nach dieser Tortur nicht allein in deiner Wohnung sitzen lassen. Ich bin irgendwie wütend auf dich, weil du das getan hast. Aber ... ich verstehe es. Du hast getan, was du für richtig hieltest. Nun, ich hoffe, du verstehst, dass du jetzt ein Teil von uns bist. Der *Zuflucht*. Du bist unsere Freundin. Und ich war mir noch nie so sicher mit der Entscheidung, meine Tochter nach dir zu benennen, wie jetzt.«

»Henley«, protestierte Ryleigh schwach.

Tiny holte tief Luft und stieß sich von der Wand ab, an der er gelehnt hatte. Leise ging er vom Krankenhauszimmer weg, denn er brauchte frische Luft. Er hatte kein schlechtes Gewissen wegen des Lauschens. Ryleighs Schilde waren dicker, als seine jemals gewesen waren. Der Gedanke daran, *warum* sie sie hatte, brachte Tiny zur Weißglut. Aber er konnte nichts tun, um ihr zu helfen, solange sie sich nicht über ihre Vergangenheit öffnete.

Irgendjemand war da draußen und bedrohte sie. Daran hatte er keinen Zweifel. Und er bedrohte nicht nur *sie*, sondern auch *Die Zuflucht*.

Sie hatte es selbst gesagt, sie hatte nicht das Gefühl, jetzt gehen zu *können*, denn wer auch immer da draußen war, wusste, wie wichtig *Die Zuflucht* für sie war. Das allein sagte Tiny, dass sie ein guter Mensch war. Jeder andere wäre schon lange vorher geflohen, um seine eigene Haut zu retten. Aber nicht Ryleigh.

Er fühlte sich schrecklich, wie er sie behandelt hatte. Als sei sie eine Kriminelle. Jemand, der rund um die Uhr bewacht werden musste. Dabei hatte sie die ganze Zeit nur die besten Absichten in Bezug auf seine Freunde und sein Zuhause gehabt.

Verstieß sie mit ihren Online-Aktivitäten immer noch gegen das Gesetz? Zweifelsohne, ja. Aber jetzt, da er darüber nachdachte, fragte Tiny sich, was sie noch getan hatte, um der *Zuflucht* zu helfen. Neulich Abend hatte sie fast zugegeben, dass da noch mehr war, als sie mit den Dingen herausplatzte, die sie wahrscheinlich nie hatte sagen wollen. Irgendetwas darüber, dass sie nicht so hart gearbeitet hatte, um den Ort zum Blühen zu bringen, nur um zu sehen, wie er jetzt verletzt wurde.

Der Gedanke, dass Ryleigh ein moderner Robin Hood sein könnte, beschämte ihn noch mehr. Nicht dass *Die Zuflucht* Almosen gebraucht hätte, es ging ihnen wirklich gut. Aber selbst bei diesem Gedanken musste Tiny zugeben, dass das letzte Jahr ihr bisher bestes gewesen war. Sie hatten sich vergrößert, einen Hubschrauber gekauft, hatten mehr Buchungen, als sie bewältigen konnten ... er musste sich fragen, ob das nicht zumindest teilweise an Ryleigh und ihren Computerkenntnissen lag.

Die Türen des kleinen Krankenhauses öffneten sich automatisch, als Tiny sich näherte, aber er bemerkte es kaum, denn er atmete tief durch, sobald er draußen war. Er steuerte auf eine Bank zu, die auf einer kleinen Grünfläche in der Nähe des Eingangs stand, und setzte sich. Er lehnte sich vor und stützte die Ellbogen auf die Knie, während er auf den Boden starrte.

Gedanken wirbelten durch seinen Kopf. Alles, was er von Ryleigh über Henley gehört hatte, Dinge, die in den letzten Monaten in der *Zuflucht* passiert waren, Dinge, die er zu Ryleigh gesagt hatte, obwohl er wusste, dass sie sie verletzen würden.

Er war so ein Arsch gewesen. Er wäre der Erste, der das zugeben würde. Aber Ryleigh war ihm schon unter die Haut gegangen, bevor sie wussten, wer sie wirklich war ... und das gefiel ihm nicht. Also hatte er ihr Eingeständnis als Ausrede benutzt, um sich zu distanzieren. Um die Schilde zu verstärken, die sein Herz umgaben.

So mutig Ryleigh auch war – sie war bereit gewesen, sich mit einem *Mörder* anzulegen, um Himmels willen –, war sie in vielerlei Hinsicht auch leichtsinnig. Und naiv ...

Es war Tiny nicht entgangen, dass sie ihn mochte. Die Seitenblicke, die Art, wie ihre Wangen heiß wurden, wenn er sie dabei erwischte, wie sie ihn anstarrte. Aber das war *früher* gewesen.

Bevor sie zugegeben hatte, dass sie alle belogen hatte.

Seitdem hatte es keine Blicke mehr gegeben. Kein Erröten mehr. Nur eine Menge misstrauischer Blicke, eine Menge Nervosität und so viel Ausweichen, wie sie nur konnte. Was nicht viel war, wenn man bedachte, dass er sie selten aus den Augen ließ. Aber sie war nicht gegangen. Sie war geblieben, um alles zu tun, was sie konnte, um Owl, Lara und Stone zu finden. Und als Lara und Owl zurückgekehrt waren, hatte sie weiterhin alles hingenommen, was Tiny ihr entgegengeschleudert hatte, denn Stone war immer noch verschwunden. Und sie hatte unermüdlich daran gearbeitet, ihn zu finden.

Tiny lehnte sich auf der Holzbank zurück und starrte ins Leere, als er sich an die Vergangenheit erinnerte. Eine weitere Frau, die ihn belogen hatte. Aber Sonja war nicht so wie Ryleigh gewesen, die jede ihrer Emotionen im Gesicht trug. Nein. Sonja war eine erstaunliche Schauspielerin. Sie hatte ihn wirklich getäuscht. Er hatte gedacht, sie seien seelenverwandt. Der Tag, an dem sie seinen Heiratsantrag angenommen hatte, war der glücklichste Tag in seinem Leben gewesen. Er hatte nicht den geringsten Zweifel an ihrer Liebe zu ihm. Er war auf Missionen gegangen in der Gewissheit, dass seine Verlobte zu Hause auf ihn wartete und sich ebenso große Sorgen um ihn machte wie er sich um sie.

Die Realität würde sich hervorragend für eine Serie über wahre Verbrechen eignen. Verrat, eine Dreiecksbeziehung, eine Verlobte, die ihren zukünftigen Ehemann insgeheim hasste. Die keine Marine-Ehefrau sein wollte. Sie hatte ihren Liebhaber davon überzeugt, dass Tiny sie missbrauchte. Dass er sie niemals gehen lassen würde. Sie hatte behauptet, sie hätte Angst vor ihm ... und dass sie nur zusammen sein könnten, wenn sie ihn umbrächten.

Und der dumme Junge schluckte ihre Lügen.

Andererseits hatte Tiny nicht geahnt, dass sie etwas anderes war als die liebevolle Verlobte, die sich jedes Mal, wenn er von einer gefährlichen Mission zurückkam, so sehr gefreut hatte, ihn zu sehen.

Sie und ihr Geliebter waren so dumm, dass sie selbst dann, wenn es ihnen gelungen wäre, ihn im Schlaf zu töten, nicht damit durchgekommen wären. Die SMS, die sie hin- und hergeschickt hatten, die Internetrecherchen, die sie durchgeführt hatte, die Quittungen von den Hotelverabredungen ... sie wären innerhalb weniger Tage nach seinem Tod erwischt worden.

Aber sie hatten es offensichtlich nicht geschafft, ihn zu töten. Sonja hatte ihm ein Messer in die Brust gerammt und wie durch ein Wunder nichts Lebenswichtiges getroffen – wie sein Herz, auf das sie gezielt hatte.

Der Kampf danach war schnell, brutal und sehr rasch vorbei gewesen. Tiny hatte seine Verlobte mit einem Schlag außer Gefecht gesetzt, und es bedurfte nicht viel mehr, um ihren Liebhaber zu überwältigen, der neben dem Bett gewartet hatte, um ihn nach ihrem ersten Schlag zu erledigen.

Aber jetzt, da er etwas Zeit und Abstand hatte und sich erlaubte, über das Geschehene nachzudenken, erkannte Tiny, dass er sich mehr dafür schämte, nicht gewusst zu haben, dass seine Verlobte ihn betrog und seinen Tod plante, als dass er über ihren Verrat verletzt war. Wenn sie mit ihm Schluss gemacht hätte, um mit diesem anderen Mann zusammen zu sein, wäre er zwar nicht glücklich gewesen, aber er hätte sie gehen lassen. Er wäre recht schnell weitergezogen.

Stattdessen hatte sie ihm die Fähigkeit zu vertrauen genommen. Seit dieser Nacht hatte er nicht mehr neben einer Frau geschlafen. Er hatte niemandem genug vertraut, um wieder so verletzlich zu sein.

Ja, Ryleigh schlief in seinem Haus, aber immer in einem anderen Zimmer, und seine Tür war stets geschlossen. Er war schon immer ein leichter Schläfer gewesen, aber jetzt war er es noch mehr. Beim kleinsten Knarren der Dielen riss Tiny die Augen auf und lief aus dem Zimmer, um zu sehen, was Ryleigh machte. Sie war immer von seinem Erscheinen überrascht. Ganz gleich, wie leise sie zu sein versuchte, er hörte sie trotzdem.

Sonja hatte ihm das angetan, und er hasste sie dafür.

Sie und ihr Liebhaber waren immer noch hinter Gittern, aber das würde nicht ewig so bleiben. Er hatte sich geschworen, bei jeder ihrer Bewährungsanhörungen dabei zu sein, um sicherzustellen, dass sie so lange wie möglich eingesperrt blieben. Aber jetzt, da er sich in der *Zuflucht* niedergelassen hatte ... stellte er fest, dass sein Bedürfnis nach Rache zumindest versiegt war.

Außerdem hatte er jetzt etwas Wichtigeres, auf das er sich konzentrieren konnte.

Ryleigh.

Traute er ihr? Nein, nicht wirklich. Aber jetzt, da er begriff, dass hinter ihren Handlungen mehr steckte als hinterlistige Absichten, war Tiny nicht mehr ganz so misstrauisch wie früher.

»Alles in Ordnung?«, fragte Tonka, als er sich dem Krankenhaus näherte. Er hatte eine Tüte mit Fast Food in der einen Hand und hielt mit der anderen Jasnas Hand fest.

»Ja«, sagte Tiny, als er aufstand.

»Ist Ry noch da drin und redet mit Henley?«

Tiny nickte.

»Meinst du, es ist sicher, sie zu unterbrechen?«, fragte Tonka. »Ich will ihr die Pommes bringen, solange sie noch halbwegs warm sind. Dann bringe ich Jas zurück in *Die Zuflucht*, damit wir nach allen Tieren sehen können.«

»Kommst du danach wieder her?«, fragte Tiny, der die Antwort bereits kannte.

»Natürlich.«

»Ich auch?«, fragte Jasna. »Ich will nichts verpassen!«

Tonka lachte. »Du wirst nichts verpassen, außer Weinen und Kacken.«

»Igitt, eklig. Sag nicht Kacken«, beschwerte Jasna sich mit einer Grimasse.

Tiny und Tonka lachten beide.

»Du kannst einen Stall ausmisten, ohne mit der Wimper

zu zucken, aber über das Kacken deiner Schwester zu reden widert dich an?«

»Im Ernst, hört auf!«, forderte Jasna.

Tonka lächelte so breit, dass Tiny nicht anders konnte, als ihn verwundert anzustarren. Tonka war immer der zurückhaltende Typ gewesen. Aber seit er Henley geheiratet hatte, hatte er sich definitiv geöffnet. Trotzdem glaubte er nicht, dass er seinen Freund jemals so ... unbeschwert gesehen hatte.

»In Ordnung. Komm, wir gehen zu deiner Mutter und deiner Schwester. Dann erledigen wir ein paar Sachen in der Scheune und sorgen dafür, dass du es bei Alaska und Brick gemütlich hast.«

»Und du hast noch mehr Fotos für mich, damit ich sie nächste Woche meinen Freundinnen in der Schule zeigen kann, richtig?«, fragte Jasna.

»Ja, natürlich. Komm, lass uns deiner Mutter diese Pommes geben.«

Tiny folgte dem Duo zurück ins Krankenhaus und den Flur entlang zu Henleys Zimmer. Als sie eintraten, lachten Ryleigh und Henley gerade über irgendetwas.

»Juhu! Pommes!«, rief Henley aus, als sie ihren Mann sah.

»Ich tausche mit dir, Elizabeth gegen eine große Pommes«, sagte Tonka grinsend zu ihr.

»Abgemacht. Gib her!«

Alle lachten.

Der Anblick des winzig kleinen Babys in Tonkas Armen ließ Tinys Herz einen Schlag aussetzen. Es war nicht so, als hätte er oft über Kinder nachgedacht. Er war sich nicht einmal sicher, ob er *jemals* welche haben wollte, aber seinen Freund so verliebt und glücklich zu sehen ließ ihn innerlich ganz weich werden.

»Ich werde gehen«, sagte Ryleigh zu Henley.

»In Ordnung. Danke für das Gespräch. Du gehörst hierher, Ry. Wer sonst könnte Elizabeth so wie du beibringen, ein Computergenie zu sein?«

Ryleigh schenkte ihr ein kleines Lächeln, dann winkte sie unbeholfen – was Tiny niedlich fand – und machte sich auf den Weg zur Tür.

Da sie mit ihren Freunden, die bereits gegangen waren, im Krankenhaus angekommen war, verabschiedete er sich ebenfalls schnell und beeilte sich, Ryleigh einzuholen.

»Wozu die Eile?«, fragte er, als er neben ihr auftauchte.

»Oh ... du musst doch nicht gehen, nur weil ich gehe«, sagte Ryleigh.

Tiny runzelte die Stirn. »Du brauchst eine Mitfahrgelegenheit«, sagte er, was sie offensichtlich wusste.

»Ja, aber ich wollte mit einem Taxi zurück zur *Zuflucht* fahren.«

»Auf keinen Fall«, sagte er kopfschüttelnd.

Jetzt war es an Ryleigh, die Stirn zu runzeln. »Ich weiß, dass du mir kein bisschen vertraust, aber ich habe dir schon gesagt, dass ich noch nicht gehe. Du musst dir keine Sorgen machen, dass ich mir ein Taxi nehme, das mich zum Flughafen fährt oder so.«

Tiny seufzte. »Darüber habe ich mir keine Sorgen gemacht. Aber wir fahren an denselben Ort. Ich kann dich nach Hause bringen.«

»Du bist nicht für mich verantwortlich«, konterte sie.

»Und du bist auch nicht für alle verantwortlich, die in der *Zuflucht* leben und arbeiten, oder für das, was dort passiert«, platzte Tiny heraus.

Ryleigh blieb mitten im Flur stehen und starrte ihn an. »Was?«

»Du hast mich verstanden. Du hast dir den Arsch aufgerissen, um Stone zu finden, aber jetzt ist er wieder da. Alles ist gut. Du kannst aufhören, dir so viele Sorgen zu machen.«

Zu seiner Überraschung lachte Ryleigh, aber es lag kein Humor darin. »Sicher«, sagte sie zynisch und ging wieder in Richtung Ausgang.

Tiny biss die Zähne zusammen. Er hasste es, dass sie immer noch Geheimnisse vor ihm hatte. »Ich bin nicht dein Feind«, sagte er, während sie gingen.

»Danach sah es nicht aus.«

Kaum waren sie draußen, hielt Tiny sie auf, indem er sie sanft am Arm packte. Sie schaute ihn überrascht an.

»Mir ist klar, dass ich ein Arsch war, und ich versuche, mich zu entschuldigen. Ich würde gern neu anfangen.«

Ryleigh starrte ihn mit einem Gesichtsausdruck an, den er nicht deuten konnte.

»Neu anfangen? Ein neues Kapitel aufschlagen? Wie auch immer du es nennen willst. Ich werde dich nicht mehr bedrängen, während du arbeitest. Ich werde nicht mehr darauf beharren zu wissen, wo du bist und mit wem du zusammen bist oder mit wem du redest. Ich möchte, dass alles wieder so wird, wie es war, als du anfingst, in der *Zuflucht* zu arbeiten.«

»Wirklich?«, fragte sie skeptisch.

»Ja.«

»Warum?«

»Darum.«

»Das ist keine Antwort«, entgegnete sie und zog eine Augenbraue in die Höhe.

Tiny zuckte mit den Schultern.

Sie seufzte und sah weg. »Na gut.«

Tiny fühlte sich, als hätte er im Lotto gewonnen. Das war ein Anfang.

»Bist du müde?«, fragte er, als sie in Richtung Parkplatz gingen. Er war überrascht, wie schwer es ihm fiel, die Hand von ihrem Arm zu nehmen.

»Erschöpft.«

»Ich auch. Ich dachte, ich mache Hamburger zum Abendessen, anstatt in die Lodge zu gehen. Passt dir das?«

Diesmal sah sie ihn etwas misstrauisch an, nickte aber.

Sie schwiegen, als sie in seinen Wagen stiegen und zurück zur *Zuflucht* fuhren. Aber es war eine angenehme Stille, nicht wie die mit unterschwelligen Spannungen behaftete, die sie während der letzten Monate durchlitten hatten.

Tiny hatte keine Ahnung, wohin dieser Neuanfang sie führen würde, aber er war fest entschlossen, alle Geheimnisse von Ryleigh aufzudecken. Nicht weil er glaubte, dass sie sie gegen ihn oder seine Freunde verwenden würde, sondern weil er das Gefühl hatte, dass sie sich sonst in Luft auflösen würde ... und wenn das passierte, würde niemand sie je wiederfinden. Nicht, wenn sie nicht gefunden werden wollte.

KAPITEL FÜNF

Ry konnte nicht anders, als sich über Tinys plötzliche Kehrtwende zu wundern. Sie war sehr dankbar, dass er nicht ständig über ihre Schulter schaute, aber sie wollte unbedingt wissen, was seine Meinung geändert hatte.

Und jetzt, da er nett zu ihr war, kam noch ein weiteres Problem auf ... nämlich, dass sie *viel* zu gern mit ihm zusammen war, als ihr lieb war. Der mürrische, misstrauische Tiny war leicht zu verabscheuen und aus ihrem Kopf zu verdrängen. Aber der nette, respektvolle und nachdenkliche Tiny? Den konnte man unmöglich ignorieren.

Und je mehr sie in der Nähe dieses Tinys war, desto mehr *wollte* sie in seiner Nähe sein ... was nicht gut war. Sie wollte gehen. Sobald sie herausgefunden hatte, was ihr Vater vorhatte, war sie verschwunden. Sie hatte bereits beschlossen, in den Nordosten zu ziehen. Vielleicht in die Gegend von Boston.

Der Gedanke, New Mexico und *Die Zuflucht* zu verlassen, bereitete ihr Kopf- *und* Herzschmerz, aber es war das Beste. Sie hatte sich zu sehr an die Menschen hier gewöhnt.

Und die Nähe zu den Menschen öffnete ihrem Vater die Tür, um sie gegen sie zu verwenden.

Das bisher einzige Anzeichen dafür, dass ihr Vater sie gefunden hatte, war die kleine Abhebung von zehn Cent vom Bankkonto der *Zuflucht*. Sie hatte das Konto überwacht, um sicherzugehen, dass ihr Vater es nicht leer räumte, einfach weil er es konnte. Sie war sich sicher, dass diese Lastschrift in Höhe von zehn Cent ein Zeichen für die Zukunft war. Die Art ihres Vaters, sie zu verarschen. Aber seitdem waren Wochen vergangen, und nichts anderes schien ungewöhnlich zu sein.

Ry war paranoid, das würde sie als Erste zugeben, aber anscheinend hatte sie sich dieses Mal vielleicht geirrt. Das war sowohl eine Erleichterung als auch ein Schlag, denn es bedeutete, dass sie wahrscheinlich so bald wie möglich gehen *konnte*, gehen *sollte*. Falls ihr Vater sie noch nicht gefunden hatte, war jeder Tag, den sie in der *Zuflucht* verbrachte, ein weiterer Tag, der verging, an dem er sie finden *konnte*.

Aber das leise Prickeln in ihrem Nacken, das immer noch darauf bestand, dass ihr Vater sie nur verarschen wollte, ließ sich nicht ignorieren.

Es war gut möglich, dass er nur darauf wartete, dass sie sich aus dem Staub machte, um *Die Zuflucht* ungeschützt zu lassen, damit er zuschlagen konnte, ohne dass sie da war, um den Schaden zu mindern. Ja, sie konnte *Die Zuflucht* aus der Ferne verteidigen, aber sie kannte ihren Vater. Sie wusste, wie sein Verstand funktionierte. Dort zu sein und aus erster Hand zu sehen, was vor sich ging, verschaffte ihr einen Vorteil. Die Angriffe ihres Vaters konnten so subtil sein oder so legitim erscheinen, dass ihre Freunde vielleicht gar nicht merkten, dass es ein Problem gab, bis es zu spät war.

Ry seufzte. Sie saß auf der kleinen Veranda von Tinys

Hütte. Er war schon früher aufgebrochen, um mit einigen Gästen eine Wanderung zu unternehmen. Sie wollten zum Table Rock gehen und dann eine längere, anstrengendere Wanderung machen. An diesem Morgen hatte er ihnen zum Frühstück ein köstliches Gericht aus Eiern und Gemüse zubereitet, ihr von seinem Tagesplan erzählt und danach gesagt, dass sie sich später sehen würden.

Dann hatte Ry den Atem angehalten, als er auf sie zuging, sich zu ihr hinunterbeugte ...

Und sie so lässig auf die Seite ihres Kopfes küsste, als hätte er das jeden Tag getan, seit sie in seiner Hütte wohnte.

Nachdem er gegangen war, hatte sie noch einige Minuten wie erstarrt in der Küche gestanden.

Seit er sie gefragt hatte, ob sie noch einmal neu anfangen könnten, hatte er begonnen, sie ständig zu berühren. Er berührte sie, wenn sie sich im Flur begegneten – ihren Arm, ihren Rücken –, und jetzt, an diesem Morgen, *küsste* er sie.

Es war ein freundschaftlicher Kuss, nichts, bei dem sie sich unwohl fühlen würde. Aber ein Kuss war es trotzdem. Das Beängstigende daran war, wie sehr Ry den Kopf ein wenig drehen wollte, damit seine Lippen ihre Haut und nicht nur ihr Haar berühren konnten.

Sie war dabei, sich in diesen Tiny zu verlieben. Den, den sie bei ihrer Ankunft kennengelernt hatte. Nicht in den, der sie mit seiner Wut, Frustration und Feindseligkeit eingeschüchtert hatte.

Aber sie *durfte* sich nicht in ihn verlieben. Sie würde bald abreisen. Punkt.

Mit diesem Gedanken im Kopf stand Ry auf und machte sich auf den Weg zur Lodge. Sie hatte heute Morgen bereits einige Zeit im Internet verbracht und nach Anzeichen dafür gesucht, dass ihr Vater sie gefunden hatte, aber keine gefunden. Außerdem hatte sie etwa zweihunderttausend Dollar an verschiedene Wohltätigkeitsorganisationen gespendet, Geld, für dessen Ausgabe ihr Vater sie buchstäblich umbringen würde.

Jetzt brauchte sie eine Pause. Ein Besuch bei Robert und Luna in der Lodge würde ihr eine solche verschaffen. Der Vater und die Tochter hatten für Tonka, Henley und Jasna Mittag- und Abendessen gekocht, damit sie so viel Zeit wie möglich mit ihrem neuen Familienmitglied verbringen konnten und weil es anstrengend war, frisch Eltern zu sein. Vielleicht würde sie anbieten, das Mittagessen in ihre Hütte zu bringen ... damit *sie* selbst ein wenig Zeit mit der kleinen Elizabeth verbringen konnte.

Sie konnte immer noch nicht glauben, dass Henley und Tonka ihre Tochter nach ihr benannt hatten. So etwas hatte noch nie jemand für sie getan. Verdammt, sie hatte vorher nicht einmal Freunde gehabt. Nicht wirklich. New Mexico zu verlassen und Elizabeth nicht mehr aufwachsen zu sehen wäre das Schmerzhafteste, was sie bisher in ihrem Leben getan hatte, aber die Alternative war keine Option. Sie konnte nicht bleiben. Wenn sie es tat, wären alle hier ständig in Gefahr. Wer wusste schon, was ihr Vater mit jedem machen würde, der ihr half.

Manche Leute würden Ry für übertrieben dramatisch halten. Sie würden sich fragen, was ihr Vater *wirklich* mit jemandem anstellen könnte. Aber sie wusste es. Harold Lodge war kein Mann, der die Vergangenheit ruhen ließ. Und es war nicht so, als hätte sie ihm nur ein paar Dollar gestohlen, als sie ging.

Ein Lächeln überzog ihr Gesicht, als sie daran dachte, wie er reagiert haben musste, als ihm klar wurde, was passiert war. Dass die Tochter, die er sorgfältig in seinem Handwerk ausgebildet hatte, das Mädchen, von dem er glaubte, er hätte es fest um den kleinen Finger gewickelt, das es aufgrund der erwarteten Bestrafung niemals *wagen* würde, aus der Reihe zu tanzen, sich in Luft aufgelöst hatte – und mit ihr sein ganzes Vermögen. Das Geld, das er unrechtmäßig von gemeinnützigen Organisationen, Banken, Millionären, Unternehmen, Städten und sogar von den gefährlichsten Drogenkartellen der Welt gestohlen hatte.

Er würde niemals aufgeben, sie zu suchen, um sein Geld zurückzubekommen.

Ry hatte keinen Zweifel daran, dass Harold Lodge inzwischen viel mehr Geld gestohlen hatte. Er wäre nicht in Not, würde nicht auf der Straße leben und wäre nicht auf die Freundlichkeit anderer angewiesen. Nein, er hätte sofort damit begonnen, den Verlust seines Vermögens wieder wettzumachen. Aber er würde nicht vergessen, was sie getan hatte. Nein, er würde sich rächen wollen. Deshalb konnte Ry auch nicht in der *Zuflucht* bleiben.

Sie öffnete die Tür zur Lodge und lächelte Alaska an, die hinter dem Empfangstresen stand. Ein paar Gäste saßen in den bequemen Ledersesseln im Eingangsbereich, aber sie schenkten ihr keine weitere Beachtung, nachdem sie neugierig aufgeschaut hatten, wer das Gebäude betreten hatte.

»Hey«, sagte Alaska in einem munteren Ton.

»Morgen«, antwortete sie.

»Was gibt's? Alles in Ordnung?«, fragte Alaska.

Ry lächelte sie an. »Alles ist gut. Ich dachte, ich komme mal her und schaue, ob ich Robert und Luna für eine Weile nerven kann.«

Alaska beugte sich vor. »Sie backen heute Morgen Kekse. Ich glaube, deshalb sitzen sie *hier* drin und lesen anstatt in ihren Hütten«, sagte sie und deutete auf die Gäste in dem weitläufigen Eingangsbereich.

Ry kicherte. »Das kann man ihnen nicht verübeln.«

»Also, wenn du Robert überredest ... würdest du mir ein paar mitbringen? Die sind so gut direkt aus dem Ofen.«

»Du weißt, dass Robert dir alles geben würde, was du willst, wenn du da reingehst«, sagte sie trocken.

Alaska rümpfte die Nase. »Wahrscheinlich. Aber ich versuche, darauf zu achten, was ich esse.«

»Warum?«

Sie runzelte die Stirn. »Weil ich ein paar Kilo abnehmen könnte.«

»Nein«, sagte Ry mit Nachdruck.

»Nein? Nein was?«, fragte Alaska verwirrt.

»Du bist perfekt, so wie du bist. Und ich weiß, dass Brick das Gleiche sagen würde. Du bekommst jede Menge Bewegung, wenn du hier herumläufst. Du hilfst den Gästen, gehst wandern, spielst mit Jasna, gehst mit Mutt spazieren ... du bist *gesund*, Alaska. Wenn du einen Keks willst, iss einen Keks. Im Leben geht es um Balance.«

»Das ist ... wow.«

»Frauen sind viel zu hart zu anderen Frauen ... auch zu sich selbst. Wir sind bei jeder Kleinigkeit pingelig. Wir rümpfen die Nase über andere, obwohl wir gar nichts über sie wissen. Wir sind bereit, Männern so ziemlich alles durchgehen zu lassen, weil sie gut aussehen oder einfach weil sie Männer sind. Aber wir sind super voreingenommen einander gegenüber. Ich hasse das. Du bist wunderschön, Alaska. Du bist fleißig, du sorgst dafür, dass hier alles reibungslos läuft, du bist diejenige, zu der alle schauen, wenn sie Hilfe bei etwas brauchen.«

»Ry«, sagte Alaska und blinzelte heftig, um die Tränen zurückzuhalten.

»Ich will damit nur sagen, dass du nicht glauben sollst, du müsstest abnehmen, nur weil du nicht so aussiehst wie die Leute in den Zeitschriften. Du könntest zweihundert Kilo wiegen und ich würde immer noch denken, dass du der schönste Mensch bist, den ich je getroffen habe, wegen deiner Persönlichkeit, deiner Güte. Weil du nicht einmal mit der Wimper gezuckt hast, als du herausgefunden hast, dass ich dich angelogen, dass ich mir hier einen Job ergaunert habe. Du hast zu mir gehalten, mich unterstützt – und glaub nicht, dass es mir entgangen ist, wie du Tiny jedes Mal angefunkelt hast, wenn er ... nun ja ... Tiny war.«

»Er war gemein«, sagte Alaska mit einem Schniefen.

Ry konnte nicht anders, als darüber ein wenig zu lächeln. »Er war *beschützend*. In Bezug auf den Ort, den er und die anderen Jungs mit ihrem Blut, Schweiß und ihren Tränen aufgebaut haben. Das nehme ich ihm nicht übel.«

»Nun, ich schon«, sagte Alaska hartnäckig. »Aber mir ist aufgefallen, dass er in letzter Zeit nicht mehr ganz so gemein ist.«

Aus irgendeinem Grund errötete Ry. Sie zuckte mit den Schultern. »Er sagte, er wolle neu anfangen.«

Alaska wischte sich den Rest ihrer Tränen weg und lächelte. »Das wurde auch Zeit.«

»Was wurde auch Zeit?«

»Er kommt endlich in die Gänge und sieht, was direkt vor ihm liegt. Wir waren alle ziemlich aufgeregt, als er dich in seine Hütte geholt hat. Auch wenn er sich wie ein Idiot benommen hat, dachten wir, dass es letztendlich eine gute Sache sein würde.« Alaska zog eine Grimasse. »Aber dann wurde er immer gemeiner zu dir, und wir waren alle sauer. Ich bin erleichtert, dass er endlich zu sich gekommen ist, bevor die Jungs eingreifen mussten.«

»Eingreifen?« In Rys Kopf drehte sich alles. Sie hatte keine Ahnung, dass Alaska und die anderen überhaupt so dachten.

»Ja, dem Mann etwas Vernunft einbläuen. Ihm drohen, wenn er nicht anfängt, dich besser zu behandeln.«

Diesmal musste Ry mit den Tränen kämpfen.

»Oh, ich wollte dich nicht verärgern.«

»Das hast du nicht. Es ist nur ... ich hatte früher keine Freunde«, platzte Ry heraus und wünschte sich sofort, sie hätte es nicht getan. Wer gab denn so etwas zu? Es war erbärmlich.

Alaska kam um den Empfang herum und zog Ry in eine feste Umarmung. »Ich auch nicht«, flüsterte sie, bevor sie sich zurückzog. Ihre Hände blieben auf Rys Schultern liegen, als sie ihren Blick erwiderte. »Als ich entführt wurde, war ich im Urlaub in Russland. *Allein.* Weil ich niemanden hatte, der mich begleitet. Als ich in der Highschool war, war ich zu seltsam und zu arm, als dass andere Mädchen sich in meiner Nähe wohlfühlten. Ich gebe zu, dass ich mich selbst nicht sehr bemüht habe, mich mit ihnen anzufreunden, weil meine Mutter zu labil war. Jedenfalls ging das so weiter, als ich älter wurde. Ich wechselte oft den Job, sodass es schwer war, echte Freunde zu finden. Der Umzug hierher in *Die Zuflucht* war das Beste, was mir je passiert ist.«

Es lag Ry auf der Zunge zuzustimmen. Aber sie würde nicht bleiben. Also nickte sie stattdessen einfach.

»Gut, also ... Kekse. Kannst du mir ein paar davon klauen?«, fragte Alaska.

Ry war froh über die Pause von diesem intensiven Moment. »Natürlich.«

»Danke.«

Die beiden Frauen lächelten sich einen langen Moment an, dann drückte Alaska Rys Schultern, bevor sie losließ und hinter den Tisch zurückging. »Ich muss noch ein bisschen Papierkram erledigen, dann bin ich für heute fertig. Die neuen Gäste haben alle eingecheckt und ich habe alle E-Mail-Anfragen beantwortet. Ich muss nur noch den Terminkalender mit den neuesten Buchungen aktualisieren.«

Sie nickte. »Cool.« Alaska arbeitete wirklich hart und

war gut in dem, was sie tat. Es war ihr ein Vergnügen, dafür zu sorgen, dass die Gäste zufrieden waren und dass alles organisiert war. Sie war eine fantastische Verwaltungskraft, und *Die Zuflucht* konnte sich glücklich schätzen, jemanden zu haben, der so fähig und freundlich war wie sie, um die Rezeption zu bedienen.

Ry drehte sich zur Küche um, war aber keine zwei Schritte weit gekommen, als die Tür zur Lodge geöffnet wurde. Als sie nachsah, wer es war, blieb sie stehen, als sie Tonka entdeckte. Er sah verängstigt aus.

»Was ist denn los?«, fragte Alaska. Offensichtlich hatte sie seine Verzweiflung auch gesehen.

Ry blieb, wo sie war, und lauschte ungeniert. Sie mochte es nicht, wenn ihre neuen Freunde aufgebracht waren, und irgendetwas hatte Tonka eindeutig aufgebracht. Ihre Gedanken gingen sofort zu den Tieren, für die er sorgte. War einem von ihnen etwas zugestoßen?

»Weißt du, wo Brick ist?«, fragte er Alaska.

»Ich glaube, er ist mit Stone und Owl im Hangar und bespricht Hubschraubersachen. Warum? Was ist los?«

»Ich habe einen Brief von Tricare bekommen. Ich weiß nicht, was los ist, aber irgendetwas ist nicht in Ordnung. Ich brauche seinen Rat.«

Ry gefror das Blut in den Adern. Sie war sich nicht sicher warum, sie hatte keinen Grund, sich unwohl zu fühlen, und doch lief ihr bei Tonkas Worten ein kalter Schauer über den Rücken.

»Vielleicht kann ich helfen? Was steht in dem Brief?«, fragte Alaska.

Ry trat näher an den Empfang heran, um Tonkas Antwort zu hören.

»Sie behaupten, dass etwas mit meiner Versicherung nicht stimmt. Und dass sie weder für Elizabeths Geburt *noch* für Henleys Krankenhausaufenthalt aufkommen werden.

Ich verstehe nicht, was da schiefgelaufen ist. Ich habe versucht, dort anzurufen, aber natürlich muss man erst mal drei Stunden in der Warteschleife verbringen, bis man jemanden sprechen kann.«

»Keine Panik«, sagte Alaska entschlossen. »Lass mich Drake anrufen und ihn hierherholen. Er wird wissen, was zu tun ist.«

»Kann ich es sehen?«, fragte Ry und streckte eine Hand nach dem Brief aus.

Sowohl Alaska als auch Tonka drehten sich überrascht zu ihr um, so als hätten sie vergessen, dass sie da war.

Tonka zögerte nicht und reichte ihr den Brief. Ry las ihn schnell und stellte fest, dass es sich um eine Art Formbrief handelte, der Tonka darüber informierte, dass seine medizinischen Leistungen aufgrund von »Anomalien« infrage gestellt wurden.

Anomalien. Ja, sicher. Tief in ihrem Inneren wusste Ry, dass dies das Werk ihres Vaters war. Das war seine Arbeitsweise. Er war hinterhältig, schmutzig. Er mochte es, Menschen zu schikanieren, sie ein bisschen zu verletzen, bis sie völlig gebrochen waren.

Sie hatte glauben wollen, dass zehn Cent nichts waren, aber ihr Instinkt hatte recht behalten.

Das war er. Er sondierte das Terrain.

»Ich kann das in Ordnung bringen«, sagte sie mit fester Stimme zu Tonka, während ihr bereits durch den Kopf ging, was sie tun musste, und ihre Finger darauf brannten, an den Computer zu gelangen.

Tonkas Gesichtsausdruck hellte sich auf, und ein Teil der Panik, die er empfunden hatte, verflog buchstäblich vor ihren Augen. »Wirklich?«

Ry nickte.

»Ich bin mir nicht sicher, ob Tricare mit dir reden wird.«

Ry hob eine Augenbraue und begegnete Tonkas Blick direkt. »Ich werde dort nicht anrufen.«

Verständnis dämmerte in seinen Augen.

»Aber wenn dir das unangenehm ist, kannst du mit Brick reden. Ich bin sicher, er hat ein paar Ideen, wie man das in Ordnung bringen kann.« Ry bezweifelte das, aber sie musste das Angebot machen.

»Ich vertraue dir.«

Ry musste schwer schlucken, um nicht in Tränen auszubrechen.

Tonka hatte keine Ahnung, was diese drei kleinen Worte für sie bedeuteten. Er wusste einiges von dem, wozu sie fähig war – nicht alles, denn sie hatte noch niemandem von ihrer Vergangenheit erzählt, von den Dingen, die sie getan hatte, und von dem, was sie *immer noch* tun konnte. Aber genug, dass er wusste, dass sie ihre Computerkenntnisse nutzen würde, um herauszufinden, was mit seiner Versicherung los war.

»Brauchst du meine Sozialversicherungsnummer? Und die von Henley?«

Tonka war irgendwie süß in seiner Naivität. »Nein.«

»Aber du wirst sie brauchen, um –«

»Ich bin sicher, sie kann sie finden«, unterbrach Alaska ihn.

»Oh … ja. Sicher. Okay, also … ich gehe zurück in die Hütte. Elizabeth ist heute Morgen etwas unruhig und Henley hat letzte Nacht nicht viel Schlaf bekommen. Wenn du etwas brauchst, zögere nicht rüberzukommen, okay?«

Ry hatte keine Ahnung, was sie getan hatte, um solche Freunde zu verdienen. Ehrlich gesagt hatte sie sie *nicht* verdient. Aber sie tat ihr Bestes, um ihre vergangenen Sünden wiedergutzumachen. »Okay. Ich komme rüber, wenn ich herausgefunden habe, was das Problem ist.«

»Danke, Ry. Ich meine es ernst. Es tut mir leid, wenn ich

einen Moment in Panik geraten bin. Ich ... ich will nur nicht, dass Henley sich wegen irgendetwas Sorgen macht, und das würde sie definitiv beunruhigen.«

Ry nickte – und blinzelte überrascht, als Tonka auf sie zuging und sie kurz, aber fest umarmte. Dann nickte er ihr zu und wandte sich zum Gehen.

»Hat Tonka dir gerade zugenickt?«, fragte Alaska voller Ehrfurcht.

»Ja?«, erwiderte Ry ein wenig verwirrt.

»Und er hat dich *umarmt*. Seine Veränderung im Vergleich zur Zeit meiner Ankunft ist unglaublich. Mit Henley und Jas, die ihre Magie wirken lassen, den Tieren und jetzt Elizabeth ist er ein ganz anderer Mensch. Ich freue mich so für ihn.«

Ry nickte, aber ihr Kopf war bereits auf die Schritte konzentriert, die sie unternehmen musste, um herauszufinden, was ihr Vater getan hatte und wie sie es wieder in Ordnung bringen konnte.

»Gut, ich sehe schon, du willst dich an die Arbeit machen. Wie wäre es, wenn *ich* Robert und Luna besuche und *dir* ein paar Kekse besorge und sie dann zu Tinys Hütte bringe?«

Normalerweise hätte Ry für Roberts ofenfrische Schokoladenkekse getötet, aber allein der Gedanke daran, jetzt zu essen, verursachte ihr Übelkeit. »Ist schon okay. Ich will die Sache klären. Ich komme später wieder her und hole mir welche.«

»Brauchst du Hilfe?«, bot Alaska an.

»Danke, aber nein, ich schaffe das schon.« Auf keinen Fall würde sie jemand anderen in den Schlamassel ihres Lebens hineinziehen.

»Okay, aber wenn du etwas brauchst, schrei einfach.«

»Werde ich.« Das würde sie auf keinen Fall tun, aber Alaska brauchte das nicht zu wissen.

Auf Autopilot machte Ry sich auf den Weg zur Eingangstür der Lodge. Sie hielt immer noch den Brief in der Hand, den Tonka erhalten hatte, und las ihn noch einmal, während sie schnell zu Tinys Hütte ging.

Als sie eintrat, ging sie direkt zum Küchentisch, wo sie ihren Laptop abgestellt hatte. Er war ihr Baby, ihr wertvollster Besitz. Ohne ihn war sie nichts. Eine Highschool-Abbrecherin mit wenig erkennbaren Fähigkeiten in der realen Welt. Der Computer definierte, wer sie war. Er war *alles*, was sie war.

Mit einem tiefen Atemzug öffnete sie ihn und gab ihr Passwort ein. So einfach wie das Atmen gab Ry mehrere weitere Passwörter ein, um Zugang zum Dark Web zu erhalten. Sie musste sehr vorsichtig sein, denn sie mochte es nicht, sich in Regierungsdatenbanken zu hacken. Die Sicherheitsvorkehrungen waren im Laufe der Jahre immer ausgefeilter geworden, und sie wollte auf keinen Fall erwischt werden.

Außerdem hatte sie keinen Zweifel daran, dass ihr Vater da draußen war und sie beobachtete und wartete. Er hatte den Köder ausgelegt und sie reagierte darauf, genau wie er es erwartete. Wahrscheinlich war er schadenfroh und lachte, wo auch immer er gerade war. Das einzig Positive war, dass es nicht mehr nötig war, ihren Aufenthaltsort zu verbergen. Ihr Vater wusste, wo sie sich aufhielt, und er legte sich mit ihr an. Das war nur der Anfang, das wussten sie beide. Das Katz-und-Maus-Spiel hatte begonnen.

Ry hatte keinen Zweifel daran, dass ihr Vater sich so lange mit der *Zuflucht* anlegen würde, bis sie nachgab und mit ihm redete. Ihm das gestohlene Geld zurückgab.

Ry biss die Zähne zusammen und konzentrierte sich auf den Bildschirm vor ihr. Er würde nicht gewinnen. Jetzt, da er *Die Zuflucht* im Visier hatte, würde er nicht mehr aufhören. Selbst wenn sie ginge, würde er seine Spiele fortsetzen, bis er den Rückzugsort für Traumatisierte zerstört hätte. Er würde keinen einzigen Funken Reue empfinden.

Es lag an Ry, ihn ein für alle Mal zu stoppen. Sie musste all ihre Fähigkeiten einsetzen, um *Die Zuflucht* elektronisch zu sperren. Um das Geld, die verschiedenen Konten und die Online-Fußabdrücke der Angestellten zu sichern, die dort arbeiteten.

Aber sie konnte unmöglich alles und jeden schützen. Ihr Vater würde immer einen Weg finden, einzudringen und Chaos zu stiften.

Mit einem Gefühl der Übelkeit, dass sie das getan hatte, dass ihre Anwesenheit eine Bedrohung für alle war, atmete sie tief durch und konzentrierte sich auf die anstehende Aufgabe. Sie musste Tonkas Akten in Ordnung bringen – *alle*. Sie verschließen. Und die von allen anderen auch. Denn wenn ihr Vater sich an Tonkas Krankenversicherung zu schaffen machen konnte, konnte er sich auch an den Rentenkonten der Jungs zu schaffen machen, an den Sozialleistungen und sogar an den Dienstakten.

Das würde sie auf keinen Fall zulassen.

Drei Stunden später lehnte Ry sich mit einem schweren Seufzer in ihrem Stuhl zurück. Sie hatte es geschafft. Sie hatte herausgefunden, wo ihr Vater an Tonkas Unterlagen herumgepfuscht hatte, und sie korrigiert. Der Versicherungsanspruch für Elizabeths Geburt war in Arbeit ... wurde sogar beschleunigt. Tonka sollte eine Benachrichtigung erhalten, dass die Zahlung der Versicherungssumme sofort bearbeitet wurde.

»Hier.«

Ry erschrak so sehr, dass sie das Glas Wasser, das Tiny neben ihrem Ellbogen abgestellt hatte, umgestoßen hätte, wenn er nicht schnell genug gewesen wäre, um es aus dem Weg zu nehmen.

»Ganz ruhig«, besänftigte er sie.

Ry sah auf und blinzelte verwirrt. Sie konnte sich nicht einmal daran erinnern, dass Tiny zurückgekommen war. Sie hatte keine Ahnung, wie lange er schon dort war.

»Du hast dich so sehr konzentriert, dass du mich nicht hast kommen hören«, sagte er, als könnte er ihre Gedanken lesen.

»Oh, tut mir leid.«

»Ist schon in Ordnung. Tonka hat Brick angerufen, der mir eine Nachricht geschickt hat, während ich wandern war. Wir sind früher zurückgekommen, weil ich nach dir sehen wollte. Geht es dir gut?«

Es war so schwer, sich an diesen neuen Tiny zu gewöhnen. So lange hatte sie nur mürrische und misstrauische Blicke geerntet, wenn sie an ihrem Computer saß. Und Fragen. Sehr viele Fragen. Tiny wollte immer wissen, was sie tat, wenn sie arbeitete; das brachte sie aus dem Konzept und machte es schwer, sich zu konzentrieren. Aber heute hatte er es nicht nur geschafft, in die Hütte zu kommen, ohne dass sie es hörte, sondern war offensichtlich auch in der Küche herumgelaufen, um ihr etwas zu trinken zu holen. Das war beunruhigend.

»Ryleigh?«

Ihren Vornamen zu hören hätte schreckliche Erinnerungen wachrufen sollen. An ihren Vater, der sie bedrohte. Wie er sie anbrüllte, wenn sie etwas verbockt hatte. Aber stattdessen war es ... nett, wenn es von ihm kam. Er war der Einzige, der sie Ryleigh nannte, und das gab ihr das Gefühl, etwas Besonderes zu sein.

»Richtig, tut mir leid. Alles gut.«

»Hast du es herausgefunden?«

Sie nickte. »Ja.«

»Klasse. Tonka wird sehr erleichtert sein. Du musst Hunger haben. Es ist schon nach der Mittagszeit, und ich nehme an, du hast noch nichts gegessen. Ich habe uns ein paar Sandwiches gemacht.«

Ry blinzelte auf den Teller, der plötzlich neben dem Wasserglas auftauchte. Es war ein Truthahn-Käse-Sandwich. Mit Senf, Kopfsalat und Tomaten. Viel Käse.

Genau wie sie es mochte.

Sie sah zu Tiny auf und platzte heraus: »Ich weiß nicht, ob ich dein nettes Ich mag.«

Zu ihrer Überraschung lächelte er tatsächlich, anstatt sich zu ärgern. »Du wirst dich daran gewöhnen.«

Aber Ry war sich nicht sicher, ob sie das tun würde. »Willst du mich nicht fragen, was ich getan habe? Wie ich Tonkas Aufzeichnungen manipuliert habe? Ob das, was ich getan habe, illegal war, und ob es zurückschlagen und der *Zuflucht* schaden könnte?«

Tiny überraschte sie, indem er ihren Stuhl zu sich drehte, als wöge sie nichts, und sich dann zu ihr beugte, indem er die Hände auf die Armlehnen legte. Eigentlich hätte sie sich eingeengt und bedroht fühlen müssen, aber als sie Tinys männlichen Duft roch, die Muskeln in seinen Armen sah, als er sich über sie beugte, und an seinem stoppeligen Kiefer hochstarrte, musste Ry sich zusammenreißen, um sich nicht auf ihn zu stürzen.

»Ich habe gefragt, was du getan hast ... du hast gesagt, du hättest das Problem behoben. Ich würde nichts von dem verstehen, was du mir darüber erzählst, *wie* du es gemacht hast, und ich weiß bereits, dass das, was du getan hast, illegal war ... und es ist mir scheißegal. Ich weiß auch, dass du nichts tun würdest, was der *Zuflucht* in den Hintern beißen würde.«

Ry konnte ihn nur anblinzeln. Dies war ein so großer

Unterschied zu dem, wie er sich in den letzten Monaten verhalten hatte, dass es ihr unwirklich vorkam.

»Hör zu, ich war ein Arsch. Ich weiß es, und ich habe versprochen, mich zu bessern. Fühle ich mich wohl mit den Dingen, die du tun kannst? Nicht wirklich. Aber während der ganzen Zeit, in der du hier bist, hast du nichts getan, was uns das Geschäft vermasselt hätte. Ich denke, du hast wahrscheinlich eine Menge Dinge getan, die die Dinge *besser* gemacht haben, nicht schlechter. Du hast Jas und Reese gefunden und wolltest keine Anerkennung dafür. Du hast dir den Arsch aufgerissen, um Owl, Lara und Stone zu finden. Und Tonka hat mir erzählt, dass du nicht einmal gezögert hast, ihm zu helfen.«

Er seufzte und sah kurz weg, bevor er seinen Blick wieder auf den ihren richtete.

»Willst du den *wahren* Grund wissen, warum ich so furchtbar zu dir war, Ryleigh?«

Ry brauchte nicht zu fragen. Sie wusste es. Weil sie eine Kriminelle war. Illegale Dinge tat, die der *Zuflucht* definitiv schaden konnten, wenn sie entdeckt wurden. Und weil sie alle belogen hatte.

Aber als er sprach, verblüffte er sie völlig.

»Weil ich mich so verdammt zu dir hingezogen gefühlt habe – und weil die letzte Frau, von der ich dachte, dass ich sie liebe, mich zu töten versucht hat.«

Sie starrte ihn mit großen Augen an, schockiert über sein Geständnis, dass er sich zu ihr hingezogen fühlte, und buchstäblich *sprachlos* darüber, dass jemand versucht hatte, ihn zu töten.

Doch sobald seine Worte eingesickert waren, stieg die Wut in ihr auf, heiß und schnell. »Wie war ihr Name?«

Anstatt es ihr zu sagen, grinste Tiny. »Nein, das wird nicht passieren.«

»Was wird nicht passieren?«, fragte Ry.

»Wenn ich dir ihren Namen sage, wirst du sie mit deinem Computer finden und wer weiß was mit ihr anstellen. Sie büßt für ihre Sünden, du musst dich nicht an ihr rächen.«

Oh doch, das musste sie. »Was ist passiert?«

»Nicht jetzt. Ich werde dir die ganze schmutzige Geschichte erzählen, aber du hockst schon so lange vor dem Computer, dass dir der Rücken wehtun muss. Und du musst Hunger haben. Wie wär's, wenn du etwas isst, dich umziehst und wir dann Tonka sagen, dass alles in Ordnung ist, dann können wir spazieren gehen. Vielleicht können wir Wally und Beauty mitnehmen, damit sie etwas Bewegung bekommen. Tonka hat mir erzählt, dass beide Hunde an Elizabeths Seite kleben, quasi als ihre neuen Leibwächter. Vielleicht fragen wir Jas, ob sie auch mitkommen will. Es wird allen guttun, etwas frische Luft zu schnappen.«

Ry wollte nicht spazieren gehen. Sie war nicht gerade ein Naturmensch. Sie hatte in ihrer Kindheit nie wirklich die Gelegenheit gehabt, die Natur zu genießen, und außerdem saß sie gern am Computer. Sie mochte es, ein Nerd zu sein.

Allerdings wollte sie *wirklich* das Miststück finden, das versucht hatte, Tiny zu töten, und dafür sorgen, dass ihr Leben zur Hölle wurde. Es würde nicht viel brauchen, um ihr Bankkonto zu leeren, sie aus ihrem Job zu feuern und sicherzustellen, dass jeder, mit dem sie in Kontakt kam, wusste, dass sie versucht hatte, einen Mord zu begehen.

»Ich sollte es wahrscheinlich nicht zugeben, aber ich mag diesen blutrünstigen Ausdruck in deinen Augen«, sagte Tiny, strich ihr über die Wange und hob ihren Kopf an, sodass sie keine andere Wahl hatte, als seinem Blick zu begegnen. »Sie ist im Knast. In einem Jahr oder so könnte sie auf Bewährung rauskommen. Dann können wir uns darüber Gedanken machen. Im Moment erntet sie, was sie gesät hat. Den ersten Teil meiner Aussage hast du allerdings nicht kommentiert.«

Knast. Noch besser. Das war alles, was Ry brauchte, um das Miststück zu finden. Sie konnte in den Datenbanken nach Tinys Namen suchen und herausfinden, wo sie war.

»Ryleigh? Hörst du mir zu?«

Sie blinzelte und konzentrierte sich. Die Hand an ihrer Wange war schwielig und warm, und sie musste sich beherrschen, um den Kopf nicht in seine Berührung zu schmiegen. »Ich höre zu.«

»Ich habe mich jahrelang nicht zu einer Frau hingezogen gefühlt. Und als mir klar wurde, dass du nicht die bist, für die wir dich alle hielten, hat mich das in eine Spirale geschleudert. Ich ließ zu, dass meine Bitterkeit meinen gesunden Menschenverstand überwältigte. Du hast es nicht verdient, wie ich dich behandelt habe, und ich bin fertig damit, das Schlimmste zu denken. Es ist verdammt beängstigend, was du mit deinem Computer anstellen kannst, aber seit du hier bist, hast du nichts anderes getan, als dich um uns zu kümmern. Das weiß ich zu schätzen, aber du musst uns nicht mehr ganz allein beschützen.

Lass uns rein ... lass *mich* rein. Lass mich dir bei dem helfen, wovor du Angst hast. *Die Zuflucht* gehört uns allen. Du musst die Verantwortung für diesen Ort nicht allein tragen.«

»Das muss ich, wenn es meine Schuld ist, dass der Ort bedroht ist«, flüsterte sie.

Aber Tiny schüttelte entschieden den Kopf. Dann hockte er sich vor sie, und sie blickte nicht mehr auf, sondern sah zwischen ihren Beinen hindurch auf ihn herab. Seine Hände ruhten jetzt auf ihren Schenkeln, nicht in einer sexuell anzüglichen Weise, sondern in einem beruhigenden Griff.

»Wenn ich Mist baue und einer der Gäste verletzt wird,

würde mir niemand die Schuld geben, sondern alle würden zusammenarbeiten, um dafür zu sorgen, dass diese Person versorgt wird. Wenn Tonka einen Fehler macht und ein Tor offen lässt und Melba entkommt, helfen wir alle mit, sie nach Hause zu bringen. Wenn Savannah einen Fehler bei der Steuererklärung macht, werden wir daran arbeiten, ihn zu beheben. Wir sind ein Team in der *Zuflucht*, Ryleigh, und du bist jetzt ein Teil davon.«

Sie wollte am liebsten weinen. Sie *wollte* zum Team der *Zuflucht* gehören, aber das Höllenfeuer, das sie über diesen Ort bringen konnte, war nicht wie eine Kuh, die aus ihrem Stall ausbrach, oder ein einfacher Fehler bei der Steuererklärung. Ihre Anwesenheit konnte Menschen buchstäblich in Gefahr bringen. Sie hatte keinen Zweifel daran, dass ihr Vater alles tun würde, was er für nötig hielt, um an sein Geld zu kommen. Dazu gehörte auch, Menschen zu töten, die ihr nahestanden, wenn das nötig war, um sie dazu zu bringen, das Geld wieder auf sein Konto zu überweisen.

Aber so einfach war es nicht. Nicht mehr.

»Ich habe noch eine Frage, bevor ich dich essen lasse und wir an die frische Luft gehen«, sagte Tiny.

Ry hielt den Atem an, während sie darauf wartete, was er fragen würde.

»Bevor ... nun ... *zuvor* dachte ich, du würdest für *mich* dasselbe empfinden wie ich für dich. Habe ich das ruiniert? Hat meine beschissene Einstellung dir gegenüber jede Chance zunichtegemacht, dass ich mehr als nur dein Freund sein könnte?«

Ry dachte buchstäblich, sie bekäme einen Herzinfarkt. Sie war schockiert, dass er direkt fragte, was sie über ihn dachte.

»Ich bin noch Jungfrau«, platzte sie heraus – und schloss dann sofort beschämt die Augen. Sie konnte nicht glauben, dass sie das gesagt hatte.

»Ooookay«, sagte Tiny langsam. »Meinst du, das spielt eine Rolle?«

Ry zwang sich, die Augen zu öffnen. »Tut es das *nicht*? Ich bin einunddreißig und hatte noch nie Sex. Das ist *seltsam*. Ich meine, ich schäme mich nicht dafür. Ich habe nur nie den Drang verspürt, es mit einem Mann zu tun.«

»Es zu tun«, erwiderte Tiny mit einem kleinen Lachen.

Ry runzelte die Stirn. Machte er sich etwa über sie lustig?

»Dass du noch Jungfrau bist, ändert nichts daran, wie ich über dich denke. Du bist geheimnisvoll, verdammt klug, mitfühlend und selbstlos. Du bist auch ein Nerd, zu blass, weil du viel zu viel Zeit drinnen verbringst, und irgendwo auf deinem Lebensweg hast du gelernt, dass es besser ist zu lügen, als die Wahrheit zu sagen. Nichts davon stößt mich ab. Ich gebe zu, dass die Sache mit dem Lügen für mich aufgrund meiner Vergangenheit schwierig ist, aber die Lügen, die du erzählt hast, waren nicht böswillig, also kann ich darüber hinwegsehen ... vorerst. Aber ich möchte, dass du alles tust, was du kannst, um das zu drosseln. Es gibt keinen Grund, mich anzulügen. Über nichts. Wenn du mir etwas nicht sagen willst, sag mir einfach, dass du Zeit brauchst. Ich werde sie dir geben. Aber bitte, keine Lügen mehr.«

Ry schluckte schwer. Tiny war ... überwältigend fantastisch. Das hatte sie nicht erwartet. Seine finsteren Blicke waren ihr fast lieber.

»Kerle mögen Frauen mit Erfahrung«, sagte sie und platzte wieder einmal mit ihren Gedanken heraus.

»Nein, das tun sie nicht«, konterte Tiny. »Männer mögen Frauen, die auf sie stehen. Punkt. Wie viel Erfahrung diejenige hat oder nicht, spielt keine Rolle. Es geht um die emotionale Bindung zwischen den beiden. Zu erfahren, was sie gern zusammen machen. Deine Jungfräulichkeit hat keine Auswirkung auf meine Gefühle für dich, so oder so. Du hättest deinen Lebensunterhalt auf der Straße verdienen können, indem du Geld für Sex nimmst, oder du hättest eine Nonne sein können, und ich würde immer noch das Gleiche für dich empfinden.«

Ry schluckte schwer.

»Du hast meine Frage nicht beantwortet«, sagte Tiny sanft.

»Welche?«

»Habe ich dein Interesse an mir zerstört, indem ich ein überhebliches Arschloch war?«

Ry befand sich an einem Scheideweg. Sie konnte lügen und Ja sagen. Sie hatte keinen Zweifel, dass Tiny sich zurückhalten würde. Er würde sie nicht rausschmeißen, würde weiterhin ihr Freund sein, aber auf Distanz bleiben, während sie ihr Bestes tat, um herauszufinden, wie sie mit ihrem Vater umgehen sollte.

Oder sie könnte sich zusammenreißen und den Mut finden, ihm zu sagen, dass sie sich immer noch genauso zu ihm hingezogen fühlte wie vor der Enthüllung ihrer wahren Identität. Sie hatte keine Ahnung, was das bedeuten würde. Wahrscheinlich würde sie trotzdem gehen müssen, und es würde noch hundertmal mehr wehtun, wenn sie sich mit ihm einließ.

Tiny blieb vor ihr in der Hocke, während sie darüber nachdachte, wie sie ihm antworten sollte. Er hatte sie gebeten, ihn nicht mehr anzulügen. Angefleht.

»Nein.«

Es war nur ein einziges Wort, aber die Erleichterung, die sie in Tinys Haltung und Ausdruck sah, sagte ihr alles, was sie wissen musste.

»Gut. Ich werde mich besser um dich kümmern. Ich werde mein Bestes tun, damit du mir vertraust und mir sagst, wovor du solche Angst hast, damit wir es in Ordnung bringen können, okay?«

Es würde nicht so einfach sein, aber sie nickte trotzdem.

»Iss«, befahl Tiny, als er aufstand.

Ry blinzelte überrascht. Sie wusste nicht, was sie von ihm erwartet hatte, aber sie dachte, er würde sie vielleicht küssen. Oder sie zumindest umarmen. Stattdessen kommandierte er sie herum, als sei sie zehn Jahre alt.

Er lachte, als er über ihr stand. Als könnte er ihre Gedanken lesen, beugte er sich zu ihr hinunter und küsste sie auf den Kopf. Dann griff er nach ihrem Computer und sah sie an, als er fragte: »Darf ich?«

Ry nickte.

Tiny klappte ihren Laptop zu und schob ihn in die Mitte des Tisches. Dann schob er den Teller mit ihrem Sandwich und ihrem Wasser näher heran.

»Was ist mit dir? Hast du keinen Hunger?«

»Ich habe mein Sandwich gegessen, während du noch gearbeitet hast. Mir geht's gut.«

»Oh ... okay.«

Er lächelte zu ihr hinunter. Sie war noch nicht oft von ihm angelächelt worden, und Ry musste zugeben, dass es ihr gefiel. Sehr sogar.

»Je schneller du das Sandwich isst, desto eher kannst du die Schokoladenkekse essen, die Alaska mir für dich mitgegeben hat.«

»Kekse?«, fragte Ry und setzte sich aufrechter hin.

»Ja.«

»Gib her«, befahl sie und streckte eine Hand aus.

Tiny lachte. »Nicht bevor du dein Sandwich gegessen hast. Du brauchst mehr als Zucker und leere Kohlenhydrate für unsere Wanderung.«

»Gemein«, brummte Ry, aber sie nahm pflichtbewusst das Sandwich, das er gemacht hatte. Selbst als Tiny sauer auf sie war und sie wie Dreck behandelte, hatte er sich Mühe gegeben, dafür zu sorgen, dass sie etwas aß. Er war nie so egoistisch, dass er sich selbst Abendessen zubereitete und ihr nichts davon abgab.

Natürlich waren die stillen Mahlzeiten so unangenehm, dass sie ihren Teller oft stehen ließ und in ihr Zimmer flüchtete, wobei sie die Hälfte ihres Essens zurückließ.

Das Sandwich war köstlich, und es war genau das Richtige. Ry hatte gar nicht gemerkt, wie hungrig sie war, bis sie angefangen hatte zu essen. Sie aß jeden Bissen und spülte ihn mit dem Wasser hinunter, dann lächelte sie Tiny an, als er ihr zur Belohnung zwei Schokokekse auf den Tisch legte. Sie waren noch warm aus der Mikrowelle und schmolzen ihr auf der Zunge.

Tiny räumte ihr Geschirr weg, während sie den Nachtisch aß. Dann zog Ry sich ein Paar bequeme Stiefel und mehrere Kleiderschichten für ihre Wanderung an.

KAPITEL SECHS

Tiny war sehr froh und erleichtert, dass die Dinge zwischen ihm und Ryleigh wieder im Lot zu sein schienen. Sie hatte ihm schnell genug verziehen, dass er ein Idiot gewesen war ... was ihn ehrlich gesagt nicht allzu sehr überraschte, wenn man bedachte, wie nett sie war. Er hatte die Beweise monatelang vor Augen gehabt und war stur dabei geblieben, das Schlimmste zu denken.

Aber sie hatte immer wieder bewiesen, dass sie nur helfen wollte. Selbst als sie noch als Zimmermädchen gearbeitet hatte, war sie immer bereit gewesen, anderen zu helfen. Sie hatte sich immer bereit erklärt, länger zu bleiben, wenn es nötig war, und Jess und Carly zu helfen, wenn sie mit ihren Zimmern fertig war, falls die beiden noch arbeiteten. Sogar jetzt fand er sie manchmal dabei, wie sie Joshua, die neue Reinigungskraft, begleitete und aushalf, wenn es nötig war.

Jetzt hatte sich seine ganze Feindseligkeit in Sorge verwandelt. Sie hatte zugegeben, dass sie Angst hatte, und sagte, sie müsse alle in der *Zuflucht* beschützen, aber sie wollte ihm immer noch nicht sagen warum. Als sie Tonka erzählt hatte, dass die Sache mit Tricare ein einfaches Missverständnis gewesen sei – Tiny hatte das Gefühl, dass sie den Vorfall *stark* herunterspielte –, hatte Ryleigh sich mit seiner überschwänglichen Dankbarkeit äußerst unwohl gefühlt.

Obwohl sie kein einziges Wort gesagt hatte, vermutete Tiny stark, dass sie dachte, es sei *ihre* Schuld, dass es überhaupt zu dem Versicherungsmissverständnis gekommen war. Was verrückt war ... nicht wahr? Ihm fiel kein Grund ein, warum es ihre Schuld gewesen sein sollte. Die staatliche Versicherung, die sie alle dank ihres Militärdienstes hatten, war dafür bekannt, Fehler zu machen, wie jede andere Versicherungsgesellschaft auch.

Aber seit Tonka sie vor ein paar Tagen auf das Problem aufmerksam gemacht hatte, schien Ryleigh nervös zu sein. Jeden Morgen klappte sie als Erstes ihren Laptop auf und ließ die Finger über die Tastatur fliegen, während sie nach Gott weiß was suchte. Tiny hatte keine Ahnung, aber es war offensichtlich, dass sie nach ... etwas suchte. Jemandem? Er wusste es nicht, und sie redete nicht.

Es war frustrierend, dass sie nicht mit ihm reden wollte, aber er wusste besser als jeder andere, dass er sie nicht zwingen konnte, sich ihm anzuvertrauen. Sie war schon in den besten Zeiten nicht sehr gesprächig. Verdammt, er war genauso schockiert gewesen wie Ryleigh, als sie damit herausplatzte, dass sie noch Jungfrau war. Hätte er sie nicht so sehr mit seinem Eingeständnis überrascht, dass er sich zu ihr hingezogen fühlte, hätte sie ihm wahrscheinlich *nie* etwas so Intimes erzählt.

Insgeheim war Tiny erleichtert, diese wichtige Information zu haben. Sie sagte ihm etwas Wichtiges – dass er es langsam angehen musste. Es war ihm egal, dass sie vorher noch keinen Sex gehabt hatte. Es törnte ihn nicht ab ... obwohl er sich der Tatsache bewusst war, dass die Entjungferung mit einer gewissen Verantwortung verbunden war. Aber im Moment war er einfach stolz auf sie, weil sie wusste, was sie wollte – eine emotionale Bindung zu jemandem, bevor sie mit ihm ins Bett sprang. Wenn sie an den Punkt kämen, an dem sie körperlich mit ihm zusammen sein wollte, würde er sie ganz sicher wissen lassen, dass er ihre Entscheidung, ihn ihr Erster sein zu lassen, zu schätzen wusste.

In der Zwischenzeit, und bis sie ihm genügend vertraute, um über ihre Ängste zu sprechen, würde er durch Beobachtung so viel wie möglich über Ryleigh in Erfahrung bringen. Er wusste bereits, wie ungern sie sich im Freien aufhielt, und das amüsierte ihn. Es machte ihr nichts aus, auf dem Gelände der *Zuflucht* herumzulaufen, aber in den Wald zu gehen, wo es – oh je! – Käfer und wilde Tiere gab, war nicht ihr Ding. Es war ziemlich niedlich. Und es bestätigte die Tatsache, dass sie sich mit ihrem Computer wohler fühlte als mit irgendetwas anderem, und dass sie offensichtlich so aufgewachsen war.

Heute wollte Stone ihn und Ryleigh in dem Hubschrauber mitnehmen, den *Die Zuflucht* gekauft hatte. Der ehemalige Night-Stalker-Pilot der Armee wollte die besten Routen für Besichtigungstouren in der Umgebung auskundschaften, und er hatte sie beide eingeladen mitzukommen.

»Ich bin mir da nicht sicher«, sagte Ryleigh nervös, als sie auf den neu errichteten Hangar auf dem Grundstück zusteuerten.

»Wobei bist du dir nicht sicher? Stone ist ein fantastischer Pilot. Ich habe mehr Vertrauen in ihn als in die Piloten, die kommerzielle Jets fliegen.«

»Das ist es nicht. Ich weiß, dass er gut ist. Ich habe seine – äh ...« Sie brach ab.

Tiny konnte sich ein Lachen nicht verkneifen. »Du hast seine Akte gesehen?«, mutmaßte er.

»Ja. Aber das wollte ich nicht«, fügte sie schnell hinzu. »Ich habe versucht, mehr über seinen Hintergrund herauszufinden, damit ich ihn vielleicht auf diese Weise finden kann. Sie sind einfach auf dem Bildschirm aufgetaucht, ohne dass ich etwas getan habe.«

Tiny lachte noch lauter. »Aha. Einfach auf deinem Bildschirm aufgetaucht, was?«

Sie warf ihm einen Seitenblick zu und schien sich zu entspannen, als sie merkte, dass er nicht verärgert war.

»Was ist mit meiner?«

»Deiner was?«, fragte Ryleigh.

»Meiner Akte. Ist die zufällig auch auf deinem Bildschirm aufgetaucht?«

Sie zuckte mit den Schultern.

Tiny stupste sie mit seiner Schulter an. »Es ist okay, wenn du sie gesehen hast, es ist nicht so, als hätte ich etwas getan, was nicht auch jeder andere SEAL getan hat.«

Ryleigh blieb mitten auf dem Weg stehen und starrte ihn an. »Du bist fünf Kilometer in den Ozean geschwommen, hast deinen verletzten Teamkameraden hinter dir hergezogen, während du vom Ufer aus beschossen wurdest, und bist dann Terroristen ausgewichen, die mit einem Boot nach dir gesucht haben, um zu dem Treffpunkt zu gelangen, von dem du nicht einmal wusstest, ob er noch existiert oder nicht.«

»SEALs lassen keine SEALs zurück«, sagte Tiny achselzuckend. Der Vorfall, von dem sie sprach, war die Hölle gewesen. Er hatte immer noch Albträume davon. Aber er hatte seinen Teamkameraden gerettet, und während sie gejagt wurden und als Ablenkung für die Terroristen dienten, hatten die anderen in seinem Team die Zielperson getötet, die sie finden und eliminieren sollten. Für ihn war das nichts als ein Gewinn.

Ryleigh schüttelte nur den Kopf und ging weiter in Richtung Hangar. »Wie auch immer«, murmelte sie und stupste ihn zurück, was Tiny zum Lächeln brachte.

Ab und zu streifte sein Arm den ihren, während sie gingen, und jedes Mal schoss ein Stromstoß durch seinen Körper. Es war ein wenig beunruhigend ... aber auch sehr erregend. Er konnte sich nicht einmal vorstellen, was es für ihn bedeuten würde, mit ihr Haut an Haut zu sein. Oder tief in ihrem Körper zu sein. Er wusste nicht, ob sie jemals an diesen Punkt kommen würden, aber er konnte davon träumen.

»Egal, wie ich schon sagte, das wird ein Spaß«, sagte er. »Wir werden beide *Die Zuflucht* aus der Luft sehen. Es gibt so viel mehr als nur das Land um die Hütten herum.«

»Voller wilder Tiere. Und Klippen, von denen man herunterfallen kann. Und Käfer. Viele, viele Käfer.«

Tiny grinste.

»Weißt du, ich war zufrieden damit, das alles durch die Objektive der Kameras zu sehen, die ihr überall auf dem Grundstück angebracht habt. Ich habe alle Maultierhirsche, Eichhörnchen und Kojoten gesehen, die ich jemals auf meinem Computerbildschirm sehen wollte. Ganz zu schweigen von Füchsen, Waschbären, Schafen, Pumas, und wenn ich gewusst hätte, dass es hier *Bären* gibt, hätte ich diesen Job auf keinen Fall angenommen.«

»Warum hast du es getan? Ihn angenommen, meine ich?« Tiny konnte sich die Frage nicht verkneifen. Er war sich nicht sicher, ob Ryleigh ihm antworten würde, sie war sehr gut darin, seinen Fragen auszuweichen ... aber zu seiner Überraschung zögerte sie nicht, zu sprechen.

»Ich wollte etwas abseits der ausgetretenen Pfade. Ich war den Lärm der Stadt leid. Und all die Leute. Ich sah im

Internet eine Anzeige für diesen Ort und las eine Bewertung von einer Frau, die hier übernachtet hatte und behauptete, es hätte ihr Leben verändert. Ich schaute mir die Webseite an und war beeindruckt von dem, was ich sah. Es war rau, aber irgendwie immer noch charmant und urig, und ihr tut eine Menge guter Dinge für die Menschen. Das hat mir besonders gut gefallen.« Sie zuckte mit den Schultern. »Und als ich es zum ersten Mal sah, als ich für mein Vorstellungs-gespräch hier war, strahlte es einfach ein ... *sicheres* Gefühl aus.«

Tiny nickte. »Ja, so habe ich mich auch gefühlt, als ich ankam. Ich meine, es gab noch keine Hütten oder so etwas, aber einfach nur hier draußen zu sein beruhigte meine Seele auf eine Art und Weise, die ich nirgendwo anders gespürt hatte.«

»Abgesehen von den Käfern ist es perfekt«, sagte Ryleigh grinsend.

Sie näherten sich dem Hangar. Stone hatte die Tür zum Hangar offen gelassen, und sie konnten den Hubschrauber darin sehen.

Ohne nachzudenken, griff Tiny nach Ryleighs Hand. Er war sich nicht sicher warum, nur dass er sich in diesem Moment mit ihr verbunden fühlen musste. Als er hörte, dass sie für *Die Zuflucht* dasselbe empfunden hatte wie er, als sie das Grundstück zum ersten Mal betreten hatte, wollte er ihr noch näher sein.

Sie gingen Hand in Hand in den Hangar – aber sobald Tiny Stone sah, wusste er, dass etwas nicht stimmte.

»Ich habe schlechte Nachrichten. Wir können heute nicht abheben«, sagte Stone.

Ryleigh ließ seine Hand los, und Tiny hielt sie nicht davon ab. »Warum nicht?«, fragte er.

»Der Treibstoff, den wir bestellt haben, wurde heute Morgen nicht geliefert. Ich bin mir nicht sicher warum. Ich habe dort angerufen, und mir wurde gesagt, es gäbe keine Aufzeichnungen über unsere Bestellung, was Blödsinn ist, denn ich habe sie letzte Woche persönlich überprüft. Sie stand nicht auf dem Lieferplan, was sehr seltsam ist. Jedenfalls haben wir das geklärt, aber unsere Bestellung kann erst in ein paar Tagen geliefert werden.«

Tiny war enttäuscht, denn er hatte sich darauf gefreut, das Grundstück aus der Luft zu sehen, aber er verstand, dass es manchmal zu Pannen kam. Doch als er sich zu Ryleigh umdrehte, versteifte er sich. Sie starrte Stone aufmerksam an, und aus irgendeinem Grund sah sie ... schuldbewusst aus.

»Was? Was ist los?«, fragte er leise.

Sie drehte sich langsam um und sah ihn an, dann blinzelte sie. »Ähm ... nichts.«

Tiny presste die Lippen zusammen. Es war nicht *nichts*, jedenfalls nicht, wenn man ihrer Reaktion Glauben schenken durfte. Er beobachtete, wie sie tief durchatmete und ihre Gefühle wieder unter Kontrolle bekam. »Vielleicht können wir es dann nächste Woche machen?«, fragte sie Stone.

»Ich habe es bereits eingeplant«, sagte er mit einem Nicken.

»Cool«, erwiderte sie.

In diesem Moment klingelte Stones Telefon. Er lächelte Tiny und Ryleigh entschuldigend an und ging ran. »Hey, *Stellina*, was gibt's? Was? Verdammt. Okay, ich bin schon auf dem Weg. Atme tief durch, es wird ihr gut gehen. Es wird *beiden* gut gehen. Ich weiß ... alles klar. Ich komme.«

Stone legte auf und wartete nicht darauf, dass Tiny fragte, was los war. »Das war Maisy. Etwas stimmt nicht mit Reese. Sie blutet. Sie glaubt, es ist das Baby. Spike bringt sie in diesem Moment ins Krankenhaus, und alle wollen zu ihr kommen, um ihr beizustehen.«

»Was sollen wir tun?«, fragte Tiny.

»Kannst du den Hangar abschließen? Hier ist alles in Ordnung, ich habe den Hubschrauber verriegelt, als mir klar wurde, dass wir nicht abheben werden.«

»Wird gemacht. Geh. Geh zu Maisy. Sie braucht so früh in der Schwangerschaft noch keinen Stress.«

»Das sage ich ihr auch immer, aber sie hört nicht auf mich«, sagte Stone mit einem schiefen Grinsen. Dann wurde er nüchtern. »Danke, Mann. Sehen wir uns später?«

»Auf jeden Fall«, entgegnete Tiny.

Er und Ryleigh schlossen zusammen die riesige Hangartür, dann nahm er wieder ihre Hand in die seine, als sie den Weg zurück zu den Hütten nahmen, wesentlich schneller als bei ihrem früheren Spaziergang.

Erst als sie auf dem Weg zum Krankenhaus waren, fiel Tiny auf, dass er Ryleigh nicht nach ihrer Reaktion auf die verpatzte Treibstofflieferung gefragt hatte. Aber dafür war jetzt nicht der richtige Zeitpunkt. Sie machte sich Sorgen um Reese, genau wie er.

Er machte sich jedoch die geistige Notiz, sie später darauf anzusprechen. Er mochte es nicht, wenn sie ihm Dinge verheimlichte, und obwohl er nicht glaubte, dass sie ihn anlügen würde, da er sie gebeten hatte, es nicht zu tun, war es fast genauso schlimm, nicht über etwas zu sprechen, das sie offensichtlich beschäftigte.

Ein paar Stunden später waren alle zurück in der Lodge in der *Zuflucht* und warteten auf Nachricht, wie es Reese und dem Baby ging. Sie war mit dem Hubschrauber nach Albuquerque in die Unfallklinik geflogen worden, damit sie und das Baby besser behandelt werden konnten.

Bricks Telefon klingelte, und alle wurden sofort still, als er abnahm.

»Brick. Hey ... ja, okay ... mh-hm ... schön zu hören. Ich werde es ihnen sagen. Ich sage es ihnen. Wann? Gut. Wir werden warten. Gut. Bis dann.«

»Und? War das Spike? Was hat er gesagt? Wie geht's Reese? Und dem Baby?«, fragte Alaska ihren Verlobten ungeduldig.

»Ja, das war er. Reese geht es gut. Es stand eine Weile auf der Kippe, sie hat viel Blut verloren, deshalb wird sie noch ein paar Tage im Krankenhaus in Albuquerque bleiben, um sicherzustellen, dass es ihr wirklich gut geht.«

»Oh, Gott sei Dank«, murmelte Lara.

Auch Tiny atmete erleichtert auf. Er hatte keine Erfahrung mit schwangeren Frauen und den Dingen, die schiefgehen konnten, aber er war froh, dass es Reese gut ging.

»Und das Baby?«, fragte Henley, die ihr eigenes Neugeborenes in einem Tragetuch an die Brust drückte.

»Eine Frühgeburt, aber er atmet selbstständig.«

Alle schnappten nach Luft.

»Moment – sie hat entbunden?«, fragte Cora.

»Anscheinend«, sagte Brick grinsend. »Dylan John Fowler war untergewichtig, aber die Ärzte glauben, dass es ihm gut gehen wird. Er liegt auf der Neugeborenen-Intensivstation, aber Spike sagte, das sei eine Vorsichtsmaßnahme und nicht, weil irgendetwas ernsthaft schiefgelaufen sei.«

Die Sorge im Raum verflüchtigte sich. Niemand hatte damit gerechnet, dass das zweite Baby der *Zuflucht* so kurz nach dem ersten geboren werden würde, aber der Anlass war genauso freudig wie bei der Geburt von Henleys kleinem Mädchen.

Alle sprachen darüber, die für nächste Woche geplante Babyparty vorzuverlegen und zu entscheiden, wer zuerst nach Albuquerque fahren würde, um Reese, Spike und Dylan zu besuchen.

Alle außer Ryleigh. Als Tiny zu ihr hinübersah, war sie in ihr Handy vertieft und ließ die Daumen über den Bildschirm fliegen.

»Was machst du da?«, fragte er, als er näher an sie herantrat.

Sie blickte nicht einmal auf. »Ich bestelle Essen für Spike. Und Kleidung für sie alle drei. Sie sind so schnell verschwunden, dass sie keine Zeit hatten, eine Tasche zu packen. Wenn es Reese besser geht, wird sie einen weichen Schlafanzug haben wollen. Und das Krankenhausessen ist scheiße. Reese wird wahrscheinlich zu erschöpft sein, um jetzt etwas zu essen, also sorge ich dafür, dass ihr für später gute Sachen aufs Zimmer geliefert werden.«

Durch ihr Mitgefühl bekam Tiny erneut ein schlechtes Gewissen, wie er sie behandelt hatte.

»Und ich sorge dafür, dass ihre Versicherung in Ordnung ist«, murmelte Ryleigh vor sich hin.

Tiny lächelte. Sollte er sich Sorgen darüber machen, in welche Datenbanken sie sich einhackte, während sie dort standen? Wahrscheinlich. Aber da sie sich um einen seiner besten Freunde kümmerte, konnte er sich keine Gedanken darüber machen, was sie da tat.

Das Mittagessen war eine Art Feier. Auch wenn die Leute, die sie feierten, unten in Albuquerque waren, tat das der Freude über den Moment keinen Abbruch. Alle freuten sich über Dylans Erscheinen auf der Welt und waren sehr erleichtert, dass es Reese gut ging.

Tiny hörte zufällig, wie Owl und Stone über das Problem mit der Treibstofflieferung für den Hubschrauber sprachen und dass dies ein großes Problem darstellen könnte, wenn in Zukunft jemand wegen einer Verletzung oder eines Waldbrandes evakuiert werden müsste.

Es dauerte einen Moment, bis Tiny bemerkte, dass Ryleigh nicht aß. Sie stocherte im Essen auf ihrem Teller herum und schob es hin und her. »Was ist los?«, fragte er leise, nur für ihre Ohren.

Sie sah zu ihm auf. »Nichts.«

Tiny presste frustriert die Lippen aufeinander und erinnerte sich daran, dass ihr Widerwille, mit ihm zu reden, keine Überraschung war. Er war lange ein Arschloch zu ihr gewesen. Es war nicht so, dass sie sich ihm öffnen und ihm ihre tiefsten, dunkelsten Geheimnisse erzählen würde, nur weil er sich entschuldigt hatte. Er musste ihr beweisen, dass sie ihm vertrauen konnte, dass er nicht wieder zu dem Arschloch werden würde, das er bis zu diesem Zeitpunkt gewesen war.

Er öffnete den Mund, um ihr dies mitzuteilen, als von der Rezeption her Lärm zu hören war.

Jemand war gekommen, nachdem das Mittagessen serviert worden war, und Alaska war hinübergegangen, um dem Mann zu helfen. Es schien alles in Ordnung zu sein ... aber jetzt schrie der Neuankömmling und fuchtelte mit den Armen in der Luft herum.

Brick setzte sich in Bewegung, bevor irgendjemand anderes es überhaupt bemerkt hatte, aber Tiny und die anderen waren schnell auf den Beinen. Einige ihrer Gäste waren aufgrund der Traumata, die sie erlebt hatten, sehr aufbrausend. Niemand verurteilte sie dafür, aber gleichzeitig war es nicht akzeptabel, dass diese Wut an Alaska oder anderen Mitarbeitern oder Gästen der *Zuflucht* ausgelassen wurde.

»Es ist mir egal, was Ihr Computer sagt, ich habe eine Reservierung«, rief der Mann, der rot im Gesicht wurde. »Sehen Sie? Sie steht hier! Deshalb habe ich meine Bestätigung ausgedruckt, die Dinge gehen immer schief!«

»Es tut mir leid, Sir, aber diese Reservierungsnummer

ist im System nicht verzeichnet. Sie ist wohl nicht durchgegangen«, sagte Alaska in einem ruhigen, gleichmäßigen Ton.

»Wie kann das sein, wenn ich eine verdammte Reservierungsnummer und eine E-Mail habe, in der mir mitgeteilt wird, wann der Check-in beginnt?«

Der Mann hatte ein gutes Argument, aber das interessierte Tiny im Moment nicht. Ihn interessierte eher, wie wütend der Mann aussah. Während Brick um die Rezeption herumging und auf Alaska zusteuerte, war Pipe der Erste, der den Gast erreichte, und er nahm kein Blatt vor den Mund. Er drang in den persönlichen Bereich des Neuankömmlings ein und zwang ihn, ein paar Schritte vom Empfang zurückzutreten.

»Wir werden das schon klären, aber Sie müssen sich beruhigen, Kumpel«, sagte er entschlossen.

»Sie können mir nicht sagen –« Die Worte des Mannes wurden abrupt unterbrochen, als er Pipe ansah. Der Mann konnte einschüchternd sein mit all seinen Muskeln und Tätowierungen, und er nutzte beides im Moment zu seinem Vorteil. Der wütende Mann überlegte sich wahrscheinlich auch, was er als Nächstes sagen wollte, als er sah, wie alle übrigen *Zuflucht*-Besitzer ihn umgaben.

Brick schob Alaska sanft hinter sich, aber sie weigerte sich, sich völlig zurückzuziehen.

»Mr. Henderson hat eine Reservierungsnummer, aber in unserem System ist sie nicht verzeichnet«, erklärte sie Brick unnötigerweise. »Ich bin mir nicht sicher, wie das passiert ist.«

»Haben wir eine Hütte frei?«

Alaska biss sich auf die Lippe und rümpfte die Nase. »Wir sind heute Abend ausgebucht. Morgen wird Hütte vier leer sein, weil wir eine Stornierung hatten, aber nicht heute Abend.«

»Die Hütte für Freunde und Familie?«, fragte Owl neben Tiny.

Alaska dachte einen Moment über seinen Vorschlag nach und schob dann Brick zur Seite, um an den Computer zu gelangen. Sie klickte auf die Maus und tippte etwas ein, dann nickte sie.

»Das sollte funktionieren«, sagte sie. Mit einem Blick auf den Gast übernahm sie wieder die Kontrolle über die Situation, als sei sie nicht von sechs sehr schützenden Männern umgeben. »Sir, ich bin mir nicht sicher, wie das passiert ist. Die Hütte, die Sie reserviert haben, ist nicht verfügbar, und heute Abend ist alles ausgebucht. Aber wir haben eine spezielle Hütte, die für Freunde und Familie reserviert ist, und die ist verfügbar. Sie ist kleiner als die, die Sie reserviert haben, aber Sie können dort heute Nacht bleiben und morgen in Hütte vier umziehen. Um uns für die Unannehmlichkeiten und die Verwechslung zu entschuldigen, geben wir Ihnen fünfzig Prozent Rabatt auf Ihren Aufenthalt, wenn Sie damit einverstanden sind.«

Tiny konnte den Stress in Alaskas Stimme hören, aber sie war so professionell wie immer.

»Ja, ich denke, das wird funktionieren. Ich habe mich wirklich darauf gefreut hierherzukommen, und konnte mein Glück kaum fassen, als ich eine so späte Reservierung bekommen habe. Es tut mir leid, wenn ich ... äh ... wenn ich eben zu schroff war.«

»Ist schon gut«, versicherte Alaska ihm.

»Kann ich die Bestätigungs-E-Mail sehen?«

Tiny blickte hinüber und sah Ryleigh zu seiner Rechten stehen. Er war nicht sicher, wann sie neben ihm aufgetaucht war, aber er war nicht besonders begeistert, dass sie sich in die Nähe eines potenziell gefährlichen Mannes begeben hatte. In neun von zehn Fällen waren ihre Gäste höflich und ruhig, aber eine posttraumatische Belastungsstörung konnte sich jeden Moment bemerkbar machen, und Tiny und seine Freunde wollten auf keinen Fall, dass jemand verletzt wurde.

Mr. Henderson zuckte mit den Schultern und hielt ihr das Stück Papier hin, das er in seiner Faust geballt hatte. Sie nahm es, und Tiny griff nach ihrem Ellbogen und schob sie sanft zur Seite. Sie schlurfte pflichtbewusst dorthin, wo er sie haben wollte, während sie das Stück Papier untersuchte.

Tiny hörte, wie Alaska sich mit dem Mann unterhielt, und er nahm vage wahr, wie einige seiner Freunde zu den Mittagstischen und der spontanen Feier von Spikes und Reeses Neuankömmling zurückkehrten, aber seine Aufmerksamkeit war auf Ryleigh fixiert.

Sie runzelte die Stirn, als sie die E-Mail las, die Mr. Henderson erhalten hatte. Von seinem Blickwinkel aus sah sie echt aus. Oben war das Logo der *Zuflucht* zu sehen, und auch die Unterschriftszeile sah echt aus. Er hatte keine Ahnung, wie ein so großer Fehler tatsächlich gemacht werden konnte, eine Bestätigung *ohne* Reservierung zu schicken, aber er wusste, dass Ryleigh und Alaska das herausfinden konnten.

Owl bot sich an, dem Mann zu zeigen, wo sich seine Hütte für die Nacht befand, und sobald er und Mr. Henderson den Empfang verlassen hatten, begann Alaska zu sprechen.

»Ich weiß nicht, was schiefgelaufen ist. Das ist noch nie passiert. Es ist unmöglich, dass er diese Bestätigung bekommen hat, ohne dass die Nummer von unserem System generiert wurde. Und wenn er eine Bestätigungsnummer hätte, müsste sie im Plan stehen.«

»Ganz ruhig, Al, es ist in Ordnung«, sagte Brick zu ihr.

»Es ist eine Fälschung«, sagte Ryleigh entschlossen. Ihre Stimme war nicht laut, sie war vorsichtig, damit die anderen

Gäste, die in der Nähe aßen, nichts mitbekamen, aber sie klang absolut sicher in ihrer Einschätzung.

»Was? *Gefälscht?* Wie ist das überhaupt möglich?«, fragte Alaska verwirrt.

»Hier – die E-Mail-Adresse ist korrekt, aber es ist eine Täuschung. Siehst du das a? Es unterscheidet sich von dem in unserer Standard-E-Mail-Schriftart. Unseres ist ein Kreis mit einer geraden Linie nach unten auf der rechten Seite. Aber das hier ist ein kyrillisches a«, sagte Ryleigh und deutete auf die E-Mail-Adresse.

»Macht das einen Unterschied?«, fragte Brick.

»Auf jeden Fall.«

»Aber ... warum? *Wie?*«, fragte Alaska.

Tiny hielt den Blick auf Ryleigh gerichtet. Sie wusste, worum es hier ging, daran hatte er keinen Zweifel.

Alaska nahm den Zettel und studierte ihn. »Wow, das ist wirklich gut. Das Bild oben, der Aufbau, die Unterschrift – alles ist genau wie das, was wir verschicken.«

»Ich bin sicher, das war Absicht«, sagte Ryleigh.

»Hat Mr. Henderson also tatsächlich für seinen Aufenthalt bezahlt? Wo ist sein Geld geblieben?«, fragte Brick.

Bei der Erkenntnis stieg Wut in Tiny auf – jemand stahl von ihnen. Er hatte ihre Bestätigungs-E-Mail gefälscht und das Geld des Gastes genommen. Der *Zuflucht* fehlte nicht nur die Bezahlung für den Aufenthalt des Mannes, sondern sie würden den Gast im Grunde auch dafür bezahlen, dass er dort blieb, da sie ihm die Hälfte der Kosten erstatteten.

»Tiny?«

Er drehte sich um und sah Luna mit besorgter Miene hinter sich stehen. Er hatte nicht einmal gehört, dass sie sich näherte, wofür er sich im Geiste in den Hintern trat. »Was ist los?«, fragte er.

»Dad hat einen Nervenzusammenbruch ... glaube ich ... kannst du in die Küche kommen und mit ihm reden?«

Tiny nickte und heftete sich an Bricks Fersen, als sein Freund ebenfalls auf Robert und die Küche zuging. Er war sich nicht sicher, was *jetzt* passierte, aber sein Bauchgefühl sagte ihm, dass etwas ganz und gar nicht stimmte.

Als sie die Küche betraten, trafen sie auf ein Chaos. Die wöchentliche Lebensmittellieferung war offensichtlich eingetroffen, während sie gegessen und sich mit dem Problem der Reservierung beschäftigt hatten, aber sie schien doppelt so groß zu sein wie sonst. Auf jeder freien Fläche standen Kartons mit Lebensmitteln, und Robert war dabei, die einzelnen Posten abzuhaken, während er Schimpfwörter vor sich hin murmelte.

»Was stimmt nicht?«, fragte Brick und unterbrach die Tiraden des Chefkochs.

»Alles! Diese Bestellung ist völlig falsch!«, rief Robert aus. »Ich habe zwanzig Dutzend Eier bestellt und statt-dessen zwanzig bekommen. *Zwanzig* insgesamt, nicht zwanzig Dutzend. Das Mehl fehlt ganz. Ich habe Backscho-kolade statt halbsüßer Schokoladenstückchen bekommen. Wenn ich die in meinen Keksen verwende, würdet ihr alle rebellieren. Der Spargel ist Sellerie und statt Fischfilets habe ich gefrorene Fischstäbchen bekommen. Und das ist nur die Spitze des Eisbergs bei diesem Desaster! Irgendje-mand muss mich doch verarschen, oder? Das ist nicht cool. Wie zum Teufel soll ich diese Woche meine Mahlzeiten planen, wenn meine Bestellung so verkorkst ist?«

Das Gefühl, dass etwas ganz und gar nicht stimmte – etwas viel Größeres als eine einfache Lebensmittelbestel-lung –, ließ Tiny weiterhin die Nackenhaare zu Berge stehen.

Brick sah verwirrt aus. Luna stand daneben und rang die Hände, weil sie nicht wusste, wie sie ihren wütenden Vater besänftigen sollte. Dann wirbelte Tiny herum, als er ein Geräusch hinter sich hörte.

Ryleigh stand da, die Augen weit aufgerissen – und sie sah völlig erschüttert aus.

Bevor er merkte, was er tat, setzte er sich in Bewegung und ging auf Ryleigh zu wie auf ein scheues Fohlen. Sie starrte auf die Lebensmittel, die in der Küche verstreut lagen, als würden sie beißen.

»Ryleigh?«, sagte er und trat in ihre Sichtlinie, sodass sie Robert nicht mehr sehen konnte.

Sie sah auf, und ihr Gesichtsausdruck zwang Tiny fast in die Knie. Sie sah verloren aus. Und so verdammt traurig, dass ihm das Herz wehtat.

»Das ist alles meine Schuld. Ich wusste, dass es kommen würde, aber das ist ... das ist nicht gut.«

»Das ist nicht deine Schuld«, sagte er. »Wahrscheinlich hat ein neuer Mitarbeiter Roberts Bestellung verpackt, und derjenige hat es einfach vermasselt.«

Aber Ryleigh schüttelte den Kopf. »Nein. Das ist es nicht. Tonkas Versicherung, die Reservierung, der Treibstoff, das Essen ... das war alles er.«

»Wer?«, fragte Tiny sanft. Er wollte sie am liebsten in die Arme ziehen, um sie zu trösten, aber sie sah aus, als würde sie in eine Million Stücke zerbrechen, wenn er sie berührte.

Ihr Blick klärte sich langsam ... und Tiny konnte sehen, wie Entschlossenheit in ihren Ausdruck trat. »Wir müssen reden.«

»Okay«, sagte er, ohne zu zögern, erleichtert, dass sie sich ihm endlich anvertrauen würde.

»Alle müssen dabei sein. Zumindest die Besitzer der *Zuflucht*.«

Tiny wollte darauf bestehen, dass sie ihm zuerst sagte, was sie bedrückte. Aber wenn sie wollte, dass Brick und alle anderen dabei waren, um zu hören, was sie zu sagen hatte, dann hatte er nichts dagegen. »In Ordnung. Wenn Spike mit

Reese aus Albuquerque zurückkommt, holen wir alle zusammen und –«

Aber sie schüttelte den Kopf. »Nein. Jetzt. *Jetzt sofort*, Tiny. Es kann nicht warten.«

»Okay.«

»Worüber reden wir?«, fragte Brick.

Ryleigh drehte sich zu ihm um. »Ich weiß, was hier los ist. Und leider wird es noch schlimmer werden.«

»Schlimmer?«, fragte Brick, wobei ein Muskel in seinem Kiefer zuckte.

Ryleigh nickte.

»Wollen wir uns im Konferenzraum treffen? Ich werde die anderen holen.«

Tiny wollte protestieren. Ryleigh hatte nicht viel gegessen, bevor sie von dem wütenden Gast unterbrochen worden waren. Und sie sah blass aus. Aber Brick hatte bereits die Küche verlassen, um ihre Freunde zu holen.

Tiny legte eine Hand an Ryleighs Kreuz und führte sie aus der Küche, während Robert noch immer über das Desaster mit der Lebensmittellieferung murmelte.

Er sah, wie die anderen von den Tischen aufstanden und in Richtung Konferenzraum gingen, während er Ryleigh hinein folgte. Sie setzte sich nicht an den großen Tisch, sondern begann, hin und her zu gehen.

Tiny ließ sich auf einem Stuhl nieder, behielt aber den Blick auf Ryleigh gerichtet. Das gefiel ihm nicht. Ganz und gar nicht. Was auch immer vor sich ging, er hatte das Gefühl, dass er es nicht so einfach in Ordnung bringen konnte. Nicht so wie er es konnte, solange er noch im Dienst gewesen war. Was auch immer geschah, war nichts, das sich mit roher Gewalt lösen ließ.

Keinem von ihnen würde gefallen, was auch immer Ryleigh zu sagen hatte. Daran hatte er keinen Zweifel.

KAPITEL SIEBEN

Ry ging auf und ab, während sie sich den Kopf darüber zerbrach, wie sie alles erklären sollte. Wie sie diesen Männern, die sich den Arsch aufgerissen hatten, um *Die Zuflucht* erfolgreich zu machen, erklären sollte, dass alles, wofür sie gearbeitet hatten, wahrscheinlich nach und nach zerstört werden würde.

Zuzugeben, dass ihr Name nicht Ryan war, fühlte sich wie nichts an im Vergleich zu dem, was sie ihnen gleich sagen würde. Sie hatten sie akzeptiert, sie in ihre *Zuflucht*-Familie aufgenommen. Und jetzt musste sie ihnen sagen, dass sie einen Feind direkt vor ihre Haustür gebracht hatte.

Stone war der Letzte, der den Raum betrat, und er schloss die Tür hinter sich. Das Klicken des Einrastens schien ungewöhnlich laut zu sein. Ry blickte auf und sah sechs Augenpaare auf sich gerichtet. Sie schluckte schwer.

Stone ging auf den Tisch zu und nahm Platz.

»Komm, setz dich«, forderte Brick sie auf.

Aber Ry schüttelte den Kopf. Sie konnte sich nicht setzen. Sie fühlte sich, als würde sie gleich von innen heraus explodieren.

»Ry, setz dich«, sagte Brick in einem leisen Befehlston, von dem er offensichtlich erwartete, dass sie ihm gehorchte.

»Für sie ist das so in Ordnung«, erwiderte Tiny. »Atme, Ryleigh. Es ist alles in Ordnung. Du bist in Sicherheit. Keiner wird dir etwas tun.«

»Natürlich werden wir ihr nichts tun, Tiny. Was zum Teufel?«, fragte Owl mit einem Knurren.

»Und sie kann nirgendwo sicherer sein als hier in der *Zuflucht*«, fügte Pipe hinzu.

»In der *Zuflucht* ist es nicht sicherer als irgendwo sonst auf der Welt«, widersprach Tonka leise. »Das Böse findet immer seinen Weg, egal wie sicher sich jemand fühlen mag.«

Ry hatte die Berichte darüber gelesen, was Tonka und seinem Partner sowie ihren Hunden zugestoßen war. Sie war erschrocken und entsetzt gewesen, und sie verstand genau, warum Tonka so war, wie er war. Es überraschte sie nicht, dass er verstand, dass man als knallharter Soldat einer Spezialeinheit auch verletzlich sein konnte.

»Beruhigt euch alle«, befahl Brick. »Ry, was auch immer du sagen wirst, wird nichts daran ändern, was wir für dich empfinden. Aber wenn du mehr darüber weißt, was hier vor sich geht, brauchen wir diese Information.«

Ry nickte. Brick lag falsch in der Annahme, dass das, was sie ihnen sagte, nichts ändern würde. Es würde *alles* verändern. Diese Männer dachten, sie wüssten, was sie tun konnte, aber sie wussten nichts. Sie sahen nur die Spitze des Eisbergs.

Sie blieb stehen und wandte sich dem Tisch zu. »Ich habe *Die Zuflucht* gewählt, weil sie weit ab vom Schuss liegt. Ich habe mich über euch alle informiert, und ihr schient mir anständige Menschen zu sein. Als ich ankam, sah ich sofort, dass ich recht hatte. Ihr habt mich willkommen geheißen und dafür gesorgt, dass es mir hier gefällt, obwohl ich kein großer Fan der Natur bin. Selbst als ich zugegeben habe, darüber gelogen zu haben, wer ich bin und wie ich diesen Job bekommen habe, habt ihr mich nicht rausgeschmissen ... ihr werdet also *nie* erfahren, wie leid es mir tut, dass ich das Böse an eure Tür gebracht habe.«

»Welches Böse?«, fragte Stone mit gleichmäßiger Stimme.

»Meinen Vater.«

Die beiden Worte schienen in dem Raum um sie herum widerzuhallen.

»Ich glaube, du musst ein bisschen zurückgehen, Liebes«, sagte Pipe. »Fang ganz vorn an.«

Ry holte tief Luft und versuchte, ihre Gedanken zu ordnen. Sie würde nicht zu weit zurückgehen, sie brauchten nicht zu wissen, was für eine Hölle ihre Kindheit gewesen war, aber sie musste ihnen *etwas* Hintergrundwissen vermitteln, damit sie die Bedrohung verstanden, die jetzt über der *Zuflucht* schwebte. Damit sie wussten, dass sie das Problem nicht herunterspielte.

»Mein Vater ist Harold Lodge.«

Als niemand den Namen zu erkennen schien, seufzte Ry innerlich. Sie hatte gehofft, dass sie wissen würden, wer er war, nur um die Sache zu beschleunigen.

»Soll uns dieser Name etwas sagen?«, fragte Stone.

»Er steht auf der Liste der Meistgesuchten des FBI. Er hat Millionen von Dollar gestohlen. Und er hasst mich noch mehr, als er das Geld liebt. Nichts würde ihm mehr Freude bereiten, als mich tot zu sehen.«

Als Ry diese Worte zum ersten Mal laut aussprach, schwankte sie.

Sie hatte einen Großteil ihrer Kindheit mit dem Versuch verbracht, es ihm recht zu machen, um auch nur einen Funken seiner Liebe und Zuneigung zu bekommen. Aber er liebte nichts außer Geld. Er konnte gar nicht genug davon bekommen. Erst als sie ihm entkommen war, wurde ihr klar, dass er sie hasste. Er hatte sie nur geduldet, weil sie ihm nützlich war. Aber laut zuzugeben, dass ihr eigener Vater sie nicht ausstehen konnte ... das tat weh. Sie fühlte sich in die Zeit zurückversetzt, als sie acht Jahre alt war und verzweifelt versuchte, es ihm recht zu machen, nur damit er sie anlächelte, anstatt sie zu schelten.

»Atme, Schatz.«

Ry bemerkte nicht einmal, dass sie sich gegen die Wand gelehnt hatte und praktisch keuchte. Sie ließ sich von Tiny zum Tisch führen, damit sie Platz nehmen konnte. Noch vor wenigen Minuten konnte sie nicht daran denken, sich zu setzen, aber jetzt war sie dankbar für den Stuhl. Sie glaubte nicht, dass sie aus eigener Kraft stehen konnte.

»Dein Vater ist also dieser Harold Lodge, und er mag dich nicht. Was hat das mit der *Zuflucht* zu tun?«, fragte Tiny. Er hatte ihren Stuhl gedreht und hockte zu ihren Füßen, wie er es neulich in der Hütte getan hatte.

Der Blick in Tinys türkisfarbene Augen erdete sie. Sie waren etwas Vertrautes in einer Welt, die plötzlich ins Chaos gestürzt worden war. Sie hatte gewusst, dass das kommen würde, dass sie es vermasselt und ihr Vater sie gefunden hatte, aber sie hatte nicht geahnt, wie hinterhältig seine Machenschaften sein würden.

»Als ich von zu Hause wegging ... hatten wir nicht das beste Verhältnis zueinander. Ich hasste ihn dafür, dass er so ein Arsch war. Weil er den Leuten das Geld weggenommen hat. Er war nicht glücklich darüber, dass ich wegging. Er hat mir geschworen, mich dafür bezahlen zu lassen, dass ich gehe.«

»Wie alt warst du, als du gegangen bist?«, fragte Owl.

Ry zuckte zusammen, so sehr war sie auf Tiny konzentriert, dass sie fast vergessen hatte, dass die anderen im Raum waren. Sie blickte zu Owl, aber Tiny legte einen

Finger an ihr Kinn und lenkte ihren Blick sanft zu ihm zurück.

»Sieh mich an, Schatz. Nur mich. Wie alt warst du, als du gegangen bist?«, fragte er und wiederholte damit Owls Frage.

Ry hatte kein Problem damit, nur ihn anzuschauen. Das machte die Sache irgendwie weniger schmerzhaft. Es war seltsam, dass dieser Mann, der sie wie Dreck behandelt hatte, der sie eingeschüchtert hatte, der ihr so sehr misstraute, dass er ihr nachts den Computer wegnahm, damit sie nicht heimlich online gehen und etwas Ruchloses tun konnte, jetzt ihre Rettungsleine war.

»Einundzwanzig.«

Tiny sah überrascht aus. »Du bist jetzt wie alt, einunddreißig?«

Sie nickte.

»Er sucht also seit zehn Jahren nach dir? Das ist eine lange Zeit.«

Ry nickte erneut. »Und jetzt hat er mich gefunden.«

»Wie?«

»Wie was?«

»Wie hat er dich gefunden?«

»Ich habe es vermasselt.«

»Das bezweifle ich ernsthaft«, sagte Tiny sanft.

»Doch, das habe ich. Ich habe eine ungesicherte Verbindung benutzt.«

»Wann?« Die Frage kam von Pipe.

»Es war, als wir nach Owl, Stone und Lara gesucht haben. Brick wollte, dass ich tue, was ich tue. Wir waren hier, in diesem Raum. Er gab mir seinen Laptop. Ich wusste es besser. Ich wusste, sobald ich auch nur ein kleines Fenster öffnete, könnte er mich finden ... aber alle waren so aufgeregt und wütend ... also habe ich seinen Computer benutzt, anstatt meinen eigenen zu holen, mit einer Verbindung, von der ich wusste, dass sie sicher war.«

»Scheiße«, fluchte Brick mit leiser Stimme. »Ich habe dir meinen Laptop nicht *gegeben*. Ich habe ihn dir in die Hände gedrückt. Habe dich angeschrien. Habe dich wie Scheiße behandelt, bis du getan hast, was ich wollte. *Verdammt!*«

Ry wusste nicht, was sie sagen sollte, um ihn zu beruhigen. Er hatte nicht unrecht. Er hatte diese Dinge tatsächlich getan. Sie hätte trotzdem darauf bestehen können, ihren eigenen Laptop zu benutzen. Aber sie hatte unter der Wucht seines Unmuts nachgegeben. Er hatte sie so sehr an ihren Vater erinnert, der auch Einschüchterung benutzte, um zu bekommen, was er wollte.

Sie schluckte und weigerte sich, zu Brick hinüberzusehen. Es war sicherer, in Tinys Augen zu schauen.

»Es tut mir leid, aber ich verstehe immer noch nicht, wie dein Vater dich so finden konnte«, sagte er sanft. Sein Ton war so anders als der von Brick. Das gab ihr den Mut weiterzumachen.

»Ich habe mehrere Ebenen der Verschlüsselung auf meinem Computer eingerichtet. Die IP kann nicht zurückverfolgt werden, nicht ohne großen Aufwand und Geschick. Ich lasse die Signale an IP-Adressen im ganzen Land abprallen, und sogar an einigen außerhalb.«

»Und unsere Verbindung hier ist nicht so sicher«, sagte Tiny, als er endlich verstand.

Ry nickte. »Aber es ist mehr als das. Mein Vater hat mir alles beigebracht, was er wusste – er kennt also meine Muster. Er weiß, wie ich ›aussehe‹, wenn ich online bin. Das ist schwieriger zu erklären, aber es ist wie eine Signatur. Wie ich suche, die Wörter, die ich falsch schreibe, die Webseiten, die ich benutze ... er kennt meinen digitalen Fußabdruck so gut, wie er seinen eigenen kennt. Wahrscheinlich hat er Alarme eingerichtet, die ihn benachrichtigen, wenn eines meiner Muster auftaucht. Als ich also mit Bricks Computer online ging, wurde er benachrichtigt. Es wäre nicht schwer für ihn gewesen, die Fäden bis zur *Zuflucht* zurückzuverfolgen.«

»Das war vor Monaten. Warum legt er sich jetzt mit dir an?«, fragte Tonka.

Ry drehte den Kopf, aber sie spürte Tinys Hand auf ihrem Oberschenkel, die sie erdete. Das gab ihr den Mut, Tonka direkt zu antworten. »Er legt sich nicht mit mir an. Er legt sich mit *euch* an«, sagte sie fast traurig.

»Warum?«, fragte Brick.

»Er hat monatelang damit gewartet, einen Schritt zu machen, weil er *Die Zuflucht* studiert hat. Er hat so viel gelernt, wie er konnte. Wahrscheinlich hat er die Hintergründe von jedem Einzelnen von euch durchleuchtet. Und euren Frauen. Und allen euren Familien. Es würde mich nicht wundern, wenn er sich in die Kameras gehackt hat. Inzwischen weiß er, wie sehr es mir hier gefällt – wenn nicht, wäre ich nicht so lange geblieben. Er weiß, dass ich Freunde gefunden habe. Also wird er alles in seiner Macht Stehende tun, um die Dinge zu ruinieren, die ich zu lieben gelernt habe ... nur weil er es kann.«

»Ryleigh.«

Sie drehte sich um und sah Tiny wieder an.

»Er wird nichts ruinieren.«

»Du kennst ihn nicht. Tonkas Versicherungsschlamassel? Der Treibstoff? Die Lebensmittel? Der wütende Mann da draußen? Das ist alles erst der Anfang. Er wird weiter an der *Zuflucht* herumpfuschen. Er wird kleine Dinge tun, die man als Fehler der Mitarbeiter oder als elektronische Pannen abtun könnte. Aber das sind sie nicht. Das ist alles seine Schuld.«

»Jetzt, da du weißt, was er tut, kannst du ihn aufhalten?«

Ry zögerte.

Tiny deutete ihr Schweigen als Unsicherheit. »Du bist ein Computergenie. Selbst Tex hat zugegeben, dass das, was du kannst, geradezu brillant ist. Du bist sogar besser als er. Wenn jemand deinen Vater aufhalten kann, dann bist du es.«

Sein Glaube an sie fühlte sich fantastisch an, aber sie schüttelte langsam den Kopf. »Ich kann ihn nicht völlig aufhalten. Ich meine, ich kann einige Dinge abmildern, aber ich kann nicht alle anderen kontrollieren. Computer werden von allen benutzt, überall. Ich kann die Kommunikation hier in der *Zuflucht* sperren, aber ich kann nicht den Lebensmittelladen und die Leute, die Benzin liefern, oder einzelne Handys sperren. Es wird immer Wege geben, die er nutzen kann, um sich mit uns anzulegen.«

»Was sollen wir also tun?« Die Frage kam von Pipe.

Ry schloss die Augen. »Ich hätte gehen sollen. Sobald ich es vermasselt hatte, hätte ich gehen sollen. Ihn von hier wegführen.«

Tiny legte eine Hand auf ihren Oberschenkel. »Nein.«

Das war alles, was er sagte. Ein einziges Wort.

Ry öffnete die Augen und sah, dass er sie aufmerksam anstarrte.

»Wenn du verschwunden wärst, hätte er uns dann in Ruhe gelassen?«, fragte er.

Sie wollte lügen. Ihm sagen, dass ihr Vater weitergezogen wäre, um sie zu finden, wenn sie nicht in der Nähe gewesen wäre, aber das wäre nicht die Wahrheit. Und obwohl sie nicht wirklich versprochen hatte, ihn nicht anzulügen, hatte er sie angefleht, es nicht zu tun. »Wahrscheinlich nicht«, flüsterte sie. »Es ist seit zehn Jahren seine einzige Spur zu mir. Er hätte *Die Zuflucht* nicht in Ruhe gelassen.«

»Gut. Wir müssen uns also überlegen, was wir jetzt tun«, sagte Stone entschlossen.

Alle schwiegen, während sie nachdachten.

»Ich werde mit ihm reden«, sagte Ry, obwohl es das Letzte war, was sie tun wollte.

»Und ihm was sagen? Dass er aufhören soll? Ich denke, das wird nicht funktionieren«, sagte Owl trocken.

Er hatte nicht unrecht.

»Ich verstehe nicht, warum er dich unbedingt finden will«, überlegte Brick. »Er hat dich gefunden ... und was jetzt? Quält er dich einfach, bis du wieder verschwindest? Das ergibt doch keinen Sinn.«

Es war so weit. Ry hatte versucht, das zu umgehen, seit sie begonnen hatte, sich zu öffnen. Sie holte tief Luft und drehte sich zu den anderen Männern um. Erstaunlicherweise funkelte keiner von ihnen sie an. Stattdessen zeichnete sich bei allen Besorgnis im Gesicht ab. Für sie.

»Ich habe etwas, das er will«, gab Ry zu.

»Was?«, fragte Pipe.

»Geld. Als ich ging ... habe ich seine Konten geleert. Ich nahm all das Geld, das er jahrelang gestohlen hatte. Ich schickte Tonnen von Daten an das FBI und gab den Agenten alle Informationen, die sie brauchten, um ihn zu belangen. Woher er das Geld gestohlen hat, wann und wie viel. Er will sich nicht nur an mir rächen, er will auch sein Geld zurück.«

»Wie viel?«, fragte Brick.

Das war es, wovor sie sich gefürchtet hatte. Ry begegnete Bricks Blick und versuchte, nicht zusammenzuzucken, als sie sagte: »Zehn Millionen Dollar.«

»Heilige Scheiße!«

»*Mist.*«

»Verdammte Kacke!«

Die Ausrufe ertönten schnell und wütend um sie herum, aber Ry brach den Blickkontakt zu Brick nicht ab.

»Und ich nehme an, du kannst es nicht einfach zurück-geben und er wird verschwinden.«

»Ich kann es nicht zurückgeben, weil ich es nicht mehr habe.«

»Du hast es ausgegeben?«

Ry zuckte bei Tonkas Frage zusammen. Er klang zwar nicht wütend, aber sie fühlte sich trotzdem verurteilt. »Die ursprünglichen zehn Millionen? Ja. Und noch ein bisschen mehr. Nun, ich habe sie nicht per se ausgegeben. Ich habe alles verschenkt.«

»Warte, warte, warte. Die *ursprünglichen* zehn Millionen? Und du hast sie verschenkt?«, fragte Brick.

Ry nickte. »Es ist ein Jahrzehnt her, seit ich verschwunden bin, und seither hat das gestohlene Geld Zinsen angehäuft ... und ich habe vielleicht ein paar kluge Investitionsentscheidungen getroffen.«

»Okay, wie viel dann mit Zinsen?«

Ry warf einen Blick auf Pipe. »Dreißig.«

»*Millionen?*«, präzisierte er.

»Mh-hm.«

»Und du hast einfach mindestens zehn Millionen verschenkt?«, fragte Tonka verblüfft.

»Ja.« Ry hob leicht das Kinn. »Mehr als zwanzig, um genau zu sein.« Sie schämte sich für ihre Vergangenheit, für die Dinge, die sie getan hatte. Die Leute, die sie betrogen hatte. Aber sie hatte verdammt hart gearbeitet, um für ihre Sünden zu büßen. Um denen, die bestohlen worden waren, das Zehnfache zurückzugeben.

»An wen?«, fragte Owl.

»Tierschutzvereine, Tierheime, Polizeihunde-Trainings-zentren, GLAAD, die Amerikanische Stiftung zur Prävention von Suizid, Freiwillige Feuerwachen, Gefängnisse, Veteranen-organisationen wie die Gary Sinise Foundation, Frauenrechtsorganisationen, Make-A-Wish, Waisenhäuser, St. Jude und andere Krankenhäuser, Obdachlosenzentren, Zentren für Drogenabhängige, Resozialisierungszentren, Wildpferdeorganisationen, das Rote Kreuz, Tafeln, Ärzte ohne Grenzen, der NAACP-Rechtsfonds, Helen Keller Intl, Pfadfinder, Brustkrebsforschung, Toys for Tots, Ronald McDonald House, die Amerikanische Bürgerrechtsvereinigung, National Audubon Society, die Christopher & Dana Reeve Foundation, Frauenhäuser, Jugendhilfe ... um nur einige zu nennen.«

Ry blinzelte nicht einmal über die Überraschung in Owls Gesicht.

»Wow.«

Sie war sich nicht sicher, wer das gesagt hatte, aber sie brach den Blickkontakt zu Owl nicht ab.

»Okay. Also gut.«

»Warte ... hast du der *Zuflucht* Geld gegeben?«, fragte Brick.

Ry sah ihn an, aber sie antwortete nicht auf seine Frage.

»Das hast du. Scheiße, Ry, das ist nicht cool.«

»Warum nicht? Ihr macht hier fantastische Dinge. So viele Menschen haben von dem profitiert, was ihr aufgebaut habt.«

Brick sah verlegen aus, und Ry hatte das Gefühl, er wollte darauf bestehen, dass sie das Geld zurücknahm, das sie gespendet hatte, aber das würde nicht passieren. Und sie würde nie zugeben, *wie viel* sie gespendet hatte. Das Programm, das auf ihrem Computer lief und regelmäßig Geld über die Spendentaste schickte, die Alaska der Webseite hinzugefügt hatte, würde so lange seine Arbeit tun, bis das Konto, von dem das Geld kam, leer war. Was in nächster Zeit nicht passieren würde. Und das Geld konnte nicht zu ihr zurückverfolgt werden. Dafür hatte sie bestens gesorgt.

»Wie viel ist noch übrig?«, fragte Pipe.

»Etwa acht Millionen oder so«, sagte Ry. Es war immer noch eine Menge Geld, und sie hatte sich den Arsch aufgerissen, um so viel wie möglich loszuwerden. Aber so schnell, wie sie das Geld weggab, schien sie es auch zu verdienen.

»Richtig, also ... dieser Harold will sein Geld, das er nicht bekommen wird. Er tut sein Bestes, um in der *Zuflucht* Schaden anzurichten, bis Ry was tut?«, fragte Stone.

»Es geht nicht um mich. Ich meine, das tut es schon, aber nicht wirklich. Sein Ziel ist es, *Die Zuflucht* zu zerstören. Um sich an euch zu rächen, weil ihr mir geholfen habt. Es unmöglich zu machen, mit den Verkäufern zusammenzuarbeiten oder auch nur zu funktionieren«, sagte Ry traurig.

»Kannst du ihn finden?«, fragte Tonka. »Wenn er vom FBI gesucht wird, kannst du ihn aufspüren und ausliefern, damit wir ihn los sind?«

»Vielleicht«, sagte Ry, »aber ich bezweifle es. Er ist gut. Nicht so gut wie ich, aber ich vermute, er überwacht die Hinweise und E-Mails des FBI. Wenn ich den Agenten sage, wo er ist, wird er weg sein, bevor sie dort ankommen.«

»Selbst wenn wir dir ein persönliches Treffen mit jemandem vom FBI verschaffen könnten?«, fragte Brick.

»Könnt ihr das?«

»Wir kennen Leute mit Verbindungen, die das möglich machen können.«

»Nun ... ich denke, wir können jede Hilfe gebrauchen, die wir bekommen können. Aber die FBI-Agenten wissen, was mein Vater tun kann. Sie kennen seine Fähigkeiten. Wie auch immer wir mit jemandem kommunizieren, selbst wenn es persönlich ist ... es ist möglich, dass er weiß, dass wir etwas planen.«

»Es muss doch etwas geben, was wir tun können«, sagte Owl. »Ich bin nicht bereit zuzusehen, wie dieser Ort untergeht.«

»Eine Falle stellen?«, schlug Brick vor.

»Was zum Beispiel?«, fragte Tiny. »Wenn es bedeutet, dass Ryleigh sich in Gefahr begibt, lautet die Antwort nein.«

»Nein, so etwas würde ich nie vorschlagen«, entgegnete Brick. »Aber was ist, wenn sie ihm über elektronische Kanäle mitteilt, dass sie sich nicht länger verstecken will? Dass sie nicht mehr weglaufen will. Dass sie ihm das Geld zurückgeben und ein für alle Mal mit ihm fertig sein will.«

»Aber es sind nur noch etwa acht Millionen übrig«, gab Ry zu bedenken.

»Weiß er das?«, fragte Brick.

Sie schüttelte den Kopf. »Nein. Ich habe das Geld versteckt. Praktisch vergraben. Es gibt keine Möglichkeit, dass er darauf zugreifen oder es finden kann.«

»Okay, dann sag ihm, du willst es zurückgeben und quitt sein. Wir lassen uns eine Falle einfallen ... vielleicht so, dass er in eine Bank gehen und persönlich unterschreiben muss, bevor die Überweisung ausgeführt wird. Das FBI soll anrücken, wenn er auftaucht.«

Ry hielt den Atem an. Sie war sich nicht sicher, ob das funktionieren würde. Eigentlich war sie sich fast sicher, dass es nicht funktionieren würde – ihr Vater war sogar noch paranoider als sie selbst –, aber zu diesem Zeitpunkt war sie bereit, fast alles zu versuchen. Sogar mit dem Mann zu reden, mit dem sie nie wieder sprechen wollte.

»Was wird ihn davon abhalten, sich trotzdem mit uns anzulegen?«, fragte Owl.

»Nichts«, sagte Brick achselzuckend. »Aber vielleicht wird die Eröffnung einer Kommunikationsmöglichkeit seine Aufmerksamkeit davon ablenken, das zu zerstören, was wir aufgebaut haben, zumindest für eine Weile. Ry, kannst du die Verbindung der *Zuflucht* sperren? Sie sichern? Wie du schon sagtest, wird das deinen Vater nicht davon abhalten, wieder das zu tun, was er heute Morgen getan hat

... Reservierungen zu gewähren, obwohl keine Hütten mehr frei sind, an unseren Bestellungen herumzupfuschen ... aber ich werde Tex kontaktieren, damit er uns mit einem seiner FBI-Kontakte in Verbindung bringt. Ich werde ein Wegwerfhandy benutzen, damit dein Vater mich nicht zurückverfolgen und herausfinden kann, wen ich anrufe.«

»Das kann ich machen. Es könnte ein paar Tage dauern. Und es könnte ein paar zusätzliche Schritte bedeuten, um sich mit dem Internet zu verbinden ... sowohl für euch alle als auch für die Gäste«, warnte Ry.

»Das ist kein Problem. Wir werden den Gästen einfach sagen, dass es zu ihrem eigenen Schutz ist. Wenn sich jemand beschwert, haben sie nur die Möglichkeit, sich vom Netz zu trennen, solange sie hier sind«, sagte Brick ohne jegliche Sorge. »Ry, ich muss dir etwas klar machen«, fuhr er fort. »Dies ist *nicht* deine Schuld. Es ist die Schuld deines Vaters. Eines Mannes, der Millionen von Dollar gestohlen hat, die ihm nicht gehörten. Und jetzt hat er einen Wutanfall, weil er es nicht ausgeben kann. Verstehst du?«

Ry nickte, auch wenn Brick völlig falschlag. *Sie* hatte die Entscheidung getroffen hierherzukommen. Sie hätte nie so lange bleiben dürfen, wie sie es getan hatte. Aber die Verlockung der Freundschaft, die sie so bereitwillig angeboten hatten, war zu reizvoll, um sie abzulehnen. Vor allem weil sie so etwas noch nie erlebt hatte.

Ihr Vater würde das Angebot nicht annehmen, das Geld zurückzubekommen und sie dafür in Ruhe zu lassen. Er würde das Geld nehmen, ja – aber seine Wut auf sie saß zu tief, als dass er einfach in den Sonnenuntergang verschwinden würde. Er würde alles tun, was nötig war, um ihr ein Ende zu bereiten – denn sie wussten beide, dass sie die bessere Hackerin war. Dass sie sich umdrehen und ihm alles ein zweites Mal stehlen könnte.

Nein, wenn er sicherstellen wollte, dass sie ihn nicht

noch einmal betrügen konnte, musste er sie ein für alle Mal loswerden.

Sie würde das diesen Männern gegenüber nicht erwähnen, denn sie war sich ziemlich sicher, dass sie dadurch an die Decke gehen würden. Sie würden *Die Zuflucht* schneller schließen, als sie blinzeln konnte. Alle Reservierungen stornieren. Aus dem Ort eine Festung machen. Und das war nicht akzeptabel. Das würde gegen alles verstoßen, wofür dieser Ort stand. Die Ruhe des Waldes, der Rückzug von den Übeln der Welt für diejenigen, die sie dringend brauchten. Die Sicherheit des Ortes würde für immer zerstört, der Ruf der *Zuflucht* beschädigt werden, und sie würde nicht der Grund dafür sein.

Ry wollte nicht sterben, nicht nachdem sie endlich einen Ort gefunden hatte, an dem sie sich zugehörig fühlte. Nicht, wenn sie Freunde gefunden hatte, die sie genau so mochten, wie sie war, eine nerdige Computer-Hackerin. Nicht, wenn die Dinge zwischen ihr und Tiny endlich in Ordnung kamen. Sie hatte keine Ahnung, was in der Zukunft mit ihnen passieren würde, aber sie wollte es herausfinden.

»Also gut. Ry wird unseren Mist sichern, aber jeder muss für die nahe Zukunft handschriftliche Notizen machen. Ruft die Lieferanten und die Leute an, mit denen ihr normalerweise zusammenarbeitet, und sagt ihnen, dass wir Opfer von Hackern geworden sind und sie die Lieferungen auf kurze Sicht telefonisch überprüfen sollten, nur um sicherzugehen. Bleibt auf der Hut. Wie Ry schon sagte, könnten die Dinge noch verrückter werden, bevor sie sich beruhigen. Verstanden?«

Brick war ein sehr guter Anführer. Ry konnte verstehen, warum er während seiner Zeit als Navy SEAL so viele Auszeichnungen erhalten hatte.

»Ich werde mich mit Tex in Verbindung setzen und

sehen, was er tun kann, um von der Ostküste aus zu helfen. In der Zwischenzeit, solange es dich nicht in Gefahr bringt, Ry, versuche, deinen Vater zu erreichen. Baue einen Kommunikationsweg auf. Beschäftige ihn, bis wir ihm das Geld unter die Nase halten können. Wir wollen ihn in eine Falle locken, und das können wir nicht, wenn er sich weigert, mit dir zu reden.«

»Okay«, stimmte Ry zu. Sie wollte sich nicht mit diesem Mann in Verbindung setzen, aber sie würde es tun, wenn es darum ging, *Die Zuflucht* und alle auf dem Grundstück zu schützen.

Sie stand auf, als alle anderen es taten, und Tiny trat einen Schritt zurück, um seinen Freunden Raum zu geben, auf sie zuzugehen. Zu ihrer Überraschung umarmten alle sie fest. Sie sagten ihr, dass sie auf ihrer Seite seien. Befahlen ihr, sich keine Sorgen zu machen, versprachen ihr, dass sie es gemeinsam schaffen würden.

Sie war überwältigt.

Sie hatte zwar nicht erwartet, dass sie sie anschreien und vom Grundstück schmeißen würden, aber sie hatte auch nicht gedacht, dass sie hundertprozentig auf ihrer Seite stehen würden.

Brick war der Letzte, der sich ihr näherte. Tiny blieb schützend hinter ihr stehen. Brick legte die Hände auf ihre Schultern und schaute ihr einen langen Moment tief in die Augen. Dann schockierte er sie, indem er sich entschuldigte.

»Es tut mir leid, dass ich an diesem Tag ein Arschloch war. Ich habe mir Sorgen um meine Freunde gemacht und hatte keine Ahnung, wie ich sie finden sollte. Als ich merkte, dass du sie vielleicht aufspüren kannst, wurde ich ungeduldig. Mir hätte klar sein müssen, dass jemand mit deinen Fähigkeiten seinen eigenen Computer benutzen will.«

Doch Ry schüttelte den Kopf. »Nein, ich verstehe schon. Ich hätte dasselbe getan.«

»Nein, hättest du nicht«, sagte Brick mit einem kleinen Lächeln. »Du hättest dich vergewissert, dass dein Zeug unter Verschluss ist, und dann dein Ding durchgezogen. Es hätte höchstens fünf Minuten gedauert, bis du deinen Laptop geholt hättest. Und am Ende hat nichts, was wir herausgefunden haben, einen Unterschied gemacht. Lara war bereits aktiv, indem sie den Hubschrauber ganz allein von der Insel geflogen hat. Ich will nur, dass du weißt, dass du *nicht* entbehrlich bist. Weder jetzt noch jemals. Dein Vater ist ein Arschloch, aber das macht dich noch lange nicht zu einem.«

Ry hätte am liebsten geweint. Er war so nett. Und sie war vielleicht kein Arschloch allein aufgrund der Verbindung, aber unschuldig war sie definitiv auch nicht. Der Weg, der sie dorthin gebracht hatte, wo sie heute alle waren, war lang und verworren, aber jahrelang hatte sie blindlings getan, was ihr gesagt wurde, anstatt das zu tun, von dem sie wusste, dass es richtig war.

Er umarmte sie und hielt sie lange fest, dann sagte er: »Alaska wird wollen, dass du dir das Reservierungssystem ansiehst. Sie weiß, dass die Reservierung gefälscht war, aber sie wird trotzdem denken, dass sie mit Mr. Henderson etwas falsch gemacht hat. Wenn du sie beruhigen könntest, wäre ich dir dankbar.«

»Natürlich«, stimmte Ry sofort zu. »Ich bin gleich da.«

»Danke.« Brick nahm ihr Gesicht in die Hände und zog sie sanft an sich. Er küsste sie auf den Kopf, nickte Tiny zu und ging zur Tür.

Das leise Knurren, das Tiny von sich gab, überraschte Ry, und als sie sich zu ihm umdrehte, war der irritierte Ausdruck auf seinem Gesicht deutlich zu erkennen. »Was ist los?«, fragte sie.

»Ich mag seine Lippen nicht auf dir«, sagte er.

Ry konnte nicht anders. Sie lachte. Es war mehr ein spannungslösendes Kichern als wirkliche Belustigung, aber Tiny machte sich lächerlich. »Er ist wahnsinnig in Alaska verliebt.«

»Und?«, fragte er ein wenig angriffslustig.

Sie legte ihm eine Hand auf den Arm. »Weißt du, ich kann mich nicht erinnern, dass mein Vater mich jemals geküsst hat.« Sie wusste nicht, woher die Worte kamen, sie wusste nur, dass sie Tiny beruhigen wollte. »Er hat mich nie umarmt. Er hat nie meine Wehwehchen besser geküsst. Nicht dass ich jemals welche gehabt hätte, denn ich durfte nicht draußen spielen, und *drinnen* hielt er mich vor dem Computer, um mir beizubringen, wie man sich in den schlammigen Gewässern des Dark Webs bewegt. Wie auch immer ... was Brick getan hat? Es fühlte sich gut an. So wie ein väterlicher Kuss sich anfühlen könnte. Nicht so, dass es überall kribbelt, sondern gut wie eine schöne, warme Decke.«

Sie kam sich nach ihrer lahmen Erklärung sofort dumm vor. Und darüber zu sprechen, wie sehr sie Bricks platonische Geste mochte, war wahrscheinlich kein guter Zug, wenn Tiny aus irgendeinem Grund so aufgebracht war.

Doch zu ihrer Erleichterung hellte seine Miene sich auf. Dann streckte er eine Hand aus und zog sie an sich. Ry kam ihm, ohne zu zögern, nach. Er legte ihr eine Hand an den Hinterkopf und ermunterte sie, sich an seine Schulter zu lehnen. Sie tat es, atmete tief ein und genoss es, wie sein Duft sich in ihren Knochen festzusetzen schien. In ihrer Psyche.

»Dass es überall kribbelt?«, fragte er nach einer Minute. »Hast du das schon einmal gespürt?«

Ry nickte, ohne nachzudenken.

Sie spürte ein Ziehen an ihrem Haar und merkte, dass

Tiny die Strähnen um seine Faust gewickelt hatte und ihren Kopf zurückzog, damit er ihre Augen sehen konnte.

»Wann?«, fragte er.

»Als *du* meinen Kopf geküsst hast«, gab sie leise flüsternd zu.

»Ach ja?«, fragte er mit einem kleinen Lächeln. »So wie jetzt?« Er beugte sich vor und presste die Lippen auf ihren Kopf, so wie er es zuvor getan hatte.

Ein Schauer durchlief Ry am ganzen Körper. »Mh-hm.«

»Oder vielleicht so?«, fragte er, bevor er seine Lippen auf ihre Wange legte. Dann ihre Nase.

Dann streifte er ihre Lippen leicht mit seinen eigenen.

Kribbeln? Nein. Eher wie ein elektrischer Blitz. Sie starrte Tiny fasziniert an. Plötzlich bedauerte sie ihren Mangel an Erfahrung zutiefst. Sie schämte sich nicht dafür, sondern wünschte sich nur, sie wüsste mehr, als es der Fall war, damit sie ihn auch nur einen *Bruchteil* dessen spüren lassen konnte, was sie fühlte.

»Wurdest du jemals geküsst, Ryleigh?«

Sie hörte weder Überraschung noch Spott in seiner Frage, also schüttelte sie leicht den Kopf. Als er sich nicht bewegte, runzelte sie die Stirn. »Ist das schlimm?«

»Nein, ganz und gar nicht. Einerseits bin ich enttäuscht, denn das bedeutet, dass ich dich jetzt nicht so küssen kann, wie ich es möchte. Dieser Raum ist nicht annähernd privat genug, und unsere Freunde sind alle neugierige kleine Wichtigtuer.«

Rys Gehirn fühlte sich verschwommen an. »Du willst mich küssen?«

»Ja, sehr gern. Was ist mit dir? Willst du *mich* küssen?«

»Oh ja«, hauchte sie.

»Andererseits«, fuhr Tiny fort, »kann ich nicht anders, als von Dankbarkeit und Freude überwältigt zu sein, dass ich der Erste sein werde, der dir zeigt, wie ein richtiger Kuss deine Zehen krümmen kann, dich verzweifelt nach mehr verlangen lässt und dir hilft, alles außer mir zu vergessen.«

Ry lächelte ein wenig. »Du bist dir deiner Sache ziemlich sicher.«

Er erwiderte das Lächeln nicht, sondern starrte sie nur mit einem intensiven Blick an. »Und kribbeln? Davon weiß ich nichts. Was ich gefühlt habe, als ich meine Lippen auf deine legte, war eine Atombombe. Ich habe noch *nie* eine solche Verbindung zu einer anderen Frau gespürt wie jetzt, wenn ich dich einfach in meinen Armen halte.«

Rys Lächeln verblasste. »Du hast mich vor nicht allzu langer Zeit gehasst«, erinnerte sie ihn.

»Ich habe dich nie gehasst«, erwiderte Tiny. »Ich war verwirrt. Die Verbindung, die wir haben, ist intensiv, und als ich herausfand, dass du gelogen hast, bin ich in meine Vergangenheit zurückgefallen. Ich konnte nicht aufhören, an Sonja zu denken und daran, wie sehr sie mich betrogen hatte. Ich verlor das Vertrauen in mich selbst, in meine Beobachtungsgabe und meine Fähigkeit, Menschen so zu sehen, wie sie sind. Ich habe dich mit einem Pinsel gemalt, mit dem ich dich nicht hätte malen sollen. Aber ich bin zur Vernunft gekommen.«

»Warum? Wie?«

»Willst du das wirklich wissen?«

Ry nickte.

»Am Abend von Henleys Babyparty habe ich dich endlich gehört. Als du mir sagtest, du hättest Angst, sah ich diese Angst in deinen Augen. Ich habe es nicht verstanden, aber ich habe mir endlich die Zeit genommen, dich wieder anzuschauen, dich *wirklich* anzuschauen, und mir wurde klar, dass ich mich die ganze Zeit über in dir getäuscht hatte. Danach musste ich nur noch mein Gehirn benutzen, um über die Dinge nachzudenken, die du getan hast, seit du hier bist. Kein einziges Mal hast du etwas getan, das auch nur im Entferntesten jemandem schaden könnte. Alles, was du tust, ob mit deinem Computer oder nicht, tust du mit den besten Absichten. Meine Vergangenheit hat meine Sicht für eine Weile getrübt, aber jetzt sehe ich besser als je zuvor. Ich sehe *dich*, Ryleigh. Und mir gefällt, was ich sehe.«

Ry schloss die Augen. Sie fühlte sich in diesem Moment verletzlich. Hatte sich jemals jemand die Mühe gemacht, einen zweiten Blick auf sie zu werfen? Nicht dass sie sich hätte erinnern können. Es gefiel ihr nicht unbedingt, dass Tiny ihre Gefühle so leicht lesen konnte, aber es war auch eine irgendwie beruhigende Erkenntnis. Sie brauchte sich nicht vor ihm zu verstecken, er konnte sie ansehen und wusste, was sie dachte, was sie fühlte.

Er bestätigte ihre Gedanken, indem er wieder sprach. »Und obwohl ich es zu schätzen weiß, dass du dich mir und meinen Freunden öffnest, gibt es noch mehr, was du nicht sagst. Mehr als nur, dass dein Vater Geld will. Nicht wahr?«

Ry wollte es leugnen. Wollte seiner Frage ganz ausweichen. Aber sie fühlte sich zu roh. Zu entblößt. Sie öffnete die Augen und nickte kurz.

»Gut. Wir reden später weiter ... wenn du dazu bereit bist. Aber ich muss dir das sagen, und du musst mir zuhören.« Er wartete auf ihr Nicken, bevor er fortfuhr. »Du darfst dich zu keiner Zeit in Gefahr begeben, um deinen Vater zu fangen. Verstehst du das? Meine Freunde und ich sind jeder durch unsere eigene Hölle gegangen. Jemand, der sich mit der *Zuflucht* anlegt, wird uns nicht zur Strecke bringen. Auf keinen Fall. Wir werden diesen Sturm auf die eine oder andere Weise überstehen, aber nicht auf deine Kosten.«

Eine Träne lief ihr über die Wange, und Tiny schockierte sie erneut, indem er sich vorbeugte und sie wegküsste. »Sag mir, dass du verstehst und einverstanden bist«, befahl er.

»Okay.«

»Sag es, Ryleigh. Ich will die Worte hören. Ich habe dich gebeten, mich nicht anzulügen, und wenn ich dich in dieser Sache zweideutig sein lasse, wirst du behaupten, dass es keine Lüge war, wenn du etwas Gefährliches tust ... wie dich selbst als Köder einzusetzen.«

Sie konnte sich ein kleines Lächeln nicht verkneifen. Es schien, als hätte Tinys Beobachtungsgabe ihn doch nicht im Stich gelassen. »Ich verstehe und bin einverstanden.«

»Danke.«

Trotzdem konnte sie nicht umhin, darüber nachzudenken, was er gesagt hatte. Über Köder ...

Es war keine schlechte Idee.

Ja, ihr Vater wollte sein Geld zurück, aber er wollte auch *sie*.

Sie wusste bereits, dass Bricks vager Plan niemals funktionieren würde. Mit ihrem Laptop würde es buchstäblich Minuten dauern, das Geld auf ein sicheres Konto ihres Vaters zu überweisen, was der Mann wusste. Er bräuchte nicht zur Bank zu gehen und nichts zu unterschreiben. Außerdem war ihr Vater viel zu paranoid, um einfach in eine Bank zu marschieren und davon auszugehen, dass dort nicht ein Gebäude voller Gesetzeshüter auf ihn warten würde.

Aber er *wollte* sie unbedingt in die Finger bekommen. Um sie dafür bezahlen zu lassen, dass sie ihn verlassen hatte. Dass sie es gewagt hatte, ihn zu bestehlen. Sie hatte die Kommentare gesehen, die er im Dark Web hinterlassen hatte, wo er wusste, dass sie sie sehen würde. Er wollte sie tot sehen. Das war die einzige Möglichkeit, die Bedrohung seiner Lebensweise wirklich zu beenden.

Wenn sie ihn nicht mit Geld, sondern mit *sich selbst* als Köder irgendwohin locken und die Behörden dazu bringen könnte, ihn zu fangen, wäre die Welt ein sichererer Ort.

»Komm schon, ich kann sehen, wie dir Gott weiß was

durch den Kopf geht. Du musst Alaska beruhigen, du musst etwas essen, dann gehen wir zurück in die Hütte, damit du anfangen kannst zu sichern, was dir möglich ist. In Ordnung?«

»Okay.« Das klang mehr als okay. Vor allem der Teil mit dem Zurückgehen in die Hütte. Ry war ihr ganzes Leben lang ein introvertierter Mensch gewesen. Und obwohl sie gern in der *Zuflucht* aushalf und die Menschen, die dort lebten und arbeiteten, wirklich mochte, war sie immer dankbar für ihre Zeit allein.

Als Tiny sie aus dem Konferenzraum führte, fühlte Ry sich so leicht wie schon lange nicht mehr. Die Bedrohung durch ihren Vater war so gefährlich wie eh und je, aber sie hatte sich den Jungs gegenüber geöffnet, und sie hatten sie nicht zurückgewiesen. Sie hatten sie nicht mit Abscheu angesehen. Mit Verachtung, weil sie eine Bedrohung für *Die Zuflucht* darstellte. Sie würde tun, was sie tun musste, um das in Ordnung zu bringen.

Es gab so viel, worüber sie sich freuen konnte – die jüngsten Geburten, die Babys von Lara und Maisy, die bald zur Welt kommen würden, das Pflegekind von Cora und Pipe, der Hubschrauber, die Tatsache, dass alle gesund und verliebt waren ...

Ja. *Die Zuflucht* war ein Ort des Glücks. Sie hatte es nicht verdient, dass eine Wolke des Bösen darüber schwebte. Sie würde alles in Ordnung bringen. Nach dem Mittagessen.

KAPITEL ACHT

Eine Woche später war Tiny höllisch frustriert, aber er tat sein Bestes, um es vor Ryleigh zu verbergen, die bereits bis zum Äußersten gestresst war.

In der *Zuflucht* liefen weiterhin Dinge schief, aber nichts, was die Behörden als vorsätzlich angesehen hätten. Tiny und alle anderen wussten es besser.

Das gelieferte Heu war schimmelig, im Internet tauchten plötzlich eine Menge schlechter Kritiken auf, die Zahlungen an die Lieferanten waren nicht erfolgt, der Müll wurde nicht abgeholt, weil die Dienstleistung willkürlich gestrichen worden war. Jeder wusste, dass dies alles Harold Lodge zuzuschreiben war, aber das Frustrierende daran war, dass ihm nichts nachgewiesen werden konnte. Er hatte seine elektronischen Spuren zu gut verwischt.

Der alarmierendste Vorfall ereignete sich jedoch am frühen Morgen.

Die Lodge war von SWAT-Mitgliedern umstellt worden, die in das Gebäude gestürmt waren und von allen verlangten, die Hände hochzunehmen.

Die Zuflucht war »geswattet« worden. Jemand hatte in Los Alamos angerufen und behauptet, in der Lodge sei ein aktiver Schütze und die Menschen seien in Gefahr.

Es war beängstigend, und einige der Gäste hatten ziemlich schlimme Flashbacks, mit denen behutsam umgegangen werden musste. Aber das Schlimmste war der Ausdruck der Verzweiflung in Ryleighs Gesicht. Sie hatten es alle gesehen. Sie hatten gesehen, wie sie sich für jede Kleinigkeit, die passierte, die Schuld gab.

Aber Tiny hatte gesehen, wie sie sich während der letzten Woche die Finger wund gearbeitet hatte. Sie verbrachte jede freie Minute – wenn er nicht gerade darauf bestand, dass sie eine Pause einlegte, um spazieren zu gehen oder etwas zu essen – damit, stirnrunzelnd auf ihren Laptop zu starren, während sie tat, was sie konnte, um die Dinge zu entschärfen, die ihr Vater in Gang gesetzt hatte. Sie hatte viele davon aufgehalten, aber er hatte es immer noch geschafft, einige der Hindernisse zu umgehen, die sie errichtet hatte, um in der *Zuflucht* Chaos zu stiften.

Diese letzte Aktion war zu weit gegangen. Der Anruf bei der Polizei konnte natürlich nicht zurückverfolgt werden, aber Ryleigh hatte die letzte Stunde damit verbracht, mit den Detectives der örtlichen Polizei zu sprechen und zu erklären, wer ihrer Meinung nach hinter dem gefälschten Anruf über den aktiven Schützen steckte und warum. Über das Geld hatte sie nur vage Angaben gemacht, aber sie war nicht davor zurückgeschreckt zuzugeben, wer ihr Vater war und warum er vom FBI gesucht wurde.

Jetzt saß sie auf seiner Couch und starrte mit einem so untröstlichen Blick ins Leere, dass Tiny schließlich eine Entscheidung traf.

»Steh auf. Wir gehen aus.«

»Was?«, fragte sie stirnrunzelnd.

»Du hast dich während der letzten Woche stundenlang in diesem Haus verkrochen. Wir brauchen beide etwas frische Luft.«

»Ich mag keine frische Luft.«

Tiny konnte sich ein Lachen nicht verkneifen. »Ich weiß, aber du brauchst sie trotzdem.«

Als sie ohne weitere Proteste aufstand, wurde Tiny klar, wie weit sie *wirklich* am Ende ihrer Kräfte angelangt war. »Ich bin gleich wieder da«, sagte er.

»Wo willst du hin?«

»Ich muss etwas aus der Lodge holen, während du dich umziehst. Wanderschuhe und Schichten, Ryleigh.«

Sie seufzte. »Wie weit willst du mich denn gehen lassen?«

»So weit wie nötig«, war seine Antwort.

Sie runzelte wieder die Stirn, protestierte aber nicht weiter, als sie den Flur hinunter in Richtung ihres Zimmers ging.

Es dauerte nicht lange, bis er das Nötige aus der Lodge geholt hatte. Robert war froh, helfen zu können. Als er in seine Hütte zurückkehrte, holte Tiny noch eine Sache aus der Küche.

Er hatte seinen Rucksack schon bereit, als Ryleigh aus ihrem Schlafzimmer kam. Er musterte sie von Kopf bis Fuß und nickte anerkennend. Sie hatte sich eine Cargohose angezogen, ein T-Shirt unter einem Pullover, und sie hatte eine Mütze in der Hand. Er schnappte sich ihren wasserdichten Parka und half ihr hinein. Sie würde ihn schon bald ausziehen, denn es war definitiv zu warm, um damit Sport zu machen, aber ihm war es lieber, sie hatte ihn und brauchte ihn nicht, als dass sie ihn später brauchte und nicht mitgenommen hatte.

Er schloss die Hütte hinter ihnen ab und machte sich

auf den Weg zum Table Rock. Dort würden sie allerdings nicht anhalten. Er hatte ein anderes Ziel im Sinn. Alles in allem würde es ein paar Stunden dauern, und die Gäste gingen selten so weit hinaus.

Sie gingen schweigend weiter, bis sie den Table Rock passierten. Ryleigh schwitzte ein wenig im Gesicht, und ihre Wangen waren rosa.

»Du nimmst mich doch nicht mit in den Wald, um meine Leiche zu entsorgen, oder?«, fragte sie.

Er war sich nicht sicher, ob sie einen Witz machte oder nicht.

»Das war ein Scherz, Tiny«, murmelte sie, als er eine Augenbraue hochzog.

»Du weißt doch, dass ich dir nie etwas antun würde, oder?«, fragte er.

»Ich verstehe dich nicht«, sagte sie nach einem Moment. »Seit du mich getroffen hast, werden die Dinge auf den Kopf gestellt.«

»Als ich beschloss, eine Partnerschaft in der *Zuflucht* anzunehmen, war ich verbittert und hasste die Menschen«, erwiderte er. Er redete nicht darüber. Niemals. Aber er wollte, dass Ryleigh es hörte. Wollte es mit ihr teilen.

»Nachdem Sonja versucht hatte, mich zu töten, löste mein Vertrauen in die Menschen sich in Luft auf. Ich traute meinen Teamkameraden nicht mehr, meinem Kommandanten, den Zivilisten, mit denen wir in Kontakt kamen. Ich war paranoid, und das beeinträchtigte meine Fähigkeit, meinen Job zu machen. Ich war buchstäblich zu *jedem* ein Arschloch. Es fiel mir schwer, einfach in den verdammten Supermarkt zu gehen, weil ich im Hinterkopf hatte, dass jemand mit einer AK-47 durch die Tür platzen und versuchen würde, uns alle zu töten.

Als ich hierherkam, hatte ich kein Vertrauen, dass *Die Zuflucht* erfolgreich sein würde. Ich war mir sogar völlig sicher, dass sie scheitern würde. Wer zum Teufel würde schon mitten ins Nirgendwo in New Mexico kommen? Zum Teufel, viele Leute denken, der Bundesstaat sei ein Teil von dem Land Mexiko. Und eine Gruppe von Leuten mit posttraumatischer Belastungsstörung zusammenzubringen schien mir eine schreckliche Idee zu sein. Aber ich erklärte mich trotzdem einverstanden, weil ich meinem Leben entfliehen musste.

Und etwas Lustiges passierte, als ich Brick, Tonka, Spike, Pipe, Owl und Stone kennenlernte ... Ich sah sechs Menschen, die genauso zu kämpfen hatten wie ich. Die Umstände waren zwar sehr unterschiedlich, aber der Kampf war derselbe. Und irgendwie war es seltsam erfrischend, unter Menschen zu sein, die zugeben konnten, dass sie auf die eine oder andere Weise genauso im Arsch waren. Kein Einziger von ihnen verbarg seine Dämonen. Das machte es mir leichter, mit meinen eigenen fertigzuwerden.

Und hier draußen in den Wäldern zu sein ... es fühlte sich richtig an. Die Bäume beruhigten mich. Die frische Luft hauchte meinem Körper neues Leben ein. Es klingt total kitschig, aber dieser Ort ist magisch. Als die Hütten gebaut wurden und wir begannen, Pläne für die Eröffnung der *Zuflucht* zu schmieden, dachte ich mehr und mehr darüber nach, was mit Sonja passiert war.

Mir wurde klar, dass es nicht die Tatsache war, dass sie versucht hatte, mich umzubringen, die mich so fertiggemacht hat. Es war die Tatsache, dass ich dachte, sie sei die Eine für mich. Ich habe sie geliebt. Ich hätte alles für sie getan, ihr alles gegeben. Und wenn ich auf einer Mission unterwegs war, zählte ich die Tage, bis ich wieder bei ihr sein konnte. Ich war ein verdammt guter SEAL, vorsichtig, aber effektiv in dem, was ich tat. Und ich tat es für *sie*. Ich dachte, wir würden heiraten, eine Familie gründen und bis ans Ende unserer Tage glücklich leben.

Ihr Verrat hat mich völlig überrumpelt. Ja, das Messer in meiner Brust war beschissen. Aber zu wissen, dass sie die Liebe, mit der ich sie überschüttet habe, weggeworfen hat, tat viel mehr weh.«

»Es tut mir leid«, sagte Ryleigh sanft.

»Ich habe eine Weile gebraucht, um mich mit den Jungs zu verbinden. Ich habe erwartet, dass sie mich den Wölfen genauso zum Fraß vorwerfen, wie Sonja es getan hatte. Ich habe sie lange Zeit auf Abstand gehalten, aber schließlich haben sie mich mürbe gemacht. Sie zeigten mir tagein, tagaus, dass sie hinter mir standen. Es war meine Idee, die Bunker zu bauen«, gab Tiny zu. »Ich wollte einen Ort, an dem wir in Sicherheit sind.«

»Sicher wovor?«, fragte Ryleigh.

»Vor allem. Gästen, die ausflippen, Fremden mit Gewehren, wilden Elchen, Stürmen ... dem Leben.«

»Gibt es Elche in New Mexico?«, fragte Ryleigh.

Aus irgendeinem Grund fand Tiny ihre Frage urkomisch. Nach allem, was er ihr gerade erzählt hatte, wollte sie wissen, ob es in den Wäldern Elche gab. »Im Ernst?«, fragte er und sah zu ihr hinüber.

»Ja! Elche sind riesig. Die könnten mir in einer Sekunde den Kopf zertreten!«, rief sie aus. »Ich weiß schon von Bären und Kojoten und anderen gefährlichen wilden Tieren, aber Elche? Nein. Einfach *nein*. Ich kann nicht damit umgehen, dass sie es auch auf mich abgesehen haben.«

Tiny lächelte. Dann lachte er. Dann krümmte er sich vor Lachen und konnte nicht mehr aufhören. Der Gedanke, dass diese Frau sich vor Elchen fürchtete, war urkomisch. Als er sich wieder unter Kontrolle hatte und aufrecht stand, hatte Ryleigh die Hände in die Hüften gestemmt und funkelte ihn an.

»Du bist witzig«, sagte er.

»Ich habe nicht versucht, witzig zu sein«, erwiderte sie schmollend.

»Ich weiß, deshalb war es ja auch so lustig«, sagte Tiny. Dann griff er nach ihrem Arm und zog sie zu sich heran. Mit einem leisen *Uff* fiel sie gegen ihn.

»Ich werde dich vor jedem tollwütigen Elch beschützen.«

»Verdammt richtig, das wirst du. Ich erwarte, dass du dich opferst und mir Zeit gibst wegzukommen, wenn wir einen sehen«, forderte sie.

»Abgemacht.«

Dann schockierte sie ihn zu Tode, indem sie eine Hand zu seinem Gesicht hob. Sie fuhr mit dem Daumen über seine Wange, bevor sie die Finger im Haar an den Seiten seines Kopfes vergrub.

»Sie war eine Idiotin«, flüsterte Ryleigh. »Sonja. Wenn ich jemals jemanden gehabt hätte, der sich auch nur halb so sehr für mich interessiert hätte, wie du sie geliebt hast ... ich hätte alles getan, was ich kann, um das zu nähren. Um es zu schützen. Wenn du nie jemanden hattest, der sich darum schert, ob du schläfst, isst oder in der Schule gemobbt wirst ... glaub mir, dann schätzt du es umso mehr.«

Tiny brach das Herz für sie. Er konnte sich nicht vorstellen, dass jemand sie *nicht* liebte. Nicht zum ersten Mal wünschte er sich zehn Minuten allein in einem Raum mit ihrem Vater.

»Ja ... also ... gibt es in diesen Wäldern *wirklich* Elche?«, fragte sie in einem normaleren Ton und trat von ihm weg.

Tiny juckte es in den Fingern, sie wieder an sich zu ziehen, aber er widerstand. Er hatte einen Grund, sich ihr auf dem Weg zu öffnen. Er wollte ein offenes Buch sein. Sie war ihm so wichtig geworden. Es machte ihm eine Scheißangst, aber zum ersten Mal seit Sonjas Verrat wollte er etwas mit einer Frau. Mehr als Freundschaft oder eine einzige unverbindliche sexuelle Begegnung.

»In den letzten zehn Jahren wurden nur etwa ein Dutzend Elche gesichtet«, erklärte er, während er ihr eine Hand an den Rücken legte und sie ermutigte weiterzugehen. »Sie brauchen ein kühles Klima in der Nähe von Bächen und Flüssen.«

»Hier oben in den Bergen ist es kühler«, sagte Ryleigh. »Und es gibt Bäche und Flüsse auf dem Gelände der *Zuflucht.*«

Tiny grinste. Er hatte ihr nicht gesagt, dass die Sichtungen hauptsächlich im nördlichen Teil des Bundesstaates stattfanden ... genau dort, wo sie sich befanden.

»In all den Jahren, in denen ich hier bin, habe ich noch nie einen gesehen.«

»Toll, jetzt bist du also fällig«, sagte Ryleigh mit einem Seufzer.

Gott, sie war so niedlich. Selbst wenn sie es nicht versuchte. Sie gingen noch fünfundvierzig Minuten weiter, bevor sie den Ort erreichten, den Tiny ihr zeigen wollte. In der Gegend gab es viele Orte mit schönen Aussichten. Orte wie den Table Rock. Aber auf dieses Gebiet war er vor ein paar Jahren gestoßen, als er eine Pause von der Hektik der *Zuflucht* brauchte.

Er verließ den Pfad, und als er nicht hörte, dass Ryleigh ihm folgte, schaute er zurück.

Sie stand immer noch auf dem Pfad und sah unsicher aus.

Er ging zu ihr zurück. »Was ist los?«

»Ich bin mir nicht sicher, ob wir den Weg verlassen sollten«, sagte sie mit einem leichten Stirnrunzeln.

»Es ist schon okay.«

»Was ist, wenn wir uns verlaufen?«

»Wir werden uns nicht verlaufen. Ich weiß, wo wir sind und wohin wir gehen«, sagte Tiny.

Sie zögerte immer noch.

»Es ist ironisch, das jetzt zu sagen – aber vertrau mir, Ryleigh. Wir werden uns nicht im Wald verlaufen. Außerdem habe ich einen Kompass, ein Satellitentelefon, einen Feuerstein, eine Notfalldecke, einen Erste-Hilfe-Kasten und sogar ein kleines Zelt in meiner Tasche.«

»Wirklich?«, fragte sie erstaunt. »Warum?«

»Weil es nicht klug ist, ohne diese Dinge in den Wald zu gehen. Aber wir werden sie nicht brauchen. Ich nehme dich an einen Ort mit, den ich liebe.«

Ryleigh atmete tief durch und nickte dann. »Okay.«

Ihr Vertrauen in ihn bedeutete ihm die Welt. Besonders nach der Art, wie er sie behandelt hatte. Als sei sie der Feind. Er hätte sich nicht mehr irren können. Diese Frau war durch die Hand der einzigen Person, der sie hätte vertrauen können sollen, durch die Hölle gegangen und hatte sich trotzdem als mitfühlend und freundlich erwiesen. Mehr als viele Menschen, die er kannte und die weit weniger durchgemacht hatten. Er hatte ihr Unrecht getan, und er wollte unbedingt für seine Taten büßen.

Spontan streckte Tiny eine Hand aus. Zu seiner Überraschung zögerte sie nicht und nahm sie bereitwillig. Mit dem Gefühl, ein großes Hindernis überwunden zu haben, drehte Tiny sich um und ging durch die Bäume. Es dauerte etwa zehn Minuten, bis sie an ihrem Ziel ankamen, aber als sie es taten, war ihre Reaktion genau so, wie er sie sich erhofft hatte.

Ryleigh schnappte nach Luft und ließ seine Hand los, als sie mit weit aufgerissenen, staunenden Augen einen Schritt nach vorn machte. »Tiny, es ist ... heilige Scheiße, es ist wunderschön!«

Das war es.

Sie standen am Rande eines Feldes aus riesigen Felsbrocken. Er hatte keine Ahnung, warum es so viele an diesem einen Ort gab, aber Dutzende hatten die Größe von Geländewagen oder Bussen. Sie waren verwittert und glatt, und überall um sie herum und zwischen ihnen wuchsen Bäume, die hoch in den Himmel ragten. Es war, als seien die Felsbrocken aus großer Höhe heruntergefallen und über diese Gegend und nur diese Gegend verstreut worden. Bei all seinen Erkundungen des riesigen Geländes der *Zuflucht* hatte er keine anderen Felsbrocken dieser Größe gesehen. Er war genauso erstaunt gewesen wie Ryleigh, als er das erste Mal über sie gestolpert war.

»Willst du etwas Cooles sehen?«, fragte er.

Sie drehte sich zu ihm um. »Ist das *nicht* cool?«, fragte sie lächelnd und deutete auf die Felsen.

»Dann eben cooler«, sagte er und griff wieder nach ihrer Hand. Die Art und Weise, wie sie es so leicht und ohne Arglist annahm, traf ihn hart. Er führte sie auf die rechte Seite des Feldes. Sie mussten über umgestürzte Baumstämme steigen und über kleinere Felsen klettern, aber es würde sich lohnen. Daran hatte er keinen Zweifel.

Sie umrundeten einen besonders großen Felsbrocken, und Tiny wusste sofort, als Ryleigh sah, was er ihr zeigen wollte, da sie tief Luft holte.

»Oh mein Gott, ist das ... eine *Treppe*?«

»Ja.«

»Was ... wie ...?« Wieder war sie genauso sprachlos, wie er es gewesen war, als er es gefunden hatte.

»Komm mit«, sagte Tiny und zog sie zu den groben Stufen, die irgendwann vor vielen, vielen, *vielen* Jahren in den Fels gehauen worden waren.

Er hatte keine Ahnung, wie alt diese Felsen waren oder wann jemand die Stufen gemeißelt haben könnte, aber es musste Hunderte von Jahren her sein. Vielleicht als die

Ureinwohner hier lebten. In der Gegend gab es Felsenwohnungen. Er war im Bandelier National Monument gewesen, wo es Felszeichnungen und in die weichen Felsen gehauene Häuser gab. Er wollte glauben, dass einige dieser alten Pueblo-Völker auch in dieses Gebiet vorgedrungen waren.

Tiny führte sie die Stufen hinauf, wobei er langsam ging, damit Ryleigh nicht stürzte. Als sie oben auf dem überraschend flachen Felsen ankamen, ließ er ihre Hand los und beobachtete, wie sie sich wie in Trance umsah. Die Bäume waren dicht, aber er konnte sich vorstellen, dass die Menschen, die vor langer Zeit hierherkamen, wahrscheinlich kilometerweit um sich herum hatten sehen können. Es gab eine Vertiefung im Felsen, die wahrscheinlich ebenfalls ausgehöhlt worden war und die dauerhaft geschwärzt war von etwas, das Tiny nur als Ruß bezeichnen konnte.

»Wow«, sagte Ryleigh, als sie sich zu ihm umdrehte. »Das ist unglaublich!«

»Ja«, stimmte er zu. »Ich kenne mich mit solchen Dingen nicht aus, aber ich vermute, dass dies früher eine Art Ausguck war. Hier könnte man ein Feuer anzünden.« Er deutete auf die Vertiefung im Felsen. »Vielleicht, um seine Leute vor Gefahren zu warnen oder vor Wild in der Gegend. Ich wette, es gibt noch weitere versteckte Ausgucke im Wald, und die Eingeborenen haben von diesen größeren Höhen aus Nachrichten gesendet, bevor die Bäume so groß wurden.«

»Man kommt sich so klein vor«, sagte sie leise. »Als seien seine eigenen Probleme unbedeutend angesichts einer so großen Geschichte.«

»Niemals unbedeutend. Komm, setzen wir uns«, sagte Tiny, während er seinen Rucksack absetzte. Er öffnete ihn und zog die Notfalldecke heraus. Es war nicht das weichste Ding der Welt, aber mit ihren Jacken, die sie sich um die

Hüften gebunden hatten, als es zu warm wurde, hätten sie mehr Polsterung.

Ryleigh beobachtete, wie er eine kleine Sitzecke für sie einrichtete, dann nahm sie seine Hand, als er sie ihr anbot, und setzte sich. Er öffnete seinen Rucksack und begann, Gegenstände herauszunehmen.

»Heilige Scheiße, Tiny, ich kann nicht glauben, was du da alles drin hast«, sagte Ryleigh mit einem kleinen Lachen, als er einen Gegenstand nach dem anderen auf die Decke legte.

Er hatte Sandwiches, Chips, Wasserflaschen und sogar eine Tüte mit Roberts begehrten Schokokeksen. Sie waren zwar zerbrochen, aber Tiny dachte sich, dass sie immer noch gut schmecken würden.

Er lächelte, als er einen weiteren Gegenstand mit Schwung herauszog.

Ryleigh grinste. »Ein Weihnachtsbaumkuchen?«, fragte sie ungläubig.

»Ja.«

»Will ich überhaupt wissen, was du getan hast, damit Robert dir so etwas aus seinem Geheimvorrat schenkt?«

»Nein«, scherzte Tiny mit einem Lächeln. Die Wahrheit war, dass er gar nichts hatte versprechen müssen. Robert hatte ihm ohne Aufforderung eine seiner Lieblingsleckereien angeboten und gesagt, dass jemand so Besonderes wie Ryleigh es verdient hätte. Da konnte er nicht widersprechen.

»Kann ich dir etwas sagen?«, fragte Ryleigh.

»Du kannst mir alles sagen«, sagte Tiny, ohne zu zögern.

Sie schaute sich um, als wollte sie sehen, ob jemand lauschte. Es war bezaubernd. Dann flüsterte sie: »Ich kann diese Dinger nicht ausstehen.«

Tiny brach in Gelächter aus.

»Im Ernst, sie sind eklig. Da ist so ein Belag drauf, dass

mein Mund sich schleimig anfühlt. Und sie sind zu süß. Ich habe immer das Gefühl, dass ich etwas Grünes und Gesundes zu mir nehmen muss, um den Zucker aufzusaugen, der durch meine Adern fließt, nachdem ich einen gegessen habe.«

»Aber du scheinst dich immer so zu freuen, wenn du einen bekommst«, sagte Tiny.

»Ja, weil ich weiß, wie besonders sie für Robert sind, und wenn er mir einen schenkt, dann weiß ich, dass er mich wirklich mag.«

Tinys Lächeln erstarb. Es gefiel ihm nicht, dass diese Frau dachte, sie müsse etwas essen, das sie hasste, um gemocht zu werden. »Er wird nicht beleidigt sein, wenn du sie nicht magst«, sagte er.

Ryleigh zuckte nur mit den Schultern.

»Wird er nicht«, beharrte Tiny.

»Es ist keine große Sache. Es ist ja nicht so, dass er mir viele gibt. Das ist das Mindeste, was ich für all das tun kann, was er für *Die Zuflucht* tut.«

Das war noch so eine Sache – Ryleigh tat so viel, um *Die Zuflucht* florieren zu lassen. Es war, als hätte sie ein persönliches Interesse am Erfolg oder Misserfolg des Ortes, aber in Wirklichkeit gewann oder verlor sie nichts, wenn *Die Zuflucht* florierte. Sie wollte einfach nur, dass es ihr gut ging, weil sie die Menschen mochte, die dort lebten und arbeiteten.

Tiny griff in seine Tasche und holte das letzte Ding heraus, das er vor ihrem Aufbruch verstaut hatte.

Ryleighs Augen wurden groß. »Ist das ... Schwarzgebrannter?«, fragte sie.

»Jawohl.«

»Aber ich dachte, Alkohol ist in der *Zuflucht* nicht erlaubt?«

»Ist er auch nicht«, stimmte Tiny zu, als er den Deckel

abschraubte. »Aber ab und zu ist es schön, ein oder zwei Schlucke zu trinken.« Er hielt ihr die Flasche hin.

Ryleigh starrte sie einen Moment lang an, dann hob sie den Blick zu ihm. »Ich habe das noch nie getrunken.«

»Er wird dir schmecken«, beruhigte Tiny sie.

»Ich habe gehört, er ist stark.«

»Ist er auch. Du wirst nur ein paar Schlucke brauchen, um es zu spüren.«

»Ich bin mir nicht sicher, ob es eine gute Idee ist, sich zu betrinken, wenn wir auf einem riesigen Felsen mitten im Wald sitzen und noch eine lange Wanderung vor uns haben.«

»Du wirst dich nicht betrinken ... nur genug, um dich gut zu fühlen.«

Sie zögerte immer noch.

»Vertrau mir«, beharrte Tiny.

Zu seiner Freude griff sie nach der Flasche und schnupperte misstrauisch am Inhalt, bevor sie durch den stechenden Geruch die Nase rümpfte. Dann roch sie erneut daran und lächelte. »Ist das Wassermelone?«, vermutete sie.

»Ja. Es ist süß, aber nicht zu süß. Auf Eis schmeckt er richtig gut, aber das hier muss erst einmal reichen.«

Sie nahm einen vorsichtigen Schluck und zuckte zusammen, als er ihre Kehle hinunterglitt. Aber nachdem sie den starken Alkohol geschluckt hatte, leckte sie sich über die Lippen und lächelte breiter. »Der Nachgeschmack ist, als hätte ich ein Gummibärchen mit Wassermelonen-Geschmack gegessen.«

»Schmeckt er dir?«

»Ich glaube schon.«

»Nimm noch einen Schluck«, befahl Tiny.

Sie tat es. Dann reichte sie ihm die Flasche zurück, und Tiny nahm einen kräftigeren Schluck. Er spürte, wie der Alkohol sich seinen Weg die Kehle hinunter bahnte, und eine zarte Wärme folgte ihm nach. Sie reichten die Flasche ein paarmal hin und her, bevor er sie verschloss und zurück in seine Tasche steckte. Er wollte Ryleigh dazu bringen, sich zu entspannen, und sie nicht betrunken machen.

»Das wird nicht dazu führen, dass ich mich gern in der freien Natur aufhalte«, sagte sie nach einem Moment zu ihm.

Tiny lachte. »Das hätte ich auch nicht gedacht. Aber du musst zugeben, dass es hier schön ist.«

»Das ist es«, sagte sie, ohne zu zögern. »Aber es wäre noch schöner, wenn das hier direkt vor unserer Hütte läge und wir nicht kilometerweit und stundenlang laufen müssten, um hierherzukommen.«

Tiny lachte wieder. »Aber dann wäre es nicht so friedlich, wie es ist. Den ganzen Tag würden Leute hier hochklettern. Wahrscheinlich würde jemand herunterfallen und wir müssten ihn retten. Irgendein Arschloch würde sich wahrscheinlich mitten in der Nacht hierherschleichen und überall Graffiti aufsprühen.«

»Zynisch, aber du hast wahrscheinlich recht«, stimmte Ryleigh zu.

Sie saßen ein oder zwei Minuten in angenehmem Schweigen, dann zuckte Tiny gedanklich mit den Schultern und legte einen Arm um Ryleigh, um sie an sich zu ziehen. Sie kam ihm nach und lehnte den Kopf an seine Schulter, während er sie festhielt.

»Ich habe das Gefühl, nichts über dich zu wissen«, sagte Ryleigh nach einem Moment. »Ich meine, ich weiß von diesem Miststück Sonja und dass du ein SEAL warst, aber das war's auch schon.«

Tiny hatte kein Problem damit, sich dieser Frau gegenüber zu öffnen. Irgendwie hatte sie sich in all der Zeit, die sie miteinander verbracht hatten, unter seinen Schutzschild geschlichen, obwohl er sich so lange dagegen gewehrt hatte.

»Ich hatte eine ziemlich gute Kindheit. Ich habe dir von meinem Bruder erzählt. Er war mein bester Freund. Mein Fels in der Brandung. Wir dachten, unser Leben sei normal. Aber als ich zwölf war, wurde mir klar, dass mein Leben *nicht* normal war. Unsere Eltern stritten sich. Sehr oft. Ich dachte, das sei bei allen Eltern so. Dann war ich eines Abends bei einem Freund zu Besuch, und seine Mutter ließ den Schmortopf mit dem Abendessen darin fallen und er zerbrach. Das Essen und die Scherben waren *überall*. Die Suppe war buchstäblich an allen Schränken und in allen Ecken der Küche.

Ich war wie erstarrt, denn ich wusste, was als Nächstes passieren würde. Sein Vater würde vom Tisch aufspringen und seine Mutter anschreien. Er würde sie am Arm packen und immer wieder schlagen, bis sie ihn anflehte aufzuhören. Aber stattdessen *lachte* er. Ja, er sprang vom Tisch auf, aber nur, um seine Frau um die Taille zu fassen und auf den Tresen zu setzen, damit sie nicht auf den kaputten Kochtopf trat und sich verletzte. Und dann lachten sie gemeinsam. Heftig. Als sie schließlich aufhörten, räumte der Vater meines Freundes mit unserer Hilfe die Küche auf, während seine Mutter etwas zu essen bestellte.

Ich hatte das Schreien und Streiten meiner Eltern als normal angesehen. Es war einfach so, wie es war, zumindest dachte ich das. Der Abend im Haus meines Freundes öffnete mir die Augen. Und er war verwirrend. Von diesem Tag an hasste ich es, zu Hause zu sein, und trat jedem Sportverein und jeder Organisation bei, die ich finden konnte. Leichtathletik, Schwimmen, Tennis, Orchester, Theater ... was auch immer, ich habe es gemacht. Einfach nur, damit ich nach der Schule nicht mehr nach Hause gehen musste. Das bedeutete weniger Zeit mit meinem Bruder, aber er verstand das besser als jeder andere. Und ich glaube, meine Mutter wusste, was ich tat, indem ich absichtlich dem Haus fernblieb, weil ich sie nicht streiten hören wollte.

Sie liebte mich, sagte es mir immer wieder ... aber sie weigerte sich, ihn zu verlassen. Er wollte auch nicht gehen. Sie waren so dysfunktional zusammen. Und meine Mutter schlug meinen Vater genauso oft, wie er sie schlug. Es war eine Beziehung, in der jeder die gleichen Chancen hatte, missbraucht zu werden. Ich habe es damals nicht verstanden, und ich verstehe es auch heute nicht.«

»Wie ist ihre Beziehung jetzt?«, fragte Ryleigh. Sie hatte einen Arm um seine Taille gelegt, während er sprach, und es fühlte sich ... perfekt an.

»Sie ist tot. Eines Abends haben sie sich wieder gestritten und mein Vater hat sie geschubst. Heftig. Sie stolperte über ihre Füße, fiel hin und schlug mit dem Kopf auf die Ecke des Steinkamins. Mein Vater dachte, sie würde ihre Verletzung nur vortäuschen, und verließ angewidert das Haus. Als er Stunden später zurückkam ... war sie verblutet.«

Ryleigh schnappte nach Luft. »Oh mein Gott, Tiny ... Das ist ja furchtbar.«

»Es ist seltsam, denn ich glaube, dass sie sich auf ihre eigene Art und Weise wirklich geliebt haben. Sie waren nur nicht gut zusammen. Dad ist im Gefängnis. Wegen der Vorgeschichte des Missbrauchs hat der Richter die härteste Strafe verhängt, die er verhängen konnte. Zwanzig Jahre.«

Ryleigh drückte seine Taille und kuschelte sich an ihn. Aber sie bot keine Plattitüden des Mitgefühls oder des Verständnisses an. Sie saß einfach an seiner Seite und unterstützte ihn, was Tiny zu schätzen wusste.

»Da war ich schon aus dem Haus. Schon ein SEAL. Ich glaube, ihre Beziehung war einer der Gründe, warum ich mich so schnell und heftig in Sonja verliebt habe. Ich weigerte mich, wie meine Eltern zu sein, und schwor mir, jede Frau zu schätzen, mit der ich zusammenkomme. Deshalb tat es auch so weh, als sie mich so betrogen hat.«

»Miststück«, murmelte Ryleigh leise.

Ihr Hass auf seine Ex brachte Tiny zum Lächeln.

»Und dein Bruder? Wo ist er? Redest du noch mit ihm?«

»Er ist gestorben.«

Ryleigh schnappte wieder nach Luft.

Tiny bereute es, so unverblümt zu sein, aber über seinen Bruder zu sprechen war auch heute noch schmerzhaft. »Er war ein Marine. Ein verdammt guter. Er wurde schwer verletzt, als ich auf einer Mission war. Als ich es herausfand und in die Staaten zurückkehrte, war er bereits tot.«

»Es tut mir so leid«, sagte Ryleigh und lehnte sich an ihn.

»Ich vermisse ihn«, gab Tiny zu. »Er war alles, was ich an Familie noch hatte.«

»Nein. Jetzt hast du deine *Zuflucht*-Familie.«

Sie hatte natürlich recht. Der Schmerz über den Verlust seines Bruders würde immer da sein, aber die Zeit hatte den Schmerz gemildert. Und seine *Zuflucht*-Brüder hatten viel damit zu tun.

Sie saßen einen langen Moment in angenehmem Schweigen. Die Vögel zwitscherten um sie herum, der Wind wehte leicht.

»Meine Mutter hat meinen Vater geliebt. Er hat sie nicht körperlich misshandelt, aber er war gemein. So gemein.« Ryleighs Stimme war leise, so als hätte sie Angst, zu laut über ihre Vergangenheit zu sprechen.

Tiny hielt sie noch fester an den Schultern. Er hatte sich so sehr gewünscht, dass sie sich ihm gegenüber öffnete. Seit sie ihm und den anderen einen Teil ihrer Geschichte erzählt hatte, wusste er, dass es noch viel mehr gab.

Er hatte sie müde gemacht, indem er sie hierherbrachte, sie mit Alkohol abgefüllt, damit sie sich entspannte – und er hatte keinerlei Gewissensbisse. Von allen Menschen, die er je getroffen hatte, brauchte Ryleigh das Gespräch mit jemandem mehr als jeder andere. Um die Dämonen loszuwerden, die sie plagten und eine solche Verzweiflung in ihr auslösten, anderen zu helfen.

Er war froh, dass sie redete, aber er machte sich auf das gefasst, was er gleich hören würde. Seine eigene Geschichte war nicht gut, aber er hatte das Gefühl, dass ihre zehnmal schlimmer war.

Und er hatte nicht unrecht.

KAPITEL NEUN

Ry fühlte sich gut. Der Schwarzgebrannte war köstlich, besonders nach den ersten paar Schlucken. Die säuerliche Wassermelone prickelte auf ihrer Zunge, und wenn es nach ihr gegangen wäre, hätte sie die ganze Flasche trinken können.

Aber Tiny hatte sie weggepackt. Er hatte sie nur kleine Schlucke trinken lassen und sie dann wieder in seinen Rucksack gesteckt, bevor die Flasche auch nur halb leer war. Sie fühlte sich angenehm schwebend, als seien alle ihre Sorgen in der Brise um sie herum verflogen. Sie wusste, dass das nicht stimmte. Dass ihr Vater immer noch da draußen war und alles in seiner Macht Stehende tat, um ihr Leben zu ruinieren und das einzig Gute, das ihr je widerfahren war ... *Die Zuflucht.*

Aber im Moment fühlte sie sich großartig. In Tinys Armen fühlte sie sich sogar noch besser. Dieser nette Tiny war ihr viel lieber als der Mann, der sie immer angefunkelt und mit seinen harschen Worten eingeschüchtert hatte.

Die Geschichte über seine Kindheit hatte sie schockiert, und zu erfahren, dass sein Vater seine Mutter umgebracht hatte ... ein Unfall, aber trotzdem. Dadurch fühlte sie sich nicht ganz so allein. Sie hatte nie über ihre Kindheit gesprochen. Aber hier draußen, allein in der Stille mit Tiny, fühlte sie sich sicher genug, um zu reden.

»Dein Vater war gemein?«, fragte Tiny und Ry merkte, dass sie mit ihrer Geschichte begonnen und sich dann in ihren Gedanken und Erinnerungen verloren hatte.

»Ja«, antwortete sie. »Ich erinnere mich nicht an viel von meiner Mutter, nur dass sie wirklich gut roch. Und wunderbare Umarmungen gab. Sie hat versucht, mich zu ermutigen, rauszugehen und zu spielen, aber Dad hat es nicht erlaubt. Dann, eines Tages, ging sie einfach. Mein Vater sagte mir, sie wolle uns nicht mehr. Dass ich zu viel Ärger mache.«

»Wie alt warst du?«, fragte Tiny.

»Vielleicht fünf oder sechs«, sagte Ryleigh.

»Hast du je versucht, sie zu finden?«

»Ja, natürlich. Es war nicht schwer. Sie ist tot. Herzinfarkt.«

»Das tut mir leid.«

Ryleigh zuckte mit den Schultern. »Ich hatte die Vorstellung, dass sie eines Tages zurückkommen würde. Sich entschuldigen, mich um Verzeihung bitten würde. Mir sagen würde, dass sie nie gehen wollte, aber keine andere Wahl hatte. Wir würden uns umarmen und glücklich bis ans Ende unserer Tage leben. Aber das ist natürlich nicht passiert. Ich *glaube*, dass mein Vater sie wahrscheinlich gezwungen hat zu gehen. Aber ich habe keine Beweise dafür. Ich habe in den Akten keine Scheidungspapiere gefunden, und sie hat nie wieder geheiratet. Sie starb in New York, und wir waren in Montana. Sie kam davon ... aber sie ließ mich dort zurück. Obwohl sie wusste, wie Dad war, hat sie mich bei ihm gelassen. Das kann ich ihr nicht verzeihen.

Mein Vater war ... unausgeglichen. Er fing an, mich auszubilden, als ich noch lesen lernte. Er brachte mir bei, was das Dark Web ist und wie man sich darin bewegt. Wenn ich Mist baute und etwas tat, das auf mich zurückgeführt werden konnte, bestrafte er mich. Er sperrte mich in einen Schrank, schlug meine Finger mit einem Lineal, bis sie bluteten, nahm mir das Essen weg ... was auch immer, er tat es. Er sagte mir, es sei nur zu meinem Besten. Aber schlimmer als alles Körperliche war, wenn er schrie und brüllte. Er sagte mir, wie wertlos ich sei. Dass ich das Geld nicht wert sei, das für meine Pflege nötig wäre. Dass ich dumm sei und er nicht glauben könne, dass er seine Zeit mit dem Versuch verschwendet, mir etwas beizubringen.«

Ry nahm einen tiefen Atemzug. Jetzt, da sie zu sprechen begonnen hatte, hatte sie das Gefühl, die Worte nicht schnell genug herausbekommen zu können. Tiny zu erzählen, was für eine Hölle ihre Kindheit gewesen war, fühlte sich erlösend an. Er saß felsenfest neben ihr und unterbrach sie nicht.

»Als ich in der dritten Klasse war, nahm er mich von der Schule und sagte, er wolle mich zu Hause unterrichten. Ich war nicht verärgert darüber, weil ich in der Schule nicht dazugehörte. Ich war das seltsame Kind. Die, auf der andere herumhackten. Ich war eine Streberin, sogar in diesem jungen Alter. Ich wollte weder mit Puppen spielen noch Zeichentrickfilme sehen. In meiner Freizeit starrte ich nur auf einen Computerbildschirm und versuchte herauszufinden, wie man sich in Webseiten einhacken kann.

Ich habe einen Bruder. Er ist ungefähr zwölf Jahre älter als ich. Ich bin mir ehrlich gesagt nicht sicher, wie alt er ist oder wann er Geburtstag hat. Er war das erste Wunderkind meines Vaters. Soviel ich weiß, war er gut. Wirklich gut. Aber irgendwann ist er als Teenager von zu Hause weggelaufen. Er hatte die Nase voll von der Scheiße, die mein

Vater verzapfte. Ich schätze, mein Vater sah in mir seine zweite Chance, einen Komplizen zu haben.«

»Wow, weißt du, wo er heute ist?«, fragte Tiny.

»Ich habe keinen Schimmer. Ehrlich gesagt bin ich verdammt neidisch, dass er rausgekommen ist ... und ein bisschen sauer, dass er mich dort gelassen hat ... genau wie meine Mom. Ich habe nie versucht, ihn zu finden, und er hat auch nichts getan, um mich zu suchen. Er existiert buchstäblich nicht mehr in meiner Welt.

Jedenfalls hat Dad ständig mit dem Geld geprahlt, das er gestohlen hatte. Er lachte über die Verzweiflung der Leute, denen er es wegnahm. Er hat *jeden* bestohlen. Gemeinnützige Organisationen, große Unternehmen, jede Firma oder Organisation, die ein großes Bankkonto hatte, war Freiwild. Aber am liebsten bestahl er Einzelpersonen. Er liebte es, dass sie weniger Mittel hatten, um ihr Geld zurückzubekommen. Sie riefen nie die Polizei oder versuchten, sich einen Anwalt zu nehmen, um gegen den Diebstahl vorzugehen. Das mag verrückt klingen, aber wenn ein Konto nur ein paar Tausend Dollar aufweist, sind das in Wirklichkeit genau die Leute, die kein Einkommen haben, um sich vor Gericht zu wehren. Und selbst wenn, wüssten sie nicht, gegen wen sie vorgehen sollten, da Dad so gut war. Und aus der Sicht der Bank sahen die Abhebungen genauso aus wie das normale Ausgabeverhalten des Kunden.

Er war ein Online-Geist. Er konnte in die Bankkonten der Leute eindringen und ihr Geld stehlen, ohne dass ein Alarm ausgelöst wurde. Manchmal räumte er ihr gesamtes Konto leer, und manchmal nahm er nur zehn oder zwanzig Dollar auf einmal. Kleine Beträge, die niemand vermisst, weil kaum jemand sein Konto jeden Tag überprüft. Er entwickelte auch ein Programm, das buchstäblich jede Minute Geld von irgendwelchen Konten abschöpfte. Er bekam Tausende von Dollar an einem Tag. Er fand das saukomisch.

Und er brachte mir alles bei, was er wusste. Als ich dreizehn war, war ich im Dark Web genauso gut wie er. Im Stehlen von Geld. Aber ich habe es *gehasst*. Ich konnte nicht umhin, mir vorzustellen, was diese Leute durchmachen mussten, wenn sie merkten, dass ihre Konten gehackt worden waren. Die Konten, die abgeschöpft wurden, machten wahrscheinlich nicht viel aus, außer dass die Leute sich verletzt oder belästigt fühlten. Aber diejenigen, die *alles* verloren? Mussten sie auf dringend benötigte Medikamente verzichten? Hatten wir ihnen das Geld für die Miete weggenommen? Mussten ihre Kinder Ballett oder Fußball ausfallen lassen, weil sie nicht das Geld dafür hatten? Und dann waren da noch all die gemeinnützigen Organisationen ... gute Organisationen, die wichtige Forschungsarbeit leisten und Tausenden, manchmal Millionen von Menschen helfen. Und er hat sie bestohlen. Er zwang *mich*, sie zu bestehlen.

Eines Tages sagte ich meinem Vater, dass ich das nicht mehr machen wolle.«

Die schrecklichen Erinnerungen an diesen Tag waren so stark, dass Ry plötzlich nicht mehr atmen konnte. Es war, als sei sie wieder in dem Moment, in dem sie ihrem Vater gesagt hatte, sie sei fertig.

Sie spürte, wie sie bewegt wurde, aber sie konnte immer noch nicht atmen.

»Ich habe dich, Ryleigh. Du bist in Sicherheit. Atme tief ein. Genau so, noch einmal. Konzentriere dich auf das, was du hörst und fühlst. Die Vögel, den Wind. Spüre meine Hand auf deinem Rücken, gut. Ich bin sicher, du kannst die Wassermelone noch auf deiner Zunge schmecken. Du bist hier in der *Zuflucht*. Bei mir. Dir geht es gut.«

Langsam nahm sie Tinys Worte wahr. Ihr Gesicht war

an seinen Hals gepresst, und er hatte sie auf seinen Schoß gezogen. Sie kuschelte sich so eng wie möglich an ihn und tat, was er ihr befahl, indem sie sich auf ihre fünf Sinne konzentrierte. Es dauerte nicht lange, und sie atmete wieder normal.

»Braves Mädchen«, lobte er, und diese beiden Worte schienen sich in Rys Seele festzusetzen. Seine Anerkennung war wie Balsam, der all die harten Worte wegspülte, die ihr Vater ihr ganzes Leben in ihre Richtung geschleudert hatte.

»Er hat es nicht gut aufgenommen«, sagte sie und fuhr mit ihrer Geschichte fort. Sie musste alles herauslassen. Es zu Ende bringen. Ry hatte das Gefühl, dass sie danach nie wieder über die Hölle sprechen würde, die sie durchlebt hatte, aber wie Tiny gesagt hatte, war sie in Sicherheit. Hier. Bei ihm.

»Er lachte und sagte mir, ich hätte keine Wahl. Wenn ich es wagen würde aufzuhören, würde er mein Leben ruinieren. Er kannte Menschen. Schlechte Menschen. Aus dem Dark Web. Er sagte mir, er würde einen von ihnen dazu bringen, mich zu entführen und in den Sexhandel zu verkaufen. Er sagte, niemand würde mich je finden, und ich würde den Rest meines Lebens mit gespreizten Beinen für jeden verbringen, der genügend Geld für mich bezahlte. Und ich habe ihm geglaubt.«

»Wie alt warst du?«, fragte Tiny.

»Vierzehn. Und um ihm das zu beweisen, kam gleich am nächsten Tag ein Mann zu uns nach Hause. Er roch fürchterlich, hatte verfaulte Zähne und jagte mir eine Heidenangst ein. Er setzte sich zu mir auf die Couch und ... und berührte mich.«

»*Scheißkerl*«, fluchte Tiny.

Irgendwie gab seine Wut Ry die Kraft weiterzuerzählen.

»Er steckte eine Hand unter mein Hemd, hielt mich fest und lachte, als ich schrie und mich wehrte. Er hörte auf, aber ich musste mich neben ihn an den Tisch setzen, als wir zu Mittag aßen, als sei er ein Freund der Familie. Ich dachte, ich müsste kotzen. Mein Vater gab ihm etwas Geld, und ich dachte, das war's. Dass ich mit ihm gehen müsste und dass alles, was mein Vater angedroht hatte, wahr werden würde. Aber der Kerl ging, und gleich danach setzte Dad mich vor den Computer und sagte, ich solle besser bis zum Ende des Tages zehntausend Dollar auf sein Bankkonto bringen. Wenn ich das nicht täte, würde er den Mann zurückrufen und mich ihm mitgeben.

Das tat ich dann auch. An diesem Tag habe ich mehr Geld gestohlen als je zuvor. Und am nächsten. Und am nächsten. Aber an jedem einzelnen Tag, der von da an verging, habe ich geplant. Ich konnte meinen Vater nicht körperlich bekämpfen. Und ich wusste, wenn er auch nur eine Sekunde lang denken würde, dass ich irgendetwas tue, was ihn beim Geldverdienen stören könnte, würde er sofort einen dieser furchterregenden Männer zurückholen.

Jeder Tag war ein Albtraum. Ich musste stundenlang vor dem Computer sitzen. Die Tage und Jahre vergingen so langsam. Aber ... ich lernte mehr und mehr. Ich wurde besser darin, unauffällig zu bleiben. Mein Vater war beeindruckt. Er erkannte jedoch nicht, dass ich besser wurde als er selbst. Er hatte mir alles beigebracht, was er über illegales Hacken wusste, und was er *nicht* wusste, brachte ich mir selbst bei.

Ich bin zu lange geblieben, das weiß ich, aber der Gedanke, auf eigene Faust loszuziehen, war beängstigend. Denn ich wusste, dass er alles in seiner Macht Stehende tun würde, um mich wieder unter seine Fuchtel zu bekommen, sobald ich ihn verließ. Also tat ich so, als sei ich eingeschüchtert. Ich tat, was er verlangte, ohne Fragen zu stellen, und er genoss seine Macht über mich. Über die Menschen, die er bestahl. Es war längst so weit gekommen, dass er mich die ganze Arbeit machen ließ. Er saß nur noch auf seinem Hintern und zählte digital sein Geld.

Jahrelang plante ich. Ich füllte sein Konto auf. Ließ es so aussehen, als sei mehr Geld darauf, als er tatsächlich hatte ... denn ein paar Jahre lang habe ich *ihn* tatsächlich bestohlen. Ich transferierte das Geld, das er anderen abgenommen hatte, auf verschiedene Konten in den USA und in der ganzen Welt. Als ich mit einundzwanzig ging, war er pleite. Ich hatte ihm alles genommen. Ich hinterließ ihm zwanzig Dollar. Das war's.«

»Gut gemacht.«

Ry blinzelte überrascht und sah zu Tiny auf. »Hast du mir nicht zugehört? Ich bin geblieben, bis ich einundzwanzig war, alt genug, um es besser zu wissen. Und ich habe *die ganze Zeit* Geld von Leuten gestohlen. Millionen von Dollar.«

»Ich habe dich gehört. Und du warst vielleicht ›alt genug, um es besser zu wissen‹, aber dein Vater hatte dich isoliert. Du wusstest nichts über die reale Welt. Er hat dich bedroht, dich von ihm abhängig gemacht. Und ja, du hast Geld gestohlen, aber es hat dir keinen Spaß gemacht.«

Ry konnte das laute Schnauben nicht unterdrücken. »Ich kann es jetzt sehen. Ich bin unschuldig, Euer Ehren, weil es mir nicht gefallen hat, Geld von Leuten zu nehmen. Ja, ich habe es benutzt, um mir ein Dach über dem Kopf zu finanzieren, mir den Bauch vollzuschlagen und durch das ganze Land zu reisen. Aber das ist in Ordnung, denn ich habe es nicht genossen.«

»Hör mir zu«, sagte Tiny, während er ihren Kopf in die Hände nahm. Sie hatte keine andere Wahl, als seinem Blick zu begegnen.

Ry war erstaunt, kein Urteil in seinen Augen zu sehen. Er war nicht entsetzt, dass sie eine Diebin war. Eine verdammt gute sogar. Sie sah nur Mitgefühl.

»Ich sehe dich, Ryleigh. Ich weiß, was für ein Mensch du bist.«

»Eine Diebin«, murmelte sie niedergeschlagen.

»Die Art von Frau, die im Alleingang einen Serienmörder verfolgen würde, um ein Kind zu retten. Die Millionen von Dollar an Organisationen gespendet hat, die den weniger Glücklichen helfen. Die Art von Mensch, die sofort Essen für ihre Freunde bestellt, die im Krankenhaus liegen, weil sie zu weit weg ist, um für sie selbst in ein Restaurant zu gehen. Du hast die Hütte von Reese und Spike ohne Hilfe geputzt, damit sie an einen frischen, sauberen Ort nach Hause kommen konnten. Du hast Dylans Schlafzimmer fertig gestrichen, ohne um Hilfe zu bitten. Du hast drei verdammte Ziegen an deinen Kleidern knabbern lassen, weil du zu gutherzig bist, sie wegzuschieben.

Dein Vater hat versucht, dich dazu zu bringen, ihn zu mögen – aber er hat versagt, Ryleigh. Auf spektakuläre Weise. Denn du bist nicht wie er. *Überhaupt nicht.*«

»Ich bin mir nicht sicher, ob ein Gericht das auch so sehen würde«, sagte sie traurig.

Zu ihrer Überraschung lachte Tiny. »Sag mal, du bist seit zehn Jahren von deinem Vater getrennt. Hast du in dieser Zeit irgendjemandem Geld gestohlen?«

Rys Augen weiteten sich. »Nein. Niemals.«

»Ganz genau. Und gibt es irgendwelche *Beweise* dafür, dass du das Geld genommen hast, bevor du gegangen bist?«

Ry dachte einen Moment lang darüber nach. Dann schüttelte sie den Kopf. »Nein. Ich war gut in dem, was ich tat. Ich habe keine Spuren hinterlassen.«

»Warum glaubst du dann, dass irgendjemand in der Lage sein wird, genügend Beweise zu finden, um dich wegen irgendetwas anzuklagen? Du hast deine Schuldigkeit getan, Ryleigh. So wie wir alle. Ich habe Dinge getan, auf die ich nicht stolz bin. Dinge, von denen ich wünschte, ich könnte sie zurücknehmen. Aber weißt du, wie ich für diese Sünden büße? Mit diesem Ort. Indem ich den Menschen einen Ort biete, an dem sie für ein paar Tage einfach nur *sein* können. *Die Zuflucht* ist meine Art, etwas zurückzugeben. Deine ist das Geld, das du spendest. Du hättest das Geld, das du deinem Vater abgenommen hast, verschenken und dann aufhören können. Du hättest von den Millionen an Zinsen leben können, die du damit verdient hast.«

»Dieses Geld ist auch verdorben«, protestierte Ry. »Nein, es wurde nicht gestohlen, aber es hat sich nur durch das Geld angesammelt, das mein Vater und ich ursprünglich genommen haben. Und ich kann nicht zu viel auf einmal weggeben, sonst werden Fragen gestellt, also sammelt es sich weiter an. Ich kann es gar nicht schnell genug weggeben.«

Tiny lachte wieder. »Und das frustriert dich.«

»Ja«, stimmte Ry zu.

»Wir werden uns schon etwas einfallen lassen. Jeden Cent weggeben, wenn du das willst. Damit du frei und unbeschwert leben kannst.«

Ry starrte ihn an ... und ihr wurde plötzlich bewusst, wie intim ihre Position war. Ihre Beine lagen auf seinem Schoß und er hatte sie fest an sich gezogen, sodass sie sich von der Leiste bis zur Brust berührten. Sie konnte sogar seinen Schwanz zwischen ihren Beinen spüren. Aber es war ihr nicht peinlich. Nicht im Geringsten.

Die Wahrheit war, dass sie immer noch Jungfrau war, und zwar wegen dieses schrecklichen Mannes vor so langer Zeit und wegen der Drohungen ihres Vaters. Sie hatten ihr den Wunsch nach Intimität mit einem Mann ausgetrieben.

Aber so mit Tiny zusammen zu sein? Sie fühlte sich sicher. Sie hatte ihm ihre tiefsten Geheimnisse anvertraut, und er war nicht zurückgeschreckt. Er hatte ihr nicht gesagt, sie sei eine Kriminelle. Er hatte sie *verteidigt*. Es war überwältigend. Tief in ihrem Inneren war sie sich nicht sicher, ob sie die Art von Mensch war, die er beschrieben hatte, aber zum ersten Mal spürte sie einen Funken Hoffnung in sich aufkeimen. Vielleicht war sie doch kein so furchtbarer Mensch. Sie hatte alles getan, was sie konnte, um für ihre vergangenen Sünden zu büßen, und auch für die ihres Vaters. Sie war sich nicht sicher, ob sie auch nur annähernd ihre Weste reinwaschen konnte, aber vielleicht, nur vielleicht, war sie zu hart zu sich selbst.

»Ry? Was denkst du gerade?«, fragte Tiny.

»Ich fühle mich schrecklich, dass ich meinetwegen so viel Leid über *Die Zuflucht* gebracht habe.«

»Nein«, sagte Tiny. »Es ist nicht deine Schuld. Es ist seine. Die deines Arschloch-Vaters.«

Sie lächelte ein wenig darüber. »Ja. Ich weiß nicht, wann oder wie das enden wird, aber ich will mit ihm fertigwerden. Endgültig. Und er hätte nie aufgehört, nach mir zu suchen. Also bin ich in gewisser Weise froh, dass er mich gefunden hat. Ich will leben, Tiny. Ich will Freunde haben. Ich will normal sein. Nun, so normal, wie eine nerdige Hackerin sein kann. Und das geht nicht, wenn er da draußen frei herumläuft.«

»Was willst du damit sagen?«, fragte Tiny mit zusammengekniffenen Augen.

Ry wusste, dass er klug war. »Das wird nicht ohne eine Konfrontation enden.«

»Nein«, sagte er wieder und schüttelte den Kopf.

»Doch.«

»*Nein*«, sagte er noch entschiedener. »Wenn du mir sagen willst, dass du ihn zu einem Gespräch in *Die Zuflucht* einladen willst, dann wird das nicht passieren.«

»Ich wollte ihn nie wiedersehen. Aber es reicht nicht aus, einen Kommunikationsweg zu eröffnen, wie Brick es vorgeschlagen hat. Es reicht nicht aus, zu wissen, was er will. Ich muss wissen, was ich tun muss, um ihn zum Gehen zu bewegen. Damit er mich in Ruhe lässt. *Die Zuflucht* in Ruhe lässt. Und wenn das bedeutet, dass ich ihn persönlich treffen muss, werde ich nicht Nein sagen, wenn er fragt.«

»Und *ich* werde nicht zulassen, dass du dich opferst. Wir stecken da zusammen drin, Ryleigh. Du, ich und alle anderen in der *Zuflucht*. Wir lassen dich nicht im Regen stehen. Du bist eine von uns.«

Diese Worte fühlten sich so verdammt gut an. Ry schloss die Augen und ließ die Wärme dieser Worte in sich aufblühen.

»Sieh mich an, Ryleigh.«

Sie öffnete die Augen und begegnete seinem Blick.

»Du bist die Expertin in dieser Situation. Ich wünschte, ich könnte dir helfen, aber niemand ist so gut wie du in dem, was du tust. Dein Vater weiß bereits, wo du bist, also denke ich, dass es nicht schaden kann herauszufinden, was zum Teufel er will. Was sein Ziel ist. Aber egal, wie du mit ihm kommunizierst, ich will, dass es über mich läuft.«

»Was meinst du?«

»Er wird Mist sagen, der beschissen ist. Er wird versuchen, dich mit dem psychologischen Scheiß zu erreichen, den er in deiner Kindheit benutzt hat. Und ich werde nicht tolerieren, dass du das ertragen musst. Er hat dir schon genug wehgetan. Lass mich filtern, was er sagt. Ich verspreche, alles weiterzugeben, was *nicht* missbräuchlich ist.«

Ry musste nicht lange über seinen Vorschlag nachdenken. »Okay.«

Tiny hob verwundert eine Augenbraue. »Okay? Du hast wirklich schnell zugestimmt, was mich vermuten lässt, dass du noch etwas in petto hast.«

Ry schüttelte den Kopf. »Nein. Ich *will* eigentlich nicht mit ihm reden. Ich will nicht das Opfer seiner Grausamkeiten werden. Ich mache das schon lange genug mit. Ich habe nichts dagegen, dass du seine Nachrichten zuerst liest ... solange du damit umgehen kannst. Er wird wahrscheinlich einige schreckliche Dinge sagen. Ich möchte auch nicht, dass *du* dich damit auseinandersetzen musst.«

»Ich kann so lange damit umgehen, wie es dauert, um herauszufinden, wie wir ihn zur Strecke bringen können. Und ich muss dir sagen, dass dein Vertrauen, das du mir entgegenbringst, mich demütig macht.«

»Ich tue das wirklich nur für mich. Ich bin egoistisch.« Ry fühlte sich verpflichtet, es zu sagen.

»Gut. Für meinen Seelenfrieden denkst du viel zu viel an andere.«

Ry lächelte. »Danke, dass du mich hierhergebracht und mit Alkohol abgefüllt hast, um mich zum Reden zu bringen.«

Tiny errötete. Er wurde tatsächlich *rot*. »Das hast du gemerkt?«

Sie kicherte. »War nicht schwer. Aber ich habe kein Problem damit. Der flüssige Mut war gut. Danke, dass du mich nicht zu viel hast trinken lassen.«

»Niemals. Ich habe mich vielleicht bis vor Kurzem nicht gut um dich gekümmert, aber ich verspreche dir, dass ich jetzt ein anderer Mensch bin, wenn es um dich geht. Und jetzt, da ich über deinen Hintergrund Bescheid weiß, fühle ich mich beschissen, wenn ich mich daran erinnere, wie oft du zusammengezuckt bist, als ich meine Stimme gegen dich erhoben habe.«

»Es ist okay.«

»Ist es nicht. Aber ich schwöre dir, das ist erledigt.«

Ry seufzte und ließ sich gegen ihn sinken, wobei sie den Kopf auf seine Schulter legte. Mit den Armen hielt er sie fest an seine Brust gedrückt, und sie fühlte sich so sicher wie nie zuvor. »Können wir für immer hierbleiben?«, murmelte sie an seinem Hals. »Keine Väter. Keine Computer. Nichts kann schiefgehen.«

Sie spürte Tinys Lachen mehr, als dass sie es hörte. »Ich bin ein anständiger Koch, aber ich denke, da du kein Naturmensch bist, wird es dir nicht gefallen, in ein Loch zu kacken und Blätter zum Abwischen zu benutzen.«

Ry rümpfte die Nase und setzte sich auf. »Ich stimme Jasna zu ... können wir bitte nicht über das Kacken reden? Das ist eklig.«

»Gehört zum Leben«, sagte Tiny grinsend.

»Ich weiß, aber trotzdem. Igitt.«

»Zur Kenntnis genommen. Kein Kackgerede.«

»Du hast es schon wieder gesagt. Hör auf damit.«

Diesmal lachte er laut. »Tut mir leid.«

Ry starrte ihn einen langen Moment an, dann beugte sie sich langsam vor und presste ihre Lippen auf seine. Sie hätte sich nicht zurückhalten können, selbst wenn jemand ihr eine Pistole an den Kopf gehalten hätte. Tiny war alles, wovon sie je geträumt hatte.

Er hielt sie noch fester, als sie sich zurücklehnte. Sie starrte ihn einen Moment lang an, plötzlich verunsichert. Hatte sie es falsch gemacht? Sie hatte noch nie jemanden geküsst. Sie war sich nicht sicher, was sie tun sollte.

»Wofür war das?«

»Ähm ...«, murmelte Ry in dem Wissen, dass ihre Wangen knallrot waren.

»Wenn du dich fürs Zuhören bedanken wolltest, sage ich, dass es gern geschehen ist, und wir können aufstehen und zurück in *Die Zuflucht* gehen. Aber wenn es war, weil du etwas für mich empfindest, etwas, das über Dankbarkeit hinausgeht, dann muss ich das wissen, damit ich deinen Kuss so erwidern kann, wie ich es schon viel zu lange träume.«

Ihr Herz pochte so heftig in ihrer Brust, dass sie sich

gewundert hätte, wenn er es nicht hören könnte. »Ich bin tatsächlich dankbar, dass du so verständnisvoll und unvoreingenommen mit allem umgehst. Aber das ist nicht der Grund, warum ich dich geküsst habe.«

Tiny bewegte sich unter ihr, und Ry hätte schwören können, dass sein Schwanz härter geworden war. Aber sie war zu nervös, um sich zu bewegen und es herauszufinden.

»Warum, Ryleigh? Ich brauche die Worte. Ich muss sicher sein, dass wir auf derselben Wellenlänge sind. Dass du dasselbe willst wie ich«, sagte Tiny leise.

»Weil ich noch nie jemanden geküsst habe. Ich wollte es nicht. Aber ich will es mit dir. Ich möchte alles erleben, was ich wegen meiner Vergangenheit verpasst habe. Weil ich zu ängstlich war.«

»Bei mir brauchst du keine Angst zu haben«, sagte Tiny. »Ich würde nie etwas tun, was dich verletzt. Ich will nur, dass du dich gut fühlst.«

Ry nickte.

Tiny lächelte. »Du hast wirklich noch *nie* jemanden geküsst?«

»Das ist erbärmlich, was? Einunddreißig und nicht nur Jungfrau, sondern auch noch ungeküsst.«

»Ich fühle mich so geehrt. Ich werde dein Erster sein, Ryleigh. In jeder Hinsicht.«

»Okay. Aber wenn ich es falsch mache, schrei mich bitte nicht an.«

»Niemals. Und du wirst nichts falsch machen. Versprochen. Küss mich, Ryleigh. Tu es. Nimm dir, was du willst.«

Und mit diesen Worten tat Ry, was er verlangte. Sie beugte sich vor und drückte ihre Lippen wieder auf seine. Aber dieses Mal blieb er nicht passiv. Er schob die Zunge hervor und leckte über ihre Lippen, was sie so sehr erschreckte, dass sie nach Luft schnappte. Sie war keine

Idiotin, sie wusste, was ein Zungenkuss war. Sie hatte die Vorstellung jedoch irgendwie immer für eklig gehalten.

Aber das hier war alles *andere* als eklig.

Er schmeckte nach Wassermelone, und sie konnte es kaum erwarten, mehr davon zu probieren. Instinktiv neigte Ry den Kopf und öffnete sich ihm. Seine Zunge drang nicht in ihren Mund ein, er leckte und knabberte an ihren Lippen und machte Ry verrückt. Er überredete ihre Zunge, der seinen zu folgen, und im nächsten Moment war sie in seinem Mund. Ein Stöhnen verließ seine Kehle, dann spürte sie eine Hand an ihrem Hinterkopf, als er seine Zunge mit ihrer duellieren ließ.

Sie wich zurück, aber er folgte ihr. Der Kuss war lang und heiß, und er sandte Stromstöße durch ihre Arme und zwischen ihre Beine. Ry bewegte sich an ihm, da sie das Gefühl hatte, näher sein zu wollen ... nein, sein zu *müssen*. Ihre Brustwarzen wurden hart, und sie bedauerte alle ihre Schichten. Sie hatte das Verlangen, sie an seiner Brust zu spüren, Haut an Haut.

Der Gedanke war so fleischlich, dass sie erneut nach Luft schnappte und ihren Mund von seinem löste. Seine Hand lag immer noch an ihrem Hinterkopf, aber er zwang sie nicht, dort zu bleiben, wo sie war. Keuchend starrte sie ihn an und war überrascht, dass er genauso außer Atem war.

»War das okay?«, fragte sie.

»Okay? Es war ... lebensverändernd«, murmelte Tiny.

Ry entspannte sich. Sie hatte sich so sehr vor diesem Moment gefürchtet, davor, mit jemandem intim zu sein, dass sie ihr ganzes Erwachsenenleben lang versucht hatte, sich von Männern fernzuhalten. Aber diese Sache mit dem Küssen ... sie mochte es. Und zwar sehr. Zumindest mit Tiny.

»War es okay für *dich*?«, fragte er.

Und da wurde ihr klar, dass Tiny genauso unsicher war wie sie selbst. Das ließ ihn menschlicher erscheinen. Ihr ebenbürtiger. In ihrer Vorstellung war er so lange dieser überlebensgroße Mann gewesen. Aber nach dem heutigen Tag, nachdem er sich ihr gegenüber geöffnet und sie dasselbe getan hatte, hatte sie das Gefühl, dass sie auf einer gleicheren Ebene waren.

»Es war der beste erste Kuss, den ein Mädchen sich nur wünschen kann«, antwortete sie ehrlich.

Sie spürte, wie er sich unter ihr entspannte. Ja, er war genauso nervös gewesen wie sie. Das machte ihn ihr umso sympathischer. Seufzend ließ sie sich erschöpft gegen ihn fallen. Dieser Moment war perfekt. Er bestand nicht auf weiteren Küssen, sondern war einfach so zufrieden, wie sie es war, in diesem Moment zu sein.

Sie saßen noch einige Minuten zusammen, bevor er seufzte und sagte: »Wir sollten wahrscheinlich zurückgehen.«

»Ja«, stimmte Ry zu. Sie setzte sich wieder auf und sagte: »Danke, dass du mich hierhergebracht hast.«

»Auch wenn es ... *draußen* war?«, fragte er grinsend.

Sie rollte mit den Augen. »Ja. Ich sage nicht, dass ich in nächster Zeit noch eine Wanderung machen will, aber wenn wir das alles geklärt haben ... würde ich gern wieder herkommen.«

»Abgemacht. Ich glaube, das ist mein neuer Lieblingsplatz in der *Zuflucht*.«

»Ich kann nicht umhin, mich zu fragen, wer sonst noch genau da gesessen hat, wo wir jetzt sind. War es ein einzelner Krieger, der das Land um sich herum nach Bedrohungen auskundschaftete? War es ein Paar, das sich küsste, so wie wir es taten? Ein älterer Mann oder eine ältere Frau, die eine Art Zeremonie durchführten?«

»Wahrscheinlich alles davon.«

»Ja.« Ry seufzte und tat ihr Bestes, um von Tinys Schoß zu klettern. Er half ihr auf, dann packte er die nicht gegessenen Snacks – einschließlich des Weihnachtsbaumkuchens – und die Decke weg.

»Du sagst Robert doch nicht, dass ich sein Lieblingsessen nicht mag, oder?«, fragte Ry.

»Niemals. Außerdem bleibt dann mehr für mich übrig.«

Ry lachte. »Du magst diese Dinger?«

»Ja.«

»Sie sind nicht gut für dich. Als ehemaliger SEAL solltest du das wissen.«

»Ja, das weiß ich. Ich sage nicht, dass ich täglich eine Schachtel zum Abendessen verputzen will, aber ab und zu sind sie eine nette Abwechslung.«

»Wie auch immer.«

Er lächelte sie an, nahm dann ihre Hand in seine und zog sie zur Treppe. Bevor sie hinuntergingen, blieben sie beide stehen und sahen sich ein letztes Mal um. Dann fiel Ry etwas ein. »Oh, warte! Können wir ein Foto machen?«

»Wir können alles machen, was du willst«, sagte Tiny.

Sie spürte die Aufrichtigkeit seiner Worte bis in ihre Knochen und lächelte, als sie ihr Handy herauszog. So weit draußen im Wald gab es keinen Empfang, aber sie brauchte ihn auch nicht, um ein Foto zu machen. Sie hielt die Kamera hoch und wartete, bis Tiny seine Wange an ihre legte. Sie drehte sich zu ihm um, ohne den Arm zu senken, und lächelte, kurz bevor Tiny sie küsste. Sie drückte auf den Auslöser, als er sie fest und schnell küsste.

»Stell dich dahin, wo wir gesessen haben, und lass mich ein Foto von dir machen«, sagte Tiny zu ihr.

Sie reichte ihm ihr Handy und stellte sich dorthin, wo er es vorgeschlagen hatte. Zehn Minuten und fast zwanzig Fotos später – sie allein auf dem Felsen, dann Tiny, *dann* noch ein paar von ihnen zusammen – führte Tiny sie schließlich die Treppe hinunter. Er sagte zu ihr, dass er zuerst gehen würde, für den Fall, dass sie das Gleichgewicht verlieren und fallen sollte ... damit er sie auffangen konnte.

Er war lieb und aufmerksam, und Ry konnte kaum glauben, wie ihre Beziehung sich in so kurzer Zeit verändert hatte. Ihr wurde klar, dass es passiert war, als sie sich ihm geöffnet hatte. Ihre Lügen und Täuschungsmanöver waren einer der Hauptgründe, warum er sich von ihr ferngehalten hatte und so misstrauisch gewesen war. Das Wissen über seine Vergangenheit ließ sie verstehen, wie er tickte und warum er sie so behandelt hatte.

Und ehrlich zu sein fühlte sich so viel besser an, als Geheimnisse zu haben. Sie hatte ihr ganzes Leben in der Dunkelheit verbracht, hatte sich vor anderen versteckt, war herumgeschlichen. Es fühlte sich herrlich an, zu wissen, dass jemand, dass *Tiny*, jetzt alle ihre Geheimnisse kannte. Und dass er sie ihr nicht vorhielt. Es gab ihr ein Selbstvertrauen, von dem sie nicht wusste, ob sie es jemals zuvor gehabt hatte.

Als sie zurück zur *Zuflucht* gingen, um nach dem Rechten zu sehen und sich zu vergewissern, dass ihr Vater in den wenigen Stunden, die sie weg gewesen waren, nichts Verrücktes angestellt hatte, schwor Ry sich, zu Tiny immer so ehrlich wie möglich zu sein. Auch wenn es ihr unangenehm war, sie wollte sich nicht länger verstecken. Vor sich selbst, ihrem Vater, ihren Freunden, anderen Menschen. Sie war, wer sie war, und zum ersten Mal in ihrem Leben fühlte sie sich als diese Frau akzeptiert.

KAPITEL ZEHN

»Du wirkst ... ich weiß nicht ... anders«, sagte Reese. Ry war mit den anderen Frauen in Coras Hütte. Reese stillte Dylan, und Lara hielt Henleys Baby.

»Ist das schlimm?«, fragte Ry.

»Nein! Ganz und gar nicht. Es ist gut. Es ist großartig. Es ist nur ... du scheinst dir deiner selbst sicherer zu sein oder so.«

Ry lächelte die andere Frau an. Es gefiel ihr, dass sie sie auf diese Weise sah. Seit ihrem Spaziergang mit Tiny und ihrem Kuss hatte sie sich bewusst dafür entschieden, den Menschen gegenüber so ehrlich wie möglich zu sein. Anstatt zu versuchen, es allen recht zu machen, indem sie allem zustimmte, was sie vorschlugen, tat sie nur die Dinge, die *sie* tun wollte.

Als Robert ihr an diesem Morgen zum Beispiel einen Weihnachtsbaumkuchen anbot, hatte sie höflich abgelehnt. Früher hätte sie ihn angenommen und gegessen, nur damit Robert nicht das Gefühl hatte, sie würde ihn zurückweisen. Oder als Cora sie eines Morgens fragte, ob sie mit ihr in den Supermarkt in Los Alamos gehen wolle. Anstatt zuzustimmen und ihren Zeitplan zu durchkreuzen – die Vormittage waren jetzt die Zeit, die Ry dafür nutzte, das Dark Web nach allem zu durchforsten, was ihr Vater in der Nacht zuvor arrangiert haben könnte, um *Die Zuflucht* zu stören –, hatte sie Cora gesagt, dass sie zu arbeiten hatte.

Für die meisten Menschen waren das wahrscheinlich nur Kleinigkeiten, aber Nein zu sagen, etwas nicht zu tun, weil sie Angst hatte, jemand würde sie nicht mögen, fühlte sich befreiend an.

»Ich würde nicht sagen, dass ich mir meiner selbst sicherer bin«, gab Ry zu. »Ich bin einfach an dem Punkt angelangt, an dem ich merke, dass ich hier in der *Zuflucht*, in eurer Nähe, ich selbst sein kann.«

Alle stimmten sofort zu. Und zwar enthusiastisch.

»Natürlich kannst du du selbst sein!«

»Gut für dich!«

»Super!«

»Großartig!«

Ihre Akzeptanz fühlte sich fantastisch an.

»Danke übrigens für all die Sachen, die du für Spike und mich bestellt hast, als wir im Krankenhaus waren«, sagte Reese zu ihr.

»Keine Ursache. Wie geht es dir?«, fragte Ry, die es satthatte, über sich selbst zu reden. Es war eine Sache, ein neues Kapitel aufzuschlagen und genau so zu sein, wie sie war, aber es war eine ganz andere Sache, mit ihren Freunden darüber zu reden. *So* verändert war sie nicht. Es würde ihr nie leichtfallen, über sich selbst zu sprechen. Deshalb war sie mehr als bereit, das Thema zu wechseln und den Fokus auf jemand anderen zu richten.

»Ich bin müde«, sagte Reese mit einem schiefen Lächeln. »Dylan hat nicht gerade den besten Schlaf, und immer wenn er sich bewegt, wache ich auf, weil ich paranoid bin, dass etwas nicht stimmt.«

»Aber die Ärzte sagen doch, dass es ihm gut geht, oder?«, fragte Alaska.

»Ja. Für ein Baby, das ein paar Wochen zu früh geboren wurde, geht es ihm großartig. Er hat zwar ein paar Probleme mit Reflux, aber im Großen und Ganzen ist er gesund.«

»Er ist hinreißend«, sagte Cora, als sie den Säugling in den Armen ihrer Freundin betrachtete.

»Unglaublich, wie nahe er und Elizabeth sich im Alter sind«, sagte Lara lächelnd, während sie Henleys Tochter wiegte.

»Ist es zu früh, sie zu verkuppeln?«, fragte Maisy. »Ihr wisst schon, wie ein Treueversprechen oder so.«

Alle lachten darüber.

»Ein Treueversprechen? Du hast zu viele historische Liebesromane gelesen, Freundin«, stichelte Alaska.

»Nichts würde mich glücklicher machen, als wenn mein Sohn deine Tochter heiraten würde«, sagte Reese lächelnd zu Henley. »Aber das wird natürlich seine Entscheidung sein. Vielleicht bevorzugt er Jungs. Oder vielleicht will er Single bleiben. Oder vielleicht wird er ein Computergenie wie Ry und zieht nach Washington, D. C., um die Welt zu regieren.«

Ry errötete. Früher hätte sie protestiert und darauf bestanden, dass sie kein Genie war, bei Weitem nicht. Aber die Wahrheit war, dass sie verdammt gut war in dem, was sie tat.

Ein Klingelgeräusch ertönte in dem kleinen Raum, und es war fast schon komisch, wie alle auf ihre Telefone schauten, um zu sehen, ob es ihres war. Es stellte sich heraus, dass Cora diejenige war, die eine Nachricht erhalten hatte.

Da Ry sie direkt ansah, als sie die Nachricht las, wusste sie sofort, dass etwas nicht stimmte. »Cora?«, fragte sie. »Was ist los?«

Als die andere Frau aufblickte, hatte sie Tränen in den Augen.

»Was? Ist Pipe okay?«, fragte Alaska.

Alle Frauen runzelten nun die Stirn, besorgt um ihren Freund.

»Es geht ihm gut. Aber das ist schon das *zweite* Mal, dass wir die Zusage für ein Pflegekind bekommen haben, und es wurde in letzter Minute abgesagt. Ich weiß, so etwas kommt vor, und es ist besser, wenn das Kind bei Verwandten bleiben kann, als dass es völlig aus seiner Umgebung herausgerissen wird, aber wir waren sicher, dass es diesmal klappen würde.«

Unbehagen schwamm durch Rys Adern. Es war sehr wahrscheinlich, dass Cora genau richtiglag mit dem, was passiert war ... aber sie fragte sich, ob es nicht etwas anderes war. *Jemand* anderes, der das System manipulierte.

Ohne ein Wort zu sagen, stand sie auf und ging zu ihrer Tasche, die sie neben der Tür abgestellt hatte. Ohne ihren Laptop ging sie nirgendwo mehr hin. Es hatte zu viele Fälle gegeben, in denen ihr Vater sich mit der *Zuflucht* angelegt hatte, als dass sie sich ohne das Gerät wohlfühlte.

Sie legte ihn etwas zu fest auf den Tisch hinter der Couch und spürte mehr, als dass sie sah, wie die anderen Frauen den Kopf in ihre Richtung drehten.

»Ry?«, fragte Maisy.

Sie antwortete nicht. Sie war zu aufgewühlt. Je mehr sie darüber nachdachte, desto mehr wusste sie, dass dies das Werk ihres Vaters war. Es *musste* so sein. Wieder einmal tat ihr Arschloch von einem Vater alles, um zu beweisen, dass er mächtiger war als sie selbst. Aber es war keine Macht, die er zeigte – es war das pure Böse. Wer legte sich mit *Pflegekindern* an? Ihr beschissener Vater, der tat es. Er interessierte sich für *niemanden*. Er war so gefühllos, wie ein Mensch nur sein konnte.

Sie hatte ihm über das Dark Web Nachrichten geschickt, aber er hatte nicht geantwortet. Noch nicht. Aber vielleicht war seine letzte Aktion Antwort genug. Ihm war alles egal, was sie zu sagen hatte – aber nicht mehr lange.

Es war Jahre her, dass sie von jemandem Geld genommen hatte. Seit dem Tag, an dem sie das Haus ihres Vaters verlassen hatte, um genau zu sein. Nun ... vielleicht war es an der Zeit.

Sie verstand jetzt, dass man mit ihrem Vater nicht vernünftig reden konnte. Wie sollte man auch mit einem Psychopathen argumentieren?

»Ry?«, wiederholte Maisy, aber wieder ignorierte sie sie. Sie ließ die Finger bereits über die Tastatur fliegen. Sie loggte sich über ihre sichere Verbindung ins Internet ein. Sie musste sich in die Datenbank des Sozialamtes von Los Alamos hacken und sich davon überzeugen, dass Coras und Pipes Antrag immer noch korrekt war. Sie traute es ihrem Vater zu, daran herumgepfuscht zu haben, um sie als weniger wünschenswerte Kandidaten erscheinen zu lassen.

Neben ihr wurde ein Stuhl herausgezogen, woraufhin sie schließlich aufblickte. Cora setzte sich. Sie runzelte ein wenig die Stirn und musterte Ry eingehend.

»Glaubst du, er war es?«, fragte sie.

Ry musste nicht fragen, wer »er« war. »Ja«, antwortete sie entschlossen.

Als Tiny sie fragte, ob es in Ordnung sei, wenn die Jungs ihren Frauen erzählten, was mit ihrem Vater geschah, hatte sie bereitwillig zugestimmt. Sie war erleichtert, dass sie den Frauen nicht selbst gegenübertreten musste, um ihnen zu erzählen, wie beschissen ihre Kindheit gewesen war und was für ein Monster ihr eigenes Fleisch und Blut war. Am nächsten Tag hatte jede einzelne ihrer Freundinnen irgendwann zu ihr gefunden, um sie zu unterstützen und zu umarmen, was sie dringend brauchte. Sie versicherten ihr, dass sie ihr nichts vorwerfen würden, und boten ihr ihre Hilfe an. Es hatte sich fantastisch angefühlt ... und befreiend. Ihr Handeln hatte ihr bestätigt, dass Ry genau dort war, wo sie hingehörte.

»Ist es falsch, dass ich erleichtert bin?«, fragte Cora.

Ry runzelte die Stirn. »Bist du das?«

Cora nickte. »Ja, ich meine, ich dachte schon, niemand würde mich für ein gutes Vorbild halten. Dass sie in unserer Bewerbung etwas gesehen haben, das sie glauben ließ, Pipe und ich seien keine guten Eltern.«

»Das ist *nicht* wahr«, sagte Lara hitzig. Die enge Freundschaft zwischen den beiden Frauen war etwas, um das Ry sie beneidete. »Du und Pipe wärt die *besten* Eltern überhaupt. Jedes Kind könnte sich glücklich schätzen, bei euch untergebracht zu werden.«

Cora lächelte ihre Freundin an. »Danke. Aber ich glaube, du bist vielleicht voreingenommen.«

»Nein, ist sie nicht«, sagte Henley. »Du warst schon bei Dylan eine große Hilfe. Als du neulich auf meiner Türschwelle aufgetaucht bist, als er sich die Seele aus dem Leib geheult hat ... ich schwöre, ich war mit meinem Latein am Ende. Du hast kein einziges Wort gesagt. Du hast ihn einfach auf den Arm genommen und bist zur Tür hinausgegangen. Du wusstest, dass ich eine Pause brauchte, und du hast nicht gezögert, sie mir zu geben.«

»Manche Leute würden das als Entführung ansehen«, entgegnete Cora lächelnd.

Alle lachten.

»Ich nicht«, sagte Henley. »Und du bist sogar noch besser mit Jas. Sie kann ganz schön anstrengend sein, aber du wirst ihrer Fragen nie müde. Ihr ständiges Geplapper über alles und jeden. Sogar ich habe meine Grenzen, wenn es darum geht, wie viele Partien Tic-Tac-Toe ich spielen kann. Aber du nicht. Du würdest tagelang mit ihr zusammensitzen, wenn sie das wollte.«

Henley hatte nicht unrecht. Ry hatte auch bemerkt, wie geduldig Cora mit dem jungen Teenager war. Sie presste die Lippen zusammen und wandte sich wieder ihrem Computer zu. Sie wollte der Sache auf den Grund gehen, warum ihr und Pipe in letzter Minute die Pflegezusage, oder wie auch immer es genannt wurde, verweigert worden war. Wieder einmal.

Es dauerte nicht lange, bis sie herausfand, warum die letzte Pflegestelle nicht zustande gekommen war. Ihr Vater versuchte nicht einmal mehr, heimlich zu sein. Das Sozialamt hatte eine E-Mail erhalten, die äußerst vernichtend und abwertend war. Darin wurde behauptet, Pipe habe eine frühere Freundin im Vereinigten Königreich misshandelt. Sie enthielt einen Polizeibericht, in dem stand, Pipe habe die Frau geschlagen und gewürgt, bis sie bewusstlos war. Ry hatte noch nie einen britischen Polizeibericht gesehen, aber selbst *sie* konnte erkennen, dass er gefälscht war. Er sah aus wie ein Formular, das ein Zehnjähriger am Computer erstellt hatte.

Um den Schaden, den ihr Vater angerichtet hatte, zu begrenzen, verfasste sie eine eigene E-Mail, eine perfekte Nachbildung der Korrespondenz eines Polizeireviers in D. C. – wo Cora früher gewohnt hatte –, in der sie das Sozialamt darüber informierte, dass der Bericht, den sie erhalten hatten, eine Fälschung war und keine der Anschuldigungen über Bryson Clark der Wahrheit entsprach. Die E-Mail deutete darauf hin, dass ein Ex-Freund von Cora versuchte, ihre Möglichkeiten zur Pflege zu sabotieren, indem er falsche Anschuldigungen gegen sie und ihren Mann erhob.

»Hast du etwas gefunden?«, fragte Cora, die offensichtlich Rys zufriedenes Grinsen sah.

»Ja. Aber ich habe es in Ordnung gebracht.«

»Du hast es *in Ordnung gebracht*?«

»Ja.«

»Was hast du gemacht?«, fragte Cora.

»Das willst du nicht wissen.«

»Doch, das will ich. Ich hätte nicht gefragt, wenn ich es nicht wollte«, sagte die andere Frau entschieden.

Ry fand es lustig, obwohl sie nicht wusste warum. Cora hatte keine Angst zu sagen, was sie dachte.

»In welcher Altersgruppe seid du und Pipe an einem Pflegekind interessiert?«

»Warum? Ich dachte, du würdest mir sagen, was du gefunden und wie du es in Ordnung gebracht hast«, sagte Cora, anstatt auf ihre Frage zu antworten.

»Seid ihr gegen ein Kind, das älter ist und kurz davor steht, aus dem System herauszufallen? Etwa sechzehn oder siebzehn? Oder sucht ihr jemanden, der sieben, acht, neun Jahre alt ist, also in dieser Altersklasse?«, fragte Ry und begegnete Coras Blick.

»Das spielt keine Rolle. Wir wollen nur kein Baby oder jemanden unter, sagen wir, drei Jahren. Sie sind viel leichter zu vermitteln und haben viele Möglichkeiten.«

»Und wollt ihr nur ein Kind? Oder sind auch zwei oder mehr gleichzeitig akzeptabel?«

»Was fragst du da eigentlich?«, verlangte Cora zu wissen, sichtlich gereizt.

Ry war sich durchaus bewusst, dass sie und Cora die Aufmerksamkeit aller Anwesenden auf sich zogen. Etwas, das Ry normalerweise sehr unangenehm war. Aber sie hatte etwas anderes gesehen, als sie die Unterlagen des Sozialamtes durchsucht hatte. Etwas Wichtiges.

»Es gibt da eine Familie. Die Eltern wurden bei einer Art Drogenstreit getötet. Das älteste Kind ist ein Mädchen. Sie ist siebzehn. Das jüngste ist vier. Sie haben keine Verwandten, die sie aufnehmen wollen, was nicht verwunderlich ist, da sie zu viert sind. Die Siebzehnjährige hat die Schule abgebrochen und versucht, die Vormundschaft für ihre Geschwister zu bekommen, aber es läuft nicht gut, weil sie keine Arbeit findet. Zumindest nichts, wovon eine vierköpfige Familie leben könnte. Sie waren dabei, als ihre Eltern erschossen wurden, und kommen offenbar nicht gut mit der Gewalt zurecht, die sie miterlebt haben. Das Sozialamt konnte für die Vier- und die Achtjährige Pflegefamilien finden. Aber für die dreizehn- und siebzehnjährigen Kinder gab es kein Interesse. Sie wollen nicht getrennt werden, was die Sache kompliziert macht.«

»Ja«, sagte Cora, bevor Ry noch etwas hinzufügen konnte. »Ihr wisst alle, dass wir unsere Hütte nur deshalb vergrößert haben, weil wir mehr als ein Kind auf einmal aufnehmen wollen. Jetzt, da wir ein Haus mit fünf Zimmern haben, haben wir jede Menge Platz.«

»Du solltest vielleicht mit Pipe reden«, sagte Alaska zögernd.

»Das muss ich nicht«, sagte Cora entschlossen. »Wir haben schon oft darüber geredet. Pflegekinder. Wen wir bereit wären aufzunehmen. Und wir haben beide beschlossen, dass wir jeden aufnehmen würden, der uns braucht. Und es klingt, als bräuchten diese Kinder uns definitiv.«

»Sie brauchen *Die Zuflucht*«, sagte Henley mit einem Schniefen.

»Ihr wärt wunderbar für sie«, sagte Maisy zu Henley.

»Und ich bin sicher, ich könnte helfen, einen Job für die Älteste zu finden«, bot Alaska an.

Ry lächelte. Der Plan ihres Vaters, Coras und Pipes Weg als Pflegeeltern zu sabotieren, mochte kurzfristig aufgegangen sein, aber langfristig gesehen hatte er ihnen einen Gefallen getan. Sie hatte dabei ein gutes Gefühl im Bauch. »Ich werde die Akten nicht manipulieren, indem ich euch direkt genehmige«, warnte Ry Cora. »Aber ich kann einen Vermerk anbringen, dass du und Pipe sehr daran interessiert seid, die ganze Familie aufzunehmen. Damit sie zusammenbleiben. Ihr werdet trotzdem ein weiteres Bewerbungsgespräch führen, die Kinder kennenlernen und ihre Zustimmung einholen müssen.«

»Ich weiß, wie das funktioniert. Und das ist in Ordnung. Mir ist es lieber, die Kinder *wollen* mit uns zusammen sein, als dass du es einfach absegnest«, sagte Cora.

Die Aufregung im Gesicht der anderen Frau war deutlich zu sehen. Sie wollte das. Diese Kinder wussten es nicht, aber ihr Leben sollte sich zum Besseren wenden.

»Wie heißen sie?«, fragte Cora.

Ry blickte wieder auf den Computerbildschirm. »Die Älteste heißt Joyce. Der Dreizehnjährige heißt Kason. Dann sind da noch Shannon und Max.«

»Mädchen, Junge, Mädchen, Junge«, hauchte Cora.

»Ja.«

»Wir wollen sie. Auf jeden Fall.«

»Gut. Denn es ist vollbracht. Hoffentlich bekommt ihr bald einen Anruf.«

»Ry, das ist noch nicht beschlossene Sache«, warnte Alaska.

»Ist es nicht?«, fragte Ry und blickte mit einem Grinsen auf, von dem sie wusste, dass es ihr ganzes Gesicht überzog.

»Gut. Es passiert«, sagte Alaska mit einem kleinen Schnauben. »Du bist irgendwie unheimlich, weißt du das?«

Aus irgendeinem Grund war Ry stolz auf die Worte ihrer Freundin. »Ich bin nicht unheimlich. Ich bin effizient«, konterte sie.

Alle lachten. Und einfach so wechselte die Stimmung im Raum von Sorge und Besorgnis wieder zu Freude. Es war ein großartiges Gefühl, diejenige gewesen zu sein, die das bewirkt hatte.

Plötzlich hatte Ry ein ganz anderes Gefühl für ihre Fähigkeiten. Sie hatte sich immer ein wenig dafür geschämt, weil sie wusste, dass Hacken in den meisten Fällen etwas Schlechtes war. Etwas, das sie verstecken musste. Aber sie war kein schlechter *Mensch*. Ja, sich in die Webseite der Regierung zu hacken war nicht gerade gut, aber ihr Vater war weit über das Ziel hinausgeschossen, und Ry fühlte sich verpflichtet ... nein, geehrt, ihrer Freundin zu helfen.

Außerdem war sie ehrlich zu Cora gewesen. Sie würde die Genehmigung nicht einfach absegnen. Sie würde nicht garantieren, dass sie und Pipe automatisch angenommen wurden. Sie würden immer noch die nötigen Schritte durchlaufen müssen, um die Familie zu bekommen. Aber war es wirklich so schlimm, was Ry getan hatte? Wo doch sonst niemand Interesse daran gezeigt hatte, alle vier Kinder gemeinsam aufzunehmen? Nicht in ihren Augen.

Und damit war sie wieder bei ihrem ursprünglichen Gedanken über ihren Vater angelangt. Sie musste einen Weg finden, ihn zum Reden zu bringen. Wenn sie das nicht tat, würde diese Schikane niemals aufhören. *Die Zuflucht* und ihre Freunde würden noch viele Tage voller Frustration und Sorgen erleben.

Was sie als Nächstes tat, war einfach. Fast *zu* einfach. Die Dinge, die ihr Vater ihr beigebracht hatte, Dinge, die sie seit dem Tag, an dem sie sein Haus verlassen hatte, nicht mehr getan hatte, kamen wie mechanisch zurück.

Sich in sein Bankkonto zu hacken war ein Kinderspiel. Genauso wie die Überweisung von zehntausend Dollar. Es war nicht viel Geld, aber es reichte, um seine Aufmerksamkeit zu erregen. Sie hatte ihn über das Dark Web gebeten, damit aufzuhören. Ihn angefleht. Sie hatte versucht, mit ihm in Kontakt zu treten, aber er hatte ihre Versuche, ihn zur Vernunft zu bringen, ignoriert und sich geweigert zu reden.

Nun gut. In seiner Welt sprach das Geld. Also würde sie

mit ihm auf eine Art und Weise »sprechen«, die er nicht ignorieren konnte.

Sie drückte die Eingabetaste fester als beabsichtigt, und es war ein tolles Gefühl, als sie sah, wie sein Geld – das er einem anderen gestohlen hatte – auf das Bankkonto von Padres Unidos überwiesen wurde. Es handelte sich um ein lokales Programm, das Vätern half, sich stärker zu engagieren und Verantwortung zu übernehmen. Ihr eigener Vater würde das hassen, und es erschien ihr angemessen, da er in ihren Augen der schlechteste Vater der Welt war. Er hätte ein Programm wie Padres Unidos sicher gut gebrauchen können.

»Was war das?«, fragte Maisy.

»Was war was?«, fragte Ry und versuchte, unschuldig zu klingen.

»Das, was du gerade getan hast.«

»Ich habe gar nichts getan.«

»Mh-hm«, sagte Maisy skeptisch.

Sie seufzte. »Okay, hört zu – ich muss das beenden. Mein Vater legt sich mit euch allen an. Er ist sauer auf *mich*, und es ist nicht fair, dass ihr ins Kreuzfeuer geratet. Das *muss* aufhören.« Die letzten drei Worte waren geflüstert, und Ry merkte, dass sie den Tränen nahe war.

Cora klappte ihren Laptop zu, ergriff Rys Hand und zog sie vom Stuhl hoch. Sie führte sie zurück zur Couch und setzte sich, wobei sie Ry neben sich her zog. Maisy setzte sich ebenfalls und rückte näher heran, bis Ry zwischen den beiden Frauen eingezwängt war.

»Es wird aufhören«, beruhigte Cora sie.

»Das wissen wir nicht«, flüsterte Ry.

»Als ich in diesem Keller war«, sagte Lara von Maisys anderer Seite, »dachte ich, das war's. Dass ich dort sterben würde. Keiner würde mich je finden. Aber ich habe mich geirrt. Cora hat mich gefunden. Hat mich da rausgeholt ... mit *deiner* Hilfe.«

»Und als ich in diesem Wagen auf dem Weg nach Mexiko war, hatte ich keine Ahnung, wie es jemals anders als schlecht enden könnte«, fügte Reese hinzu. »Selbst als ich in den Fluss fiel, dachte ich, ich sei erledigt. Aber dann war Gus da. Der Mann, den ich seit einer gefühlten Ewigkeit geliebt hatte, und plötzlich waren wir am Ufer in Sicherheit.«

»Bei mir war es genauso. Als ich in Russland in diesen Container gestoßen wurde? Ich war mir sicher, dass ich verloren war«, fügte Alaska hinzu.

»Und ich war mir sicher, dass Jack mich für immer hassen würde, wenn er sein Gedächtnis wiedererlangt«, sagte Maisy leise.

»Der Punkt ist, dass wir alle unsere schlimmsten Prüfungen überlebt haben. Und das wirst du auch. Das *wird* ein Ende haben«, sagte Cora entschlossen. »Es wird sich klären. Auf die eine oder andere Weise.«

»Und wenn du glaubst, dass Tiny zulassen wird, dass dir oder der *Zuflucht* etwas zustößt, dann liegst du völlig falsch«, sagte Henley. »Dieser Mann ist hin und weg von dir. Und das schon seit Monaten.«

»Ähm, ich bin mir nicht sicher, ob wir denselben Tiny meinen«, protestierte Ry, obwohl tief in ihrem Inneren bei den Worten ihrer Freundin eine zarte Hoffnung erblühte.

»Doch, das tun wir«, sagte Henley. »Hör zu, ich verstehe es. Er hat mit allem zu kämpfen gehabt. Aber selbst als er *Die Zuflucht* ... übermäßig beschützte, konnte er seine Sorge um dich nicht verbergen. Und in letzter Zeit, jetzt, da er deine ganze Geschichte kennt? Diese Sorge ist mit voller Wucht da.«

Ry konnte es nicht leugnen. »Er ist weit außerhalb

meiner Liga«, sagte sie und gab damit laut zu, was sie schon eine Weile dachte.

»Nein, ist er nicht.«

»Du irrst dich.«

»Willst du mich verarschen?«

Die sofortigen Proteste ihrer Freundinnen fühlten sich unbestreitbar gut an.

»Ich habe keine Ahnung, wie man eine Beziehung führt. Ich habe mein ganzes Leben als Sonderling verbracht. Die Außenseiterin. Die Introvertierte. Ich hatte noch nie einen Freund. Sex macht mich nervös, und ich hatte buchstäblich erst neulich meinen ersten Kuss ... mit *einunddreißig*. Es ist lächerlich und erbärmlich.«

»Ich mach das schon, meine Damen«, sagte Alaska, während sie aufstand und zur Couch hinüberging. Sie kniete sich vor Ry und legte die Hände auf ihre Waden. »Ich weiß ein wenig darüber, wie es ist, eine Außenseiterin zu sein. Ich hatte nicht viele Freunde, habe meine ganze Zeit damit verbracht, von außen zuzusehen. Und jetzt bin ich hier. Ich bin mit einem Mann zusammen, den ich mein ganzes Leben lang geliebt habe. Verlobt. Ich führe ein Leben, das ich mir nie hätte vorstellen können. Tiny ist *nicht* außerhalb deiner Liga, Ry. Ich würde sogar wetten, dass er denkt, du seist außerhalb *seiner* Liga. Du bist ein verdammtes Genie, Mädchen. Du könntest wahrscheinlich die Atomprogramme von Russland, China und Nordkorea mit ein paar Klicks auf deiner Tastatur ausschalten. Und was soll's, wenn du noch nie eine Beziehung hattest? Wenn ich das, was du gesagt hast, richtig interpretiere, hattest du gerade deinen ersten Kuss mit Tiny. Ich wette, er ist begeistert, aufgeregt und wahnsinnig stolz, dass er dein Erster war. War es schrecklich?«

»Unser Kuss? Nein!«, rief Ry aus. »Er war ... fantastisch.

Ich dachte immer, dass es eklig sei, jemandes Zunge mit der eigenen zu berühren. Es war alles andere als das.«

Alaska grinste von einem Ohr zum anderen. »Mein Rat? Lass dich einfach treiben. Mach so weiter. Öffne dich Tiny, er braucht diese Ehrlichkeit wahrscheinlich mehr als jeder andere von uns. Sag ihm, was du denkst, was du fühlst. Wenn dich etwas nervös macht, sag es ihm. Er wird dich gut behandeln, Ry. Daran habe ich keinen Zweifel.«

»Und er sieht verdammt noch mal aus wie Jake Ryan. Er war meine erste Schwärmerei«, gab Reese zu.

»Ich finde, er sieht ihm gar nicht *so* ähnlich«, sagte Ry mit Blick auf Reese.

»Was? Ernsthaft?«, fragte Lara mit einem Keuchen.

»Ernsthaft.«

»Du musst dir noch mal *Das darf man nur als Erwachsener* ansehen, meine Liebe. Und dann sag mir noch mal, dass Tiny dich nicht an ihn erinnert«, befahl Reese.

»Der Film ist nicht gut gealtert, er ist ziemlich frauenfeindlich, aber ... am Ende ... wenn er sagt, ›Ja, du‹, schmelze ich jedes Mal dahin«, gab Maisy zu.

Alaska drückte Rys Beine ein wenig. »In einem Jahr werden wir hier sitzen, Lara mit ihrem Baby, Maisy mit ihrem, Elizabeth und Dylan watscheln herum und machen Ärger, und wir alle erinnern uns daran, wie verrückt die Dinge waren, aber wie gut sie sich entwickelt haben.«

»Versprochen?«, flüsterte Ry. Das wollte sie. Oh, wie sehr sie es wollte. Wenn sie die Zeit vorspulen und alles, was passiert war, einfach hinter sich lassen könnte, würde sie es tun. Im Handumdrehen.

»Versprochen«, sagte Alaska entschlossen.

Dylan begann in diesem Moment zu wimmern, und als Elizabeth die Schreie des anderen Babys hörte, stimmte sie ein.

»Ich glaube, das ist unser Stichwort für den Aufbruch«, sagte Henley trocken.

»Ebenso«, stimmte Reese zu.

Cora half Reese auf die Beine, da sie sich immer noch von der Geburt erholte, und begleitete sie zur Tür, wobei sie ihren Arm hielt. Henley ging mit Alaska auf den Fersen hinaus.

Ry umarmte alle und ging in Richtung Lodge. Sie war noch nicht bereit, in die Hütte zurückzugehen. So introvertiert sie auch war, im Moment wollte sie nicht allein sein. Tiny half Tonka mit den Tieren in der Scheune, also machte sie sich auf den Weg zur Waschküche. Carly, Jess und Joshua würden höchstwahrscheinlich dort sein und Handtücher und Bettwäsche falten.

Sie hatte nicht gedacht, dass sie in der *Zuflucht* landen würde, nicht in einer Million Jahren. Leben und arbeiten an einem Rückzugsort mitten in den Wäldern, kilometerweit von jeder Großstadt entfernt? Nein. Aber der Entschluss, sich hier für ein paar Monate zu verkriechen, war die beste Entscheidung gewesen, die sie je getroffen hatte. Es war jetzt ihr Zuhause. Und Ry würde alles tun, was nötig war, um es zu beschützen ... und die Menschen, die hier lebten und arbeiteten.

KAPITEL ELF

»Äh, Tiny?«

»Ja?« Er schaute zu Ryleigh hinüber. Sie saß neben ihm auf der Couch und tippte wie immer auf ihrer Tastatur herum. Sie war schon seit Stunden nicht in guter Stimmung.

Am frühen Nachmittag war Jasna weinend in *Die Zuflucht* zurückgekehrt. Sie hatte festgestellt, dass ihre Noten nur aus Fünfen und Sechsen bestanden. Was überhaupt keinen Sinn machte, da das Mädchen eigentlich eine sehr gute Schülerin war.

Ryleigh verlor fast den Verstand, aber Henley blieb ruhig. Sie sagte Ryleigh unmissverständlich, dass *sie* sich darum kümmern würde. Dass Jasnas Lehrer sofort erkennen würden, dass das elektronisch ausgedruckte Zeugnis falsch war.

Aber jeder wusste, dass dies nur ein weiterer Versuch von Ryleighs Vater war, Ärger zu machen. Auf einem Kind herumzuhacken war inakzeptabel. Warum Tiny glaubte, dass der Mann auch nur einen Funken Mitgefühl oder

Empathie besaß und ein Kind nicht in seine Machenschaften hineinziehen würde, wusste er nicht.

Obwohl es wahrscheinlich viel einfacher gewesen war, den Notenfehler zu beheben als die meisten Dinge, die Harold Lodge getan hatte, war es doch ein schwerer Schlag für Ryleigh. Tiny hasste das. Alles davon. Er konnte einen Terroristen töten, der ihm oder seinen Teamkameraden Schaden zufügen wollte, er konnte eine hochrangige Zielperson jagen und sie ohne jegliche Reue ausschalten. Aber er war hilflos gegen jemanden, der sich hinter einer Tastatur versteckte. Der elektronische Mittel als seine Waffen benutzte.

Ryleigh tat immer noch ihr Bestes, um den Schaden, den ihr Vater anrichtete, zu begrenzen, aber alle saßen wie auf glühenden Kohlen und fragten sich, was als Nächstes passieren würde.

»Du hast mir gesagt, dass ich dir Bescheid geben soll, wenn ich von meinem Vater höre. Nun ... er hat mir eine Nachricht geschickt.«

»Was?«, fragte Tiny, legte sein Handy beiseite und sprang praktisch auf Ryleigh zu. Ohne zu zögern, reichte sie ihm ihren Laptop.

Die Nachricht auf dem Bildschirm befand sich nicht in einem normalen Chat-Feld. Es sah aus wie eine Reihe von HTML-Code, der langsam vorbeirollte, und Tiny brauchte einen Moment, um die Nachricht von Ryleighs Vater zu entziffern.

Miststück, leg dich nicht mit mir an. Du wirst es zurückgeben. Alles oder sonst.

»Was zurückgeben?«, fragte Tiny.

»Ähm ... ich habe heute vielleicht zehntausend Dollar von seinem Konto gestohlen«, sagte Ryleigh.

»*Was?* Warum?«

»Er hat mich wütend gemacht! Er hat sich an Coras und

Pipes Pflegeantrag zu schaffen gemacht. Und da er sich geweigert hat, auf die Nachrichten zu antworten, die ich ihm geschickt habe, habe ich beschlossen, mit ihm in einer Sprache zu reden, die er nicht ignorieren kann.«

Tiny sah zu, wie weitere Wörter auf dem Bildschirm an ihm vorbeirollten.

Der Mist, den ich schon getan habe, ist nichts im Vergleich zu dem, was noch kommt.

Tiny hatte keine Ahnung, wie ein Vater so mit seinem eigenen Fleisch und Blut reden konnte. »Wie antworte ich? Einfach tippen?«, fragte er.

»Mh-hm. Aber ... was willst du sagen?«

Sie sind ein Feigling, Lodge. Und ein Scheißmensch. Hören Sie auf, Ihre Armseligkeit an unschuldigen Menschen auszulassen.

Ah, der große böse SEAL spricht! Viel Spaß mit ihrer Fotze, die ist sicher schön eng, wenn man bedenkt, was für ein verklemmtes Miststück meine Tochter ist.

Tiny biss die Zähne zusammen. Er war doppelt froh, dass sie ihm erlaubt hatte, die Nachrichten zu überprüfen, wie er es verlangt hatte. Sie musste diese Giftigkeit nicht sehen.

Ich hätte sie verkaufen sollen, als ich die Chance dazu hatte.

Lassen Sie sie in Ruhe. Sie haben genug getan, um ihr Leben zu ruinieren. Wir werden Sie finden, und dann verbringen Sie den Rest Ihres erbärmlichen Lebens hinter Gittern.

Ha! Nein, werdet ihr nicht, und nein, werde ich nicht.

Seien Sie ein echter Mann und gestehen Sie Ihre Sünden ein.

Tiny wusste, dass das nicht passieren würde, aber er dachte sich, dass er versuchen könnte, ihn dazu zu bringen, das Richtige zu tun.

Ein echter Mann wie du und deine Kumpel? Gut, das werde ich tun, ich werde auf eine Weise handeln, die du verstehen und schätzen kannst. Es wird Spaß machen, die Funken fliegen zu sehen.

Ein Schauer lief Tiny den Rücken hinunter. Er hatte keine Ahnung, was Harold damit meinte, aber er wusste, dass es nichts Gutes sein konnte.

Sag meiner lieben Tochter, sie soll mir mein Geld zurückgeben, alles davon, dann hört das alles auf. Wenn nicht, werden wir sehen, wer am Ende gewinnt.

Tiny begann, eine Antwort zu tippen, aber plötzlich wurde der gesamte Bildschirm schwarz. Überrascht nahm er die Finger von den Tasten.

»Was? Was ist denn los?«, fragte Ryleigh eindringlich.

»Ich weiß nicht. Alles ist schwarz geworden.«

Ryleigh fluchte und nahm Tiny den Laptop weg. Sie atmete erleichtert auf, als auf dem Bildschirm wieder Wörter zu scrollen begannen. »Er hat das Gespräch gelöscht. Und ich kann ihn nicht aufspüren, weil seine Verbindung an zu vielen Türmen abgeprallt ist. Was hat er gesagt?«

Tiny seufzte. »Er will sein Geld zurück. Und zwar alles.«

»Ich würde ihm keinen Cent geben, selbst wenn er am Ertrinken wäre und das Geld ihn vor dem Untergang bewahren würde«, sagte Ryleigh grimmig.

»Komm her«, sagte er und gab ihr keine Gelegenheit zu einer Antwort, bevor er sie an seine Seite zog. Er vergrub die Nase in ihrem Haar, während er versuchte, seine Gefühle unter Kontrolle zu bringen. Es überraschte ihn nicht, wie schrecklich ihr Vater war, sie hatte ihm genau gesagt, mit welcher Art von Mann sie es zu tun hatten ... und doch war er immer noch beunruhigt darüber, wie leichtfertig er darüber gesprochen hatte, seine eigene Tochter zu verkaufen.

Zu seiner Erleichterung kuschelte Ryleigh sich sofort an

ihn. Sie legte die Arme um ihn und drückte ihre Wange an seine Schulter.

»Hast du jemals den Film *Das darf man nur als Erwachsener* gesehen?«, fragte sie aus heiterem Himmel.

Tiny unterdrückte ein Stöhnen. »Lass mich raten, die Mädchen haben dir von Jake Ryan erzählt.«

Ryleigh kicherte, und das Geräusch ging direkt zu seinem Schwanz. »Ja, aber ich habe schon vorher gehört, dass die Leute meinen, du sähest ihm ähnlich.«

»Das stimmt nicht«, beharrte Tiny, obwohl er tief in seinem Inneren zugeben musste, dass es eine leichte Ähnlichkeit gab. Einerseits konnte er nicht glauben, dass er dieses Gespräch führte, aber andererseits war er mehr als froh, dass er nicht versuchen musste, Ryleigh zu beruhigen, nachdem sie gezwungen war, den ganzen Scheiß, den ihr Vater ihr zu sagen wagte, selbst zu lesen.

»Können wir es uns ansehen?«

»*Das darf man nur als Erwachsener*?«

»Nein, *Alien* vierzehn. Ja! *Das darf man nur als Erwachsener*.«

»Wenn ich es auf einer der Streaming-Apps finden kann.«

»Oh, es ist da. Ich habe schon nachgesehen«, sagte Ryleigh. Tiny konnte die Belustigung in ihrer Stimme hören.

»Natürlich hast du das. Was würdest du tun, wenn ich Nein gesagt hätte?«

»Es mit einem der Mädchen anschauen. Vielleicht Reese, sie scheint es wirklich zu lieben.«

Tiny griff nach der Fernbedienung. »Nein, das wird nicht passieren. Wir können es uns ansehen.«

Ryleigh kicherte wieder. Er mochte sie so. Entspannt. Glücklich.

Sie sagte ihm, auf welcher App der Film war, und innerhalb weniger Minuten lief der Vorspann. Ryleigh sah zu ihm auf. »Tiny?«

»Ja?«

»Es tut mir leid, dass du mit meinem Dad reden musstest. Es war sicher nicht lustig. Und er hat wahrscheinlich ein paar schreckliche Dinge gesagt. Aber ich werde ihn aufhalten. Und wenn es das Letzte ist, was ich tue.«

»Wir werden ihn aufhalten. Und es wird nicht das Letzte sein. Das werde ich nicht zulassen. Nicht wenn wir gerade erst angefangen haben.«

»Womit angefangen?«

»Mit uns.«

Sie blinzelte ihn an und schenkte ihm dann das süßeste Lächeln, das er je gesehen hatte. Sie legte den Kopf zurück auf seine Schulter und drückte ihn fest an sich. Tiny küsste ihren Kopf und entspannte sich in den Kissen. Ryleigh hatte sich so leicht unter seinen Schutzschild geschlichen, wie sie sich in streng geheime Datenbanken geschlichen hatte. Aber es tat ihm nicht leid. Er war es leid, jedem und allem gegenüber misstrauisch zu sein. Er wollte, was seine Freunde hatten.

Und er wusste bis in die Knochen, dass Ryleigh seine Chance war. Seine Chance, wieder zu vertrauen. Zu lieben.

Wenn Tiny geglaubt hatte, Ryleigh würde nach der Hälfte des Films einschlafen, hatte er sich gewaltig getäuscht. Sie blieb wach und kommentierte die ganze Zeit über. Sie rollte angewidert mit den Augen über die offenkundig diskriminierenden Darstellungen von Asiaten und darüber, wie der vermeintliche »Held« eine sturzbetrunkene Frau – mit der er sich gerade verabredet hatte – in den Händen eines anderen zurückließ und ihm einen Freibrief für den Sex mit ihr ausstellte, obwohl sie nicht einwilligen konnte.

Aber am Ende, als Jake Ryan in der Kirche auftauchte, in der Samanthas Schwester heiratete, und auf ihre unschuldige Frage »Wer, ich?« mit »Ja, du« antwortete, hörte Tiny Ryleigh dennoch seufzen.

Der Kuss über der Geburtstagstorte ganz am Ende war verdammt kitschig, aber er konnte sich vorstellen, wie das bei Teenagern ankam ... und offenbar auch bei Ryleigh.

Sie sah zu ihm auf, als es vorbei war, aber sie sprach nicht.

»Und?«, fragte er.

»Und, was?«

»Sieht er aus wie ich? Dieser Hauptdarsteller?«, fragte Tiny.

Ryleigh betrachtete ihn einen langen Moment, bevor sie mit den Schultern zuckte. »Es gibt eine gewisse Ähnlichkeit, aber ehrlich gesagt, du bist viel ...«

Tiny hielt praktisch den Atem an und wartete darauf, was sie sagen würde.

»Kräftiger. Weniger Schönling. Echter.«

Er stieß den Atem aus. Mit all dem konnte er leben. »Was willst du als Nächstes sehen? *Pretty in Pink*? *Teen Lover*? *Breakfast Club*?«

Sie kicherte. »Wie wäre es mit *Alarmstufe: Rot*?«

Tiny stöhnte.

»Was? Das ist männlich. Und es kommen Navy SEALs darin vor«, protestierte Ryleigh.

»Es ist furchtbar.«

Sie schmollte. »Mir gefällt es. Ich kann mir dich in der Hauptrolle vorstellen. Du bist knallhart, jagst Mikrowellen in die Luft, zitterst nicht, obwohl du in einer Gefrierkammer eingesperrt bist, kümmerst dich um den armen Kerl, der nur seinen Job machen wollte, und schwörst Rache, als dein Freund, der General, getötet wird.«

»Befehlshabender Offizier«, korrigierte er.

»Wie auch immer.«

Tiny gefiel es, dass sie ihn auf diese Weise sah. »Gut.«

Dieses Mal schlief Ryleigh tatsächlich nach der Hälfte des Films ein. Anstatt sie aufzuwecken und ins Bett zu schicken, wechselte Tiny die Position auf der Couch und streckte sich der Länge nach aus, die schlafende Ryleigh auf ihm. Eine Hand ruhte auf ihrem Rücken, die andere lag unter seinem Kopf und diente als eine Art Kopfkissen.

Das fühlte sich gut an. *Erstaunlich* gut. Er hatte seit Sonja nicht mehr mit einer Frau in einem Bett ... äh, Sofa ... geschlafen. Er war mental nicht dazu in der Lage gewesen.

Und doch verspürte er bei Ryleigh nicht einen Funken Zweifel oder Beklemmung. Obwohl sie ihn angelogen hatte, obwohl er Monate damit verbracht hatte, sie nicht zu mögen. Es kam ihm vor, als hätten sie von dem Moment an, in dem er sie vor über einem Jahr kennengelernt hatte, auf diesen Zeitpunkt hingearbeitet.

War Tiny auf einmal ein anderer Mensch? Einer, der jedem vertraute? Nein. Verdammt, nein. Aber er vertraute dieser Frau. Bei ihrer Vergangenheit müsste sie eigentlich ein totales Wrack sein. Stattdessen war sie mitfühlend und freundlich. Sie setzte alles daran, anderen zu helfen, wo sie nur konnte. Tiny verstand, dass es ein Versuch war, für das zu büßen, was sie als ihre Sünden ansah, aber soweit es ihn betraf, waren es nicht *ihre* Sünden. Es waren die ihres Scheißkerls von Vater.

Sie würde ihm genauso wenig nachts in die Brust stehen, wie sie wieder in das kriminelle Leben an der Seite ihres Vaters zurückkehren würde.

Nein, wenn sie *irgendetwas* tun würde, dann würde sie

sich leise davonschleichen und wie eine Rauchwolke verschwinden.

Tiny war völlig sicher vor Gewalt durch Ryleigh. Aber nicht davor, sich sein Herz zu verletzen. Er war nicht davor sicher, sich in sie zu verlieben.

Scheiße. *Liebe* ...

Ja. Er war verloren.

Er würde es langsam angehen müssen. Um ihrer beider willen. Ihr beweisen, dass sein beschissenes Verhalten der Vergangenheit genau das war – Vergangenheit. Dass sie ihm ohne Vorbehalte vertrauen konnte. Noch wichtiger, er musste ihr beweisen, dass er *ihr* genauso vertraute.

Bei diesem Gedanken schloss Tiny die Augen, und eine Leichtigkeit, die er seit Jahren nicht mehr gespürt hatte, legte sich über ihn. Er hatte Therapeuten aufgesucht, über seine Vertrauensprobleme gesprochen, über die Dinge, die er als SEAL gesehen und getan hatte, und doch hatte er sich danach nie anders gefühlt. Er war derselbe verkorkste Typ geblieben, der er vor der Therapie gewesen war. Aber jetzt spürte er eine Veränderung in sich. Als ließe er endlich die Bitterkeit los, die Wut, an der er so lange festgehalten hatte.

Der Schlaf kam ausnahmsweise schnell. Und es war ein tiefer, heilsamer Schlaf. Ryleigh in seinen Armen, an seinem Herzen, war das, was er jahrelang gebraucht hatte. Jetzt, da er sie hatte, ließ er sich von niemandem mehr das nehmen, worauf er sein ganzes Leben lang gewartet hatte – auch nicht von ihrem Arschloch von Vater.

KAPITEL ZWÖLF

Ry war schockiert, als sie an diesem Morgen in Tinys Armen aufwachte. Da sie wusste, was seine Ex getan hatte, und weil er seitdem nicht mehr mit einer Frau geschlafen hatte, hatte sie gedacht, er würde sie wecken und in ihr Zimmer schicken.

Stattdessen war er auf der Couch geblieben und hatte sie die ganze Nacht lang gehalten. Und es fühlte sich unglaublich an. Besser als alles, was sie sich hätte vorstellen können. Da sie noch nie mit einem Mann – oder einer Frau – geschlafen hatte, hatte sie erwartet, dass es unangenehm sein würde. Aber sie war kein einziges Mal in der Nacht aufgewacht, wie sie es sonst tat.

Und als er schließlich die Augen öffnete, hatte sie erwartet, dass *er* sich darüber aufregen würde, dass sie in den Armen des anderen geschlafen hatten, aber er hatte sie einfach auf die Stirn geküsst, etwas über seinen schrecklichen Morgenatem gemurmelt, war unter ihr herausgerutscht und in sein Zimmer gegangen.

Sie hatte dasselbe getan, und als sie sich nach dem Duschen in der Küche getroffen hatten, war es besser als sonst zwischen ihnen gewesen. Ry war sich nicht sicher, was letzte Nacht passiert war, aber Tiny schien sogar noch anders zu sein als in letzter Zeit – und das wollte schon etwas heißen. Den ganzen Morgen über war er viel anhänglicher. Er berührte sie häufig ... strich mit der Hand über ihren Arm, berührte ihren Rücken, saß näher bei ihr am Tisch, als sie frühstückten. Und sie konnte nicht behaupten, es zu hassen.

Tiny würde zu seinem wöchentlichen Treffen mit den Eigentümern in die Lodge gehen, und sie wollte wie üblich das Dark Web durchforsten, um mehr von den Machenschaften ihres Vaters zu erfahren. Sie wollten sich später zum Mittagessen in der Lodge treffen.

Sie hatten ihr Frühstücksgeschirr weggeräumt, und Ry wollte sich gerade wieder an den Tisch setzen und sich an die Arbeit machen, als Tiny sie aufhielt. Er zog sie in seine Arme, und sie blickte überrascht zu ihm auf. Ihre Hände ruhten auf seiner Brust, und sie musste sich zwingen, ihn nicht zu streicheln. Je mehr sie in der Nähe dieses Mannes war, desto neugieriger wurde sie auf Sex. Es war ein überraschendes Gefühl, denn sie hatte sich noch nie Gedanken darüber gemacht. Sie hatte es sich nicht erlaubt, darüber nachzudenken. Aber jetzt, da Tiny sie nicht mehr misstrauisch anstarrte, und nach dem wunderbaren Kuss, den sie geteilt hatten, konnte sie an nichts anderes mehr denken.

»Ist es okay, wenn ich mit den Jungs über deinen Vater spreche? Darüber, was gestern passiert ist, mit dem Geld, das du von seinem Konto gestohlen hast, und darüber, dass er sich gemeldet hat?«

Sie nickte sofort. »Ja.«

»Es fühlt sich für dich nicht seltsam an, sein Geld zu nehmen?«

»Nun, doch. Es ist Diebstahl, auch wenn er es ursprünglich von jemand anderem genommen hat. Ich möchte nicht, dass jemand denkt, ich würde ihm so etwas antun. Sein Geld nehmen, meine ich.«

»Das denken sie nicht«, versicherte er ihr.

Ry war sich da nicht so sicher, aber Tiny kannte die anderen besser als sie selbst. Außerdem, hatte sie nicht beschlossen, dass sie nicht mehr verbergen wollte, wer sie war? Sie hatte getan, was sie für nötig hielt, weil ihr Vater ihre Nachrichten ignoriert hatte – und weil er sich mit Cora und Pipe angelegt hatte. An Tonkas Versicherung herumzupfuschen war schon schlimm genug. Gestern hatte er die Dinge noch viel persönlicher gemacht, als sie ohnehin schon waren. Und nachdem sie von Jasnas Noten erfahren hatte, hatte sie kaum noch Gewissensbisse, das Geld genommen zu haben.

»Okay«, sagte sie verspätet.

»Er eskaliert«, sagte Tiny.

Es war nichts, was Ry nicht auch schon gedacht hatte. »Ja.«

»Wir müssen die Sache beschleunigen. Vielleicht können wir ihn aufspüren. Ihn ausliefern. Kann ich mit Tex reden?«

»Das habe ich schon«, gab Ry mit einer leichten Grimasse zu.

»Hast du das?«

»Ja. Er ist wirklich gut, und ich dachte, er hätte vielleicht einen Weg gefunden, ihn aufzuspüren, den ich nicht kenne.«

»Und hat er das?«, fragte er.

»Nein.«

Aus irgendeinem Grund musste Tiny lachen.

»Was? Ist das lustig?«

»Irgendwie schon.«

»Warum?«, fragte sie.

»Weil du dachtest, Tex könnte etwas wissen, was du

nicht weißt. Schatz, du bist weit außerhalb seiner Liga. Das hat er selbst gesagt.«

»Das ist nicht wahr«, sagte Ry und spürte, wie ihre Wangen heiß wurden.

»Ich habe das Gefühl, dass er sich gern mit dir zusammensetzen und dich etwa vier Tage lang ausquetschen würde. Und selbst das wäre noch nicht genug. Wenn du einen Job willst, würde Tex dich sicher einstellen. Zum Teufel, das würde jeder tun. Du wärst Gold wert für eine Organisation, die versucht, ihre Sicherheit zu verbessern, damit Hacker nicht eindringen können.«

Ry blinzelte ihn überrascht an.

»Daran hast du noch nie gedacht, oder? Das, was du weißt, zu nutzen, um Leute wie dich *fernzuhalten*.«

»Nein.«

»Denkst du, du könntest es tun? Ein System so absichern, dass Hacker nicht eindringen können? Wie Kreditkartenfirmen oder Regierungswebseiten?«

»Wahrscheinlich. Ich meine, ich könnte zumindest sperren, wie *ich* da reinkommen würde.«

Tiny lachte wieder. »Das bedeutet, neunundneunzig Prozent der anderen Hacker auszusperren. Wir können später darüber reden.«

»Brauche ich dafür nicht einen Abschluss?«

»Keine Ahnung. Aber ich schätze, wenn ein Geschäftsführer erst einmal merkt, was du kannst, wird er sich nicht mehr um ein Stück Papier scheren. Danke, dass ich mit den Jungs reden darf. Wir werden das lösen. So oder so, ich werde nicht zulassen, dass dein Vater dich weiter schikaniert. Wirst du mir etwas versprechen?«

»Kommt drauf an, was es ist«, sagte Ry.

»Kluge Frau, nicht zuzustimmen, ohne zu wissen, was es ist. Lauf nicht weg.«

Ry runzelte verwirrt die Stirn.

»Wir wissen beide, dass es heftig werden wird. Dein Vater wird sich nicht zurückhalten. Aber ich will nicht, dass du gehst, weil du denkst, das würde die Situation verbessern. Das wird es nicht. Ich möchte, dass du mir versprichst, dass du dich nicht mitten in der Nacht davonschleichst. Ich würde dich nie finden ... aber ich würde den Rest meines Lebens mit der Suche verbringen.«

»Tiny«, flüsterte Ry.

»Ich habe letzte Nacht mit dir in meinen Armen geschlafen, und ich habe nicht einen Moment gezögert. Hatte keinen Zweifel. Keine Sorge. Ich will mehr Nächte wie diese. Ich will das alles mit dir. Und wenn du gehst ...« Seine Stimme brach ab.

»Ich werde nicht gehen«, sagte Ry überwältigt. »Nicht jetzt. Ich meine, wenn ich schon nicht gehen wollte, bevor mein Vater mit all den Dingen anfing, die er getan hat, dann würde ich jetzt auf keinen Fall gehen.«

»Danke. Das dachte ich auch nicht, aber ich wollte sicher sein. Ich würde dich gern noch einmal küssen. Darf ich?«

Ry nickte.

Er senkte den Kopf, und sein Kuss war sanft und süß. Er strich mit seinen Lippen über die ihren. Es fühlte sich ... schön an. Er hob den Kopf und sah sie einen Moment lang an, als wollte er sich vergewissern, dass es ihr gut ging. Dann küsste er sie erneut. Fester und inniger.

Als er den Kopf ein zweites Mal hob, keuchten sie beide. Ry grub die Finger in seine Brust, und eines ihrer Beine hatte sich tatsächlich vom Boden gelöst und rieb an der Außenseite seines Oberschenkels.

War *sie* das? Sie war nicht so. Sie war nie so ... geil. Niemals.

Tiny grinste. »Das hat dir gefallen.«

»Was du nicht sagst.«

»Mir auch. Wenn du willst ... und ich will dich nicht unter Druck setzen ... vielleicht können wir heute Nacht in einem Bett schlafen. Ich meine, die Couch war okay, aber ein wenig klumpig. Ich glaube, in meinem Bett wäre es bequemer. Aber wie gesagt, das liegt ganz bei dir. Und wenn ich sage schlafen, dann meine ich *schlafen*. Nicht mehr. Noch nicht.«

»Nicht einmal, wenn ich es will?«

Ry war sich nicht sicher, woher die Worte kamen. Oder wer zum Teufel sie überhaupt noch war.

»Ich weigere mich, es mit dir zu überstürzen, Ryleigh. Das ist alles neu für dich, und ehrlich gesagt ist es auch für mich neu. Ich hätte gern etwas Zeit, um mich daran zu gewöhnen. An uns. Kleine Schritte.«

Wie konnte sie ablehnen, wenn er es so ausdrückte? Die Wahrheit war, sie konnte es nicht. »Okay.«

»Okay.« Tiny küsste sie auf die Stirn und trat widerwillig zurück. »Wenn ich jetzt nicht gehe, komme ich zu spät und die Jungs werden mich ordentlich aufziehen«, sagte er grinsend.

»Sie sind noch nie zu spät zu einem Treffen gekommen?«, fragte sie.

»Da hast du recht. Als Alaska bei Brick einzog, kam er regelmäßig zu spät. Und wenn ich es mir recht überlege, sind *alle* Jungs schon einmal zu spät gekommen.« Er trat zu ihr zurück, legte einen Arm um ihren Rücken und beugte sie dramatisch nach hinten, während er seinen Kopf senkte.

Ry lachte, als sie nach hinten flog, aber bald war sie in seinem Kuss verloren. Das Einzige, was sie davor bewahrte, zu Boden zu fallen, war sein starker Arm, und doch spürte sie keine Angst. Dies war Tiny. Er würde ihr niemals wehtun.

Viel zu schnell richtete er sie auf und grinste wieder. »Jetzt muss ich wirklich gehen.«

»Okay«, sagte Ry verträumt.

»Ich mag das. Die geschwollenen Lippen von meinem Kuss, der benommene Ausdruck in deinen Augen, die geröteten Wangen.«

»Wie auch immer«, murmelte sie.

Sein Grinsen wurde breiter. Er tippte mit einem Finger auf ihre Nase. »Wir sehen uns beim Mittagessen. Wenn dein Vater noch einmal versucht, mit dir zu kommunizieren, tu es nicht. Klappe deinen Laptop zu und komm zu mir. Es spielt keine Rolle, ob wir noch in der Besprechung sind, okay?«

Ry seufzte. Sie wusste nicht genau, was ihr Vater am Abend zuvor gesagt hatte, aber sie konnte es sich vorstellen. Es war süß, dass Tiny sie vor ihm beschützen wollte. Aber sie hatte in der Vergangenheit schon viele seiner Drohungen gehört. Sie war sicher, dass er nicht viel mehr gesagt hatte, als er ihr ohnehin schon entgegengeschleudert hatte. »Okay«, stimmte sie zu.

»Im Kühlschrank sind ein paar Äpfel, falls du vor dem Mittagessen noch etwas essen willst. Aber iss nicht den Weihnachtsbaumkuchen, der im Gefrierfach liegt. Der gehört mir. Ich hebe ihn auf.«

Ry verdrehte die Augen. »Der ist sicher.«

Es sah so aus, als wollte er noch etwas sagen, aber nach einem Moment drehte er sich um und ging zur Tür. »Schließ hinter mir ab«, befahl er.

Ry wollte wieder mit den Augen rollen, weil er so beschützend war, aber da es ihr insgeheim nichts ausmachte, nickte sie.

»Wir werden das durchstehen«, sagte er mit fester Stimme, als würde es dadurch Wirklichkeit. Dann war er verschwunden.

Ry ging sofort zur Tür und schob den Riegel vor. Dann holte sie tief Luft und ging zurück an den Tisch. Sie klappte ihren Laptop auf und machte sich an die Arbeit, um nach weiteren elektronischen Signaturen ihres Vaters zu suchen.

Tiny hörte frustriert zu, als Tonka erklärte, dass eine Frau in der Stadt beschlossen hatte, doch keine Ziegenmilch von der *Zuflucht* zu kaufen. Niemand zweifelte daran, dass es irgendwie mit Harold Lodge zu tun hatte. Der Mann hatte in seinem Feldzug zur Zerstörung der *Zuflucht* nicht nachgelassen, und die Belastung machte sich bei allen bemerkbar.

Pipe erzählte ihnen, dass er und Cora an diesem Morgen einen Anruf vom Sozialamt erhalten hatten, um eine Familie mit vier Kindern aufzunehmen, die keine Verwandten hatten, die sie wollten. Tiny wusste alles von Ryleigh, und er freute sich für seine Freunde, dass keine Zeit dabei verschwendet wurde, Termine zu vereinbaren und den Papierkram zu erledigen.

Aber das minderte nicht die Bedrohung, die sie alle über sich spüren konnten.

»Er wird nicht aufhören, was sollen wir also *tun*, damit er aufhört?«, fragte Brick.

Das war die Zehntausend-Dollar-Frage. Oder vielleicht die Zehn-Millionen-Dollar-Frage.

»Ryleigh hat gestern Abend endlich eine Nachricht von ihm bekommen«, erzählte Tiny der Gruppe.

»Konnte sie sie zurückverfolgen?«

»Leider nein, aber das Geld von seinem Konto abzuheben hat seine Aufmerksamkeit erregt.« Er hatte seinen Freunden bereits von den zehn Riesen erzählt, die sie an eine Wohltätigkeitsorganisation überwiesen hatte, um ihn aus seinem Versteck zu locken.

»Und was jetzt?«, fragte Tonka.

»Wie können wir die Tatsache, dass er sich an sie gewandt hat, für uns nutzen?«, fügte Owl hinzu.

»Was hat er gesagt?«, fragte Stone, was wahrscheinlich die bessere Frage war.

»Einen Haufen Scheiße. Er sagte, er hätte Ryleigh an den Sexsklavenhändler verkaufen sollen, als er die Gelegenheit dazu hatte.«

»Verdammte Scheiße«, fluchte Pipe.

In jeder anderen Situation hätte Tiny wahrscheinlich gelacht. Verdammte Scheiße war nicht gerade das, was *er* gesagt hätte; es war sicher nicht das, was er gedacht hatte, als er die Worte am Abend zuvor auf dem Bildschirm gesehen hatte. Aber er war nicht in der Stimmung, irgendetwas an dieser Sache lustig zu finden.

»Er sagte auch etwas davon, ein richtiger Mann zu sein, nachdem ich ihn damit verspottet hatte, und dass er etwas tun würde, das wir verstehen könnten. Und irgendwas von fliegenden Funken.«

»Scheiße, glaubst du, er würde tatsächlich etwas Physisches tun? Etwas anderes, als sich hinter seiner Tastatur zu verstecken?«, fragte Spike.

»Keine Ahnung. Aber ich glaube nicht, dass wir diese Möglichkeit außer Acht lassen können«, sagte Tiny grimmig.

»Ich werde die Sicherheitsfirma kontaktieren, mit der wir einen Vertrag haben, und die Mitarbeiter bitten, besonders wachsam zu sein. Wir haben schon eine Menge Kameras auf dem Gelände, ich bin mir nicht sicher, ob es etwas bringt, noch mehr hinzuzufügen, außer dass es schwieriger wird, sie alle zu überwachen«, überlegte Owl.

»Es gibt noch mehr. Er hat gesagt, wenn Ryleigh ihm sein Geld zurückgibt – und ich nehme an, er meinte den ursprünglichen Betrag, nicht die zehn Riesen, die sie letzte Nacht genommen hat –, dann würde er damit aufhören.«

»Sollen wir ihm glauben?«, fragte Stone.

»Auf gar keinen Fall. Er genießt das. Er hat jahrelang geschmort, während er nach Ry gesucht hat, und jetzt, da er sie gefunden hat, wird er nicht aufgeben, selbst *wenn* sie das Geld zurückgibt«, sagte Tonka.

Tiny stimmte ihm zu.

»Und wenn wir ihn provozieren?«, schlug Brick vor.

»Woran denkst du?«, fragte Pipe.

»Nun, bis jetzt waren wir in der Defensive. Wir stopfen die Löcher, die er macht. Gestern hat Ry zum ersten Mal zurückgeschlagen, indem sie das Geld genommen hat. Und er hat geantwortet. Was, wenn sie noch mehr tut? Ihm sein *ganzes* Geld abnimmt? Ihn dort trifft, wo es am meisten wehtut?«

»Er könnte sich noch verrückter aufführen, als er es jetzt schon tut«, sagte Stone mit einem humorlosen Schnauben.

»Wenn er sich zu sehr ärgert, könnte er einen Fehler machen. Das würde Ry die Tür öffnen, ihn zu finden, damit das FBI ihn schnappt«, schlug Brick vor.

»Oder er könnte mit einem Gewehr aus seinem Versteck kommen und versuchen, seine Tochter wegzupusten«, argumentierte Tiny.

»Ganz genau. Er könnte *aus seinem Versteck kommen*«, sagte Brick. »Sieh uns an. Wir sind knallharte Mitglieder von Spezialeinheiten. Wir haben zwei SEALs, einen Soldaten der Küstenwache, einen Delta, ein SAS und zwei Night Stalker. Der Tag, an dem wir einen verdammten Hacker nicht zur Strecke bringen können, der sein ganzes Leben hinter einem Computer verbracht hat, um Menschen das Leben schwer zu machen, ist der Tag, an dem ich meine Budweiser-Anstecknadel abgebe. Wir müssen den Kerl so wütend machen, dass er nicht anders kann, als Ry persönlich gegenüberzutreten.«

»Nein. Auf keinen Fall. Nie im Leben«, knurrte Tiny.

»Wir werden Ryleigh nicht als Köder für diesen Wichser benutzen.«

»Was schlägst du dann vor, wie wir ihn kriegen?«, argumentierte Brick mit ebenso harter Stimme.

Tiny lehnte sich in seinem Sitz nach vorn, jetzt stinksauer. »Würdest du das vorschlagen, wenn es Alaska wäre, die er wollte?«

»Es würde mir nicht gefallen. Ich hätte eine Scheißangst. Aber *ja*, ich würde es tun.«

»Blödsinn!«, blaffte Tiny.

»Wenn du eine andere Idee hast, dann höre ich dir zu. Aber der Kerl kämpft nicht fair, Tiny, und einen Geist können wir nicht fertigmachen. Wir müssen ihn dazu bringen, sein Gesicht zu zeigen, und die einzige mir bekannte Möglichkeit ist, ihn so weit zu treiben, dass er versucht, Ry persönlich anzugreifen.«

Tiny und Brick lieferten sich einen Kampf des Willens. Noch nie hatte Tiny mehr Feindseligkeit gegenüber einem SEAL-Kollegen, einem *Freund*, empfunden als in diesem Moment. Und das Schlimme war, dass Brick recht hatte. Tiny wusste es, aber er wollte nicht, dass Ryleigh ihren beschissenen Vater *jemals* wiedersah. Er hatte ihr nichts als Schmerz zugefügt, und Tiny wollte nicht, dass er noch mehr verursachte.

»Vielleicht könnte sie, anstatt sich sein ganzes Geld auf einmal zu schnappen, immer wieder etwas nehmen. Seine Wut richtig aufstauen lassen. Wenn er bereit ist zu explodieren, kann sie ihm sagen, dass sie ihm alles zurückgibt, aber er muss es sich persönlich abholen«, schlug Stone vor.

»Er wird nicht so dumm sein, darauf hereinzufallen«, beharrte Pipe.

Tiny wandte den Blick nicht von Brick ab. Der andere Mann starrte genauso aufmerksam zurück, während die anderen um sie herum redeten.

»Sie könnte versprechen, dass es keine Bullen geben wird, da sie auch das Gesetz gebrochen und sein Geld gestohlen hat«, sagte Spike.

»Diese Ausrede könnte funktionieren«, sagte Tonka langsam. »Wir könnten das Treffen hier abhalten. Wo es von den Kameras gefilmt wird, sodass unsere eigenen Ärsche gedeckt sind, sollten wir tödliche Maßnahmen ergreifen müssen.«

»Auf keinen Fall!«, sagte Brick. »Wir haben unser Blut, unseren Schweiß und unsere Tränen in diesen Ort gesteckt. Ich will auf keinen Fall, dass dieser Psychopath in die Nähe der *Zuflucht* kommt. Es ist mir egal, ob wir alle unsere Frauen und Kinder wegschicken und den Ort schließen, damit es keine Gäste gibt. Es ist trotzdem eine furchtbare Idee, ihn hierher einzuladen.«

»Tiny? Hör auf, Brick anzufunkeln. Woran denkst du?«, fragte Owl.

Tiny blickte seinen Freund an. »Dass ich das hasse.«

»Aber?«, drängte Owl.

»Aber ... es könnte funktionieren. Nicht, ihn hierherzubringen, sondern Ryleigh persönlich mit ihrem Vater zusammenzubringen. Harold Lodge ist verdammt eingebildet. Er denkt, er hat die Situation – und seine Tochter – unter Kontrolle. Wenn Ryleigh ihm weiterhin nach und nach sein Geld stiehlt, wird ihn das in den Wahnsinn treiben. Er wird nicht herausfinden können, wie sie an seine Konten kommt, weil sie viel besser ist als er.«

»Glaubst du, sie wird es schaffen? Denn inzwischen hat er sie doch sicher gesperrt«, sagte Pipe.

»Sie kann es schaffen«, sagte Tiny ohne jeden Zweifel.

»Wird sie es tun *wollen*?«, fragte Spike.

Er seufzte. »Leider, ja. Sie wird alles tun, damit er aufhört. Egal wie oft ich ihr sage, dass es nicht ihre Schuld ist, sie glaubt immer noch, dass es so ist. Wenn sie sich selbst als Köder benutzt, damit er verhaftet wird, wird sie nicht zögern. Aber hier geht es um mehr als nur um das Geld. Ja, er will seine Millionen zurück, aber im Moment ist es für ihn eine Frage des Stolzes. Er kann seine Tochter nicht gewinnen lassen. Nicht nur das ... ich glaube, er sieht sie als seine einzige legitime Bedrohung. Seine Nachrichten gestern Abend geben mir das Gefühl, dass er sie *loswerden* will. Dass er so eingebildet ist, dass er glaubt, sie töten zu können, um so die wenigen offenen Dinge seines Lebens zu klären.«

»Wenn wir das arrangieren, werden wir die ganze Zeit dabei sein. Sie wird nie mit ihm allein sein, egal was passiert«, sagte Brick.

Tiny funkelte seinen Freund an. »Nichts ist jemals so einfach.« Er seufzte. »Und ich habe Angst.« Das war nichts, was ein SEAL normalerweise zugeben würde, aber dies war keine normale Situation.

»Ich weiß. Ich auch«, antwortete Brick. »Aber wenn wir nichts tun, wird dieser Ort untergehen. Vielleicht nicht morgen oder übermorgen, aber irgendwann wird dieses Arschloch einen Weg finden, uns zu zerstören, genau wie Ry gesagt hat – Stück für Stück. Ganz gleich, wie gut sie ist, die Schläge gegen unseren Ruf werden letztendlich das Vertrauen unserer Gäste in uns schwinden lassen. Sie kommen hierher, um sich sicher zu fühlen, und wenn diese Art von Scheiße weiter passiert, wird ihr Vertrauen schwinden und unser Geschäft wird versiegen. Ich bin nicht bereit, das zuzulassen.

Die Zuflucht ist mein sicherer Ort. Hier habe ich die Liebe meines Lebens gefunden, hier habe ich mich selbst geheilt, und hier wurden auch meine besten Freunde geheilt. Wir beginnen hier eine neue Generation mit Tonkas und Spikes Kindern, und ich werde alles tun, um es zu schützen. *Sie.* Alle hier. Einschließlich Ry. Sie ist jetzt eine von uns, und ich werde nicht zulassen, dass ihr jemand etwas antut, Tiny.«

Ein Teil von Tinys Beklemmung ließ nach. Brick hatte recht. Dies war ihr Zuhause. Und er würde nicht zulassen, dass jemand es bedrohte. Oder die Frau, die er liebte.

Er war nicht einmal überrascht über seine Gedanken an Ryleigh. Er liebte sie. Es hatte Monate gedauert, es zu erkennen, aber es war die Wahrheit.

»Okay. Du sprichst mit Ry und sagst ihr Bescheid?«, fragte Brick.

Tiny schnaubte. Nur weil er diesem Plan zugestimmt hatte, hieß das nicht, dass er ihn auch mögen musste. »Dass sie als Köder herhalten muss? Ja, ich werde es ihr sagen.«

»Noch mal, er wird sie nicht anfassen. Ich gebe dir mein Wort«, schwor Brick.

Tiny nickte. Er wusste, dass Brick die besten Absichten hatte, aber er wusste auch, genau wie alle anderen Männer an diesem Tisch, dass selbst die besten Pläne in Sekundenschnelle in die Hose gehen konnten.

KAPITEL DREIZEHN

Vier Tage später funktionierte der Plan, Harold Lodge zu verärgern, gut. *Außerordentlich* gut. Ryleigh hatte ihr Versprechen gehalten, sich nicht mit ihrem Vater einzulassen, und sie überließ es Tiny, mit ihm zu kommunizieren.

Der Mann war nicht glücklich.

Tiny zuckte jedes Mal zusammen, wenn Ryleigh ihm ihren Laptop übergab, aber er zögerte nicht, ihn zu nehmen. Ihr Vater war mehr als wütend. Seine Nachrichten bestanden meist aus Schimpfwörtern und Drohungen. Tiny wäre amüsiert gewesen, wäre die Situation nicht so brisant.

Zuletzt hatte er von dem Mann gehört, dass es Ryleigh leidtun würde, dass sie sich mit ihm angelegt hatte. Dass es ihnen *allen* leidtun würde.

Es war ein ganzer Tag vergangen, seit er sich das letzte Mal gemeldet hatte, und selbst Ryleigh, die von einem seiner Konten alles bis auf sechs Dollar und sechsundsechzig Cent gestohlen hatte, hatte ihn nicht dazu gebracht, ihr erneut eine Nachricht zu schicken.

Aber er drehte eindeutig nicht Däumchen. Brick hatte gerade eine Krisensitzung in der Lodge einberufen und wollte, dass alle daran teilnahmen. Mit allen meinte er auch alle Frauen und alle Angestellten, die gerade vor Ort waren.

Es war etwas passiert. Etwas Schlimmes.

Als er mit Ryleigh auf die Lodge zuging, drehte Tiny sich der Magen um. Er blickte auf die Frau an seiner Seite und sah, dass sie ebenfalls die Stirn runzelte. Der Stress der letzten Tage war nicht gut für sie gewesen. Sie hatte nicht viel gegessen und nicht gut geschlafen. Er musste es wissen. Er hatte sie in den letzten vier Nächten in den Armen gehalten.

Sie hatte zugestimmt, in seinem Bett zu schlafen, und er wollte sie jetzt nicht mehr gehen lassen, nicht wenn er es verhindern konnte. Tiny hatte gedacht, dass es Albträume auslösen könnte, mit ihr in seinem Bett zu liegen, aber erstaunlicherweise war das nicht der Fall. Er hatte mehr Zeit damit verbracht, sich um *sie* zu sorgen, als darüber nachzudenken, was passiert war, als er das letzte Mal neben einer Frau eingeschlafen war.

Ryleigh wälzte sich hin und her, und *sie* war diejenige, die unter Albträumen litt ... und es war beschissen, dass Tiny nichts dagegen tun konnte. Ihr verdammter Vater hatte eine Menge zu verantworten, und er betete, dass alles bald vorbei sein würde. Dass Bricks Plan tatsächlich funktionieren würde und sie den Mann aus dem Loch, in dem er sich versteckt hatte, herausspülen konnten, damit alles wieder normal werden konnte.

Sie betraten die Lodge und gingen direkt in den Konferenzraum. Fast alle waren schon da. Die Frauen saßen alle am Tisch, und die Männer gingen auf und ab oder lehnten an den Wänden. Alle wirkten angespannt und unsicher.

Brick verschwendete keine Zeit damit, ihnen zu erklären, warum sie hier waren. »Als Alaska sich heute Morgen einloggte, waren alle Reservierungen für den nächsten Monat storniert worden. Die Gäste wurden per E-Mail darüber informiert, dass sie gemäß unserer Stornierungspolitik keine Rückerstattung erhalten.«

»Was? Das ist doch Blödsinn!«

»Oh mein Gott.«

»Ich bin sicher, dass eine Menge Beschwerden zurückgeschickt wurden.«

»Was sollen wir denn jetzt tun?«

Brick hob die Hände, um alle zum Schweigen zu bringen. Im Raum war es so still, dass man eine Stecknadel hätte fallen hören können.

Tiny spürte, wie Ryleighs Hand sich um seine eigene schloss. Sie hatte sich nicht an den Tisch gesetzt, sondern klammerte sich mit einer Hand an ihren Laptop und hielt sich mit der anderen fast verzweifelt an ihm fest.

»Sie hat bereits allen eine E-Mail geschickt, in der steht, dass es einen Computerfehler gegeben hat. Dass sie natürlich eine Rückerstattung bekommen, plus weitere fünfunddreißig Prozent Aufschlag. Viel wichtiger ist jedoch, dass wir uns mit den Folgen dieser Sache auseinandersetzen müssen. Es werden schlechte Bewertungen kommen, und einige Leute werden das Vertrauen in uns verloren haben, genau wie ich es befürchtet habe. Wir können uns davon erholen, wir müssen uns nur mehr anstrengen.«

»Buchen wir sie wieder ein?«, fragte Luna.

»Ja«, sagte Brick. »Wir haben bereits diejenigen neu gebucht, die ihre Reservierung noch haben wollten. Aber wenn unsere derzeit verbleibenden Gäste abreisen – und der letzte wird in zwei Tagen abreisen –, ist die folgende Woche völlig ungebucht. Also ... ich denke, es ist der perfekte Zeitpunkt, einen Plan auszuführen, um diese Belästigung ein für alle Mal zu beenden. Ohne Gäste hier wird es für alle sicherer sein. Was bedeutet, dass jeder, der nicht hier wohnt, auch wegbleiben muss. Savannah, Carly, Jess, Luna, Robert, Joshua, Jason ... das heißt ihr alle.«

Als die Angestellten zu widersprechen begannen und sagten, sie könnten bei dem Plan helfen, den sie gefasst hatten, stoppte Brick sie. »Ich weiß es zu schätzen, dass ihr helfen wollt, aber seid versichert, wenn ich alle anderen auch wegschicken könnte, würde ich es tun. Aber das Arschloch, das unsere Lebensgrundlage bedroht, weiß, wer unsere Frauen sind, wie wichtig sie für jeden von uns sind, und ich habe das Gefühl, dass er es auf sie abgesehen hat, wo immer sie auch sein mögen. Hier sind sie also sicherer, als wenn wir sie nach Los Alamos oder sonst wohin schicken würden. Ich glaube nicht, dass er hinter einem von euch her sein wird, aber ihr müsst auf der Hut sein. Passt auf euch auf, bis die Sache erledigt ist.«

Er wartete, bis alle zustimmten.

Tiny hatte kein Problem mit dem, was Brick beschloss. Der Mann brauchte sich weder mit ihm noch mit einem der anderen Jungs abzusprechen. Er hatte immer nur das Beste für *Die Zuflucht* im Sinn, und das war in dieser Situation nicht anders.

»Außerdem, wenn wir die Operation *Beendet diese Scheiße* erfolgreich durchführen können und Harold Lodge dort eingesperrt ist, wo er hingehört ... dachte ich, wir könnten die Gelegenheit nutzen, solange keine Gäste da sind und nur die Familie hier in der *Zuflucht* ist, am nächsten Wochenende eine Hochzeit zu feiern.«

Er drehte sich zu Alaska um – und kniete vor dem Stuhl nieder, auf dem sie saß.

»Ich weiß, dass ich dich bereits gefragt habe, ob du mich heiraten willst, und du hast einer kleinen Feier zugestimmt, aber ich habe mir gedacht, dass wir unsere Hochzeit vielleicht hier feiern könnten ... und sie zu der Feier machen, die du dir immer gewünscht hast. Da wir den Raum haben, dachte ich, wir könnten ein paar unserer Freunde einladen. Meine Mutter, vielleicht Reeses Bruder und seine Frau, ein paar andere. Lass uns eine Party daraus machen ... das heißt, wenn du noch eine willst.«

»Ja! Das will ich!«, schrie Alaska fast. »Und ja! Lade *alle* ein! All unsere Freunde. Ich möchte, dass alle hier jemanden haben, den sie lieben, nicht nur wir!«

Es war seltsam, gleichzeitig glücklich und wütend zu sein. Ryleigh ging es offensichtlich genauso, denn nachdem sie Brick und Alaska umarmt und beglückwünscht hatte, fragte sie Tiny, ob sie zurück in die Hütte gehen könnten.

Drinnen angekommen, setzte sie sich an den Tisch und seufzte. »Das muss aufhören«, flüsterte sie.

»Finde ich auch. Was soll ich tun?«

»Tun?«, fragte sie.

»Ja. Was soll ich deinem Vater sagen, damit er einem Treffen mit dir zustimmt?«

Ryleigh setzte sich aufrechter hin. »Es wäre einfacher, wenn ich es tue.«

»Das wird nicht passieren, Schatz. Ich möchte nicht, dass du auch nur ein Wort seiner Gehässigkeit gegen dich gerichtet siehst.«

»Daran bin ich gewöhnt«, sagte sie mit leiser Stimme.

»Das ist mir egal. Und es ist so verdammt falsch, dass du dich daran gewöhnt hast. Kein Mann sollte so mit *irgendjemandem* sprechen, wie er es mit dir getan hat. Schon gar nicht mit seiner eigenen Tochter.«

»Okay. Lass mich das nur schnell einrichten«, sagte Ryleigh, zog den Laptop zu sich heran und öffnete ihn.

Aber Tiny war noch nicht ganz fertig mit ihrem Gespräch. Er setzte sich neben sie, drehte ihren Stuhl um und legte eine Hand in ihren Nacken.

Sie blickte zu ihm auf und sah erschöpft aus.

»Ich weiß es zu schätzen, dass du mir vertraust, mit ihm zu reden und weiterzugeben, was er sagt.«

»Ist schon in Ordnung.«

»Ich weiß nicht, wie du es geschafft hast.«

»Was geschafft?«, fragte sie.

»Das Leben mit diesem Arschloch so lange zu überstehen.«

Ryleigh schloss für einen Moment die Augen, dann öffnete sie sie wieder und sagte: »Es gab eine Menge Rechtfertigungen für seine Taten. Und ich hatte keine Freunde, Tiny. Keinen einzigen. Niemanden, mit dem ich reden konnte. Niemanden, der mir sagte, ich solle verschwinden. Niemanden, der darauf bestand, dass das, was er tat, verrückt war. Die meiste Zeit über ließ er mich in Ruhe. Ich konnte im Internet surfen und so tun, als sei mein Leben normal.«

»Bis er dir befohlen hat, jemandem das Geld zu stehlen.«

»Ja«, stimmte Ryleigh traurig zu. »Ich weiß, dass ich zu lange geblieben bin. Dass jemand, der sich meine Situation ansieht, angewidert wäre. Er würde sagen, dass ich eine erwachsene Frau war und dass ich das, was ich tat, zumindest ein wenig genossen haben muss, weil ich so lange geblieben bin. Aber das war nicht der Fall. Ganz und gar nicht.«

»Ich weiß. Und alle hier wissen es auch. Hat jemand etwas zu dir gesagt?«, fragte Tiny und ärgerte sich schon bei dem Gedanken, dass jemand Ryleigh auf diese Weise herabsetzte. Vor allem wenn derjenige nichts über ihre Situation wusste.

»Nein!«, rief sie energisch aus. »Ich denke nur ... manchmal denke ich, dass das alles ein Traum ist. Dass ich wieder aufwachen und mich in einer schäbigen Wohnung vor meinem Vater verstecken werde.«

»Das wirst du nicht. Du bist hier, und du wirst von allen geliebt. Erst gestern kam Lara zu mir und wollte wissen, was sie tun kann, um dir zu helfen. Sie fühlt sich schlecht, weil du die ganze Scheiße von deinem Vater abbekommst.«

»Es ist okay«, sagte Ryleigh.

»Es ist *nicht* okay. Und wir werden ihn aufhalten, aber es ist klar, dass wir ihn dazu zwingen müssen. Doch sag mir die Wahrheit – glaubst du wirklich, dass er so verrückt ist, dich persönlich treffen zu wollen? Ich meine, wir müssen uns wahrscheinlich einen zweiten Plan einfallen lassen.«

Aber Ryleigh schüttelte bereits den Kopf. »Er wird es tun. Er ist eingebildet genug, um zu glauben, dass er mich überlisten kann. Uns alle. Ich bin mir sicher, dass er weiß, dass ihr in der Nähe sein werdet, wenn wir uns treffen, aber er denkt, er ist schlauer als alle anderen. Aber ... was, wenn wir ihn glauben lassen, dass er bereits gewonnen hat? Dass er uns gebrochen hat? *Mich?*«

»Was meinst du?«, fragte Tiny.

»Was, wenn wir ihm sagen, dass ich ihm sein Geld zurückgeben werde, wenn er sich mit mir trifft? Wie ... vielleicht will ich ihn persönlich anflehen, mich und alle meine Freunde in Ruhe zu lassen?«

»Und?«, fragte Tiny, der glaubte, dass sie etwas vorhatte.

»Wir sagen ihm, dass er sich den Treffpunkt aussuchen kann. Das wird ihm gefallen. Weil er denken wird, dass er uns austricksen kann. Er wird davon ausgehen, dass wir die Polizei und das FBI und wen auch immer anrufen werden, aber er wird trotzdem glauben, dass er gewinnen kann – und meinem Dad geht es nur ums Gewinnen. Ich mache mir nur Sorgen um die Unschuldigen, die in all das verwickelt werden könnten.«

»Du bist auch eine Unschuldige«, sagte Tiny.

Daraufhin zuckte Ryleigh mit den Schultern.

»Das bist du«, beharrte er.

»Das bin ich wirklich nicht. Ich habe viel von dem Geld gestohlen, das ich am Ende verschenkt habe. Ich war alt genug, um es besser zu wissen, aber ich habe es trotzdem getan. Dann habe ich es von meinem Vater genommen, weil ich wusste, dass er sauer sein würde. Dass er es zurückhaben wollte. Und sieh nur, wozu das geführt hat. Tiny?«

»Ja?«

»Ich habe Angst.«

»Vor deinem Vater?«

»Ja, aber auch Angst davor, was er dir antun könnte. Der *Zuflucht*. Unseren Freunden.«

»Wir werden nicht zulassen, dass etwas passiert«, sagte er entschlossen. »Wenn sieben ehemalige Soldaten der Spezialeinheit nicht in der Lage sind, eines ihrer Familienmitglieder zu beschützen, dann stimmt etwas ganz und gar nicht.«

Das brachte Tiny ein kleines Lachen ein. Er war so stolz auf diese Frau. Sie hatte bisher ein höllisches Leben gehabt, und er war entschlossen, es von jetzt an besser zu machen. Er drückte ihren Nacken, dann beugte er sich vor und legte seine Stirn an ihre.

»Tiny?«

Er lächelte ein wenig, als er den Kopf hob, um ihr in die Augen sehen zu können. »Ja?«

»Ich will dich.«

Er blinzelte überrascht. Aber sie gab ihm keine Gelegenheit zu sprechen, bevor sie fortfuhr.

»Ich werde wahrscheinlich am Anfang nicht sehr gut sein, aber ich lerne schnell. Als ich dir neulich erzählte, dass ich Tonka in der Scheune helfe ... das habe ich nicht. Ich war in der Stadt. Bei einer Gynäkologin. Es tut mir leid, dass ich dich angelogen habe, aber es war mir peinlich, dir zu sagen, was ich *wirklich* gemacht habe, was blöd ist, weil ich erwachsen bin, aber trotzdem.«

Sie plapperte, und Tiny fand das bezaubernd.

»Sie hat mir eines dieser Verhütungsdinger verabreicht,

die einem unter die Haut gepflanzt werden. Ein Implantat. Sex macht mich nervös, aber ich will es versuchen. Mit dir. Du wirst mir nicht wehtun, und ich denke, du wirst es gut machen. Sogar mein erstes Mal. Wie ich schon sagte, werde ich wahrscheinlich schlecht darin sein, aber wenn du mir zeigst, was ich tun muss, werde ich besser.«

»Atme, Ryleigh«, befahl Tiny, obwohl jeder Zentimeter seiner Haut wie unter Strom kribbelte. Er war bereit, sie an der Hand zu nehmen und zu seinem Bett zu ziehen. Aber sie war offensichtlich nervös, und das hasste er. »Du hast verdammt recht, ich werde dir nicht wehtun, und ich habe keinen Zweifel, dass du im Bett genauso fantastisch sein wirst wie bei allem anderen, was du tust. Wir können warten, bis der ganze Mist mit deinem Vater vorbei ist und —«

»Nein!«, sagte sie mit einem verzweifelten Kopfschütteln. »Ich will nicht warten. Wir haben keine Ahnung, was er vorhat, und es besteht die Möglichkeit, dass er etwas tut, um auch das zu vermasseln. Er hat mir schon zu viel weggenommen. Ich möchte nicht, dass er mir auch noch die Gelegenheit nimmt, dir zu zeigen, wie viel du mir bedeutest.«

»Wir müssen nicht miteinander schlafen, damit ich weiß, wie viel du mir bedeutest«, sagte er sanft.

»Du ... du willst es nicht?«, fragte Ryleigh unsicher.

Er spannte die Finger an, die noch immer in ihrem Nacken lagen. »Ich will es«, sagte er, seine Stimme rau vor Verlangen. »Es gibt nichts, was ich mehr will. Aber du hast lange gewartet, und ich will nicht, dass du etwas überstürzt, was du später bereuen könntest.«

»Ich werde es *nie* bereuen, dass du mein Erster bist«, sagte sie ehrlich und entschlossen.

Sie machte ihn demütig. Tiny war sich nicht sicher, ob er es verdiente, ihr Erster zu sein. Er war sicher, dass er *sie* nicht verdiente, ganz und gar nicht. Er war ein Arsch zu ihr gewesen, hatte ihr misstraut, war sogar richtig gemein gewesen. Und trotzdem hatte sie ihm verziehen.

»Es wäre mir eine Ehre, der erste Mann zu sein, mit dem du Liebe machst«, brachte er heraus.

Ryleigh lächelte. Es war fast blendend. »Wann? Heute Abend?«

Tiny hätte am liebsten gelacht. Es war so typisch für Ryleigh, den Zeitpunkt festlegen zu wollen, wann sie ihre Jungfräulichkeit verlor. »Vielleicht«, sagte er. »Lass uns sehen, wie es heute läuft. Ich möchte sicherstellen, dass die Stimmung passt. Und wenn du gestresst bist wegen dem, was dein Vater sagt, wird das nicht der Fall sein.«

»Ich dachte, Jungs wollen immer Sex«, sagte Ryleigh mit einem Stirnrunzeln.

»Manche schon. Aber ich gehöre nicht zu denen. Ich möchte dafür sorgen, dass es für dich perfekt ist. Du wirst nur ein erstes Mal haben, und ich möchte, dass es eine positive Erfahrung für dich ist.«

»Okay.«

»Okay?«, fragte er, um sicher zu sein, dass sie auf derselben Seite standen.

»Ja. Aber du solltest wissen, dass mein Vater mir so viel genommen hat ... eine normale Kindheit, meine Mutter, Freunde, ein Leben ... das wird er nicht auch noch nehmen.«

Sie war so stark. Tiny bewunderte sie so sehr. »In Ordnung. Wie wäre es mit einem Kuss, um das Geschäft zu besiegeln?«, fragte er. Er hatte die letzten fünf Minuten auf ihre Lippen gestarrt, und er musste sich zusammenreißen, um nicht über sie herzufallen. Wenn er daran dachte, dass Ryleigh ihm ihre Jungfräulichkeit schenkte, dass er der erste Mann war, der *einzige* Mann, der sie nackt sah und in sie eindrang ... er hielt sich nur noch mit Mühe unter Kontrolle.

»Ja. Bitte«, sagte sie lächelnd, dann lehnte sie sich zu ihm. Eine ihrer Hände landete auf seinem Oberschenkel, um sich abzustützen, während sie den Kopf zu ihm hob.

Ihre Lippen trafen sich, und dieser Kuss fühlte sich für Tiny aus irgendeinem Grund anders an. Er fühlte sich an wie ein Versprechen auf das, was noch kommen sollte.

Er legte seine andere Hand an die Seite ihres Kopfes, während er die Finger in ihrem Haar vergrub. Er neigte ihren Kopf leicht, sodass er tiefer in ihren Mund eindringen konnte, und er zeigte ihr genau, was sein Schwanz tun würde, wenn sie dazu kamen, miteinander zu schlafen.

Sie stöhnte tief in der Kehle und grub die Finger in seinen Oberschenkel, woraufhin sein Schwanz schmerzhaft gegen seine Jeans drückte. Sie brauchte nur ihre Hand ein wenig nach links zu bewegen, und sie würde selbst spüren, wie sehr er sie begehrte.

Tiny hob den Kopf, und er liebte den benommenen Ausdruck in ihren Augen. Ihre Wangen waren gerötet, ihre Lippen von seinem Kuss geschwollen. Sie war genauso erregt wie er, durch einen einfachen Kuss, und er konnte kaum glauben, dass sie ihm ihren Körper anvertrauen wollte.

»Geht es dir gut?«, flüsterte er und strich mit einer Hand über ihr zerzaustes Haar.

»Ja. Und dir?«

Er grinste. »Mir geht es mehr als gut.«

Sie erwiderte sein Lächeln.

Sie starrten einander einen Moment lang an, bevor Tiny tief einatmete. »Bringen wir es hinter uns, hm?«

Ryleigh nickte.

Tiny zwang sich, seine Hände loszulassen, aber nachdem sie ihren Stuhl zum Tisch zurückgedreht und den Laptop näher herangezogen hatte, legte er eine Hand auf ihren Oberschenkel. Er musste sie berühren. Er musste ihr nahe sein. So ein Bedürfnis hatte er noch nie verspürt. Nicht nach Sex, sondern einem anderen Menschen so nahe wie möglich zu sein. Hatte er jemals so etwas für Sonja empfunden? Die Frau, die er zu lieben glaubte und die er heiraten wollte? Nein, definitiv nicht.

Ryleigh runzelte die Stirn, als sie sich darauf konzentrierte, sich in das Dark Web einzuloggen und den Chatbereich aufzurufen, den sie und ihr Vater zur Kommunikation benutzt hatten.

»Okay, es ist bereit«, sagte sie und schob ihm den Computer zu. Wieder einmal war Tiny erstaunt über das Vertrauen, das sie ihm entgegenbrachte.

Du Miststück!

Die beiden Worte wirkten auf dem Bildschirm krass. Tiny hatte sich an das altmodische Aussehen der Nachrichten gewöhnt. Er war erleichtert, dass er nicht tatsächlich mit HTML kommunizieren musste. Die vielen anderen Codes, die die Nachrichten umgaben, hatten ihn anfangs irritiert, aber jetzt bemerkte er sie kaum noch.

Ich will mein Geld.

Und ich will, dass du mich und meine Freunde in Ruhe lässt, tippte Tiny, während er so tat, als sei er Ryleigh. *Wenn ich es dir zurückgebe, musst du versprechen, zu verschwinden und uns nicht mehr zu belästigen.*

Es war eine lächerliche Forderung. Eine, die ein kampferprobter Soldat niemals stellen würde. Aber im Moment war er das nicht. Er gab vor, eine erschöpfte Tochter zu sein, die wollte, dass ihr Vater sie in Ruhe ließ.

Gib mir mein Geld, alles davon, und ich lasse dich in Ruhe.

Tiny hätte am liebsten geschnaubt. Als würde er diesem Arschloch glauben. Aber das war das erste Mal seit Tagen, dass er etwas anderes getan hatte, als sie in digitaler Form anzuschreien und zu verfluchen. Zeit, ihren Plan in die Tat umzusetzen.

Na schön. Ich überweise es und wir sind fertig.

So einfach ist das nicht, liebe Tochter. Du schuldest mir etwas.

Ich sagte, ich würde das Geld zurückgeben.

Du schuldest mir jahrelange Dienste. Du stimmst zu, mit mir zu kommen, mit mir zu arbeiten, wie wir es früher getan haben, sagen wir zehn Jahre, dann sind wir quitt.

Tiny presste den Kiefer so fest zusammen, dass es ein Wunder wäre, wenn ihm kein Zahn abbrach. Dieses verdammte Arschloch dachte, Ryleigh würde zustimmen, mit ihm zu gehen? *Zehn Jahre* mit ihm zu arbeiten? Er war wahnsinnig. Er holte tief Luft, um sich zu beruhigen, und tippte eine Antwort. Es war an der Zeit, die Sache zu ihren Gunsten zu wenden. Sie würde eindeutig nicht »betteln« müssen, um sich mit ihm zu treffen. Nicht, wenn Harold Lodge seine Tochter wirklich zurückhaben wollte.

Niemals.

Wenn du willst, dass ich dieses erbärmliche Motel, das du so sehr liebst, in Ruhe lasse, wirst du es tun.

Fünf.

Sieben.

Fünf oder nichts, Dad.

Gut. Wenn du zustimmst, fünf Jahre bei mir zu bleiben und für mich zu arbeiten, lasse ich deine kostbaren Freunde in Ruhe.

Tiny hatte Bauchschmerzen. Der Gedanke, dass Ryleigh mit diesem Arschloch ging, bereitete ihm Übelkeit. Aber er tat genau das, was Ryleigh erwartet hatte. Er stimmte zu, sich persönlich zu treffen. Jetzt musste er nur noch die Falle aufstellen.

Ich bin einverstanden. Aber wenn du etwas gegen Die Zuflucht unternimmst, ist unser Geschäft geplatzt. Und du weißt, ich werde es wissen, denn seien wir ehrlich ... ich bin der bessere Hacker.

Du hast dich schon immer für viel schlauer gehalten, als du bist. Heute Abend ist ein Green Chile Festival in Los Alamos. Triff mich dort, und wenn ich einen Polizisten oder jemanden sehe, der aussieht, als sei er vom FBI, ist das Geschäft geplatzt und ich werde Die Zuflucht zerstören.

Tiny schlug das Herz fast aus der Brust. Dies geschah viel schneller als erwartet. Ihr Vater musste in der Nähe sein, wenn er sich heute Abend treffen wollte. Er hätte Ryleigh und *Die Zuflucht* schon seit Tagen beobachten können ... oder länger.

Abgemacht.

Und lass die Arschlöcher von der Spezialeinheit auch zu Hause.

Ich weiß nicht, ob ich hier wegkomme, ohne dass sie wissen wollen, wo ich hinwill.

Überleg dir etwas. Verarsch mich nicht, liebe Tochter. Die Konsequenzen werden dir nicht gefallen.

Der Bildschirm flackerte und ihr Gespräch verschwand, so wie jedes Mal. Es blieb keine Aufzeichnung ihrer Nachrichten zurück.

»Und? Was hat er gesagt?«, fragte Ryleigh ungeduldig.

Tiny drehte sich zu ihr um. Er hatte Dinge zu tun, Details, die sofort erledigt werden mussten, aber zuerst musste er dafür sorgen, dass Ryleigh wusste, wie viel sie ihm bedeutete. Er nahm ihr Gesicht in die Hände und küsste sie. Heftig. Es dauerte nicht annähernd so lange, wie er es wollte, denn die Uhr tickte.

»Tiny?«, fragte sie nervös, als er sich zurückzog.

»Er hat dem Treffen zugestimmt. Heute Abend. In der Stadt auf dem Green Chile Festival. Wir haben Dinge zu erledigen. Und zwar *schnell*.«

Ihre Augen weiteten sich, und Tiny sah den Moment, in dem sie in Panik geriet.

»Heute Abend? Heilige Scheiße, so schnell können wir das nicht einrichten!«

»Doch, können wir. Es ist nicht ideal, aber wir haben keine Wahl. Du hattest recht. Er will sein Geld, aber er ist mehr daran interessiert, dich wieder unter seine Fuchtel zu bekommen.«

»Was hat er gesagt?«

»Dass er sich zurückzieht und uns in Ruhe lässt, wenn du dich bereit erklärst, fünf Jahre lang mit ihm zu arbeiten.«

»Ernsthaft?«

»Ja.«

»Ich werde nie, nie wieder mit oder für ihn arbeiten. Nie im Leben!«, zischte Ryleigh.

»Schhh, ich weiß. Und ich kann mir vorstellen, dass er dich für immer verschwinden lassen würde, wenn du *tatsächlich* mit ihm gingst. Das wird nicht passieren. Ein Treffen in der Stadt ist nicht ideal, da viele Zivilisten in der Nähe sein werden, aber er denkt wahrscheinlich, dass du in einer Menschenmenge nachgiebiger sein wirst, dass du keine Szene machen und niemanden verletzen willst. Ich bin mir auch sicher, dass er denkt, er kann sich leichter davonstehlen, wenn viele Leute in der Nähe sind ... aber das bedeutet auch, dass die Jungs und ich uns unauffällig verhalten können. Ich bin mir nicht sicher, ob wir die Zeit haben, das FBI hierherzuholen, aber wir werden uns mit der Polizei in Los Alamos in Verbindung setzen. Ein paar Kameras aufstellen. Wir werden ihn kriegen, Ryleigh.«

Er sah, wie sie schwer schluckte und dann nickte. Tiny hatte immer noch die Hände auf ihrem Gesicht und sagte in sanfterem Ton: »Wir können die Sache immer noch abblasen, wenn du willst. Ich kann ihm eine Nachricht schicken und sagen, dass du deine Meinung geändert hast. Wir können uns etwas anderes einfallen lassen.«

Sie zog die Schultern zurück, auch wenn ihre Hände zitterten. »Und ihn dazu bringen, die Reservierungen für ein ganzes Jahr zu stornieren? Nein. Das muss ein Ende haben. Ich muss ihn sehen. Ich muss sehen, wie er untergeht. Er *geht* doch unter, oder?«, fragte sie leise.

»Er wird untergehen«, versicherte Tiny ihr.

»Okay, wenn du dir sicher bist.«

»Die eine Sache, bei der ich mir *absolut* sicher bin, ist, dass wir dieses Arschloch erwischen werden. Er wird nicht in der Lage sein, das Geld anderer zu stehlen oder das Leben anderer zu ruinieren.«

»Er wird nach Polizisten Ausschau halten«, warnte Ryleigh.

Tiny war wieder einmal sehr beeindruckt von dieser Frau. Sie musste bis zum Äußersten gestresst sein, und trotzdem konnte sie noch denken wie ein Soldat.

»Ich weiß. Aber die Frage ist ... wird er den Himmel beobachten?«

Tiny sah den Moment, in dem ihr klar wurde, was sein Plan war.

»Nein, ich glaube nicht, dass er das tun wird. Aber ... Mist, Tiny, wir haben nicht viel Zeit.«

»Richtig«, sagte er. »Ruf Alaska an und sag ihr, was los ist. Ich kümmere mich um die anderen. Dies wird heute Abend vorbei sein, Schatz.«

»Ich hoffe es«, flüsterte Ryleigh.

KAPITEL VIERZEHN

Ry war nervös. Nein, sie hatte Todesangst. Es war Jahre her, dass sie ihren Vater gesehen hatte, und jetzt war sie hier. Sie stand auf einem überfüllten Festival in Los Alamos und wartete auf seine Ankunft. Sie hatte die Vorstellung nie gemocht, dass ihr Vater in die Nähe der *Zuflucht* kam, und sie war erleichtert, dass er die kleine Stadt in der Nähe gewählt hatte. Sie hatte immer noch das Gefühl, dass er dem einzigen Ort, an dem sie sich wirklich sicher fühlte, zu nahe war, aber wenn er das Gelände der *Zuflucht* betrat, hätte er es allein durch seine Anwesenheit entweiht.

Als sie vorhin mit Tiny *Die Zuflucht* verlassen hatte, hatte sie sich jedes Detail genau eingeprägt ... nur für den Fall. Sie hatte Melba im Stall muhen gehört, nicht glücklich darüber, dass sie vorsichtshalber früher hineingebracht worden war, nur für den Fall, dass ihr Vater doch noch unerwartet auftauchen sollte. Die Ziegen waren wahrscheinlich schon dabei, sich aus ihren Ställen zu fressen. Der Wind wehte sanft durch die Bäume und die Vögel zwitscherten fröhlich vor sich hin.

Es fühlte sich so unwirklich an, dass die Dinge in der

Zuflucht so normal wie möglich waren, obwohl die Möglichkeit bestand, dass dieses Treffen schiefgehen und sie nie wieder zurückkehren würde.

Jetzt, da sie von so vielen Menschen umgeben war, war sie schweißgebadet, weil sie vorhin herumgerannt war, um alles für das Treffen mit ihrem Vater vorzubereiten, und weil sie so nervös war.

Die Frauen und Kinder hatten sich in Alaskas Hütte in der *Zuflucht* verschanzt, während Robert Wache hielt. Der ältere Mann hatte sich freiwillig gemeldet, und als er zwei seiner Hackmesser aus der Küche geschwungen hatte, hätte Ryleigh am liebsten geweint. Alle waren so hilfsbereit gewesen ... und sie war diejenige, die diese Bedrohung überhaupt erst über sie gebracht hatte.

Aber niemand sah das so, was verblüffend war. Wenn sie nicht gewesen wäre, hätte es keine Stornierungen gegeben und nichts von dem anderen Scheiß, der in den letzten Wochen passiert war, wäre geschehen.

Nun ... das war ihre Chance, es in Ordnung zu bringen. Und sie musste sich konzentrieren. Als sie allein in dem Meer von Menschen stand, studierte sie verzweifelt das Gesicht jedes älteren Mannes, den sie sah, auf der Suche nach ihrem Vater.

Trotz seiner Warnung, die Polizei einzuschalten, hatte Brick veranlasst, dass Beamte des FBI-Büros in Albuquerque eingeflogen wurden. Es war ein Risiko, da ihr Vater sie beobachten könnte, aber es war ein notwendiges Risiko. Das FBI wollte Harold Lodge fast genauso dringend in die Finger bekommen wie Tiny und seine Freunde.

Es gab auch Polizisten, die sich unter den Touristen und Einheimischen versteckt hielten, und Stone stand mit dem Hubschrauber bereit, falls er ihren Vater aufspüren musste, sollte er entkommen.

Aber was es ihr *wirklich* erlaubte, am Ende der langen

Straße zu stehen, wo die Stände aufgebaut waren und die Leute fröhlich ihrem Abend nachgingen, das Wetter genossen und alles aßen, was mit grünen Chilis zu tun hatte, war das Wissen, dass Tiny auch da draußen war. Er beobachtete. Wartete. Sie hatte keinen Zweifel daran, dass Tiny herbeieilen würde, um sie zu beschützen, sollte ihr Vater etwas versuchen. Er würde nicht zulassen, dass ihr Vater sie wegzerrte. Er hatte mit ihr besprochen, was zu tun war, wenn ihr Vater eine Waffe zog. Sie durfte nicht eingreifen, durfte *nichts* tun, außer sich zu Boden fallen zu lassen.

Tiny schwor, dass er ihn eher umbringen würde, als dass er Harold erlaubte, ihr wehzutun.

Und Ry glaubte ihm.

Obwohl sie immer noch nicht ganz glauben konnte, dass sie einfach so gesagt hatte, dass sie mit ihm schlafen wollte. Es war mutig, so untypisch für sie. Aber die letzten Nächte, in denen sie neben ihm geschlafen hatte, machten ihr Lust auf mehr. Sie wollte wissen, was sie bisher verpasst hatte. Sie wollte, dass Tiny derjenige war, der es ihr zeigte.

Der Besuch bei der Gynäkologin war ihr peinlich gewesen. Niemand hatte sie jemals in ihrem ganzen Leben ... dort unten ... gesehen. Sie wusste, dass der Termin längst überfällig war, aber die Ärztin war nett und freundlich gewesen und hatte Ry gekonnt geholfen, sich zu entspannen. Sie hatte mit ihr über ihre sexuelle Vorgeschichte gesprochen, beziehungsweise über das Fehlen einer solchen, und mit ihr die Vor- und Nachteile der verschiedenen Verhütungsmethoden erörtert. Ry hatte sich für das Implantat entschieden, weil es ihr als die sicherste Methode der Empfängnisverhütung erschien. Nicht dass irgendetwas hundertprozentig sicher wäre, aber bei Pillen oder Kondomen konnte eine Menge schiefgehen.

Sie schüttelte den Kopf in dem Wissen, dass sie ihre Aufmerksamkeit abschweifen ließ, um den Stress abzubauen, unter dem sie stand, leckte sich über die Lippen und wünschte sich, ihr Vater würde endlich auftauchen.

Ein Blick auf die Uhr zeigte ihr, dass es schon spät war. Ihr Vater hatte ihnen keine bestimmte Zeit genannt, zu der sie ihn treffen sollte, also waren sie kurz nach Sonnenuntergang angekommen. Sie waren so spät wie möglich losgefahren, um mehr Zeit für die Vorbereitungen zu haben und um Robert Zeit zu geben, den Gästen in der *Zuflucht* eine frühe Mahlzeit zu servieren. Es war nicht ungewöhnlich, dass die Gäste sich an Abenden, an denen es kein Lagerfeuer gab, nach dem Essen in ihre Hütten zurückzogen, was unter den gegebenen Umständen heute Abend ein Segen war. Ansonsten hingen sie zusammen in der Lodge herum. Spike war zurückgeblieben, um auf die Gäste aufzupassen und Robert zu helfen, die Frauen zu bewachen, falls es nötig war.

Jetzt war es völlig dunkel, und mit jedem Ticken des Minutenzeigers auf der Uhr stieg ihr Stresspegel.

Es dauerte weitere zehn Minuten, in denen sie dastand und innerlich ausflippte, bis ein Mann sich langsam näherte. Ry hätte ihn überall erkannt. Er war älter und hatte tiefe Falten im Gesicht, die beim letzten Mal noch nicht dort gewesen waren, aber er hatte immer noch diesen Blick der Überlegenheit, den er immer trug. Ein Blick, der ihr ohne Worte sagte, wie wenig er von ihr hielt.

Ihr Herz begann, wie wild zu klopfen. Sie hatte schreckliche Angst, es zu vermasseln. Angst, dass ihr Vater es irgendwie schaffen würde, sie zu packen und zu entführen, bevor Tiny oder sonst jemand ihn aufhalten konnte. Auf keinen Fall wollte sie mit ihm allein sein, aber sie tat dies für ihre Freunde. Und für sich selbst. Damit sie aufhören konnte, wegzulaufen und ständig über ihre Schulter zu schauen. Sie wollte ein Leben. Ein richtiges Leben. Und sie glaubte, das hier haben zu können. In der *Zuflucht*. Mit Tiny.

Ihr Vater pirschte sich immer näher an sie heran, ließ sich Zeit, lächelte jeden an, an dem er vorbeikam, und blieb sogar stehen, um kurz mit einem Verkäufer zu sprechen. Wahrscheinlich wollte er sie einschüchtern, aber in Wirklichkeit wollte er ihr Zeit geben, ihr Gleichgewicht wiederzufinden. Ihre Nerven.

Schließlich kam er ein paar Meter von ihr entfernt zum Stehen und sah sich vorsichtig um. Ry hielt den Atem an und betete, dass die Polizisten, Tiny und seine Freunde gut versteckt waren. Glücklicherweise schien ihr Vater nichts Ungewöhnliches zu bemerken.

»Schön, dich zu sehen, meine liebe Tochter. Es ist schon eine Weile her«, sagte er.

Ry schluckte schwer. »Ja, das ist es.«

»Was? Keine Umarmung? Kein freudiges Wiedersehen?«, spottete ihr Vater.

Ry ging nicht auf den Spott ein, sondern starrte ihn nur an. Das schien ihn wütend zu machen.

»Wir hätten unaufhaltsam sein können. Wir könnten jetzt in einer Villa am Strand in Mittelamerika leben. Unantastbar. Stattdessen hast du beschlossen, dass du zu gut für mich bist. Ich habe Neuigkeiten für dich – du bist genauso schlecht wie ich, liebe Tochter. Wenn du denkst, du stehst über dem Gesetz, liegst du falsch. Du bist *erbärmlich*. Du bist nichts. Du bist weniger als wertlos. Sieh dich an ... du bist noch hässlicher als damals, als du gegangen bist. Ich habe keine Ahnung, warum jemand dich will, geschweige denn dir *vertraut*. Du wirst dich gegen sie wenden, so wie du es mit mir getan hast. Du hast diese Leute in die Irre geführt, aber ich kenne dein wahres Ich. Das Mädchen, das ich aufgezogen habe. Ich habe dir beigebracht, was im Leben wichtig ist, und früher oder später wirst du dich daran erinnern und das tun, wozu du geboren wurdest.«

»Und das wäre?« Ry konnte sich die Frage nicht verkneifen. Sie sollte sich nicht auf ihn einlassen, sondern einfach nur der Polizei Zeit geben, ihn zur Strecke zu bringen ... aber seine Worte gaben ihr das Gefühl, wieder ein kleines Mädchen zu sein. Verzweifelt auf seine Anerkennung hoffend. Nach nur einem freundlichen Wort. Etwas, das sie damals nicht bekommen hatte und auch jetzt nicht bekommen würde. Das wusste sie mit absoluter Sicherheit ... aber das verängstigte kleine Mädchen, das immer noch tief in ihr lebte, musste wissen, ob sie *jemals* etwas anderes als eine Last war. Eine Möglichkeit, Geld zu verdienen.

»Du bist eine Diebin. Eine nichtsnutzige, ungebildete Diebin. Du kannst nur nehmen. Du bist der egoistischste Mensch, der mir je begegnet ist. Dir hätte die Welt zu Füßen liegen können, aber du hast mich hintergangen. Den Mann, der dich aufgezogen hat. Dich ernährt hat. Dir ein Dach über dem Kopf gegeben hat. Als deine Mutter ging, hätte ich dich dem System überlassen können. Damit jemand anderes sich um dich kümmert. Stattdessen habe ich dir alles beigebracht, was ich wusste. Und was hast du im Gegenzug getan? Du hast mich verraten.«

Wut brannte tief in Ry. Sie hatte ihn *verraten*? Was für ein Witz. Zum ersten Mal in ihrem Leben ließ sie sich von diesem Mann nicht einschüchtern. Sie wich nicht vor seinen harschen Worten zurück.

»Ich wünschte, du *hättest* mich an den Staat übergeben. Dann hätte ich wenigstens die Chance auf eine normale Kindheit gehabt. Ich fange an zu glauben, dass du Mom *gezwungen* hast zu gehen. Dass sie nicht gehen wollte, aber du sie weggeschickt hast. Du hättest ihr wahrscheinlich auch nicht erlaubt, mich mitzunehmen.«

Der Ausdruck auf dem Gesicht ihres Vaters sagte ihr

alles, was sie wissen musste. Sie war sich nicht sicher gewesen, was mit ihrer Mutter passiert war, aber sein überraschter Blick machte ihr klar, dass ihre Vermutung richtig war.

»Ich hasse dich«, knurrte sie. »Ich wünschte, *du* wärst gegangen, nicht Mom.«

Zu ihrer Überraschung lachte ihr Vater. Dann wurden seine Augen schmal, und Ry versteifte sich.

»Sie war schwach! *Genau wie du!*«

Ry wich zurück. Es war schon so lange her, dass sie so angeschrien worden war, dass sie vergessen hatte, wie sehr sie es hasste. Wie sehr sie sich am liebsten zusammengerollt hätte, um sich zu verstecken. Ihr Gesicht flammte auf, und mit einem kurzen Blick sah sie, dass ein paar Leute in der Nähe ihren Vater anstarrten.

»Sie wollte, dass ich aufhöre, dich auszubilden. Das wäre nicht passiert, und das habe ich ihr klargemacht. Ja, ich habe sie rausgeschmissen. Ich sagte ihr, wenn sie jemals zurückkäme, würde sie es verdammt noch mal bereuen. Dass ich es an *dir* auslassen würde.«

Ry brach das Herz. Kein Wunder, dass ihre Mutter einen Herzinfarkt gehabt hatte. Sie war gezwungen gewesen, ihr Kind zurückzulassen, in dem Wissen, dass ihre Tochter den Preis dafür zahlen würde, wenn sie etwas unternahm, um sie zurückzuholen.

»Du hast nichts als Ärger gemacht. Ich *hasse* dich. Ich habe dich *immer* gehasst! Du warst nur für eine Sache gut – mir Geld zu bringen. Aber jetzt gehört dein Arsch mir. Fünf Jahre sind ein verdammter Witz. Du schuldest mir das Doppelte. Das Vierfache. Du wirst bei mir bleiben und mir Geld bringen, bis ich bereit bin, dich gehen zu lassen, sonst wird alles, was du liebst und schätzt, weg sein. *Puff!* Verschwunden! Und *denk* nicht mal daran, mich zu verarschen, Ryleigh. Die Konsequenzen werden dir nicht gefallen.«

Er trat auf sie zu, und Ryleigh wich instinktiv zurück.

Gerade noch rechtzeitig, denn als er nach ihr griff, wurde er von zwei SWAT-Mitgliedern, die ihn eingekesselt hatten, zu Boden gerissen. Sie waren hinter ihm aufgetaucht und hatten ihn zu Boden gebracht, bevor er blinzeln konnte.

Der Schrei, der seinen Mund verließ, war grauenvoll. Es war kein Schreckensschrei – es war Frustration. Wut. Und er ließ Rys Blut in den Adern gefrieren.

Weitere Polizisten erschienen aus der Menge, umringten ihren Vater und hielten Dutzende von Schaulustigen zurück, während sie gleichzeitig sicherstellten, dass Harold nicht entkommen konnte. Dann war Tiny da. Er und Pipe führten sie weg und sagten ihr, was für einen guten Job sie gemacht hatte, wie fantastisch sie war.

Ry konnte immer noch hören, wie ihr Vater schrie ... wie er sie bedrohte, *Die Zuflucht* und die Beamten, die ihm Handschellen anlegten.

Ihr war schwindelig, sie war froh, dass er endlich in Gewahrsam war, aber sie hatte Todesangst, dass etwas passieren und er freigelassen werden würde. Freigelassen, weil die Anklage nicht standhielt oder weil er eine Kaution hinterlegte.

Wenn er freikäme, würde er sie dieses Mal *wirklich* umbringen. Daran hatte Ry keinen Zweifel.

»Ganz ruhig, Schatz, du bist okay.«

Ry hörte Tinys Stimme, als befände sie sich in einem langen dunklen Tunnel. Sie bewegte sich automatisch, ohne darüber nachzudenken, wohin sie gebracht wurde.

»Sie steht unter Schock.«

»Ich weiß. Bringen wir sie zurück in *Die Zuflucht*.«

»Das FBI wird mit ihr reden wollen.«

»Dann können die Agenten sie dort aufsuchen«, knurrte Tiny.

»Verstehe. Ich nehme an, ich soll sie zu deiner Hütte schicken?«

»Nein, sie braucht ihre Freunde. Ich denke an die Lodge. Wirst du Alaska anrufen?«

»Bin schon dabei.«

Ry wollte nicht in die Lodge gehen. Sie wollte in ihren Wagen steigen und losfahren. Weit, weit weg. Weg von ihrem Vater, von seinen Drohungen. Aber Tiny drängte sie auf den Rücksitz seines Wagens und zog sie an sich, während Pipe sie zurück zur *Zuflucht* fuhr.

Als sie ankamen, führte Tiny sie durch die Eingangstür der Lodge, und sie hörte vage, wie Spike den beiden Gästen, die sich dort aufhielten, sagte, dass alles in Ordnung sei. Dass es ihr gut ginge.

Ry fühlte sich alles andere als gut.

Sie wurde nach unten gedrückt, bis sie saß. Sie zwang sich, sich zu konzentrieren, und sah Tiny, der vor ihr hockte und besorgt aussah, während Pipe neben ihm telefonierte. Dann wurde ihr klar, wo sie war. In der Küche.

Aus irgendeinem Grund kam ihr das komisch vor. Tiny hatte sie weder in einen der Konferenzräume gebracht noch sie in einen der bequemen Ledersessel im Eingangsbereich gesetzt. Nein, er hatte sie ausgerechnet in die Küche gebracht.

»Er hat unrecht, weißt du«, sagte Tiny. Es war das Erste, was er seit einer ganzen Weile sagte. Sie waren schweigend gefahren, da Tiny ihr Zeit ließ, das Geschehene zu verarbeiten, und sie wusste das zu schätzen.

Ry sah ihn verwirrt an. Sie fühlte sich, als sei ihr Kopf mit Watte ausgestopft.

»Du bist nicht schwach. Nicht im Geringsten. Du bist eine der stärksten Frauen, die ich je getroffen habe. Und eine der klügsten. Selbst ohne formale Ausbildung bist du besser als eines der besten Computergenies, die wir kennen ... und Tex hat das ohne Skrupel zugegeben. Dein Vater hat versucht, dich festzuhalten, und trotzdem konntest du fliegen. Du bist zu gut für mich. Für diesen abgelegenen Winkel der Welt, aber ich möchte so sehr, dass du bleibst, dass es mir im Herzen wehtut. Wir brauchen dich, Ryleigh. Wir alle.«

Bevor sie etwas erwidern und ihm sagen konnte, wie viel seine Worte ihr bedeuteten, begann der Raum, sich zu füllen. Dann wurde Tiny zur Seite geschoben, und Alaska war da, zog Ry auf die Beine und umarmte sie. Sie wurde von einer Frau zur nächsten gereicht, jede schlang die Arme um sie und sagte ihr, wie erleichtert sie waren, dass es ihr gut ging.

Dann kamen die anderen ... Robert, Luna, Brick, Tonka ... sie alle waren an der Reihe, als könnten sie nicht funktionieren, ohne die Hände auf sie zu legen und sich davon zu überzeugen, dass sie unverletzt war.

Ihre Taten, mehr als alle Worte, ließen Ry endlich begreifen, dass diese Menschen sie wirklich mochten. Sich Sorgen um sie machten. Sie nicht nur wegen ihrer Computerkenntnisse hier haben wollten.

Ihr Vater hatte sich geirrt, Tiny hatte recht. Sie war nicht schwach. Sie hatte nicht nur ihren Vater besiegt, sie hatte auch irgendwie ein Zuhause gefunden.

So glücklich sie auch war, dass alle da waren, sie brauchte im Moment nur einen Menschen.

Tiny.

Sie suchte die überfüllte Küche ab, bis sie ihn fand. Er stand mit Brick an der Tür und beobachtete sie aufmerksam. Ry wusste genau, wenn sie auch nur das geringste Anzeichen von Unbehagen zeigte, wäre er sofort zur Stelle und würde sie hinausbegleiten.

Sie leckte sich über die Lippen und schenkte ihm ein kleines Lächeln, um Tiny ohne Worte wissen zu lassen, wie sehr sie ihn schätzte. Wie froh sie war, dass er da war. Wie sehr sie ihn liebte.

Der Gedanke war nicht im Geringsten erschreckend. Sie hatte ihn schon immer geliebt. Wahrscheinlich seit der ersten Woche, in der sie in der *Zuflucht* arbeitete. Deshalb war sie auch nicht gegangen. Deshalb hatte sie sich eine Ausrede nach der anderen einfallen lassen, um zu bleiben, auch wenn sie wusste, dass ihr Vater sie dann finden könnte. Sie konnte Tiny nicht verlassen.

Als lockten ihre Gedanken ihn an, stieß er sich von der Wand ab und kam auf sie zu. Als er sie erreichte, fragte er: »Geht es dir gut?«

»Jetzt schon«, antwortete Ry ehrlich.

Der anerkennende Blick und der Funke des Verlangens in seinem Gesichtsausdruck lösten in Ry den Wunsch aus, seine Hand zu nehmen, ihn aus der Küche und zurück in die Hütte zu zerren und darauf zu bestehen, dass er sofort mit ihr Liebe machte. Aus diesem Grund hatte sie sich ihre Jungfräulichkeit bewahrt. Um sie jemandem zu schenken, den sie liebte.

Aber sie musste sich zuerst um ihre Verpflichtungen kümmern. Sie musste mit FBI-Agenten sprechen, ihre Freunde beruhigen, ins Internet gehen und sicherstellen, dass ihr Vater keine Fallen aufgestellt hatte, die ausgelöst wurden, wenn er nicht von seiner Reise zurückkehrte, um sie dorthin zu begleiten, wo er sich gerade versteckte.

Später war alles möglich. Vielleicht würden die Dinge zwischen ihr und Tiny auf lange Sicht nicht funktionieren, aber sie würde ihn wissen lassen, wie dankbar sie für alles war, was er für sie getan hatte. Und das Wertvollste, was sie ihm zu geben hatte ... war sie selbst.

KAPITEL FÜNFZEHN

Tiny war in seinem ganzen Leben noch nie so stolz auf jemanden gewesen wie auf Ryleigh. Der Abend war lang und anstrengend gewesen, und doch hatte sie ihn besser gemeistert als einige der Neulinge unter den SEALs, für die er verantwortlich gewesen war. Ja, sie hatte einen schweren Moment gehabt, nachdem ihr Vater zu Boden gerissen worden war, aber umgeben von ihren Freunden hatte sie sich wieder unter Kontrolle bringen können.

Sie war erstaunlich gut mit den FBI-Agenten zurechtgekommen. Sie wussten bereits das meiste über ihre Rolle bei den Machenschaften ihres Vaters, aber sie hatte zwei Stunden lang geduldig und ohne zu zögern immer wieder dieselben Fragen beantwortet. Dann konnten sie nicht nur Ryleigh, sondern allen in der *Zuflucht* versichern, dass Harold Lodges Tage des Hackens und Stehlens von Geld vorbei waren.

Das war eine große Erleichterung.

Tiny war froh, wieder zu Hause zu sein, wo es nur ihn und Ryleigh gab. Robert hatte ihnen eine Dose mit Schokoladenkeksen mit nach Hause gegeben und Ryleigh sogar eine Schachtel mit Weihnachtsbaumkuchen geschenkt. Sie hatte ihn angeschaut und konnte ihr Lachen kaum zurückhalten. Später hatte sie Lara die Schachtel zugesteckt, mit Tinys Einverständnis, denn sie wusste, wie sehr die andere Frau die Leckerei liebte.

Wenn Tiny dachte, Ryleigh würde sich entspannen, sobald sie zu Hause waren, hatte er sich getäuscht. Sie saß schon seit anderthalb Stunden am Tisch an ihrem Computer, während sie die Finger über die Tastatur fliegen ließ. Sie überprüfte doppelt und dreifach, ob ihr Vater nicht irgendwie eine elektronische Belagerung der *Zuflucht* geplant hatte, falls sie ihn hintergehen sollte.

Zu ihrer Überraschung hatte sie nichts finden können. Er war anscheinend so arrogant, wie er aussah, und dachte, er könnte seine Tochter einschüchtern, damit sie tat, was er wollte. Aber Ryleigh war stärker, als er gedacht hatte.

Als Ryleigh zum zehnten Mal seufzte, war Tiny fertig. Sie hatte für den Moment alles getan, was sie konnte. Morgen wäre ein weiterer Tag, an dem sie das Dark Web nach Hinweisen auf die abscheulichen Pläne ihres Vaters durchforsten konnte.

»Komm schon«, sagte er zu ihr, nahm ihren Ellbogen und ermutigte sie aufzustehen.

»Oh, aber da ist noch eine Sache, die ich überprüfen möchte«, sagte sie.

Tiny streckte eine Hand aus und klappte den Laptop zu. »Morgen«, sagte er entschlossen, bevor er sie den Flur hinunterführte. Er brachte sie direkt in das Badezimmer, das an ihr Zimmer angeschlossen war.

Ihr stand schockiert der Mund offen. »Tiny ... was?«

Er hatte die Wanne mit heißem Wasser und Schaumbad gefüllt. Okay, es war die Flüssigseife, die er in der Dusche benutzte, weil er kein Schaumbad zur Hand hatte, was er so bald wie möglich ändern wollte. Aber er glaubte nicht, dass es ihr etwas ausmachen würde, denn ihm war nicht entgangen, wie gern sie ihn abends roch, wenn sie zusammen auf der Couch saßen.

»Der heutige Abend war hart, und du warst fantastisch. Aber ich weiß, dass du von der Anspannung, unter der du standest, erschöpft sein musst. Ich dachte, ein langes heißes Bad könnte dir guttun.«

Sie sah ihn mit Tränen in den Augen an. »So etwas hat noch nie jemand für mich getan.«

Das machte Tiny traurig, und er schwor sich, sie besser zu verwöhnen. »Entspann dich, Ryleigh. Nimm dir so viel Zeit, wie du willst.« Er küsste ihre Stirn, dann ihre Lippen, dann verließ er sie und schloss die Badezimmertür bis auf einen Spalt, damit er hören konnte, wenn sie etwas brauchte.

Er ging zurück in den Wohnbereich der Hütte und beendete die Aufräumarbeiten. Er wischte die Küchentheke ab, spülte ihr benutztes Glas, faltete die Decke auf der Couch zusammen und hantierte noch ein bisschen herum, bevor er ins Gästebad ging, um sich die Zähne zu putzen. Danach ging er in sein Schlafzimmer. Er hörte das Wasser in der Badewanne plätschern, was ihn zum Lächeln brachte.

Tiny zog sich die Baumwollhose an, die er immer zum Schlafen trug, und kroch unter die Decke. Er nahm ein Buch zur Hand, konnte sich aber nicht konzentrieren, schon gar nicht, als er Ryleigh leise vor sich hin summen hörte.

Er liebte dieses Geräusch. Es klang glücklich. Zufrieden. Und Gott wusste, dass die Frau in letzter Zeit nicht viel Grund zur Zufriedenheit gehabt hatte. Die Sache mit ihrem Vater machte ihr zu schaffen. Verdammt, es stresste *ihn*, und dabei war es nicht einmal *sein* Vater. Sie hatte den Druck, ihm gegenüberzutreten, erstaunlich gut verkraftet. Tiny war nicht begeistert gewesen, Ryleigh allein auf der Straße zu lassen.

Oh, er wusste, dass sie technisch gesehen nicht allein war, es gab viele Leute, die sie beobachteten, und überall Festivalbesucher ... aber sie hatte Lodge ganz allein gegenübertreten müssen, was er gehasst hatte. In der Theorie wusste er, dass ihr Vater ein Stück Scheiße war, aber die Dinge, die er zu ihr gesagt hatte, hatten ihn buchstäblich in seinen Grundfesten erschüttert.

Du bist erbärmlich. Ein Nichts. Weniger als wertlos.

Du kannst nur nehmen.

Du bist der egoistischste Mensch, der mir je begegnet ist.

Ich hasse dich. Ich habe dich immer gehasst.

Tiny schüttelte den Kopf. Harold Lodge kannte seine Tochter nicht. Überhaupt nicht. Ryleigh war nicht egoistisch. Sie war der großzügigste Mensch, den er je gekannt hatte. Geld war ihr völlig egal. Die Spenden, die sie verteilte, als seien es Süßigkeiten, waren großzügig und die Wohltätigkeitsorganisationen gut durchdacht. Sie recherchierte gründlich, um sicherzugehen, dass es sich um seriöse Organisationen handelte, und es war nicht zu leugnen, dass das Geld viel Gutes bewirkte.

Ja, das Geld war gestohlen worden, aber sie tat alles, was sie konnte, um für die Dinge zu büßen, zu denen ihr Vater sie gezwungen hatte. In Tinys Augen hatte sie das mehr als geschafft.

Und dass ein Vater zu seiner Tochter sagte, dass er sie hasste ... das konnte Tiny nicht einmal verstehen. Keine Sekunde lang. Sein Herz schmerzte für Ryleigh. Diese Worte mussten wehgetan haben, und doch hatte sie den Kopf hochgehalten und getan, was sie tun musste, um zu helfen, den Mann für eine lange Zeit hinter Gitter zu bringen.

Ein Geräusch unterbrach seine Gedanken, und Tiny drehte den Kopf. Beim Anblick von Ryleigh, die in der Badezimmertür stand, stockte ihm der Atem.

Ihr Haar war feucht und kräuselte sich leicht um ihre Schläfen. Ihre Haut strahlte und ihre Wangen waren gerötet. Sie hatte nicht den Pyjama angezogen, mit dem sie ins Bett gegangen war und den er auf den Waschtisch gelegt hatte, bevor sie ihr Bad begann. Stattdessen trug sie nichts als ein blaues Handtuch. Es war um ihren Körper gewickelt und reichte ihr kaum bis zu den Oberschenkeln. Ihre Schultern waren entblößt ... und Tiny musste sich zusammenreißen, um nicht die Decke wegzuwerfen, zu ihr zu gehen und die Nase in ihrer Hals- und Schulterbeuge zu vergraben.

Sein Schwanz versteifte sich in seiner Hose und er leckte sich über die Lippen.

Ryleigh sah nervös und unsicher aus und umklammerte das Handtuch, das sie fest um ihre Brust geschlungen hatte.

Er öffnete den Mund, um etwas Beruhigendes zu sagen – als sie ihn schockierte, indem sie das Handtuch zu Boden fallen ließ.

Tiny konnte nur blinzeln bei dem Anblick, der sich ihm bot. Wenn ihn schon der Anblick von ihr im Handtuch erregt hatte, so wollte er jetzt, da er sie völlig nackt sah, vor ihr auf die Knie sinken und sie anbeten.

»Ryleigh?«, krächzte er. Er konnte sich nicht bewegen. Wenn er es täte, würde er sich auf sie stürzen. Sie zu Tode erschrecken. Er blieb völlig still, mit der eisernen Beherrschung, die er als Navy SEAL gelernt hatte.

»Ich will nicht warten. Heute war beschissen. Ich hatte wirklich Angst. Mein Dad hätte alles tun können. Er ist paranoid und gierig und nichts wird ihn davon abhalten, mich in die Finger zu bekommen. Er hätte mir heute wehtun können ... und es hätte mich davon abgehalten herauszufinden, wie Sex eigentlich ist.«

Sie plapperte, und Tiny wollte die Lippe küssen, auf der sie jetzt kaute. Aber er musste eine Sache klarstellen, bevor er etwas anderes tat.

»Ich will dich«, sagte er. »Du bist wunderschön. So verdammt schön. Es kostet mich meine ganze Beherrschung, in diesem Bett zu bleiben und dich nicht über meine Schulter zu werfen, um dich auf dem Boden zu nehmen, wo du gerade stehst. Aber ich will keinen Sex haben, *nur* um Sex zu haben. Wenn du nur jemanden willst, der dich entjungfert, um endlich Sex zu erleben, kannst du das überall finden. Ich bin sicher, du weißt besser als ich, dass du nur eine Online-Anzeige aufgeben musst, und schon stehen die Männer Schlange, um dir die Ehre zu erweisen.

Ich will mehr als das. Ich will, dass du nackt dastehst – und so verdammt sexy aussiehst, dass ich es kaum aushalten kann –, weil du *mich* willst. Weil du es nicht erträgst, noch eine Nacht zu verbringen, ohne *mir* so nahe zu sein, wie du nur kannst. Weil du dich nach der emotionalen Verbindung sehnst, die wir miteinander haben, und du willst, dass sie bis auf die Knochen geht. Wenn du das nicht willst, wenn du keine langfristige Beziehung mit mir willst ... dann solltest du, so weh es mir auch tun wird, das Handtuch nehmen und in das Zimmer zurückgehen, in dem du vorher geschlafen hast.«

Tiny hielt die Luft an. Er keuchte praktisch, nahm kurze, abgehackte Atemzüge, während er auf ihre Entscheidung wartete. Ehrlich gesagt machte es ihm eine Heidenangst, dass sie noch Jungfrau war. Er gehörte nicht zu den Männern, die davon träumten, der erste Mann einer Frau zu sein. Das brachte eine Menge Verantwortung mit sich. Er könnte sie verletzen, *wirklich* verletzen, und das war das Letzte, was er jemals tun wollte. Das hatte er schon oft genug getan.

»Wenn ich noch eine Nacht in deinen Armen schlafen muss, *ohne* dich in mir zu haben, werde ich sterben, dessen bin ich mir sicher.«

Tiny bewegte sich, bevor er nachdenken konnte. Er ließ sich vor Ryleigh auf die Knie fallen und blickte ehrfürchtig zu ihr auf. Er umfasste ihre Taille und bemerkte sofort, dass ihre Haut so verdammt weich war. Und warm. Und sie roch nach ihm. Sein Schwanz wurde noch härter. Er musste in diese Frau hinein. Genau in dieser verdammten Sekunde.

Aber nein ... er musste es langsam angehen. Sicherstellen, dass ihr erstes Mal gut war. Besser als gut – weltbewegend. Tiny schloss die Augen und legte die Stirn auf ihren Bauch. Sie hob die Hände und vergrub sie in seinem Haar. Sein Schwanz zuckte in seiner Hose.

Er war so am Arsch. Wenn er allein durch das Gefühl ihrer Finger erregt wurde, war er verloren.

»Tiny?«, flüsterte sie.

Er hasste die Unsicherheit in ihrer Stimme. Er öffnete die Augen und begegnete ihrem Blick. Zumindest hatte er *vor*, ihren Blick zu erwidern; ihre perfekten Titten lenkten ihn ab. Ihre Brustwarzen waren hart, wahrscheinlich von der kühlen Luft, und die fleischigen Kugeln waren eine prächtige Handvoll. Langsam ließ er die Hände an ihren Seiten hinaufwandern und leckte sich über die Lippen, während er ihre Brust anstarrte. Er streichelte sanft ihre Brüste und wurde von Ryleighs leichtem Keuchen belohnt, als sie sich in seine Berührung krümmte.

Sie war unglaublich empfänglich. Und plötzlich war Tiny ausgehungert. Er hatte sich das gewünscht, seit er diese Frau zum ersten Mal gesehen hatte. Wollte sie in seinem Bett, unter ihm. Damals hatte er es nicht zugegeben, aber das machte es nicht weniger wahr. Der Grund, warum ihre Lügen so wehtaten und warum er sie wie den letzten Dreck behandelt hatte, lag zum Teil darin, dass er sich von dem Moment an, in dem sie das Grundstück betreten hatte, zu ihr hingezogen gefühlt hatte. Und ihre Täuschung hatte sich wie ein persönlicher Angriff angefühlt.

Aber eigentlich hatte es nichts mit ihm zu tun. Sie hatte einfach nur getan, was sie tun musste, um zu verhindern, dass ihr Vater sie fand.

»Sei dir sicher«, sagte er mit einer tiefen Stimme, die nicht im Geringsten nach ihm klang. »Denn wenn du dich mir hingibst, behalte ich dich. Solange du mich willst, gehöre ich dir.«

Sie nickte.

»Sag es«, befahl Tiny, nicht sicher, woher diese dominante Seite kam.

»Ich will das. Dich.«

Gott sei Dank.

Tiny stand auf und schob sich die Hose über die Hüften. Es war keine geschmeidige Bewegung, und als ihre Augen sich weiteten, als sie einen Blick auf seinen steinharten Schwanz erhaschte, wurde ihm klar, dass er sie wahrscheinlich an seinen Körper hätte heranführen müssen. Immerhin war sie noch Jungfrau.

Aber dann schockte sie ihn zu Tode, indem sie eine Hand ausstreckte. Sie schloss die Finger um seinen Schwanz, und er musste sich zusammenreißen, um nicht sofort und auf der Stelle zu kommen.

»Er ist hart und weich zugleich«, sagte sie voller Bewunderung.

Tiny wollte am liebsten lachen, aber er konnte nichts anderes tun, als dazustehen und sich von ihr berühren zu lassen.

»Tut es weh? Es sieht aus, als würde es wehtun«, sagte sie.

»Ja und nein«, antwortete Tiny ehrlich. »Es ist ein guter Schmerz.«

Sie ließ seinen Schwanz los, und Tiny wollte weinen. Aber dann führte sie ihre Finger zu seiner Brust. Sie berührte die Narbe auf seinem linken Brustmuskel, wo

Sonja ihn gestochen hatte. »So nahe an deinem Herzen«, murmelte sie.

»Nahe, aber nicht nahe genug«, sagte er.

Ryleigh sah zu ihm auf. »Ich habe es getan, weißt du«, sagte sie, fast schon im Plauderton.

»Was getan?«

»Sie gefunden. Ich habe das ganze Geld von ihrem Gefängniskonto genommen. Habe ihre Akte geändert, damit es so aussieht, als sei sie keine gute Gefangene. Habe ihr das Besuchsrecht entzogen. Und ich werde es auch *weiterhin* tun.« Sie klang jetzt fast streitlustig.

Tiny würde später mit ihr darüber reden. Er würde sie dazu bringen, die Änderungen, die sie an Sonjas Akte vorgenommen hatte, rückgängig zu machen. Er mochte die Frau nicht, aber er hatte es endlich hinter sich gelassen. Er wollte nie wieder an sie denken. Und obwohl Ryleighs Wut in seinem Namen sich gut anfühlte, wollte er auch nicht, dass *sie* auch nur eine Minute ihrer Zeit damit verbrachte, an die Frau zu denken.

»Ich denke, ich will jetzt nicht über sie reden«, sagte er, nahm Ryleighs Hand in seine und ging zurück zum Bett. Keiner von beiden sagte ein Wort, als er sie dorthin brachte, wo sie beide sein wollten.

»Wenn du es dir irgendwann anders überlegst, ist das okay«, fühlte er sich genötigt zu sagen. Das war eine große Sache, und er würde es akzeptieren, wenn sie beschloss, ihm ihre Jungfräulichkeit doch nicht zu geben.

»Ich werde meine Meinung nicht ändern«, sagte sie ohne jegliches Zögern in der Stimme, seine Ex scheinbar vergessen. »Ich will dich, Tiny. Ich will, dass mein erstes Mal mit dir ist, weil ich weiß, dass du es gut machen wirst. Unvergesslich. Fantastisch.«

»Oh, überhaupt kein Druck«, sagte Tiny ein wenig sarkastisch.

Ryleigh kicherte. Und das kleine Geräusch brachte ihn zum Lächeln. Diese Frau war bezaubernd, sexy und verdammt stark. Und er wollte die Art von Mann sein, die sie verdiente. Er war sich nicht sicher, ob er das konnte, aber er würde es auf jeden Fall versuchen.

Er ließ ihre Hand los, legte sich ins Bett und rutschte hinüber, bis er in der Mitte der Matratze lag. Er legte einen Arm hinter seinen Kopf, der andere blieb an seiner Seite. Ryleigh bewegte sich wie in Trance, kletterte hoch und kroch auf den Knien zu ihm. Sie setzte sich auf die Fersen und starrte auf ihn hinunter.

Auch Tiny nahm sie in sich auf. Er konnte nicht fassen, wie perfekt sie war. Perfekt für *ihn*. Es juckte ihn in den Fingern, sie zu berühren, sie zu befriedigen, aber er zwang sich, ruhig zu bleiben, während sie ihn studierte.

Ihre Hand zitterte, als sie sie ausstreckte. Tiny war auf ihre Berührung gefasst, und dennoch zuckte er zusammen, als ihre Finger seine nackte Haut berührten.

Ryleigh zog ihre Hand zurück, aber er ergriff sie sanft und brachte sie zurück an seine Brust. Er drückte sie flach dagegen und ermutigte sie weiterzumachen. Es dauerte nur einen Moment, bis er seine Hand wieder an die Seite legen konnte und sie mit ihren Fingern seine Brust auf und ab fuhr. Diesmal wurden seine Brustwarzen hart. Sie berührte eine, als sie seinen Körper hinauffuhr, und lächelte.

»Deine werden auch hart«, sagte sie.

Es war nicht wirklich eine Frage, aber Tiny antwortete trotzdem. »Oh ja.«

Sie zwickte seine Brustwarzen, und jede Berührung ließ seinen Schwanz auf seinem Bauch zucken. Ryleigh schien es nicht zu bemerken, sie war zu sehr auf seine Brust fixiert. Dann brachte sie seinen Atem zum Stocken, indem sie sich herunterbeugte und eine seiner Brustwarzen in den Mund nahm.

Tiny stieß ein kleines Grunzen aus, während er ihren Hinterkopf umfasste. Sie hob den Blick und lächelte wieder. »Ist das okay?«

»Mehr als okay. Überwältigend«, erwiderte er.

Als Antwort darauf umschloss sie erneut seine Brustwarze mit den Lippen. Diesmal schnellte sie mit der Zunge darüber, woraufhin Tiny ein weiteres Stöhnen entwich. Sie würde sein Tod sein, aber er würde es nicht wagen, ihr das zu verweigern. Er würde sie seinen Körper so lange erforschen lassen, wie sie wollte. Er wollte, dass sie sich bei ihm wohlfühlte ... und wenn er den Spieß umdrehte und das Gleiche mit ihr tat, wollte er nicht, dass sie überrascht war.

Sie hob eine Hand und kniff leicht in seine andere Brustwarze.

»Fester, Süße. Du tust mir nicht weh. Kneif fester zu.«

Tiny spürte einen Luststopfen auf seinem Bauch, als sie seiner Bitte nachkam.

Ryleigh hob den Kopf und betrachtete ihre Hände, während sie mit seinen Brustwarzen spielte. Es war fast eine Qual für Tiny, aber auf wundervolle Art.

»Küss mich«, befahl er.

Sie beugte sich vor und stützte sich auf seiner Brust ab, als sie ihre Lippen auf die seinen presste. Aber Tiny war zu erregt für einen züchtigen Kuss. Sofort drückte er mit der Zunge gegen ihre Lippen und verlangte Einlass. Sie öffnete sich ihm bereitwillig, und er nahm sich, was sie ihm so freizügig anbot.

Hatten ein Kuss und das Kneifen an seinen Brustwarzen Tiny jemals so erregt? Nein, die Antwort war eindeutig nein. Ryleigh hatte ihn von innen nach außen gekehrt, und er glaubte nicht, dass er danach jemals wieder derselbe sein würde.

Eine kurze Sekunde lang durchfuhr ihn Angst. Falls sie ihn hinterging, würde es ihn zerstören. Er dachte, dass

Sonjas Handeln ihn unwiderruflich verändert hatte, aber es würde ihn völlig aus der Bahn werfen, wenn Ryleigh ihn aus irgendeinem Grund benutzte.

Aber sobald der Gedanke aufkam, dass Ryleigh etwas anderes sein könnte als das, was er in den letzten Wochen erfahren hatte, verflog er auch wieder. Er konnte ihr vertrauen. Tiny spürte das bis in die Knochen. Sie würde ihn nicht verarschen. Würde ihn nicht betrügen. Sie würde nie versuchen, ihn im Schlaf zu töten.

Er riss seinen Mund von ihrem und stellte fest, dass er Mühe hatte, wieder zu Atem zu kommen. Er wünschte sich nichts sehnlicher, als sich zu drehen und sie zu nehmen, sie zu vernaschen, seine Finger in ihre Muschi zu stecken, um sie für ihn vorzubereiten, aber er wollte sichergehen, dass sie sich mit seinem Körper wohlfühlte, bevor er die Kontrolle übernahm.

»Mach weiter, Süße«, sagte er zu ihr.

Sie sah verwirrt aus.

»Fass mich an. Überall. Gewöhne dich an mich. Sieh, was in dir sein wird. Dir Vergnügen bereiten wird. Mein Schwanz. Denn wenn du mit dem Erforschen fertig bist, bin *ich* dran.«

Sie errötete, aber ihre Augen blitzten vor Lust, als sie nickte. Ryleigh lehnte sich auf die Fersen zurück und wandte die Aufmerksamkeit wieder seiner Brust zu. Sie fuhr mit den Fingern wieder über seine Haut, aber diesmal hörte sie nicht an seinen Brustwarzen auf. Sie ließ den Blick zu seinen Zehen hinunter wandern, dann wieder hinauf und hielt zwischen seinen Beinen inne.

»Du bist groß«, sagte sie, aber Tiny hörte keine Angst in ihrer Stimme. Nur Sachlichkeit.

»Das bin ich, aber du wirst für mich durchnässt sein. Du wirst mich ohne Probleme aufnehmen, Ryleigh, ich gebe dir mein Wort.«

Sie nickte, als sei das die einzige Bestätigung, die sie brauchte. Dann berührte sie ihn.

Tiny musste sich zusammenreißen, um nicht zu kommen.

Mit dem Daumen strich sie über die Spitze seines Schwanzes und verteilte den Lusttropfen, den sie ihm bereits entlockt hatte, auf seiner Haut. Dann schockierte sie ihn, als sie mit der Zunge die Spitze berührte.

»Scheiße!«, murmelte Tiny, bevor er nach unten griff und den Ansatz seines Schwanzes im Würgegriff packte.

Ryleigh lehnte sich zurück und hob die Hände an die Seiten, die Handflächen nach außen. »Hat das wehgetan?«, fragte sie.

»Nein, es hat sich gut angefühlt. Zu gut. Ich wäre in diesem Moment fast gekommen. Und meine Ladung ins Gesicht zu bekommen ist nichts, was du für deine erste Erfahrung mit dem Orgasmus eines Mannes willst.«

»Wirklich?«, fragte sie.

»Ja, wirklich. Ich bin sowieso kein Fan davon, das zu tun. Ich habe es immer als erniedrigend empfunden. Ich bin mir sicher, dass manche Frauen das total toll finden, aber man könnte sich eine Infektion holen, wenn man Sperma in die Augen bekommt. Zumindest habe ich gelesen, dass das einigen Pornostars passiert ist.«

Zu seiner Überraschung kicherte Ryleigh. »Ja, das klingt nicht gut. Aber ich habe mich tatsächlich gefragt, ob du wirklich gleich kommst. Nur weil ich dich lecke.«

Tiny stöhnte erneut. Diese Frau war dabei, ihn zu entmannen. »Ja, Schatz, nur davon. Du hast keine Ahnung, wie sexy du gerade bist. Du kniest an meiner Seite, verschlingst mich mit deinem Blick, deine Titten betteln um meinen Mund und meine Finger. Ich kann sogar deine Erregung riechen. Also ja, als du meinen Schwanz mit deiner

Zunge berührt hast, wäre ich fast explodiert. Wie fandest du es?«

Es gefiel ihm, dass seine schmutzigen Worte sie noch mehr zu erregen schienen. Sie zuckte zusammen, und noch während er sie beobachtete, errötete ihre Brust in einem tieferen Rosa.

»Würde es dich stören, wenn ich sage, dass ich es nicht liebe?«, fragte sie.

»Ganz und gar nicht. Manchen Leuten gefällt es, anderen nicht. Es macht für mich keinen Unterschied, wenn du den Geschmack nicht magst.«

»Und du?«

»Ich was? Ob ich den Geschmack deiner Säfte mag? Ich weiß es nicht. Warum berührst du dich nicht selbst, gibst mir dann deinen Finger und zeigst es mir?« Er drängte sie, Tiny wusste es, aber er konnte sich nicht zurückhalten. Er wollte sie mehr kosten, als er atmen wollte. Er sehnte sich danach. Er sehnte sich nach *ihr*. Er war sich nicht sicher, ob Ryleigh mutig genug sein würde, um zu tun, was er verlangte, aber er hätte nicht an ihr zweifeln sollen.

Sie griff zwischen ihre Beine, und Tiny musste seinen Schwanz bei diesem Anblick fester drücken.

»Geh auf die Knie. So ist es gut. Genau so. Gott, du bist so schön. Berühre dich selbst. Oh Mist, das ist perfekt. Schieb deinen Finger in deine Muschi, Süße. Bist du feucht?« Sie zog ihren Finger heraus, und Tiny sah ihn im Licht glitzern. »Oh ja, du bist feucht. Bitte, lass mich kosten – gib mir den Finger.«

Sie setzte sich auf die Fersen und streckte schüchtern ihre Hand vor. Tiny konnte seinen Schwanz nicht loslassen, weil er sonst sofort über seinen ganzen Bauch gekommen wäre, also griff er mit der anderen Hand nach ihrem Handgelenk und hob begierig den Kopf.

Er nahm ihren Zeigefinger in den Mund und ihr

Moschus ließ seine Geschmacksknospen regelrecht explodieren. Sie schmeckte göttlich. Er leckte und saugte den ganzen Saft von ihrem Finger und versuchte, es für sie so sinnlich wie möglich zu machen.

Es musste ihm gelungen sein, denn ihre Augen wurden glasig und ihr stockte der Atem. »Tiny ...«, flehte sie.

»Damit das klar ist, ich *liebe* deinen Geschmack. Mein Gott, das ist wie Ambrosia ... was auch immer das sein soll. Ich will mehr. Ich will deine Muschi lecken, bis du an meinem Gesicht kommst. Dann will ich dich sauber lecken und dich noch einmal kommen lassen.«

Wieder einmal wusste Tiny nicht, woher dieses schmutzige Gerede kam. Normalerweise war er nicht so. Er war eher ein nüchterner Liebhaber. Er sorgte dafür, dass seine Partnerin zufrieden war, aber er redete nicht viel. Bei Ryleigh war alles anders. Denn sie war für ihn geschaffen und er für sie. »Bist du fertig?«, fragte er.

»Fertig?«

»Mit dem Erforschen ... für den Moment. Du kannst später schauen und anfassen, so viel du willst. Ich hänge am seidenen Faden, Süße. Du musst mir die Erlaubnis geben, mich zu bewegen. Dich zu befriedigen.«

»Ja. Bitte. Berühre mich.«

Das war alles, was Tiny hören musste. Er hatte sie auf den Rücken gedreht, bevor einer von ihnen einen weiteren Atemzug tat. Das Gefühl ihres Körpers unter seinem war das, worauf er sein ganzes Leben lang gewartet hatte. Er verspürte nicht den geringsten Zweifel.

»Falls ich vergesse, es dir später zu sagen, danke.«

»Wofür?«

»Dass du mir deinen Körper gibst. Dass du mir vertraust, dass ich es gut für dich mache. Dass ich dein Erster sein darf.«

»Gern geschehen«, sagte sie schüchtern.

Dann war Tiny mit dem Reden fertig. Er küsste sie kurz, bevor er seine Lippen zu ihrem Ohr bewegte. Dann zu ihrem Hals. Er atmete tief ein und genoss den Geruch seiner Seife auf ihrer Haut. Er ging weiter zu ihrem Oberkörper und küsste schließlich die Brüste, die ihn quälten, seit sie ihr Handtuch hatte fallen lassen.

Er wollte sie verschlingen, einen Zentimeter nach dem anderen. Wenn er fertig war, wäre sie im Delirium vor Vergnügen ... und hoffentlich würde der Schmerz, zum ersten Mal einen Schwanz zu nehmen, nicht überwältigend sein.

KAPITEL SECHZEHN

Ryleigh konnte nicht denken. Konnte nichts tun, außer zu fühlen. Sie hatte sich im Laufe der Jahre selbst berührt, aber nichts hatte sich je so gut angefühlt wie Tinys Hände und sein Mund auf ihrer Haut. Er leckte an ihren Brüsten, als sei er ein hungriger Mann und sie ein Drei-Gänge-Menü. Sie spürte, wie der Strom von ihren Brustwarzen bis hinunter zu ihrer Muschi floss, wodurch sie sich unruhig auf dem Bett wälzte.

Sie brauchte etwas. Brauchte *mehr*.

Als könnte Tiny ihre Gedanken lesen, glitt er ihren Körper hinunter, drückte ihre Beine weiter auseinander und machte Platz für seine Schultern. Er griff nach oben, schnappte sich ein Kissen und schob es ihr unter den Hintern. Sie war ihm völlig ausgeliefert, und das machte sie ein wenig nervös.

Aber als er sprach und noch mehr schmutzige Dinge sagte, die all ihre Hemmungen verschwinden ließen, flammte das Verlangen wieder auf.

»Sieh dich an, so verdammt hübsch«, flüsterte Tiny, als

er zwischen ihre Beine starrte. »Und es gehört mir. *Allein mir.*«

Manche Frauen wären irritiert gewesen von dem Besitzanspruch und der Besitzgier, die sie in der Stimme eines Mannes hörten, wenn er so etwas sagte. Ryleigh konnte nicht anders, als sich davon erregen zu lassen.

Er ließ eine Hand nach oben wandern und strich über ihr Schamhaar. Es kitzelte, sodass Ryleigh sich zu winden begann.

Er lächelte sie an, während er weiter über die Haare streichelte.

Ryleigh ließ den Kopf sinken, hob ihn aber sofort wieder an, als sie Tinys Atem auf der Haut spürte, die noch nie das Licht der Welt in der Gegenwart eines anderen Menschen gesehen hatte. Sie begegnete seinem Blick.

»Nimm noch ein Kissen und lege es unter deinen Kopf«, befahl er.

Ryleigh runzelte die Stirn. »Warum?«

»Damit du zusehen kannst, was ich mache, ohne einen steifen Nacken zu bekommen. Ich habe dich gerade erst in der Wanne entspannt, da will ich nicht, dass du dir einen Muskel zerrst.«

Ryleigh wollte sich für ihre offensichtliche Neugierde schämen, zu sehen, was er tat, aber sie lernte schnell, dass Tiny nichts von dem, was im Bett vor sich ging, unangenehm war. Das hätte sie merken müssen, als er ihren Finger ableckte, nachdem sie ihn in ihren Körper gesteckt hatte.

Da sie wirklich neugierig war und ihn unbedingt beobachten wollte, tat sie, was er verlangte, und stopfte sich ein weiteres Kissen unter den Kopf. Jetzt war sie aufgestützt und konnte ohne Anstrengung sehen, was er zwischen ihren Beinen tat.

»Hattest du schon mal einen Orgasmus?«, fragte er, während er begann, ihre Klitoris sanft zu streicheln. Es fühlte sich gut an, aber die Berührung war nicht annähernd hart genug, um sie kommen zu lassen.

»Natürlich.«

»Da gibt es kein ›natürlich‹. Manche Frauen fühlen sich bei der Selbstbefriedigung nicht wohl.«

Das Wort ließ Ryleighs Wangen heiß werden.

Tiny grinste verrucht. »Oh, wir werden so viel Spaß haben.« Dann schien er mit dem Reden fertig zu sein. Er ließ den Blick zurück zu ihrer Muschi gleiten, dann ließ er seine Zunge hervorschnellen und leckte über ihre äußeren Schamlippen. Es fühlte sich gut an.

Er tat es wieder. Und noch einmal. Dann schob er ihre Beine weiter auseinander, sodass es fast unbequem für sie war, senkte den Kopf und bedeckte ihre Klitoris mit dem Mund. Er blickte zu ihr auf ... und beobachtete sie, als er begann, das Nervenbündel zu lecken und zu saugen.

Also *das* fühlte sich gut an. Wirklich gut! Die Muskeln in Ryleighs Bauch zogen sich zusammen und sie versuchte vergeblich, ihre Beine zu schließen.

Tiny legte die Hände auf die Innenseiten ihrer Oberschenkel und hielt sie für ihn gespreizt.

Plötzlich schien sein Blick zu intim. Ryleigh schloss die Augen.

Er löste den Mund von ihr. »Nein, sieh mir zu. Ich will sehen, wie du über den Abgrund fällst. Ich will sehen, wie du an meinem Mund zum ersten Mal zum Orgasmus kommst.«

Sie konnte nicht. Aber als er sagte: »Bitte«, war Ryleigh hilflos.

Sie öffnete die Augen und begegnete seinem Blick.

»Danke«, flüsterte er. Dann küsste er ihre Klitoris, bevor er sie erneut in den Mund nahm.

Diesmal war seine Berührung nicht leicht. Er saugte so stark, dass ihr Hintern sich vom Bett löste. Er lächelte, zog sich aber nicht von ihr zurück, während er sich darauf konzentrierte, sie kommen zu lassen.

Ryleigh spürte kaum, wie sein Finger in ihren Körper eindrang, aber als sie sich zusammenzog, fühlte es sich anders an ... voller.

»Tiny!«, keuchte sie.

Er reagierte nicht, sondern hielt sie einfach fest, während sie sich unter ihm wand ... seine Zunge fast wie ein Vibrator an ihrer Klitoris einsetzte.

Sie spürte, wie der Orgasmus aufstieg, aber er war anders als alles, was sie in der Vergangenheit erlebt hatte. Größer. Es war fast beängstigend, und sie wollte Tiny anflehen aufzuhören. Aber sobald sie den Gedanken hatte, verwarf sie ihn wieder. Er würde nicht zulassen, dass ihr etwas zustieß. Er würde sie beschützen.

Den gleichen Gedanken hatte sie schon einmal gehabt, als sie auf ihren Vater wartete. Auch da hatte sie Angst gehabt, aber das Wissen, dass Tiny da draußen war und über sie wachte, gab ihr den Mut durchzuhalten. So wie sie es auch jetzt tun würde.

Die Gefühle in ihr schwollen an und verzehrten sie, genau wie Tiny es tat.

Der Orgasmus überraschte sie. In der einen Sekunde war sie fast verzweifelt, in der nächsten flog sie über den Abgrund. So etwas Gutes hatte sie in ihrem ganzen Leben noch nicht erfahren. Jeder Muskel spannte sich an und sie zitterte, als die Lust sie überwältigte. Dabei behielt sie den Blick auf Tiny gerichtet. Es war intimer, als sie es sich je hätte vorstellen können. Das machte die Erfahrung umso überwältigender.

Sie dachte, Tiny würde sich zurückziehen, sobald sie kam. Sie spürte, wie sein Finger aus ihrem Körper glitt, was einen weiteren Lustschock in ihr auslöste, aber dann senkte er seinen Kopf noch weiter und leckte ihre Muschi. Er tat es wieder. Und noch einmal. Er verschlang sie, als könnte er nicht genug bekommen.

»Tiny!«, sagte sie atemlos.

Als Antwort darauf grunzte er nur, während er weiterhin jeden Tropfen der Lust aufleckte, den er ihr abgerungen hatte. Zu Ryleighs Überraschung spürte sie, wie ein weiterer Orgasmus sich aufbaute. Ihn zu beobachten, zu sehen, wie viel Vergnügen es ihm bereitete, sie zu kosten, erregte sie ungemein. Er hatte nicht gelogen, als er sagte, er genieße ihren Geschmack.

Er musste gespürt haben, wie nahe sie war, denn schließlich hob er den Kopf zwischen ihren Beinen an und rutschte auf dem Bett ein wenig nach oben. Seine Schultern hielten immer noch ihre Beine gespreizt, aber jetzt führte er eine Hand zu ihrer Klitoris. Mit dem Daumen strich er fest über das Nervenbündel. Die andere Hand ließ er zwischen ihre Beine wandern und schob einen Finger in sie hinein.

Ryleigh griff mit einer Hand nach unten und umklammerte sein Handgelenk.

»Tue ich dir weh?«, fragte er leise.

»Nein, es ist nur … ich … ich weiß nicht.« Ryleigh konnte die Gefühle, die durch ihren Körper strömten, nicht beschreiben. Sie fühlte sich, als hätte sie eine außerkörperliche Erfahrung gemacht. Als würde dies jemand anderem passieren.

»Fühle einfach, Schatz. Das ist alles, was du tun musst.«

Genau das war das Problem. Sie fühlte zu viel.

Er schob seinen Finger in ihren Körper hinein und zog ihn wieder heraus, und bald schien es nicht mehr genug zu sein. Sie brauchte mehr, aber sie hatte keine Ahnung, was sie eigentlich brauchte oder wollte.

Tiny wusste es. Er fügte dem ersten Finger einen zweiten hinzu, und obwohl sie einen leichten Schmerz verspürte, wich dieser schnell wieder, als Lust in ihrer

Muschi aufblühte. Sie fühlte sich voll, und ihre inneren Muskeln klammerten sich an ihn, sein Stichwort, ihre Klitoris härter und schneller zu streicheln.

»Genau so, Ryleigh. Du dehnst dich um meine Finger, genau wie du es um meinen Schwanz tun wirst. Du wirst mich so tief nehmen. Du bist durchnässt, und du schmeckst so verdammt gut. Ich könnte jede Nacht damit verbringen, dich zu trinken. So verdammt empfänglich, so schön. Und mein. Ganz und gar mein.«

Sie lächelte darüber, dann schnappte sie nach Luft, als sein kleiner Finger ihren Hintern berührte.

»Magst du das?«, fragte er. »Anal ist nicht mein Ding, aber da hinten gibt es eine Menge Nervenenden. Mach die Augen zu. Spüre einfach.«

Sie tat sofort, was er verlangte, froh über die Pause. Farbige Strudel zogen über ihre Augenlider, als sie sich ihrem zweiten Orgasmus in dieser Nacht näherte. Sie war heiß, glühte förmlich und strebte danach, noch einmal den Gipfel zu erreichen.

»Ich habe dich, Schatz. Ich sorge dafür, dass du dich gut fühlst.«

Und das tat er. Seine Finger spielten auf ihr wie auf einem unbezahlbaren Instrument. Ein leises Wimmern entwich ihrem Mund, als sie wieder einmal über den Abgrund flog. Sie umklammerte sein Handgelenk so fest sie konnte, seine Finger immer noch tief in ihrem Körper. Doch das war immer noch nicht genug. Sie ritt seine Hand, außer Kontrolle, und die Lust überwältigte sie fast.

Sie spürte, wie er sich zwischen ihren Beinen bewegte, aber sie hatte weder die Energie noch die mentale Kraft, um herauszufinden, was er da tat.

»Mach die Augen auf. Sieh dir an, wer in dir sein wird. Sieh dir den Mann an, der dich zu seinem Eigentum machen wird, so wie du ihn zu deinem machst. Sieh mich an, Ryleigh.«

Sie riss die Augen auf und sah Tiny über sich. Seine türkisfarbenen Augen schienen noch heller zu sein als sonst. Sie spürte etwas zwischen ihren Beinen und schaute hinunter.

Er lag zwischen ihren Knien, sein Schwanz ruhte auf ihrer Muschi. Aber irgendetwas stimmte nicht. Sie konnte seine Hitze nicht spüren. Und sein Schwanz sah auch nicht mehr so aus wie zuvor. Dann wurde ihr klar ...

»Du trägst ein Kondom«, platzte es aus ihr heraus.

»Ja.«

»Aber ich verhüte doch«, sagte sie verwirrt. »Die Ärztin sagte, es sei okay, Sex ohne Kondom zu haben.«

»Ich schütze dich, Süße«, sagte er zärtlich.

Ryleigh war es leid, beschützt zu werden. Sie wollte wilden, chaotischen, unkontrollierten Sex. Sie wollte alles von Tiny spüren. Sie schüttelte den Kopf. »Nein. Zieh es aus.«

»Ryleigh«, begann er in einem versöhnlichen Ton.

»Nein!«, wiederholte sie dieses Mal mit mehr Nach-druck. »Ich will dich ganz und gar. Ich will keine Hindernisse.«

»Ich war seit mehr als einem Jahr nicht mehr mit einer Frau zusammen, aber das kann ich nicht beweisen«, sagte er.

»Ich vertraue dir, Tiny. Du hast mehr für mich getan, als irgendjemand anderes in meinem Leben je getan hat. Ich vertraue dir vollkommen.« Dann kam ihr etwas in den Sinn. »Oh ... aber wenn du *mir* nicht vertraust, verstehe ich das. Ich meine, ich –«

Sie konnte nicht zu Ende sprechen, bevor Tiny tief in der Kehle knurrte und das Kondom von seinem Schwanz riss. Er streichelte sich ein paarmal, bis sich an der Spitze ein Lusttropfen bildete. Dann sah er ihr in die Augen und sagte: »Letzte Chance, einen Rückzieher zu machen. Ich habe das schon gesagt, aber ich sage es noch einmal. Sobald du mich reinlässt, war es das. Ich gehöre dir.«

Ryleigh gefiel das. Es gefiel ihr, dass er nicht wieder behauptet hatte, sie gehöre ihm, denn das war für sie eine Selbstverständlichkeit. Stattdessen ließ er sie wissen, dass er *ihr* gehören würde, wenn sie Sex hätten.

Als Antwort darauf griff Ryleigh zwischen sie, nahm seine Hand von seinem Schwanz und führte die Spitze an ihre Öffnung. »Ich bin bereit.«

»Sieh mich an. Noch mal, schau nicht weg. Es wird wahrscheinlich wehtun, aber ich schwöre, dass ich es danach gutmachen werde.«

Ryleigh nickte. Sie konnte nicht lügen. Sie war nervös.

Aber er zog die Vorfreude nicht in die Länge. Er drang langsam, aber sicher in sie ein.

Ryleigh spürte ein Zwicken, dann schnappte sie nach Luft, als er tiefer sank. Es tat weh. Sehr sogar. Tränen stiegen ihr in die Augen, aber sie tat, was Tiny verlangte, und wandte den Blick nicht von ihm ab.

»Es ist vorbei. Es ist geschafft. Ich bin drin. Atme, Ryleigh. Ich bewege mich nicht. Du bist in Ordnung.«

Sie wollte ihn wegstoßen. Er war groß, riesig. Gigantisch. Und es fühlte sich an, als würde er sie in zwei Teile zerreißen. Ein kleines Wimmern entwich ihrem Mund.

»Ich weiß, es tut mir leid. Gott, es tut mir so leid. Gib mir einen Moment Zeit. Wenn es dann immer noch wehtut, ziehe ich mich zurück und wir sind für den Moment fertig. Aber das ist das einzige Mal, dass es so wehtut, das verspreche ich.«

Noch während er sprach, ließ der Schmerz nach. Er verschwand aber nicht, sondern verwandelte sich in pochende Sehnsucht.

Tiny richtete sich vorsichtig auf, bis er sich mit einer Hand über ihr abstützen konnte. Dann schob er die andere zwischen ihre Körper. Ohne ein Wort zu sagen, begann er, ihre Klitoris sanft zu streicheln. Ryleigh war erleichtert, als das Vergnügen begann, den Schmerz zu überlagern.

»Besser?«, fragte er.

Ryleigh konnte nicht sprechen, sie konnte nur nicken.

»Gut. Dieser Orgasmus wird wahrscheinlich nicht so intensiv sein wie die anderen beiden, aber er wird helfen, deine Muskeln zu lockern. Ja, genau so.«

Mit jeder Liebkosung seines Fingers an ihrer Klitoris spürte Ryleigh, wie ihre inneren Muskeln, die sie zuvor so fest wie möglich zusammengepresst hatte, um ihn an einem tieferen Eindringen zu hindern, sich mehr und mehr lockerten. Und als sie das taten, begann seine Länge in ihr, sich tatsächlich gut anzufühlen. Besser als seine Finger. Bedeutender.

Ihre Atemzüge wurden schneller, und obwohl sie sich bewusst war, dass sie die Fingernägel in seinen Bizeps grub, konnte sie ihn nicht loslassen.

»Gott, du hast keine Ahnung, wie gut du dich anfühlst. Du bist so heiß und eng. Nichts in meinem Leben hat sich je besser angefühlt, als in deiner Muschi zu sein. Ich werde das wiedergutmachen. Nächstes Mal wird es nicht wehtun. Ich schwöre es dir. Du wirst nichts als Vergnügen empfinden. Ich spüre, wie du um meinen Schwanz herum zitterst. Es ist, als würdest du mich von innen heraus streicheln. Komm für mich, Ryleigh. Noch ein letztes Mal, dann kannst du dich ausruhen.«

Ausruhen hörte sich gut an. Perfekt. Aber der Orgasmus, der zum Greifen nahe war, fühlte sich wichtiger an. Sie experimentierte, indem sie ihre Hüften in Tiny drückte. Es fühlte sich gut an. *Wirklich* gut. Sie wollte mehr.

Aber Tiny weigerte sich, sich zu bewegen. »Nein, bleib

ruhig. Ich weiß, du willst dich bewegen, aber ich will dir nicht wehtun. Du kannst so einen Orgasmus haben, ich weiß, dass du es kannst. Tu es, Ryleigh, komm für mich. Komm an meinem Schwanz. Bespritze mich mit deinen Säften. Ich will es auf meinem nackten Schwanz spüren. Beanspruche, was dir gehört.«

Das war alles, was es brauchte. Der Gedanke, dass Tiny ihr genug vertraute, um ohne Kondom mit ihr zu schlafen, ließ sie erneut in den Abgrund stürzen. Er hatte recht, der Orgasmus war nicht so intensiv wie bei den letzten beiden Malen, aber mit ihm tief in ihrem Körper fühlte es sich ganz anders an. Sie umklammerte seinen Schwanz heftig, als sie kam.

Dann ließ er sich zu ihrer Überraschung auf die Ellbogen sinken und stöhnte ihr ins Ohr. Eine Sekunde lang war sie verwirrt. War er gekommen? Nein, das konnte nicht sein. Er hatte sich überhaupt nicht in ihr bewegt. Mussten Männer nicht stoßen, um zum Orgasmus zu kommen? Sie kam sich dumm vor, weil sie es nicht wirklich wusste. Sie erinnerte sich nur daran, was sie in Filmen gesehen und in Büchern gelesen hatte. In jedem Fall brauchte der Mann die Stimulation des Stoßes, um zu kommen.

Nach einem Moment hob er den Kopf und lächelte schief zu ihr hinunter.

»Bist du ... war es okay?«, fragte sie.

»Okay? Ich bin noch nie in meinem Leben so hart gekommen«, sagte Tiny. Eine Schweißperle tropfte an seiner Schläfe herunter, und Ryleigh war fasziniert von diesem kleinen Zeichen seiner Anstrengung.

»Aber du hast nicht ... ich dachte, Männer müssen sich bewegen, um zu kommen.«

Er lachte. »Das dachte ich auch.«

»Ich bin so verwirrt.«

»Schatz, ich war schon fast so weit, bevor ich in dich

eingedrungen bin. Zu spüren, wie du an meinem nackten Schwanz kommst? Das habe ich noch *nie* gefühlt. Niemals. Ich habe bisher immer ein Kondom benutzt. Ich habe ein wenig Kontrolle wiedererlangt, als ich sah, wie sehr du Schmerzen hattest, aber das Gefühl, wie du um mich herum zitterst ... und dann, als du meinen Schwanz zusammengedrückt hast, als du kamst, hat meinen Orgasmus aus mir herausgezogen. Ich *musste* mich nicht bewegen, das Vergnügen, in dir zu sein, war schon genug.«

Er grinste und strich ihr mit einem Finger über die Nase, während sie ihn anstarrte.

»Dein Erröten ist bezaubernd«, sagte er.

Ryleigh bewegte sich unter ihm und merkte, dass er immer noch in ihrem Körper war. Ihre Muskeln spannten sich an und er stöhnte.

»*Verdammt*, das fühlt sich gut an.«

»Was? Das?«, fragte sie und zog ihr Inneres wieder enger um ihn zusammen.

»Ja! Das«, stimmte er zu, setzte sich auf und zog sich aus ihr zurück.

Ryleigh konnte das leichte Wimmern des Schmerzes nicht zurückhalten.

»Ich weiß, Süße. Gib mir eine Sekunde. Rühr dich nicht.«

Ryleigh sah zu, wie Tiny aus dem Bett sprang – er sah verdammt gut aus, wie er splitterfasernackt herumlief – und ins Bad ging. Einen Moment später kam er mit einem feuchten Waschlappen zurück. Sie wollte ihn ihm abnehmen, aber er schüttelte den Kopf und kletterte zurück aufs Bett.

Vorsichtig wischte er zwischen ihren Schenkeln, und als Ryleigh nach unten blickte, sah sie einen roten Fleck auf dem Bettlaken.

»Weißt du, ich habe nie viel darüber nachgedacht, was

eine Frau durchmacht, wenn sie zum ersten Mal Sex hat. Aber jetzt verstehe ich, warum die Männer früher das blutige Laken aus dem Fenster gehängt haben. Ich möchte mir am liebsten auf die Brust klopfen und der Welt verkünden, dass du mir gehörst. Dass du mich zu deinem Ersten gewählt hast. Es ist mir eine Ehre, Süße. Ich werde diesen Moment nie vergessen.«

»Es ist nur ein bisschen Blut«, merkte Ryleigh an.

»Nein, du hast mir vertraut, dass ich dich nicht mehr als nötig verletze. Ich durfte dich ohne Kondom nehmen. Du gibst mir etwas, an dem du einunddreißig Jahre lang festgehalten hast.«

Sie war sich nicht sicher, was sie dazu sagen sollte. Und dann erinnerte sie sich an seinen Gesichtsausdruck, als er merkte, welche Schmerzen sie hatte. Er sah erschrocken aus. Aber er war nicht in Panik geraten. Er hatte sofort getan, was er konnte, um ihr Unbehagen zu lindern, indem er sich absolut ruhig verhielt. Indem er ihr das Vergnügen bereitete, den Schmerz zu verarbeiten. Sie hätte sich keinen besseren Mann aussuchen können, um ihre Jungfräulichkeit zu verlieren. Deshalb hatte sie gewartet. Um sie ihm zu schenken. Tiny.

Als er damit fertig war, ihre gemeinsamen Säfte zwischen ihren Beinen wegzuwischen, stand er wieder auf, um den Waschlappen ins Bad zu bringen. Als er sich dem Bett näherte, bemerkte sie, dass er sich nicht gesäubert hatte. Obwohl er schlaff war, konnte sie winzige Schlieren ihres Blutes auf seinem Schwanz sehen, zusammen mit den Spuren ihrer Säfte.

Erst als er sie in ihre übliche Schlafposition gebracht hatte, fand sie den Mut zu sagen: »Ist das nicht unangenehm? Mit diesem ... Zeug, das auf deiner Haut trocknet?«

Er lachte an ihr. »Vielleicht. Aber das ist mir egal. Ich will dich auf mir haben. Ich mag das Blut nicht, aber da es der Beweis dafür ist, dass du mich für dich gewählt hast, ist es für eine Nacht okay.«

»Das ist irgendwie eklig«, flüsterte Ryleigh.

»Soll ich mich waschen?«, fragte er und hob den Kopf, wobei er die Muskeln anspannte, als würde er sich darauf vorbereiten, noch einmal von der Matratze aufzustehen.

»Nein! Ich meine, nicht wenn du nicht willst. Ich möchte nur, dass du dich wohlfühlst.«

»Dich auf meiner Haut zu riechen, meine Seife auf deinem Körper, dich in meinen Armen zu halten ... ich fühle mich wohl.«

»Okay.«

»Okay«, stimmte er zu.

Sie lagen einen Moment lang schweigend da, bevor Ryleigh zaghaft fragte: »Nächstes Mal ... wirst du dich doch bewegen, oder?«

Er lachte. »Keine Ahnung. Ich verliere jegliche Kontrolle, wenn es um dich geht. Denkst du, das würde dir gefallen?«

»Ähm, ja. Es hat mir gefallen, wie es sich am Ende ange-fühlt hat, aber ich glaube, wenn du dich bewegst, wäre es noch besser.«

Tiny stöhnte und bewegte sich neben ihr. Sie lächelte, weil es ihr gefiel, dass sie ihn beeinflussen konnte. Dass sie ihn erregen konnte.

»Was willst du noch versuchen?«

»Versuchen?«

»Ja, im Bett.«

»Alles?«

»Da musst du schon etwas genauer werden. Ich weiß, dass es dir gefallen hat, als ich deinen Hintern berührt habe, und wie gesagt, Analsex ist nicht mein Ding, aber wenn du es ausprobieren willst, können wir das tun. Aber nicht sofort. Es wird eine Weile dauern, bis du dafür bereit bist.«

»Das glaube ich nicht ... aber es hat mir gefallen, dass du mich dort berührt hast.«

»Mir hat es auch gefallen.«

»Und ich möchte dir einen Blowjob geben. Und vielleicht kannst du mich von hinten nehmen? Ich habe gehört, dass sich das gut anfühlt.«

»Du bringst mich um, Süße. Alles, was du willst, kannst du haben. Es muss dir nicht peinlich sein zu fragen. Zwischen uns, in diesem Bett, ist nichts tabu, okay?«

»Okay«, sagte sie mit einem Lächeln. Um ehrlich zu sein, war sie erleichtert, dass ihr erstes Mal hinter ihr lag. Es hatte sich angefühlt, als würde ein riesiges *Ding* über ihrem Kopf hängen. Und jetzt, da es vorbei war, war sie ... frei.

Ihr Vater war hinter Gittern, *Die Zuflucht* war sicher, sie war frei, genau die zu sein, die sie war. Und sie konnte dieser Mensch mit Tiny sein. Sie war noch nie so glücklich gewesen.

KAPITEL SIEBZEHN

Fast eine Woche später herrschte in der *Zuflucht* ein reger Betrieb. Obwohl es keine Gäste gab, waren trotzdem Leute dort. Jetzt, da Harold Lodge hinter Gittern saß und die Bedrohung für die Lebensgrundlage beseitigt war, stürzten sich alle in die Vorbereitungen für Alaskas und Bricks Hochzeit.

Für Tiny war das Paar der Grundstein dieses Ortes. Die Leute, die den Rest der Besitzer davon überzeugt hatten, dass Liebe möglich war. Nachdem Ryleighs Vater für einen ganzen Monat Reservierungen storniert hatte, nur um ein Arschloch zu sein, hatten sie die meisten Aufenthalte verschoben, aber eine Woche frei gehalten und beschlossen, eine höllische Wochenendparty für das Paar zu schmeißen.

Tiny und der Rest der Jungs hatten ebenfalls darüber diskutiert und beschlossen, dass sie auf dem Empfang Alkohol ausschenken wollten, da es keine Gäste gab. Nicht so viel, dass alle völlig betrunken wären, aber wer wollte, konnte ein oder zwei Gläser Wein oder ein Bier trinken und natürlich mit einem Glas Champagner auf das Glück des Paares anstoßen.

Die Stimmung in der *Zuflucht* war fast ausgelassen. Die Mitarbeiter waren froh, sich entspannen zu können, bevor sie sich wieder auf die Arbeit mit zahlenden Kunden konzentrieren mussten. Und alle Freunde von Brick und Alaska waren aufgefordert worden, zur Hochzeit einzuladen, wen immer sie wollten.

Henley bat ihre frühere Nachbarin Cheri Singleton und deren Tochter, aus Albuquerque zu kommen. Jasna durfte Sharyn, eine Freundin, die sie im Kunstcamp kennengelernt hatte, und ihre Mutter einladen. Reese hatte natürlich ihren Bruder Jack – auch bekannt als Woody – und seine neue Frau Isabella eingeladen wiederzukommen. Maisy lud Paige, die Köchin ihres früheren Zuhauses, ein, die für sie mehr wie eine Mutter war. Bricks Mutter war dabei; Tonka hatte gefragt, ob er seinen früheren Partner Raiden und dessen Frau Khloe einladen dürfe. Sie kamen aus der kleinen Stadt Fallport, Virginia nach New Mexico.

Und Tiny lud jemanden ein, den er eigentlich nur ein paarmal getroffen, mit dem er aber viel per Telefon und E-Mail kommuniziert hatte. Ein Mann namens Matthew Steele, auch bekannt als Wolf, und seine Frau Caroline. Wolf war ein pensionierter SEAL, der in Marine-Kreisen sehr bekannt war. Er und seine Frau hatten ihre eigene Hölle durchgemacht, und Tiny konnte es kaum erwarten, dass sie seine Ryleigh kennenlernte. Nach dem zu urteilen, was er von den beiden Frauen wusste, waren sie sich sehr ähnlich. Süß, rücksichtsvoll und verdammt stark, wenn die Dinge aus dem Ruder liefen.

Die meisten Gäste waren bereits eingetroffen und amüsierten sich prächtig. Es fühlte sich richtig an, Brick und Alaska diese große Feier für ihre Hochzeitszeremonie zu geben. Robert übertraf sich selbst in der Küche und kochte eine ganze Menge, und Stone und Tiny waren damit beschäftigt, ihren Freunden und ihrer Familie Rundflüge zu ermöglichen.

Cora und Pipe hatten auch alle Hände voll zu tun mit ihren neuen Pflegekindern. Joyce, Kason, Shannon und Max waren vor zwei Tagen angekommen und mussten sich noch an das Leben in der *Zuflucht* gewöhnen. Sie schienen gute Kinder zu sein, nur unsicher und schüchtern, was sich hoffentlich legen würde, wenn sie merkten, dass sie nicht getrennt werden würden. Jasna ging in dieselbe Klasse wie Kason, und es half, dass die beiden sich bereits kannten.

Tiny hatte selbst viel zu tun ... mit Ryleigh. Nachdem sie ein paar Tage gebraucht hatte, um sich von ihrem ersten Mal zu erholen, war sie unersättlich gewesen. Sie wollte unbedingt wissen, was sie in Sachen Sex alles verpasst hatte, und Tiny war mehr als bereit, ihre Neugierde zu befriedigen. Sie war die perfekte Partnerin für ihn, sowohl im als auch außerhalb des Schlafzimmers.

Sie ließ ihm Freiraum, um die Dinge zu tun, die ihm Spaß machten, wie zum Beispiel mit ihren Freunden wandern zu gehen, ließ ihn aber wissen, wie sehr sie ihn vermisst hatte, sobald sie sich wiedersahen. Und sie hatte auch viel zu tun, sie passte auf Reese und Henley auf, unterhielt Jasna nach der Schule, half dabei, die Hütten für die Ankunft der anderen vorzubereiten, und half generell, wo und wann immer sie gebraucht wurde.

Aber als sie am Ende eines jeden Tages wieder in ihrer Hütte ankamen, hatte Tiny ihre ganze Aufmerksamkeit. Sie liebten sich immer wieder, bis tief in die Nacht hinein, und sie war begeistert, als sie erfuhr, dass er recht gehabt hatte. Seit diesem ersten Mal hatte Sex nicht mehr wehgetan. Natürlich stellte Tiny sicher, dass sie jedes Mal feucht war, bevor er in sie eindrang. Sie hatten schon in allen Stellungen Liebe gemacht, die er kannte, und in einigen, von denen er noch nie gehört hatte. Aber da Ryleigh eine Meisterin in Sachen Computer war, hatte sie ein paar abgefahrene Dinge ausgegraben, die Tiny gern ausprobierte. Manche funktionierten, andere nicht, aber das Lachen in ihrem Liebesspiel war ein weiterer Bonus und etwas, das Tiny noch nie erlebt hatte.

Er liebte sie. So sehr, dass es fast beängstigend war.

Ryleigh versuchte, ihre anhaltenden Sorgen um ihren Vater zu verbergen, aber es gelang ihr nicht besonders gut. Tiny missgönnte ihr die paar Stunden am Morgen nicht, in denen sie wie besessen im Internet nach Anzeichen dafür suchte, dass Harold in letzter Minute irgendwelche Überraschungen hinterlassen hatte, aber jetzt, fast eine Woche nach seiner Verhaftung, hatte sie immer noch nichts gefunden. Was für alle eine Erleichterung war.

Sie waren gerade mit den Hochzeitsvorbereitungen fertig geworden und waren zurück in ihrer Hütte, um sich ein schnelles Mittagessen zu machen. Wolf und Caroline würden in etwa einer Stunde ankommen, und er konnte es kaum erwarten, sie Ryleigh vorzustellen. Tiny hatte ihr schon ein wenig von ihnen erzählt, aber Tex hatte sich gemeldet, als er hörte, dass das Paar in *Die Zuflucht* kommen würde, und er hatte Ryleigh sogar noch mehr erzählt. Alle waren ein wenig enttäuscht, als Tex selbst nicht kommen konnte, aber sie verstanden es. Eine seiner Töchter hatte eine Ballettaufführung, die er nicht verpassen wollte. Die Familie ging immer vor.

»Was ist, wenn sie mich nicht mögen?«, fragte Ryleigh nervös.

»Sie werden dich lieben«, beruhigte er sie.

Sie rollte mit den Augen. »Ich glaube, du bist voreingenommen.«

Tiny lachte. »Vielleicht, aber ich liege nicht falsch. Du bist liebenswert, Süße.« Ihm gefiel weder ihr zweifelndes

Gesicht noch die Tatsache, dass sie den Blick von ihm abwandte.

Er stellte sich vor sie und ließ ihr keine andere Wahl, als ihn anzusehen. »Das bist du«, beharrte er. »An deinem ersten Tag hier hast du Jess und Carly um den kleinen Finger gewickelt. Du hast Alaska bei deinem Vorstellungsgespräch überzeugt, und nein, erzähl mir nicht, dass du es irgendwie geschafft hast, Alaskas Meinung über dich mit deinen Internetfähigkeiten zu beeinflussen. Das Vorstellungsgespräch hast du vielleicht mit ein bisschen Fingerfertigkeit bekommen, aber den Job hast du dir selbst besorgt. Die Jungs respektieren und lieben dich alle, und glaub nicht, dass mir entgangen ist, wie nahe du und Jasna euch steht.«

Ryleighs Augen füllten sich mit Tränen, aber er fuhr fort.

»Und du weißt, wie sehr ich versucht habe, dich *nicht* zu mögen ... und völlig versagt habe. Selbst als ich versucht habe, mir einzureden, dass du mit schlechten Absichten hier bist, konnte ich nicht auf Abstand gehen. Ich *musste* dich nicht hier unterbringen, um ein Auge auf dich zu haben. Es gab ein Dutzend verschiedene Möglichkeiten, wie ich das hätte tun können ... aber ich *wollte* dich hier haben. Unter meinem Dach. Selbst wenn ich wütend auf dich war, hattest du etwas an dir, dem ich einfach nicht widerstehen konnte. Ich wollte es nicht.«

»Ein Dutzend verschiedene Möglichkeiten?«, fragte sie mit einem kleinen Schniefen. »Was zum Beispiel?«

Tinys Lippen zuckten. »Ich weiß nicht, aber ich hätte mir auch etwas anderes ausdenken können. Ich will damit sagen, dass Caroline und Wolf dich lieben werden. Bei meinem Glück werden sie wahrscheinlich versuchen, dich dazu zu bringen, nach Kalifornien zu ziehen, damit sie dich öfter sehen können.

Sie werden dich mit einem der SEALs verkuppeln, mit denen sie dort arbeiten – was übrigens nicht passieren wird. Ich hoffe, es ist dir nicht peinlich, aber sie kennen das Wesentliche deiner Geschichte, warum du hier bist, wissen über deinen Vater. Wolf war stinksauer und Caroline war auch nicht viel besser. Sie werden dich lieben, Schatz, du musst nur du selbst sein.«

Sie sah immer noch skeptisch aus – und Tiny traf eine Entscheidung.

Er legte den Löffel weg, mit dem er den Thunfischsalat umrührte, den er gerade machte, und legte die Hände auf ihre Schultern. Er schob sie nach hinten, bis sie an der Theke lehnte. »Spring hoch«, befahl er.

»Warum?«

»Weil. Ich will dich vernaschen und dich dann von hinten ficken, hier in unserer Küche.«

Und einfach so war ihr vorheriges ernstes Gespräch vergessen und Vorfreude lag in der Luft.

»Ich habe eine bessere Idee. Warum gehst *du* nicht einen Schritt zurück und lässt dir von mir einen Blowjob geben? Jedes Mal wenn ich es versucht habe, wurdest du ungeduldig und hast es mich nicht zu Ende bringen lassen.«

Der Gedanke an ihren Mund um seinen Schwanz ließ seine Erektion gegen seine Jeans drücken. Seine Frau mochte vor einer Woche noch Jungfrau gewesen sein, aber sie hatte die verlorene Zeit schnell aufgeholt.

»Bist du sicher?«, fragte er.

Als Antwort griff sie nach seinem Gürtel. Tiny trat einen Schritt zurück, wie sie es verlangt hatte, und beobachtete, wie sie vor ihm auf die Knie ging und dabei seine Hose und Boxershorts mit herunterzog.

Ihr Anblick, wie sie vollständig bekleidet zu seinen Füßen kniete, machte Tiny so hart, dass es wehtat. Und als sie seinen Schwanz in die Hand nahm und den Mund öffnete, musste er sich zusammenreißen, damit er sie nicht hochzog und sich mit ihr vergnügte. Aber sie wollte es, und er hatte es ihr schon mehr als einmal verweigert. Nicht weil er es nicht wollte, sondern weil er nicht glaubte, dass er sich lange genug zurückhalten konnte, um sie erforschen zu lassen.

Er dachte, da es mitten am Tag war und er in seiner sonnigen Küche stand, würde er sich vielleicht besser beherrschen können.

Er irrte sich.

Der Anblick und das Gefühl von Ryleigh, die seinen Schwanz mit ihren Fingern und ihrem Mund berührte, war viel zu viel. Sie war nicht geübt, ihre Bewegungen waren schlampig und unkoordiniert, als sie einen Rhythmus fand, aber allein ihr Enthusiasmus machte es umso erotischer.

Trotzdem dachte Tiny, dass er sich vielleicht beherrschen könnte – bis sie ihn tief in den Mund nahm und stöhnte. Der Widerhall umschmeichelte seinen Schwanz auf eine Weise, die er noch nie zuvor gespürt hatte. Und er war am Ende.

Er griff nach unten, zog sie von seinem Schwanz und drehte sie beide, wobei er sie praktisch zum Tisch schob.

Er riss ihr die Leggings und die Unterwäsche herunter, mehr als dankbar, dass er nicht an einem Gürtel oder Reißverschluss herumfummeln musste, und drückte dann ihren Oberkörper nach unten. Er hatte mehr als einmal davon geträumt, sie von hinten zu nehmen, an dem Tisch, an dem sie so viele Stunden mit ihrem Computer verbracht hatte. Sein Schwanz tropfte ungeduldig, während er sich mit einer Hand davon überzeugte, dass sie ihn ohne Schmerzen nehmen konnte. Er wollte nie wieder sehen, wie sie so zusammenzuckte, wie sie es bei ihrem ersten Mal getan hatte.

»Tu es!«, drängte Ryleigh ihn, ihre Wange auf dem Tisch

und die Kante umklammert, während er mit ihrer Muschi spielte.

Tiny fand keine Worte. Er richtete seinen Schwanz aus und glitt mit einem langen Stoß in sie hinein.

Sie stöhnten beide in Ekstase. Danach war ihr Liebesspiel hart und schnell. Ryleigh ermutigte ihn und hielt sich fest, während er wie ein Verrückter in sie stieß. Ihr Hintern wackelte bei jedem seiner Stöße, und nichts, was er bisher erlebt hatte, war jemals so gut gewesen.

Farben explodierten hinter seinen geschlossenen Lidern, während Tiny verzweifelt gegen seinen Orgasmus ankämpfte. Er wollte, dass sie zuerst kam, er *brauchte* es. Er beugte sich vor und tastete mit den Fingern nach ihrer Klitoris, und er spürte, wie sein Schwanz in ihre klatschnasse Muschi hinein- und wieder herausglitt, während er sie streichelte.

Ryleigh krümmte sich gegen ihn, nicht zufrieden damit, einfach nur dazuliegen und zu nehmen, was er ihr gab.

»Komm, Ryleigh. *Jetzt.*«

Sie tat es nicht, nicht sofort, was Tiny dazu veranlasste, seinen eigenen Orgasmus verzweifelt noch länger hinauszuzögern. Aber schon bald spürte er, wie ihre inneren Muskeln um ihn herum zitterten. Unmittelbar danach klammerte sie sich so fest an ihn, dass es fast wehtat.

Tiny spannte den Hintern an und schob seinen Schwanz so tief wie möglich in sie hinein, was sich in dieser Position tiefer anfühlte als sonst, und ließ los, obwohl ihre Muskeln noch immer um ihn herum krampften.

Er sah Sterne, dann hätte er schwören können, dass seine Sicht für einen Moment dunkel wurde. Als er wieder zu sich kam, wurde ihm klar, dass er Ryleigh wahrscheinlich zerquetschte, da er auf ihrem Rücken auf dem Tisch lag. Er richtete sich auf und stellte fest, dass seine Arme zitterten.

»Verdammte Scheiße«, murmelte er. »Ich glaube, du hast mich gerade von innen nach außen gekehrt.«

»Das ist mein Satz«, keuchte sie.

Sobald er sich ganz aus ihrem Körper zurückgezogen hatte, drehte Ryleigh sich um und stürzte sich praktisch auf ihn. Tiny fing sie auf und hielt sie an sich gedrückt. Im Geiste lachte er über das Bild, das sie wahrscheinlich abgaben. Hemden an, Hosen und Unterwäsche um die Knöchel, gestoppt durch ihre Schuhe.

»Ich möchte etwas sagen, aber ich will nicht, dass du ausflippst«, sagte er.

Ryleigh zog sich zurück und sah ihn mit einem fragenden, besorgten Blick an.

»Ich liebe dich«, platzte er heraus. »Du musst die Worte nicht erwidern, aber ich hoffe, du gibst mir eine Chance zu beweisen, dass meine Arschloch-Tage hinter mir liegen und ich ein Mann sein kann, dem du vertraust und den du liebst. Ich hätte nie gedacht, dass ich wieder hier sein würde, nicht nach meiner Ex und dem, was sie getan hat. Aber kein einziges Mal hatte ich Angst, neben dir einzuschlafen. Ich bin mir nicht mal sicher, ob ich ohne dich überhaupt noch gut schlafen kann. Du hast mich für jede andere Frau verdorben, und ich möchte den Rest meines Lebens an deiner Seite verbringen. Aber ich erzähle dir das alles nicht, um dich unter Druck zu setzen. Ich wollte nur, dass du es weißt.«

Ihre Augen waren riesig, und sie grub die Finger in seinen Bizeps, als sie sich an ihn klammerte.

»Ryleigh? Mache ich dir Angst?«

»Ja. Nein. Vielleicht?«

Er lachte. »Tut mir leid. Wahrscheinlich nicht der beste Zeitpunkt, was? Komm, wir machen dich sauber und dann unser Mittagessen fertig. Dann können wir zur Lodge gehen und uns mit Wolf und Caroline treffen. Heute Abend essen wir alle zusammen in der Lodge, als eine Art Probeessen und damit sich alle sehen können.« Tiny plapperte, und er wusste es, aber er wollte nicht, dass Ryleigh sich wegen seines Geständnisses unwohl fühlte.

Sie hob eine Hand und legte sie ihm auf den Mund. »Ich weiß von dem Abendessen, ich habe es mitorganisiert, schon vergessen?« Sie gab ihm keine Gelegenheit zu einer Antwort, und da ihre Hand über seinem Mund lag, konnte er sowieso nicht sprechen. »Ich liebe dich auch«, sagte sie leise, wobei sie leicht errötete. »Das tue ich schon seit einer ganzen Weile.«

Tiny griff nach ihrer Hand und riss sie von seinem Mund weg. »Sag es nicht, wenn du es nicht ernst meinst. Ich könnte nicht damit umgehen, dass du es sagst und dann zurücknimmst.«

»Keine Rücknahmen«, flüsterte sie.

»Verdammt, jetzt will ich dich wieder«, sagte er mit einem Schmollmund.

Ryleigh kicherte.

Tiny liebte dieses Geräusch. Er *liebte* es. Sie hatte in der Zeit, in der sie hier war, nicht annähernd genügend Gelegenheiten gehabt, zu lachen und unbeschwert zu sein. Er schwor sich in Gedanken, das zu ändern.

»Du hast mir nicht erlaubt, den Blowjob zu beenden«, sagte sie in einem scheinbar genervten Ton.

»Tut mir leid, aber sobald du mich berührst, verliere ich die Kontrolle.«

»Wie auch immer«, entgegnete sie und rollte mit den Augen.

»Komm schon, schieb deinen schönen Arsch zum Spülbecken, damit ich uns sauber machen kann.«

Das brachte sie wieder zum Kichern, aber sie ließ sich

von Tiny festhalten, als sie sich beide auf den Weg zum Spülbecken machten. Jetzt war Tiny an der Reihe, sich zu Ryleighs Füßen niederzuknien, während er mit einem feuchten Papiertuch über die Innenseiten ihrer Oberschenkel strich, um das aus ihr herausgelaufene Sperma abzuwischen. Er hatte das noch nie für eine Frau getan – er hatte es auch nicht nötig, da er immer Kondome benutzt hatte –, aber er fand es unerträglich intim und extrem erotisch, ihre gemeinsamen Säfte auf ihrer Haut zu sehen.

Er liebte auch die leichte Röte auf ihren Wangen, während er sich um sie kümmerte. Das war nur ein weiterer Grund, warum er sich schwor, dieser Frau immer zu zeigen, wie wertvoll sie für ihn war.

Sie schafften es, sich wieder anzuziehen und das Mittagessen zuzubereiten. Es fiel ihm schwer, sich an den Tisch zu setzen, auf dem er sie gerade gefickt hatte, und er verspürte den Wunsch, den Vorgang sofort zu wiederholen, und er versprach sich, dies so bald wie möglich zu tun. Die Vorstellung, sie von hinten zu nehmen, über den Tisch gebeugt, und das ähnliche Bild in seinem Kopf, wie sie über ihren Laptop gebeugt war, machte ihn perverserweise an. Sie war ein Nerd ... aber sie war *sein* Nerd. Sein verdammt attraktiver Nerd.

»Worüber denkst du so angestrengt nach?«, fragte sie, als sie fast mit dem Essen fertig waren.

»Ich habe mich nur gefragt, ob ich dir eine schwarze Bibliothekarsbrille besorgen soll, damit du sie trägst, während ich dich auf diesem Tisch ficke.«

Seine Liebe zu ihr wuchs, als sie, anstatt ihn seltsam oder pervers zu nennen, einfach mit den Augen rollte und kicherte.

»Ist das ein Ja?«, drängte er, plötzlich verzweifelt darauf aus, die Fantasie in seinem Kopf wahr werden zu lassen.

Sie zuckte mit den Schultern. »Sicher.«

Tiny musste seinen Schwanz in seiner plötzlich zu engen Jeans zurechtrücken.

»Du bist so seltsam«, sagte sie, als hätte sie seine Gedanken gelesen, aber da sie lächelte, als sie es sagte, nahm Tiny es ihr nicht übel. Andererseits glaubte er auch nicht, dass er sich durch irgendetwas, was sie sagte, beleidigt fühlen konnte.

»Ja«, stimmte er zu. Dann wurde er nüchtern. »Hast du es ernst gemeint? Du hast es nicht nur gesagt, weil ich es gesagt habe?« Er hatte keine Ahnung, woher diese Unsicherheit kam.

»Und *du*?«, konterte sie verunsichert.

Und *das* war inakzeptabel. »Ich habe in meinem ganzen Leben noch nie etwas ernster gemeint. Ich liebe dich, Ryleigh. Das werde ich immer tun.«

»Ich liebe dich auch.«

Diese Worte zum zweiten Mal zu hören beruhigte etwas tief in ihm, von dem Tiny gar nicht gewusst hatte, dass es der Beruhigung bedurfte.

Sie lächelten einander an. Er wünschte sich nichts sehnlicher, als mit ihr in ihr Schlafzimmer zu gehen und lange, langsame Liebe mit ihr zu machen, nicht so wie bei dem Quickie, den sie gerade auf dem Tisch gehabt hatten.

Als könnte sie seine Gedanken lesen, sagte sie: »Wir sollten mit deinen Freunden reden.«

»Ja«, stimmte er seufzend zu.

Sie räumten die Küche auf und machten sich zwanzig Minuten später auf den Weg zur Lodge. Tiny sah sofort Wolf und seine Frau und ging auf sie zu.

Wolf war ein paar Zentimeter größer als Tiny und etwa ein Jahrzehnt älter. Er hatte graues Haar an den Schläfen, und obwohl er groß und muskulös war, hätte jeder, der ihn ansah, denken können, er sei ein Buchhalter mittleren

Alters oder so, aber Tiny wusste es besser. Der Mann war zwar aus der Marine ausgeschieden, aber er war immer noch ein SEAL durch und durch.

Als er spürte, dass Tiny ihn ansah, drehte Wolf sich um, und ein Grinsen bildete sich auf seinem Gesicht. Er beugte sich hinunter und sagte etwas zu der Frau, die neben ihm stand, und auch sie drehte sich in ihre Richtung. Dann schritt Wolf auf ihn zu.

Er streckte Tiny den Arm entgegen und sie schüttelten sich die Hand, bevor Wolf ihm zur Begrüßung eine Umarmung gab und auf den Rücken klopfte.

»Verdammt schön, dich wiederzusehen«, sagte Wolf.

»Gleichfalls«, stimmte Tiny mit einem Lächeln zu. Als er den ehemaligen SEAL das erste Mal getroffen hatte, hatten sie sich sofort gut verstanden.

Caroline lächelte Tiny von der Seite ihres Mannes an. Wolf legte sofort einen Arm um ihre Schultern und zog sie an sich. Sie war fast einen Kopf kleiner als ihr Mann, aber sie schien sich perfekt an ihn zu schmiegen. Ihr hellbraunes Haar war zu keiner besonderen Frisur frisiert, und es sah nicht so aus, als trüge sie Make-up. Ihre Jeans und ihre Bluse sahen lässig und bequem aus. Als sie zu Wolf aufsah, wurden ihre Augen lebendig und sie schien von innen heraus zu strahlen. Dies war eine Frau, die zutiefst geliebt wurde und dadurch aufblühte.

»Das ist meine Frau Ice.«

Caroline schlug ihm spielerisch auf die Brust und schüttelte verärgert den Kopf. »Caroline. Mein Name ist *Caroline*. Es freut mich sehr, dich kennenzulernen, Tiny. Und dich auch, Ryleigh. Du heißt doch Ryleigh, oder?«

»Die meisten Leute nennen mich Ry«, sagte sie zu der anderen Frau.

»Dann Ry.«

»Hattet ihr schon Gelegenheit, euch umzusehen?«, fragte Tiny.

»Wir sind gerade erst angekommen, also nein«, sagte Wolf.

»Ich führe euch gern herum«, bot Ryleigh an.

Trotz ihrer Nervosität, das Paar kennenzulernen, schien Ryleigh sich völlig wohlzufühlen, und Tiny war sehr stolz auf sie. Sie mochte denken, dass sie kein geselliger Mensch war oder dass es ihr nicht leichtfiel, Freundschaften zu schließen, aber das war definitiv nicht der Fall.

»Das würde mir gefallen«, sagte Caroline. »Wolf, geh du und mach dein Ding mit den Jungs. Ich werde mit Ry gehen. Sie kann mich herumführen.«

»Klingt gut für mich. Ich bringe unsere Sachen später in unsere Hütte«, sagte Wolf.

»Ich bin sicher, sie sind schon dort«, informierte Tiny ihn.

»Und ich werde Caroline während der Führung zeigen, in welcher Hütte ihr wohnt«, sagte Ryleigh.

»Ihr seid sehr organisiert«, sagte Wolf grinsend.

»Und ob wir das sind«, stimmte Tiny zu.

Wolf neigte den Kopf zu seiner Frau und sagte leise etwas, und Tiny nutzte die Gelegenheit, um mit Ryleigh zur Seite zu treten. »Geht's dir gut?«, fragte er.

»Ja.«

Er konnte sich nicht verkneifen zu sagen: »Ich habe dir doch gesagt, dass ihr schnell Freundinnen werden würdet.«

Ryleigh rollte mit den Augen. »Ich kenne sie erst seit etwa zwei Sekunden. Ich denke, die Sache ist noch nicht entschieden.«

»Doch, ist sie. Beste Freundinnen. Es würde mich nicht wundern, wenn sie dich zu einem Besuch in Riverton einlädt, bevor der Abend zu Ende ist.«

Anstatt wieder mit den Augen zu rollen, flüsterte

Ryleigh: »Dieser Ort überrascht mich immer wieder aufs Neue. Normalerweise mögen die Leute mich nicht, wenn sie mich zum ersten Mal treffen.«

Tiny hasste das für sie. »Dann hast du bisher einfach die falschen Leute getroffen.«

Sie dachte einen Moment über seine Worte nach. »Da hast du wahrscheinlich recht.«

Tiny küsste sie sanft auf die Stirn und drückte ihre Hand. »Viel Spaß, aber seid vorsichtig beim Herumlaufen.«

»Das werden wir.«

»Treffen wir uns in einer Stunde oder so wieder hier? Ist das genügend Zeit?«

»Mehr als genug. *Die Zuflucht* ist nicht *so* groß«, erklärte sie ihm lachend.

»Gut.« Tiny drückte ihre Hand, als sie sich wieder Wolf und Caroline zuwandten.

»Bereit?«, fragte Ryleigh die Frau.

»Auf jeden Fall. Ich kann es kaum erwarten, diesen Ort zu sehen. Ich konnte es kaum glauben, als Wolf sagte, wir würden hierherkommen. Ich habe alle möglichen wunderbaren Dinge gehört. Heißt die Kuh wirklich Melba?«

Tiny lächelte, als Caroline und Ryleigh Seite an Seite auf die Küche zugingen. Für einen Moment vergaß er fast, wo er sich befand ... weil er auf den Hintern seiner Frau starrte und sich daran erinnerte, wie dieser aussah, als er vor weniger als einer Stunde von hinten in sie hineingestoßen hatte.

Wolf räusperte sich, und Tiny schaute mit einem entschuldigenden Blick zu ihm hinüber.

»Wie lange seid ihr zwei schon zusammen?«

»Ryleigh und ich? *Zusammen*-zusammen, nicht lange«, gab Tiny zu.

Wolf hob eine Augenbraue. »Wirklich? Ihr zwei habt

eine Verbindung, das ist leicht zu erkennen. Ich bin überrascht, dass es erst so kurze Zeit ist.«

»Wir kennen uns schon seit über einem Jahr, aber ich musste erst in die Gänge kommen, bevor etwas passieren konnte.«

»Ah ja, das habe ich mehr als einmal gesehen. Wenn du mich fragst ... ihr scheint gut zusammenzupassen. Sie ist das Computergenie, das Tex einen harten Wettkampf bietet, ja?«

Tiny lachte. »Ja. Was sie alles kann ...« Er schüttelte den Kopf. »Es ist ziemlich beängstigend. Neulich hat sie mir erzählt, dass sie die CIA-Firewalls gehackt hat, nur um zu sehen, ob sie es kann – mit vierzehn.«

Wolf pfiff.

»Nicht wahr? Ich bin hin- und hergerissen zwischen dem Wunsch, es nicht zu wissen, und dem *Bedürfnis*, es zu wissen«, sagte Tiny.

»Ein kleiner Ratschlag? Du willst es nicht wissen«, sagte Wolf.

»Du hast wahrscheinlich recht.«

»Ich habe immer recht, frag nur meine Frau«, sagte Wolf.

Tiny lachte. »Willst du auch eine Tour?«

»Auf jeden Fall. Der Ruf dieses Ortes ist legendär. Ich habe schon einigen Seeleuten und Bekannten empfohlen, ein paar Nächte hier zu verbringen. Ich habe gehört, eure Psychologin ist erstklassig.«

»Das ist sie. Henley ist eine Wundertäterin. Wenn du Tonka vor und nach seiner Beziehung zu ihr gekannt hättest, würdest du mir zustimmen«, sagte Tiny.

»Das muss ich nicht, die Online-Bewertungen sagen alles. Ich freue mich für dich, Mann. Ich wünschte, alle unsere Veteranen hätten so einen Ort, auf den sie zurückgreifen können, wenn sie ihn brauchen.«

»Ich auch. Wir arbeiten an einem gebührenfreien Programm für diejenigen, die sich die Preise nicht leisten können. Und wir haben genügend Spenden erhalten, um so etwas schon bald verwirklichen zu können.«

»Das sind gute Nachrichten. Ich werde diesen Ort auf jeden Fall ebenfalls weiterempfehlen«, versprach Wolf.

»Das weiß ich zu schätzen. Komm, lass uns mit der Tour beginnen. Ich bin sicher, du und Caroline wollt euch vor dem Abendessen noch etwas frisch machen oder ausruhen. Ich warne euch, die nächsten paar Tage werden ziemlich verrückt.«

»Es kann nicht verrückter werden, als wenn meine ganze Crew zusammenkommt. Ich kann die Kinder nicht mehr alle auseinanderhalten.«

Tiny wusste, dass Wolf nur Mist erzählte. Der Mann war scharfsinnig; er würde niemals vergessen, wer wessen Kind war und wie es hieß.

»Wir haben im Moment nur zwei Babys, aber zwei weitere sind unterwegs, und bei Cora und Pipe sind gerade die ersten vier Pflegekinder eingezogen. Dazu kommen Jasna und die Haustiere. Es wird also immer verrückter hier. Wir dachten immer, Kinder in der Nähe zu haben sei etwas Negatives ... denn manche Menschen reagieren auf schreiende Babys oder Kinder. Aber ehrlich gesagt war es ganz okay, zumindest in der kurzen Zeit, in der wir die Situation bisher beobachten konnten, bevor Harold Lodge anfing, unsere Reservierungen durcheinanderzubringen.«

»Ich bedaure den Ärger, den er verursacht hat, aber darf ich zugeben, dass es mir nicht leidtut, dass wir deswegen jetzt hier sind?«, fragte Wolf.

Tiny lachte, als sie auf die Eingangstür zusteuerten. Er nickte Brick zu, als er mit Wolf hinausging. Sein Freund erwiderte es und zeigte auf die Uhr, dann hielt er vier Finger hoch. Tiny nickte, um die Erinnerung zur Kenntnis zu nehmen, wann das Abendessen begann. Er brauchte sie nicht, aber er merkte, dass Brick unter Stress stand, weil er für Alaska alles perfekt machen wollte.

»Nur wenn ich zugeben darf, dass es irgendwie schön ist, sich ein wenig zu entspannen und sich keine Gedanken darüber machen zu müssen, wie man um die Gäste herumschleicht, während wir eine Feier für unsere Freunde veranstalten. Wir hatten schon ein paar Hochzeiten hier, aber da wir die Leute nicht in ihrem Urlaub stören oder den Eindruck erwecken wollen, dass wir ihnen nicht die Aufmerksamkeit schenken, die ihr Geld mit ihrem Aufenthalt erkauft hat, ist es schön, dass wir uns in dieser Woche nicht um solche Dinge kümmern müssen.«

»Ich verstehe. Es ist ein heikles Gleichgewicht ... dafür zu sorgen, dass es den Gästen geistig gut geht, aber auch euer Leben zu leben, da dies euer Zuhause ist.«

»Ich nehme an, das haben wir auf uns genommen, als wir uns entschieden haben, auf dem Grundstück zu leben«, sagte Tiny achselzuckend.

»Nochmals, ihr habt alle einen tollen Job gemacht. *Die Zuflucht* ist der perfekte Ort für Menschen mit posttraumatischer Belastungsstörung, um sich zu erholen. Um zu leben, ohne sich Sorgen machen zu müssen, dass die Welt über sie urteilt.«

Das Lob von Wolf bedeutete Tiny sehr viel. Er und seine Freunde hatten sich den Arsch aufgerissen, um dies zu einem sicheren Ort für alle zu machen, die ihn brauchten. Von einem Dritten, einem anderen Veteranen, zu hören, dass sie es geschafft hatten, machte ihn stolz.

Während er Wolf herumführte und ihm *Die Zuflucht* zeigte, dachte ein Teil von Tiny immer an Ryleigh. Er hoffte, dass ihre eigene Tour gut verlaufen würde. Er hatte keinen Grund zu glauben, dass es nicht so sein würde, aber er wusste, dass sie immer gestresst war, wenn sie jemand

Neues kennenlernte. Er zählte die Minuten, bis er sie wiedersah. Sie gab ihm Halt. Erdete ihn.

Und er konnte es kaum erwarten zu erfahren, wie es mit Caroline gelaufen war. Konnte es nicht erwarten, ihr Lächeln zu sehen. Ihr Lachen zu hören.

Er war völlig vernarrt in sie, und er verspürte nicht die geringste Angst deswegen.

KAPITEL ACHTZEHN

Ry lächelte über das Chaos, das sie umgab. Die Führung durch *Die Zuflucht* mit Caroline war wirklich gut gelaufen. Die andere Frau war lustig und bodenständig. Sie hatte es geliebt, all die Tiere in der Scheune kennenzulernen, und war sogar auf die Knie gegangen, um eine der neuen Ziegen zu streicheln, die kürzlich geboren worden waren.

Als Ry sie zu der Hütte brachte, in der sie und Wolf wohnten, kam es ihr so vor, als seien sie schon seit Jahren befreundet und hätten sich nicht erst eine Stunde zuvor kennengelernt.

Jetzt saßen sie an Tischen im Eingangsbereich der Lodge und aßen zu Abend, während alle lachten und sich laut unterhielten. Tiny saß zu ihrer Rechten, und sie saßen zusammen mit Tonka, Henley und seinem Freund Raiden, mit dem er gedient hatte, und dessen Frau Khloe.

Raid, wie er genannt werden wollte, war riesig. Er überragte alle. Er sagte, er sei etwa zwei Meter groß. Khloe war im Vergleich zu ihm winzig, aber ihre Persönlichkeit ließ sie irgendwie viel größer erscheinen. Raids leuchtend rotes Haar ließ ihn fast so sehr herausstechen wie seine Größe.

Aber er war so sanftmütig, und als er Tonkas winzige Tochter in die Arme nahm, traten Ry tatsächlich Tränen in die Augen.

Sie wusste alles darüber, was diese beiden Männer mit ihren Diensthunden durchgemacht hatten. Es war entsetzlich und so verdammt traurig. Aber beide schienen jetzt glücklich zu sein, und dafür war Ry dankbar. Im Stillen schwor sie sich, so schnell wie möglich nach dem Arschloch zu suchen, das den beiden Männern und ihren Hunden wehgetan hatte, und dafür zu sorgen, dass das Karma sie einholte.

Diese blutdürstige Seite an ihr war neu, aber sie stellte fest, dass ihr der Gedanke unerträglich war, dass jemand sich mit denen anlegte, die sie liebte.

Jasna saß mit ihrer Freundin Sharyn und deren Mutter an einem anderen Tisch. Bricks Mutter saß ebenfalls an diesem Tisch, zusammen mit Lara und Owl.

Cora und Pipe teilten sich einen Tisch mit ihren vier Pflegekindern sowie mit Cheri Singleton und ihrer Tochter. Cheri war früher Jasnas Babysitterin gewesen. Die ältere Frau hatte den vierjährigen Max auf dem Schoß und unterhielt ihn mit einem Stück Garn, das sie um ihre Finger gewickelt hatte.

Wolf und Caroline saßen mit Reese und Spike sowie ihrem Bruder und Isabella zusammen.

Stone und Maisy waren an einem Tisch mit Brick und Alaska und Paige. Paige war die Frau, die Maisy im Grunde genommen aufgezogen hatte und für sie einer Mutter am nächsten kam.

Alles in allem herrschte eine fröhliche Stimmung im Raum. Alaska hatte darauf bestanden, dass Robert das Essen als Buffet anrichtete, damit er mit den anderen zusammensitzen und essen konnte und nicht den ganzen Abend in der Küche hin und her laufen musste. Alle anderen Mitarbeiter der *Zuflucht* waren ebenfalls anwesend, obwohl sie nach dem Essen nach Hause fahren würden.

Sobald es dunkel wurde, würde es ein großes Lagerfeuer geben, sodass alle noch etwas Zeit hatten, bevor sie ins Bett gingen und sich am nächsten Tag zum Brunch und zur Hochzeitsfeier von Alaska und Brick wiedertrafen. Danach würde es ein weiteres Buffet geben, und dann wurde getanzt. Alle Tische und Stühle würden an den Rand des Eingangsbereiches geschoben werden, und Jason hatte sich als DJ angeboten. Offensichtlich war er mehr als nur ihr Hausmeister; an den Wochenenden arbeitete er als DJ in einem kleinen Klub in Los Alamos.

»Du siehst glücklich aus«, sagte Tiny ihr ins Ohr.

Ry nahm sich einen Moment Zeit, um über seine Worte nachzudenken, bevor sie sich mit einem Lächeln an ihn wandte. »Das bin ich auch. Ich glaube, dies ist das erste Mal in meinem Leben, dass ich mir keine Sorgen darüber mache, was der morgige Tag bringen wird. Früher habe ich mir Sorgen darüber gemacht, was mein Vater von mir verlangen würde, wen ich bestehlen sollte, und nachdem ich weggelaufen war, war ich ständig in Alarmbereitschaft und in Bewegung, immer in der Angst, er könnte mich finden. Und jetzt? Ich denke an nichts anderes als daran, wie viel Spaß das macht. Wie sehr ich mich für Alaska und Brick freue. Und wie *mich* das Zusammensein mit so vielen glücklichen Menschen ebenfalls glücklich macht.«

Tiny drückte ihre miteinander verschränkten Hände, die auf seinem Oberschenkel ruhten. »Das freut mich.«

»Mich auch«, stimmte sie zu.

Das Gespräch am Tisch drehte sich um Khloe und ihren Job als Tierärztin in ihrer kleinen Stadt in Virginia. Sie erzählte von einigen ihrer Kunden – die mit Fell, nicht ihre menschlichen Besitzer. Dann prahlte sie mit ihrem Mann und erzählte, wie Raid in der Bibliothek, die er leitete, einen

Dungeons-and-Dragons-Klub gegründet hatte und wie beliebt dieser war.

Ry hätte den Mann nicht für einen D&D-Nerd gehalten, aber die meisten Leute würden auch nicht vermuten, dass sie sich in die E-Mails des Präsidenten der Vereinigten Staaten einhacken konnte, ohne dass jemand etwas davon mitbekam. Es machte deutlich, dass jeder Mensch verborgene Talente und Leidenschaften hatte ... das machte sie weder sympathischer noch unsympathischer. Es war einfach so.

Langsam begannen die Leute, nach dem Essen die Lodge zu verlassen. Der Plan sah vor, dass diejenigen, die am Lagerfeuer teilnehmen wollten, sich gegen Sonnenuntergang an der Feuerstelle versammeln sollten. Ry hatte sich freiwillig für den Küchendienst gemeldet und dafür gesorgt, dass Alaska nicht in die Nähe von schmutzigem Geschirr kam. Es war ihre Hochzeitswoche, und alle waren entschlossen, dass sie so wenig wie möglich arbeiten und jede Sekunde ihres ungeplanten Urlaubs genießen würde.

Tiny – zusammen mit Luna, Maisy und Paige – half mit. Ry hatte versucht, Paige zu verscheuchen, aber sie erklärte Ry und den anderen unmissverständlich, dass sie ihr ganzes Leben in einer Küche verbracht hatte und dass dies einer der Orte war, an dem sie sich am wohlsten fühlte. Danach brachte es niemand mehr übers Herz, sie zum Gehen zu bewegen.

Das Geschirr war im Handumdrehen abgewaschen, der Eingangsbereich der Lodge gefegt und die Tische und Stühle für den Brunch am nächsten Morgen gerichtet. Als Ry zur Feuerstelle ging, um zu helfen, bevor die anderen eintrafen, dachte sie noch einmal darüber nach, wie anders ihr Leben jetzt im Vergleich zu vorher war, als sie sich noch auf der Flucht vor ihrem Vater befand.

Die Entscheidung für *Die Zuflucht* war ein Glücksfall

gewesen. Sie hatte nicht nur einen Ort gefunden, an dem sie sich verstecken konnte – und Geld, das sie legal verdient hatte –, sondern sie hatte unbeabsichtigt den Ort entdeckt, an dem sie schon immer sein sollte. Sie war nie ein Naturmensch gewesen, aber sie hatte gelernt, die Stille und die frische Luft zu schätzen ... und sie lernte sogar, die Käfer zu tolerieren.

»Woher kommt dieses Lächeln?«, fragte Tiny, als sie Hand in Hand zum Lagerfeuerplatz auf dem Grundstück gingen.

»Es ist schon seltsam, wie das Leben funktioniert, nicht wahr?«, sagte sie etwas kryptisch.

»Auf jeden Fall«, stimmte Tiny zu. »Wenn mir beim ersten Betreten dieses Grundstücks jemand gesagt hätte, dass ich Jahre später immer noch hier sein würde, hätte ich ihm ins Gesicht gelacht. Hier gab es nichts außer Bäumen. Ich fand es wunderschön, aber auch irgendwie einsam. Nicht in einer Million Jahren hätte ich gedacht, dass *Die Zuflucht* tatsächlich funktionieren würde. Natürlich wollte ich, dass sie Erfolg hat, aber ich hätte nicht erwartet, dass jemand viel Geld bezahlt, um mitten im Nirgendwo, wo es keine Fast-Food-Restaurants in der Nähe gibt und damals noch nicht einmal Internet, zu versuchen, seine Seele zu heilen.

Und niemals, *niemals* hätte ich geglaubt, dass wir eingefleischten Junggesellen heiraten würden. Und Tonka und Spike mit Babys?« Tiny schüttelte den Kopf. »Nein. Ich hätte jeden ausgelacht, der diese Möglichkeit in Betracht gezogen hätte.«

»Ich weiß. Mir geht es genauso. Ich meine, nicht was deine Freunde angeht, sondern was mich betrifft. Als ich meinen Vater verließ, hatte ich schreckliche Angst. Ich war naiv und hatte keine Ahnung, wie ich allein leben sollte. Er war ein schrecklicher Mensch und Vater, aber er hat die

Rechnungen bezahlt, das Essen bestellt ... er hat alles gemacht. Und ich hatte solche Angst. Angst, dass er mich finden und mir wehtun würde, weil ich sein Geld gestohlen hatte, aber vor allem hatte ich wohl Angst vor Menschen im Allgemeinen.«

Sie blieb auf dem Weg stehen und drehte sich zu Tiny um. Sie lehnte sich an ihn und schaute ihm in die Augen. »Mein ganzes Leben lang wurde mir gesagt, ich sei dumm. Erbärmlich. Dass ich nichts richtig machen könne. Dass ich keine Freunde hätte und nicht wüsste, wie ich welche finden könne. Ich war das seltsame Kind, und ich wurde eine seltsame Erwachsene. Ich nahm mit niemandem Augenkontakt auf, blieb für mich. Aber irgendwann machte mich das einsam. Ich meine, es gefiel mir, zum ersten Mal auf mich allein gestellt zu sein ... zu essen, was ich wollte, *wann* ich wollte, zu lesen, welche Bücher ich wollte ... all die Dinge, die Erwachsene tun, wenn sie allein leben. Aber ich begann auch, mich nach Gesellschaft zu sehnen. Ich wollte mir kein Haustier zulegen, weil ich zu oft umzog und das dem Tier gegenüber nicht fair wäre. Das ist einer der Gründe, warum ich diesen Job wollte. Ich konnte tagsüber ein wenig mit Menschen sprechen und abends in meine Wohnung zurückkehren.

Ich hätte nie erwartet, dass die Leute mich mögen würden. Dass sie in meiner Nähe sein wollen. Zuerst waren es Jess und Carly. Dann waren es die anderen Angestellten. Einschließlich Alaska. Und Henley. Und als die anderen in *Die Zuflucht* kamen, auch sie. Und dann warst da noch du ...

Ich fühlte mich von Anfang an zu dir hingezogen. Aber ich wusste, ich war kein guter Mensch. Ich hatte dich nicht verdient. Du warst ein Held, ein überlebensgroßer SEAL, und du weißt ja, dass ich vorher keine Zeit mit Männern verbracht hatte. Ich hatte keine Ahnung, wie ich die Art von Frau sein sollte, zu der du dich hingezogen fühlen würdest.«

»Ich wollte dich auch«, sagte Tiny zu ihr. »Du hattest etwas an dir, das mich sofort angezogen hat, als ich dich sah. Ich habe gemerkt, dass du etwas verbirgst, aber ich habe mir eingeredet, dass ich es mir nur einbilde. Dass ich meine Gefühle von meiner Vergangenheit beeinflussen lasse. Und als ich herausfand, dass mein Instinkt nicht nur richtig war, sondern dass dein Geheimnis etwas Größeres war, als ich mir je hätte träumen lassen, habe ich mich verschlossen. Das tut mir leid, Schatz. So sehr.«

Aber Ry schüttelte den Kopf. »Das muss es nicht. Ich glaube, wir mussten das durchmachen, damit wir da landen, wo wir jetzt sind.«

»Nein«, widersprach Tiny. »Es gab keinen Grund für mich, so lange ein Arsch zu dir zu sein. Ich habe dich wie Scheiße behandelt, und das hast du nicht verdient.«

»Tiny«, protestierte Ry, doch er zog sie näher zu sich heran, bis ihre Oberkörper aneinandergepresst waren.

»Du hattest es nicht verdient«, sagte er nachdrücklich. »Dein Vater hat sich geirrt. Du bist nicht dumm, du bist nicht hässlich. Du bist *nichts* von dem, was er behauptet hat. Er hat absichtlich versucht, dir das Gefühl zu geben, wertlos zu sein, dich unter seiner Fuchtel zu halten, das zu tun, was *er* nicht tun konnte. Du bist ein strahlendes Licht, Ryleigh. Die Art von Frau, mit der jeder befreundet sein möchte. Selbstlos, großzügig und so verdammt nett, dass ich mir wie ein Monster vorkomme.«

Ry kicherte. »Wie auch immer, Jake Ryan.«

Diesmal rollte Tiny mit den Augen. »Sieh dich an, Süße. Du hast keine einzige Pause gemacht. Du hast Caroline herumgeführt, Robert und Luna geholfen, das Buffet aufzubauen, die Küche geputzt, die Lodge aufgeräumt, und jetzt bist du hier und hilfst dabei, dass alles für das Lagerfeuer bereit ist. Und das ist nur der heutige Tag. Ich bin mir sicher, dass du morgen genauso viel zu tun haben wirst, um dafür zu sorgen, dass es allen anderen gut geht und sie sich wohlfühlen.«

»Nun, natürlich. Es ist der Tag von Alaska und Brick. Ich möchte, dass er für sie perfekt ist.«

»Das wird er auch. Selbst wenn ein verrückter Schneesturm durchzieht, die Stühle alle kaputtgehen und das Essen plötzlich schlecht wird. Weil sie zusammen sein werden. Weil Brick die Frau heiraten wird, die er liebt, und Alaska endlich den Mann, den sie ihr ganzes Leben lang geliebt hat, ihren Ehemann nennen kann. All der andere Kram ... das ist nur Lärm. Es spielt keine Rolle. Nur, dass sie von Freunden umgeben sind. Das ist das beste Geschenk, das sie haben können.«

Ry gefiel es, dass er so dachte. Sie hatte auf die harte Tour gelernt, dass man mit Geld kein Glück kaufen konnte. Ihr Vater hatte das bewiesen. Sie lächelte zu Tiny auf und nickte.

»Ich werde dich heiraten«, sagte er unverblümt. »Eines Tages werden wir zum Standesamt gehen und es tun. Eine kleine Zeremonie, kein Schnickschnack, kein Trara. Es sei denn, du willst eine große Party, dann gebe ich dir die größte Party, die Die Zuflucht je gesehen hat.«

Ry lächelte ihn an. »Nein, ich will keine Party. Ich will nur dich.«

»Du willst mich also heiraten?«

Ry blinzelte. »Warte, war das ein Antrag?«

Tiny grinste. »Das war es, wenn du Ja sagst.«

»Und wenn ich es nicht tue?«

»Dann war es kein Antrag. Noch nicht.«

Ry liebte diesen Mann. So verdammt sehr. »Ich würde dich heute heiraten, wenn ich könnte«, gab sie zu, »aber es ist doch erst eine Woche.«

»Falsch. Ich glaube, wir wussten beide schon, dass es hierzu kommen würde, als wir uns das erste Mal sahen. Es sind Monate vergangen. Wir mussten nur ein paar Dinge klären, bevor wir endlich in die Gänge kamen.«

Ry schnaubte. »Dinge. Ja.« Dann wurde sie nüchtern. »Ich weiß nicht, wie man eine Ehefrau ist.«

»Liebst du mich?«, fragte Tiny.

»Ja.« Sie zögerte nicht mit ihrer Antwort.

»Und ich liebe dich. Ich bin mir nicht sicher, ob ich weiß, wie man ein Ehemann ist, aber ich glaube, dass wir es gemeinsam herausfinden können. Ich bin mir sicher, dass wir auf dem Weg dorthin Fehler machen werden, aber das ist ein Teil des Lebens. Des Zusammenseins.«

Diese Philosophie gefiel ihr. Wenn er gesagt hätte, dass ihr Leben perfekt sein würde, hätte sie sich wahrscheinlich unwohl gefühlt. Aber mit dem Wissen, dass er mit Stolpersteinen auf ihrem Weg rechnete, fühlte sie sich weniger gestresst von der ganzen Sache. »Okay.«

»Okay was?«, fragte Tiny mit einer kleinen Falte auf der Stirn.

»Ich werde dir erlauben, mich zu heiraten.«

Er lachte, und seine Augen schienen zu funkeln. Sie spürte, wie er an ihrem Bauch hart wurde. »Vielleicht sollten wir in unsere Hütte gehen und unser Verlöbnis feiern.«

Sie kicherte. »Unser Verlöbnis? Wer sagt das denn bitte?«

»Ich habe keine Ahnung«, gab er zu.

»Wir haben gesagt, wir würden beim Feuer helfen«, erinnerte sie ihn.

Er seufzte dramatisch. »Na schön. Du bist so eine harte Zuchtmeisterin.«

Rys Lächeln wurde breiter. »Jup.«

Das Lächeln auf Tinys Gesicht verblasste. Er hob eine Hand, um ihre Wange zu umfassen. »Ich liebe dich, Ryleigh Lodge. Genau so, wie du bist. Geniale Computer-Hackerin, großzügige Freundin, Beschützerin von allen hier in der *Zuflucht*. Ich möchte den Rest meiner Tage damit verbringen, alles über dich zu lernen, was es zu wissen gibt, und dich aufblühen zu sehen.«

»Tiny«, murmelte sie und versuchte verzweifelt, die Tränen zurückzuhalten, die ihr in die Augen gestiegen waren.

»Nicht weinen«, befahl er. »Dies ist ein glücklicher Moment.«

»Tut mir leid, ich weiß«, sagte sie mit einem wackeligen Lächeln. »Ich liebe dich auch. Und ich habe keine Ahnung, warum in aller Welt du mich heiraten willst, eine Spinnerin, die lieber drinnen vor dem Computer sitzt als alles andere, aber ich werde dich immer an erste Stelle setzen. Ich werde eine Frau sein, der du vertrauen kannst, die an deiner Seite schläft und dich vor jedem beschützt, der es wagen könnte, dir auch nur ein Haar zu krümmen.«

Tiny beugte sich vor und küsste sie sanft auf die Lippen.

So standen sie einige Minuten lang in den Armen des anderen da, bis Jasna an ihnen vorbeieilte und rief: »Beeilt euch, ihr Schnarchnasen! Es gibt S'Mores!«

Tiny lachte und zog sich zurück. »Ich schätze, das ist unser Stichwort, unsere Hintern in Bewegung zu setzen.«

»Sieht so aus«, stimmte Ry zu.

Als sie sich auf den Weg zum Lagerfeuer machten, sagte Tiny lässig: »Wir können nächste Woche einen Ring kaufen gehen.«

»Ich brauche keinen Ring«, sagte Ry.

»Nun, ich werde dir einen besorgen, also gewöhn dich an den Gedanken. Jeder, der deinen Finger sieht, soll wissen, dass du vergeben bist.«

Ry wollte darauf hinweisen, dass die Männer ihr nicht die Tür einrannten, um sich mit ihr zu verabreden, und auch außer ihm *niemand* je das geringste Interesse an ihr gezeigt hatte. *Und* sie wollte niemanden außer ihm ... aber sie konnte nicht leugnen, dass sie seinen Ring tragen wollte. »Wirst du auch einen tragen? Ich meine, wenn wir heiraten?«

»Scheiße ja, ich werde einen tragen. Jeder soll wissen, dass ich zu dir gehöre.«

Das war eine gute Antwort. Nein, es war eine großartige Antwort.

Sie drückte seine Hand, während sie gingen. Er blickte zu ihr hinüber und schenkte ihr ein liebevolles Lächeln. »Das wird funktionieren«, sagte er entschlossen. »Ich werde dafür sorgen, dass es funktioniert.«

Sie erreichten den Ring aus Holzscheiten, der die Feuerstelle des Grundstücks umgab.

»Hier drüben!«, rief Jasna und winkte sie zu sich. »Wir müssen zuerst die kleinen Stöcke hinlegen, dann die größeren Scheite darauf. Sobald es brennt, können wir mehr Holz nachlegen.« Es war offensichtlich, dass das Mädchen alles über das Feuermachen aus den Ferienlagern, an denen sie teilgenommen hatte, und aus all den Lagerfeuern, die sie in der *Zuflucht* veranstaltet hatten, aufgesogen hatte.

»Geh schon, ich trage die Holzscheite, damit du dir nicht die Hände verletzt«, sagte Tiny zu ihr.

Ry stellte sich auf die Zehenspitzen und küsste ihn. »Danke.«

»Du brauchst mir nicht zu danken, wenn ich etwas tue, das dich vor Verletzungen bewahrt«, erwiderte er, küsste sie fest und ging dann zum Holzstapel.

Damit lag er falsch. Niemand sonst in ihrem ganzen Leben, einschließlich ihres Vaters, hatte jemals etwas getan, um sie vor Schaden zu bewahren. Harold hatte sie sogar in Gefahr gebracht. Es war schwer, sich an Tinys Schutz und Fürsorge zu gewöhnen, aber sie mochte es. Sehr sogar.

KAPITEL NEUNZEHN

Ry stand vor Tiny, seine Arme um sie geschlungen, das Kinn auf ihrer Schulter, während sie Brick und Alaska beim Betreten der Lodge beobachteten. Der Brunch an diesem Morgen war lebhaft gewesen, alle waren bester Laune. Robert hatte ein riesiges Buffet vorbereitet, als sie alle zur Lodge kamen. Die Stimmung war ausgelassen, und Ry war seit Jahren nicht mehr so entspannt gewesen wie jetzt.

Ihr Vater war hinter Gittern, Tiny hatte in der Nacht zuvor lange und langsam Liebe mit ihr gemacht, und sie sah nicht nur zu, wie eine ihrer Freundinnen den Mann heiratete, den sie schon seit Ewigkeiten liebte, sondern war im Grunde genommen selbst verlobt.

Letzteres war kaum zu glauben. Für Ry war es ein Wunder.

Die Möbel waren zur Seite geschoben worden, und Brick und Alaska hatten entgegen der Tradition die Lodge gemeinsam betreten und steuerten auf Owl zu. Da er Cora und Pipe getraut hatte, hatte Brick ihn gefragt, ob er auch die Zeremonie für ihn und Alaska durchführen würde.

Alaska trug ein weißes, bodenlanges Kleid mit Flügelärmeln. Es umspielte ihren Oberkörper und wurde an den Hüften breiter. Es war kein Hochzeitskleid im eigentlichen Sinne, aber in Rys Augen war es durchaus angemessen. Selbst wenn es das nicht gewesen wäre, hätte es niemanden gestört. Sie hätte ein pinkfarbenes Kleid mit orangefarbenen Tupfen tragen können, und niemand hätte mit der Wimper gezuckt. Es war ihr Tag, ihre Hochzeit, und sie konnte tragen, was sie wollte.

Ihr schulterlanges braunes Haar war zu einer schlichten Frisur hochgesteckt, ihr Make-up war dezent, aber elegant ... und sie sah strahlend aus. Das Lächeln auf ihrem Gesicht war breiter, als Ry es je gesehen hatte.

Und Brick sah genauso glücklich aus. Er trug eine makellose schwarze Jeans und ein weißes Hemd ohne Krawatte. Er sah entspannt und selbstbewusst aus, und er konnte den Blick nicht von Alaska abwenden.

Bricks Mutter hatte Tränen in den Augen, als sie ihren Sohn mit Alaska an seiner Seite auf Owl zugehen sah. Nach dem zu urteilen, was Ry gehört hatte, war sie diejenige, die die Kreuzstichstickerei, die Alaska vor all den Jahren für Brick gemacht hatte, aus dem Müll gefischt und ihm gegeben hatte, bevor er die Grundausbildung angetreten hatte. Ein Geschenk zum Highschool-Abschluss, das er fast zwei Jahrzehnte lang bei sich getragen hatte, bis eine Tragödie ihn und Alaska wieder zusammengeführt hatte.

Und jetzt, einige weitere Jahre später ... waren sie hier.

»Willkommen an alle Freunde und Familienmitglieder, die heute hier zusammengekommen sind, um die Vereinigung von Drake Vandine und Alaska Stein zu feiern«, sagte Owl mit einem Lächeln. »Dies ist nicht der Beginn einer neuen Beziehung, sondern die Fortsetzung vieler Jahre der Unterstützung und Liebe, die die beiden einander gegeben haben. Alaska und Brick haben Jahrzehnte damit verbracht, sich als Freunde kennenzulernen, und wir alle dürfen miterleben, wie der Kreis sich schließt und sie heute vor uns stehen.

Von allen Besitzern der *Zuflucht* war Brick immer unser Anführer. Unser Fels. Er war derjenige, der eine große Vision für diesen Ort hatte. Der uns ermutigte weiterzumachen, wenn wir aufgeben wollten. Er hatte immer vollstes Vertrauen, dass wir Erfolg haben würden. Ehrlich gesagt war das irgendwie nervig.«

Alle im Raum lachten. Ry blickte zu Tiny zurück. »Ist das wahr?«, flüsterte sie.

»Hundertprozentig«, sagte er. »Er war immer positiv eingestellt. Manchmal wollten wir ihn vom Table Rock werfen.«

Ry kicherte, dann wandte sie die Aufmerksamkeit wieder der Zeremonie zu.

»Aber wisst ihr was? Er hatte recht«, sagte Owl. »*Die Zuflucht* wurde zu so viel mehr, als wir uns hätten vorstellen können. Mehr als ein Geschäft. Mehr als ein Unternehmen, das Geld einbringt. Es wurde unser Zuhause. Unser eigener Zufluchtsort vor einer Welt, die uns manchmal überwältigend und zu hart erschien. Es war ein Ort, an dem wir unsere eigenen Wunden heilen konnten, während wir dasselbe für diejenigen taten, die uns genug vertrauten, um den ganzen Weg in unsere kleine Ecke von New Mexico zu kommen, um zu sehen, was *Die Zuflucht* für sie tun konnte.

Aber ehrlich gesagt, erst als Alaska ankam, merkten wir, dass etwas an diesem Ort gefehlt hatte. Wir bauten ihn auf, hielten ihn am Laufen, stellten die besten Leute ein, die wir finden konnten, um das Ganze wie eine gut geölte Maschine laufen zu lassen ... aber es fehlte das Herz. Liebe. Und Alaska brachte das Zehnfache davon mit, als sie ankam. Sie hat sich nicht nur einen Weg in Bricks Herz gebahnt – was nicht schwer war, denn der Mann war ihr verfallen, seit sie ihn in diesem Krankenhaus in Deutschland vom Rande des Todes zurückgeholt hatte –, sondern sie hat sich auch in all unsere verhärteten Herzen eingegraben.

Alaska, Brick. Ihr zwei seid das Rückgrat dieses Ortes. Ihr habt selbstlos einigen von uns die Möglichkeit gegeben, hier zu heiraten, während ihr eure eigene Hochzeit verschoben habt. Ihr habt unsere Erfolge gefeiert und mit uns während unserer Prüfungen und Schwierigkeiten gelitten. Ich kann mir keinen perfekteren Start für eure Ehe vorstellen als diesen, als vor unserer Familie und unseren Freunden zu stehen, umgeben von allem, was wir gemeinsam aufgebaut haben. Ich habe keinen Zweifel daran, dass eure Ehe so sein wird wie die Bäume um uns herum … standhaft und stark. Sie wehen im Wind, aber sie brechen niemals.«

Rys Augen füllten sich mit Tränen. Sie hatte keine Ahnung, dass Owl sich so gut ausdrücken konnte. Was er gesagt hatte, war perfekt. Absolut perfekt. Alaska fand das offensichtlich auch, denn sie schniefte und drehte sich zu Brick um. »Ich brauche ein Taschentuch. Ich rotze mich gleich voll.«

Alle lachten darüber, vor allem weil fast alle anderen Frauen im Raum ebenfalls weinten. Als Alaska sich wieder unter Kontrolle hatte, nickte sie Owl zu.

Er lächelte sie an und sagte: »Brick und Alaska werden ihren Übergang zum Ehepaar feiern, indem sie die Liebe zwischen ihnen zelebrieren, aber sie wollen auch die Liebe würdigen, die uns heute umgibt. Die Liebe zwischen Paaren, Geschwistern, alten Freunden und neuen Freunden.

Sie haben beschlossen, ihre eigenen Gelübde auszutauschen … also, meine Damen, haltet eure Taschentücher bereit, denn ich habe das Gefühl, dass wir alle ein bisschen weinen werden, wenn sie fertig sind.«

Erneut lachten alle.

Brick drehte sich zu Alaska um und nahm ihre Hände in seine. »Hi, Al«, sagte er mit einem kleinen Grinsen.

Sie strahlte ihn an.

»Um ehrlich zu sein, habe ich mir eine lange Rede darüber ausgedacht, wie viel du mir bedeutest und dass ich der glücklichste Mann der Welt bin, aber wenn ich heute hier vor dir stehe, wird mir klar, dass das nicht stimmt. Wenn ich all unsere Freunde und Familienangehörigen hier bei uns sehe, weiß ich, dass *sie* sich auch für die glücklichsten Menschen der Welt halten. Und das finde ich fantastisch.

Wir haben alle Partner gefunden, die über unsere Fehler hinwegsehen. Sie sehen über unsere Makel und die Teile von uns hinweg, die wir hassen. Wir alle haben es verdient, so geliebt zu werden und jemanden zu lieben, der genau das erwidert. Und mit dir kann ich genau so sein, wie ich bin. Ich muss nicht so tun, als würde ich Brokkoli lieben oder gern Krawatten tragen, nur weil es gut für mich ist oder weil die Gesellschaft denkt, dass ich das tun sollte. Du hast mir die Freiheit gegeben, der Mann zu sein, der ich immer war, aber eine bessere Version von mir.

Mit dir bin ich nicht der dekorierte Navy SEAL, ich bin nicht der Typ, von dem alle Antworten erwarten, ich bin kein Problemlöser oder der Müll-Wegschaffer, ich bin einfach Drake. Der Mann, den du liebst. Den du immer geliebt hast. Ich weiß nicht, ob ich jemals das Gefühl haben werde, dass ich deine Liebe *verdiene*, aber ich gebe sie nicht zurück.

Ich verspreche, dich immer zu lieben. Dich in Ehren zu halten. Zu kommen, wenn du mich brauchst, egal ob du ein Glas Wasser brauchst, weil du durstig bist, oder weil du in einem rasenden Zug in einem Tausende von Kilometern entfernten Land eingesperrt bist. Ich gehöre dir, Al. Ich gehöre dir, seit ich ein Kind war.

Während der langen Jahre, in denen wir getrennt waren, habe ich jeden Morgen auf das Geschenk geschaut, das du mir mit achtzehn Jahren gemacht hast, und mich geerdet gefühlt. Als meine Welt um mich herum ins Wanken geriet, genügte es, dieses Kreuzstichmuster zu sehen und zu wissen, wie viel Mühe du für mich hineingesteckt hast, und ich konnte meinen Sinn wiederfinden. So fühle ich mich auch jetzt jeden Morgen, wenn ich aufwache und dich neben mir liegen sehe. Du bist meine Bestimmung, Alaska, und in Krankheit und Gesundheit, in guten und in schlechten Zeiten, in Reichtum und in Armut, gebe ich mich dir hin. Heute und an jedem folgenden Tag für den Rest unseres Lebens.«

Im Raum war es so still, dass man eine Stecknadel hätte fallen hören können ... bis Bricks Mutter schluchzte. Darauf folgten mehrere Schniefgeräusche im Raum.

Aber Alaska weinte nicht. Sie lächelte ihren Fast-Ehemann mit einem so liebevollen Gesichtsausdruck an, dass Ry zum ersten Mal in ihrem Leben wirklich an Seelenverwandte glaubte.

»Wow«, flüsterte sie, als Brick fertig war. »Ich hätte wirklich zuerst sprechen sollen.«

Ihre Worte durchbrachen die schweren Emotionen im Raum, und alle lachten.

»So ist es richtig, Mädchen!«

Ry war sich nicht sicher, wer das gesagt hatte, aber es brachte sie noch mehr zum Lachen.

Alaska holte tief Luft, bevor sie sprach. »Drake, ich liebe dich. Ich habe dich immer geliebt. Seit der ersten Busfahrt, als du dich neben mich gesetzt und mich gefragt hast, ob ich mit dir Krieg spielen will. Und ja, ich erinnere mich an dieses Gespräch, so wie ich mich an alle anderen auch erinnere. Du hast dich mit mir angefreundet, als ich am meisten einen Freund brauchte.

Ich gehörte dir, bevor ich überhaupt wusste, was das bedeutet. Und als ich dich brauchte, kamst du. Ohne zu fragen. Ohne zu zögern. Ich glaube nicht, dass du wirklich verstehst, was das für mich bedeutet hat. Wie völlig ungewöhnlich das war. Und dann warst du weiterhin für mich da. Was immer ich brauchte, hast du mir gegeben. Aber das Einzige, was ich *wirklich* wollte, warst du.

Ich hätte nie gedacht, dass es dazu kommen würde. Ich wäre mit einer lebenslangen Freundschaft zufrieden gewesen. Aber dann hast du irgendwie und irgendwann beschlossen, dass du mich genauso magst wie ich dich. Ich fühlte mich wieder wie das kleine Mädchen, das im Schulbus saß. Mir war schwindelig, ich war aufgeregt und ich hatte Todesangst. Ich hatte Angst, etwas zu tun, was alles kaputt machen würde, sodass du mich nicht mehr willst.

Aber ... mir ist etwas klar geworden, seit ich hier bin. Wir sind nicht perfekt. Keiner von uns ist es. Und weißt du was? Ich bin froh darüber. Denn perfekt zu sein wäre anstrengend. Du lässt mich mürrisch sein, lässt mich den letzten Pop-Tart essen, du lässt mich egoistisch sein und ausschlafen, wenn du genauso müde bist wie ich. Du kümmerst dich um die schwierigsten Kunden, damit ich es nicht tun muss, und du zuckst nicht zusammen, wenn ich im Haus meine hässlichsten Schlabberhosen und riesigen T-Shirts trage, weil du weißt, dass ich mich darin am wohlsten fühle. Du verurteilst mich nicht, willst nicht, dass ich jemand anderes bin als ich selbst.

Und ich empfinde dasselbe für dich. Ich möchte nicht, dass du dich änderst, nur weil du denkst, dass ich dich so haben will. Du bist Drake Vandine, Ex-SEAL Brick, Besitzer der *Zuflucht*. Und ich liebe dich so sehr, dass es manchmal wehtut. Ich schweife jetzt total ab und ich habe keine Ahnung, was ich noch sagen wollte, also füge ich noch eine Sache hinzu und halte dann die Klappe, damit wir mit der Party beginnen können ... mit unseren Freunden.

Wisst ihr was? Ich hatte nie wirklich Freunde. Niemals. Außer euch. Ich hatte mir eingeredet, dass ich eine Außenseiterin bin.« Alaska sah sich im Raum um, während sie sprach. »Aber ihr habt mich alle akzeptiert. Habt mich umarmt. Ihr habt mir zum ersten Mal in meinem Leben das Gefühl gegeben, dass ich wirklich dazugehöre. Ihr seid zu mir gekommen, wenn ihr Hilfe gebraucht habt, Fragen hattet oder einfach nur reden wolltet. Ihr werdet nie wissen, wie viel mir das bedeutet hat, *immer noch* bedeutet.«

Alle weinten jetzt, und Ry war keine Ausnahme. Es war, als hätte Alaska in ihr Gehirn geschaut und genau das herausgeholt, was sie fühlte. Sie war derselbe Mensch gewesen, der ohne Freunde, der nie dachte, dass sie irgendwo dazugehören würde. Und jetzt war sie von Männern und Frauen umgeben, von denen sie das Gefühl hatte, sie würden sie schon ihr ganzes Leben lang kennen. Und Ry würde jeden einzelnen Menschen, der in diesem Raum stand, mit Freuden beschützen. Egal was es kostete, egal wie viele Gesetze sie brechen musste. Sie würde sie alle beschützen, vor wem oder was auch immer, das sie zu Fall bringen wollte.

Soweit es sie betraf, war dies ihre Familie.

»So, jetzt weinen wir alle. Tut mir leid«, sagte Alaska mit einem kleinen Schniefen. Dann sah sie zu Brick auf. »Ich nehme dich, Drake, zu meinem Mann. Ich werde dich lieben, wenn wir im Lotto gewinnen – was wir nicht spielen – und hundert Millionen Dollar auf der Bank haben, oder wenn wir nur noch einen Dollar haben. Ich werde dich lieben, wenn du erkältet bist und jammerst, dass du stirbst, und wenn wir völlig gesund sind. Wenn die Zeiten gut sind, wie jetzt, und wenn die Kacke am Dampfen ist, werde ich an deiner Seite stehen und dich lieben. Es wird nie einen anderen für mich geben. Niemals. Du bist der Eine. Und was die Frage angeht, ob du mich verdienst oder ich dich … ich denke, wir verdienen uns gegenseitig. Wir sind durch die Hölle gegangen, und wir sind die Belohnung füreinander.«

Zu Rys Überraschung kullerte eine Träne über Bricks Wange. Es war nicht so, dass sie gedacht hätte, Männer würden nicht weinen, aber zu sehen, wie gerührt Brick von Alaskas Gelübde war, war herzerwärmender als alles, was sie je gesehen hatte.

Alaska griff mit dem Taschentuch in ihrer Hand nach oben und tupfte Bricks Gesicht ab, während sie lächelte.

»Gut, nachdem Alaska uns *alle* zu Tränen gerührt hat«, sagte Owl mit einem breiten Lächeln, »bringen wir es hinter uns, damit wir feiern können. Vor diesen Zeugen habt ihr gelobt, den Bund der Ehe zu schließen. Ihr habt dieses Versprechen mit euren Gelübden und den Ringen, die ihr an euren Fingern tragt, besiegelt. Kraft des mir vom Staat New Mexico verliehenen Amtes erkläre ich euch zu Mann und Frau. Du darfst die Braut küssen – aber vergesst nicht, dass ihr euch in Gegenwart von Minderjährigen befindet und wir alle bereit sind, zu tanzen und ein oder zwei Bier zu trinken, also lasst euch nicht den ganzen Tag Zeit.«

Wieder einmal lachten alle und lockerten die Stimmung auf. Ry lächelte, als sie beobachtete, wie Brick Alaskas Kopf in die Hände nahm und ihr Kinn anhob. Dann beugte er sich vor und küsste sie. Es war ein süßer Kuss. Wunderschön. Bis er einen Arm um ihre Taille schlang, den anderen hinter ihren Kopf legte, sie nach hinten kippte und sie lange, hart und tief küsste. *Das* war definitiv kein keuscher, unschuldiger Kuss. Es war ein fordernder. Und krümmte Rys Zehen allein vom Zusehen. Sie konnte sich nur vorstellen, was Alaska fühlte.

»Willst du das?«, fragte Tiny in ihr Ohr.

Sein warmer Atem strich über ihre Haut und ließ sie vor Lust zittern. »Was wollen? Dass Brick mich küsst? Nein.«

»Klugscheißer. Nein«, sagte Tiny. »Als würde ich zulassen, dass er seine Lippen in die Nähe von deinen bringt. Willst du eine Zeremonie wie diese? Mit Freunden und Familie? Eine Party? Denn ich werde sie dir geben. Ich werde dir geben, was immer du willst. Sag nur ein Wort.«

Ry drehte sich in Tinys Armen und schüttelte den Kopf. »Nein. Ich habe nie von einer großen Hochzeit geträumt. Ehrlich gesagt habe ich nie gedacht, dass ich jemals heiraten würde. Ich will das, was du gesagt hast, eine kleine Zeremonie auf dem Standesamt. Ich habe schon alles, wovon ich immer geträumt habe. Dich, alle hier in der *Zuflucht*. Ich brauche und will so etwas Großes wie das hier nicht.«

»Du denkst, das ist groß?«, fragte Tiny mit einem Grinsen.

»Das ist es«, beharrte Ry.

»Du bist bezaubernd«, entgegnete er. »Na schön. Keine große Hochzeitsparty. Aber ich will in die Flitterwochen. Ich möchte mit dir irgendwohin. Warm, kalt, das ist mir egal. Irgendwohin, wo du schon immer hinwolltest.«

»Hawaii«, antwortete Ry, ohne zu zögern. »Ich will nach Hawaii, Malasadas essen, auf den Diamond Head wandern, an die Nordküste fahren, dieses Eis essen ... dessen Name mir nicht mehr einfällt. Ich möchte ein Hula-Mädchen kaufen und es auf das Armaturenbrett unseres Wagens stellen, zu einem Luau gehen und ein Zimmer mit einem Balkon haben, der den Ozean überblickt. Ich möchte Liebe machen, während die Meeresbrise durch die Balkontür hereinweht, und in dem Wissen schwelgen, dass ich den hübschesten, mutigsten und Jake-Ryan-ähnlichsten Ehemann auf der ganzen Welt habe.«

Tinys Pupillen weiteten sich, als sie vom Liebemachen

sprach, aber er lachte über ihre letzte Bemerkung. »Ich liebe dich«, sagte er.

»Und ich liebe dich auch«, erwiderte sie sofort. Die Wahrheit war, dass sie nicht nach Hawaii fliegen musste, sie brauchte nicht einmal ihre Hütte zu verlassen. Wo auch immer Tiny war, war sie glücklich.

»Mit jedem Tag, der vergeht, wirst du schöner«, flüsterte er, bevor er den Kopf senkte. Er küsste sie zärtlich, nur mit einem Hauch von Zunge, aber Ry konnte die Leidenschaft in seiner Berührung spüren. In der Art, wie seine Hände sie hielten, in der Art, wie er zittrig atmete, als er seine Lippen hob, in der Art, wie er sie anstarrte, als sei sie buchstäblich die einzige Frau auf der Welt.

»Wir werden nach Hawaii fliegen. Ich kenne dort ein paar SEALs. Sie werden uns die besten Orte auf den Inseln zeigen. Wo es die besten Malasadas gibt. Wir werden uns Surfwettbewerbe an der Nordküste ansehen und uns jede Nacht lieben, die ganze Nacht lang. Ich kann es kaum erwarten, dich in einem Bikini zu sehen.«

Ry schnaubte. »Daraus wird nichts, Tiny. Tut mir leid, aber nein. Einfach *nein*.«

»Warum nicht?«

Ry verdrehte die Augen. Er mochte sie unwiderstehlich finden, aber in einem Bikini fühlte sie sich nicht wohl.

»Champagner zum Anstoßen!«

Ry drehte sich um und sah Luna, die mit einem Tablett voller Gläser neben ihnen stand. Es waren Plastikgläser, denn *Die Zuflucht* brauchte keine Sektflöten, aber das schien niemanden in ihrer Nähe zu stören, denn alle warteten ungeduldig darauf, auf das neue Paar anstoßen zu können.

Ry nahm eines und roch an dem Getränk, dann rümpfte sie die Nase.

Tiny lachte. »Hast du noch nie Champagner getrunken?«

»Nein. Ich glaube, das ist nichts für mich.«

»Er ist gewöhnungsbedürftig. Aber wenn du ihn nicht trinken willst, dann lass es. Niemanden wird es interessieren. Schon gar nicht Alaska oder Brick.«

Ry wusste das. Das war ein Grund mehr, um gern hier zu sein.

»Auf Brick und Alaska!«, sagte Stone und hielt sein Plastikglas hoch.

»Auf die Kreuzstichstickerei!«

»Auf sich einmischende Mamas!«

»Auf die Freundschaft!«

»Auf die Babys!«

Alle riefen weiter Trinksprüche, und dazwischen nahm jeder einen Schluck Champagner. Aber nach ihrem ersten Schluck tat Ry nur noch so, als würde sie trinken. Champagner war *definitiv* nichts für sie. Er war bitter und ließ ihre Augen tränen.

Schließlich hob Brick eine Hand und unterbrach die Vielzahl der Trinksprüche. »Ich weiß nicht, wie es euch geht, aber ich bin bereit, etwas zu essen. Ich weiß, dass Robert und Luna ein fantastisches Buffet für uns vorbereitet haben, und so sehr ich es auch mag, wenn auf mich angestoßen wird, als sei ich der König der Welt, tun mir die Füße weh.«

Alle lachten.

»Aber ich denke, wir können einen letzten Toast aussprechen«, fügte er hinzu. »Auf Freunde!«

Der Jubel im Raum war fast ohrenbetäubend, aber Ry rief mit allen anderen ihre Zustimmung.

Brick und Alaska wurden sofort von allen umringt, die ihnen gratulierten. Ry hielt sich zurück und sah mit einem Lächeln im Gesicht zu.

»Du bist glücklich«, bemerkte Tiny.

»Nein«, sagte Ry mit einem Kopfschütteln.

»Nein?«

»Nein. Ich bin begeistert. Ich bin überwältigt von meinem Glück, hier zu sein. Ein Teil hiervon zu sein.«

»Wir beide«, sagte Tiny zu ihr, legte erneut einen Arm um ihre Taille und zog sie an sich.

Ry lehnte sich an seine Brust und sah zu, wie die Menschen, die sie am meisten auf der Welt liebte, Menschen, von denen sie nie gedacht hätte, dass sie ihre *ganze* Welt werden würden, die Vereinigung von Brick und Alaska feierten. Sie hatte immer noch das Bedürfnis, sich ab und zu zu kneifen, um sicherzugehen, dass sie nicht träumte. Dass sie sich nicht immer noch in einer schäbigen Wohnung befand und versuchte, sich vor ihrem Vater zu verstecken.

»Komm schon, Ry! Komm und probier den Punsch, den Robert gemacht hat. Er ist köstlich!«, rief Jasna, packte Rys Hand und versuchte, sie zu dem Tisch an der Wand zu ziehen, auf dem riesige Schüsseln mit roter Flüssigkeit standen.

»Geh schon«, drängte Tiny sie. »Viel Spaß. Wir sehen uns später.«

Ry lächelte ihm über die Schulter zu und ließ sich von dem Teenager zum Punsch ziehen. Vor jeder Schüssel standen große Schilder, damit die Gäste wussten, welche Alkohol enthielt und welche nicht. Bei all den Kindern und den schwangeren Frauen wollte Robert nicht, dass jemand versehentlich etwas trank.

Jasna schöpfte eine Kelle alkoholfreien Punsch in ein Glas und reichte es ihr. Ry nahm einen vorsichtigen Schluck. Dann lächelte sie, als die Flüssigkeit ihre Geschmacksknospen traf. »Das ist gut!«, rief sie aus.

»Ja«, sagte Jasna fröhlich. »Vielleicht würde es Elizabeth gefallen.«

Ry kicherte. »Ich glaube, sie ist noch ein bisschen jung

für Punsch, aber es wird nicht lange dauern, bis sie dir überall hin folgt.«

»Ich weiß, das war ein Scherz! Und ich kann es kaum erwarten, dass sie laufen kann«, hauchte Jasna. »Ich liebe sie so sehr.« Dann sah sie eines von Coras neuen Pflegekindern am anderen Ende des Raumes. »Oh! Den muss Kason unbedingt probieren!« Und damit stand Ry allein vor dem Punschtisch, aber nicht lange.

»Das sieht gut aus«, sagte Isabella.

Sie lächelte Reeses Schwägerin an. »Ist es auch. Aber ich glaube, ich würde lieber die andere Variante probieren.«

Sie füllten beide etwas von dem alkoholischen Punsch in ein Glas und nippten daran.

»Wow, da ist Alkohol drin?«, fragte Isabella, als sie einen weiteren Schluck nahm.

Ry war selbst erstaunt. Er schmeckte fast genauso wie die alkoholfreie Version, die Jasna ihr gegeben hatte. Sie fragte sich, ob Robert allen einen Streich spielen wollte. Dass er ihnen vorgaukelte, sie würden etwas trinken, obwohl das nicht der Fall war. Aber nachdem sie ein ganzes Glas getrunken hatte und die Wirkung spürte, kam sie zu dem Schluss, dass er niemanden austrickste … er war einfach so gut darin, Punsch zu machen.

Ry ging durch den Raum und unterhielt sich mit allen. Zum ersten Mal in ihrem Leben fühlte sie sich nicht fehl am Platz oder zu schüchtern, um ein Gespräch mit Leuten anzufangen, die sie vielleicht nicht so gut kannte. So wie Paige, die Köchin in Maisys früherem Zuhause. Sie war süß und mochte die Frau offensichtlich sehr. Sie sprach ständig davon, wie sehr sie sich auf die Ankunft des Babys freute … was noch eine ganze Weile dauern würde, da Maisy noch nicht so weit war.

Sie unterhielt sich auch viel mit Khloe, die zunächst einschüchternd wirkte, aber nachdem sie sich eine Weile mit ihr unterhalten hatte, merkte Ry, dass die Frau sich ein wenig fehl am Platz fühlte, und das war wahrscheinlich der Grund, warum sie anfangs ein wenig abweisend wirkte.

Wohin sie auch schaute, sah Ry Menschen, die sich amüsierten. Als die Musik anfing, waren die Kinder die Ersten auf der provisorischen Tanzfläche. Das Fingerfood war eine geniale Idee gewesen, denn so konnte jeder in Ruhe essen und trinken und sich trotzdem frei bewegen. Brick und Alaska blieben zusammen und hielten sich an den Händen, während sie die Runde durch den Raum machten.

Der Tag war perfekt. Alles, was Ry sich für ihre Freunde hätte wünschen können. Ein denkwürdiger Tag, der sogar noch besser wurde, weil sie sich keine Sorgen über Gäste oder jemanden machen mussten, der sich über die laute Party beschwerte.

Ry traf Tinys Blick am anderen Ende des Raumes. Er stand mit Wolf und Owl da. Sobald sie einander ansahen, sagte er tonlos: »*Geht es dir gut?*«

Wärme erfüllte sie. Es war ein schönes Gefühl, dass er sich um sie sorgte. Sie nickte und schenkte ihm ein Lächeln.

Sie sah ihn immer noch an, als von draußen ein lautes *BUMM* ertönte.

Was auch immer es war, es erschütterte die gesamte Lodge. Eines der riesigen Fenster im Eingangsbereich zersprang in tausend Stücke.

Jason unterbrach sofort die Musik, als alle erstarrten. Eines der Babys fing an zu weinen, was alle aus der seltsamen kollektiven Trance zu reißen schien.

Tinys Augen weiteten sich und Ry sah, wie er quer durch den Raum auf sie zuging.

Er schaffte es nicht, bevor eine weitere laute Explosion von draußen ertönte. Diese war noch lauter und gewaltiger als die letzte.

Anstatt in Deckung zu gehen, wie die Männer es allen zuriefen, ging Ry auf den vierjährigen Max zu. Er stand mitten auf der Tanzfläche und weinte, während alle um ihn herumliefen. Der erste Gedanke in ihrem Kopf war, die Kinder zu beschützen ...

Der zweite war, dass ihr Vater irgendwie für alles verantwortlich war, was hier passierte. Und es war ihre Pflicht, ihn aufzuhalten.

KAPITEL ZWANZIG

Die erste Explosion ließ Tiny an Ort und Stelle erstarren, aber er hatte sich in Bewegung gesetzt und war auf halbem Weg zu Ryleigh, als die zweite losging. Er musste dafür sorgen, dass sie in Sicherheit war. Er hatte keine Ahnung, was passiert war, aber es war ernst, was auch immer es war. Explosionen wie die außerhalb der Lodge waren kein Zufall. Eine, vielleicht. Aber zwei?

Nein, es war etwas Schlimmes im Gange, und er musste zu Ryleigh gelangen.

Anstatt in Deckung zu gehen, wie er gehofft hatte, war sie zur Tanzfläche gelaufen. Zum jüngsten der Pflegekinder von Cora und Pipe. Max stand stocksteif da und weinte. Ryleigh erreichte ihn, kurz bevor er zu den beiden gelangte. Tiny zögerte nicht, sie in die Arme zu nehmen und sie von den Fenstern wegzubringen.

Szenarien schossen ihm durch den Kopf. Scharfschützen. Panzerfäuste. Gaslecks. Er hatte keine Ahnung, was die Bedrohung war, nur dass es eine Bedrohung *gab*.

Er ging auf die Knie und kauerte sich an die Wand, um seinen Körper zwischen Ryleigh und Max und die nächstgelegenen Fenster zu bringen. Er spürte mehr als er hörte, dass Ryleighs Telefon klingelte. Es steckte in ihrer Gesäßtasche, und ihr Hintern war gegen sein Bein gepresst, wo er sie festhielt.

Sie hob den Kopf und ihr Blick traf seinen. Sie nahm einen Arm von Max und griff nach ihrem Telefon.

Für Tiny lief alles wie in Zeitlupe ab. Er wollte ihr sagen, dass sie nicht rangehen solle. Dass sie sich mitten in einer unbekannten Situation befanden und außerdem alle ihre Freunde bereits hier waren. Keiner sollte sie anrufen. Nicht in diesem Moment. Es war ein zu großer Zufall, und Tiny wusste bis ins Mark, dass derjenige, der am anderen Ende war, nicht anrief, um Hallo zu sagen.

Um sie herum herrschte das reinste Chaos. Die Babys weinten, seine Freunde versuchten, die geladenen Gäste zu beruhigen, und so ziemlich jeder Erwachsene versuchte herauszufinden, ob jemand verletzt war. Was geschehen war. Doch Tiny konzentrierte sich auf Ryleigh.

Max zappelte in ihrer Umarmung. Er hatte seine Schwester gesehen und wollte zu ihr gehen. Ryleigh ließ ihn los, behielt den Jungen aber im Auge, während er quer durch den Raum zu seiner ältesten Schwester Joyce lief, die mit ihren anderen Geschwistern und Cora und Pipe zusammensaß.

Das Telefon in Ryleighs Hand vibrierte weiter. Wer auch immer am anderen Ende war, legte nicht auf. Er oder sie wollte sie mit einer Entschlossenheit sprechen, die Tiny die Haare auf den Armen zu Berge stehen ließ.

»Unbekannt«, flüsterte Ryleigh und drehte das Telefon so, dass Tiny es sehen konnte.

Er wollte es ihr wegnehmen, es quer durch den Raum werfen, aber was auch immer geschah, musste durchgespielt werden. Und wenn die Person am anderen Ende irgendwie verantwortlich war, mussten sie es wissen.

»Was, wenn er es ist? Mein Vater? Was, wenn er das getan hat?«, flüsterte Ryleigh.

»Er ist im Gefängnis. Er kann es nicht gewesen sein«, sagte Tiny, der seinen eigenen Worten nicht glaubte. Es gab nur einen Menschen, von dem er sich vorstellen konnte, dass er der *Zuflucht* Schaden zufügen wollte.

Harold Lodge.

Aber Ryleigh schüttelte den Kopf. Ihre Augen enthielten nicht mehr die Aufregung und Freude, die noch vor wenigen Minuten darin gelegen hatten. Die Tiny so gern gesehen hatte. Sie sah wieder aus wie die paranoide und misstrauische Frau, über die er gewacht hatte, nachdem sie zugegeben hatte, alle belogen zu haben, um den Job in der *Zuflucht* zu bekommen.

Tiny legte eine Hand in ihren Nacken, das Einzige, was ihm in diesem Moment einfiel, um ihr zu zeigen, dass sie nicht allein war. Dass sie, was auch immer passieren würde, wenn sie ans Telefon ging, mit *ihm* an ihrer Seite untergehen würde. Er und Ryleigh hatten an diesem Tag zwar kein Ehegelübde abgelegt, aber alles, was Brick gesagt hatte, hatte er gefühlt. Und er glaubte, dass Ryleigh genauso empfand.

Ryleigh atmete tief durch ... und ging ran. Sie stellte auf Lautsprecher und beugte sich mit Tiny über das Telefon, damit sie das Gesprochene über die Stimmen ihrer Freunde hinweg hören konnten.

»Hallo?«

»Hallo, liebe Tochter.«

Rys Augen weiteten sich und ihre Pupillen vergrößerten sich vor Angst. Tiny drückte sie fester an sich und tat, was er konnte, um sie zu beruhigen.

»Was ... wie ... wo bist du?«, fragte sie.

»Das ist nicht wichtig. Es hört sich an, als seien die

Dinge bei dir ziemlich verrückt«, sagte Harold Lodge mit einem kleinen Lachen.

»Was hast du gemacht?«, fragte sie.

»Nicht viel. Ich habe nur zwei Hütten in die Luft gejagt. Ich habe mich aber vorher vergewissert, dass sich niemand darin aufhält. Bekomme ich dafür nicht ein paar Pluspunkte?«

Ryleighs entsetzter Blick traf auf den von Tiny. »Zwei Hütten in die Luft gejagt?«, fragte sie.

»Ja«, sagte ihr Vater, der dabei völlig ungerührt klang. »C4 ist ein tolles Zeug. Es kann Gebäude in die Luft jagen, aber danach gibt es keinen riesigen Feuerball. Wirklich, Tochter, du solltest mir dankbar sein. Der ganze Wald um euch herum könnte in diesem Moment abbrennen. Stattdessen habt ihr nur einen Haufen neues Brennmaterial für diese Lagerfeuer, die ihr alle so sehr zu mögen scheint.«

Ryleigh zitterte so heftig in seinem Griff, dass Tiny Mühe hatte, sie festzuhalten. Es war gut, dass sie bereits auf dem Boden waren, sonst hätte er das Gefühl gehabt, dass ihre Knie schon längst nachgegeben hätten.

»Warum? Warum kannst du mich nicht einfach in Ruhe lassen?«, fragte sie, und der Schmerz war in ihrem Tonfall deutlich zu hören.

»Weil du etwas hast, das ich will«, sagte Harold mit harter Stimme. »Du hast mich schon *wieder* hintergangen, und du weißt, wie ich darüber denke. Niemand verarscht mich, und du hast mich schon öfter verarscht, als ich zählen kann. Ich will mein gottverdammtes Geld, Ryleigh.«

»Es ist nicht dein Geld. Es ist *nie* dein Geld gewesen«, sagte Ryleigh.

»Ich habe es gestohlen. Es gehört *mir*.«

»Du hast gar nichts gestohlen. Du hast *mich* dazu gebracht, es zu stehlen. Also gehört es erst recht nicht dir!«

Tiny war froh, dass Ryleighs Wangen wieder etwas

Farbe bekamen und sie ihren Schock über das, was ihr Vater getan hatte, zu überwinden schien. Aber er war sich nicht sicher, ob es klug war, den Mann jetzt zu verärgern.

»Das ist mein Geld!«, schrie ihr Vater, woraufhin die Leute in ihrer Nähe überrascht und neugierig zu ihnen hinübersahen.

»Wenn du glaubst, dass ich dir etwas gebe, wenn du meinen Freunden wehtust, bist du verrückt«, erwiderte Ryleigh.

»Ich dachte auch nicht, dass du es einfach so hergibst, wo du doch schon die Chance dazu hattest und versagt hast«, sagte Harold Lodge fast im Plauderton. »Deshalb werden wir auch darum spielen.«

Tiny verstand nicht, was er meinte, aber es war offensichtlich, dass Ryleigh es tat. Jeder Muskel in ihrem Körper spannte sich an. »Nein«, sagte sie entschlossen.

»Doch«, konterte ihr Vater. »Ich gebe dir zwanzig Minuten, um meine Arbeit zu überprüfen, damit du siehst, dass ich es ernst meine. Dass ich nicht mehr auf deine Tricks hereinfallen werde. Du kannst dich nirgendwo verstecken. Du hast keine Ahnung, welches Gebäude als Nächstes explodieren könnte. Es könnte die Lodge sein, in der du und dein sogenannter Freund euch versteckt haltet. Es könnte die Scheune mit all den niedlichen Tieren sein. Vielleicht ein Fahrzeug. Oder vielleicht eine andere Hütte. Aber welche? *Nirgendwo* seid ihr vor mir sicher. *Niemand* ist sicher. Du spielst mein Spiel, oder alles, was du zu lieben gelernt hast, ist weg.«

»Wie bist du aus dem Gefängnis gekommen?«, fragte Ryleigh völlig ruhig.

Harold lachte. »Das war nicht schwer. Ich musste nur ein Handy von einem der Wachmänner stehlen, und schon hatte ich alles, was ich brauchte. Ich änderte meine Unterlagen so, dass ich sofort entlassen werden sollte. Das hat etwa eine halbe Stunde gedauert.«

Tiny presste verärgert die Lippen zusammen. Dafür würde definitiv jemand gefeuert werden. Dass einem Gefangenen, der als Weltklasse-*Computerhacker* bekannt war, der Zugang zu einem elektronischen Gerät möglich gewesen war. Und die Tatsache, dass er angeblich einfach so aus dem Gefängnis entlassen worden war, ärgerte ihn maßlos.

Dann fiel ihm noch etwas anderes ein. Harold Lodge war ein freier Mann. Er war irgendwo da draußen – und er wusste, dass sie sich alle in der Lodge versteckt hielten. Bedeutete das, dass er sich in diesem Moment in ihre Kameras hackte? Er bezweifelte, dass der Mann so dumm sein würde, ihr Grundstück zu betreten ... aber wenn er wütend genug auf Ryleigh war, könnte er alles tun.

»Ich gebe dir von dem Geld, was ich kann. Ich habe nicht alles«, sagte Ryleigh zu ihrem Vater. Sie versuchte eindeutig, alles zu tun, was sie konnte, um alle in der *Zuflucht* zu schützen.

»Zu spät. Wir spielen. Oh, du wirst mir mein Geld geben, aber ich will auch ein bisschen Spaß haben. Du kennst mein Lieblingsspiel. Zwanzig Minuten, Tochter. Wir sehen uns online.«

Ryleigh starrte Tiny mit Tränen in den Augen an.

Ohne ein Wort zu sagen, stand er auf und nahm Ryleigh mit. Er wollte sie trösten. Er wollte sie in die Arme nehmen und ihr sagen, dass alles gut werden würde. Er hatte auch eine Million Fragen an sie, aber für all das hatte er keine Zeit. Ryleigh brauchte offensichtlich ihren Laptop. Und er musste den Schaden begutachten, herausfinden, ob das, was Harold Lodge über die Explosion der Hütten gesagt hatte, stimmte, und sich mit seinen Freunden zusammensetzen, um einen Plan auszuarbeiten.

Wie Harold gesagt hatte, könnte es überall weitere

Bomben geben. Und er würde es dem Mann zutrauen, Ryleigh zu foltern, indem er ihre neuen Freunde tötete, nur weil er es konnte.

Tiny ging mit Ryleigh zu dem zerstörten Fenster und blinzelte über die Verwüstung vor ihm. Zwei Hütten waren in Stücke gesprengt worden, genau wie Harold behauptet hatte. Es waren die beiden Gästehütten, die der Lodge am nächsten lagen. Wolf und Caroline hatten in der einen gewohnt und Bricks Mutter in der anderen. Wenn sie drinnen gewesen wären …

Er atmete tief ein. Aber das waren sie nicht. Sie waren in Sicherheit … für den Moment.

Kleine Flammen waren zwischen den Bäumen zu sehen, aber wie Harold schon gesagt hatte, der Wald selbst stand nicht in Flammen. Das C4 hatte das getan, wofür es gedacht war, es hatte alles in die Luft gesprengt, aber keinen riesigen Feuerball verursacht.

Trotzdem … Harold Lodge hatte seine Drohung wahr gemacht. Tiny musste an die letzten Worte des Arschlochs während ihres ersten Online-Chats denken, und sie ergaben jetzt viel mehr Sinn. *Es wird Spaß machen, die Funken fliegen zu sehen.*

»Was zum Teufel ist hier los?«, fragte Spike, als er sich zu Tiny und Ryleigh gesellte. Er hielt sein Baby in den Armen, der Junge sah so winzig aus in seiner Umarmung.

»Es ist meine Schuld«, sagte Ryleigh mit leiser Stimme.

»Nein, ist es nicht. Es ist die Schuld deines Arschlochvaters.« Tiny erzählte, was Harold Lodge gesagt, was er angedroht hatte.

»Treffen. *Jetzt*«, sagte Spike und drehte sich um, um dorthin zu gehen, wo die anderen Besitzer der *Zuflucht* mit ihren Frauen standen. Ihre Familie und Freunde waren nicht allzu weit entfernt versammelt, die meisten sahen verängstigt und verwirrt aus, mit Ausnahme von Wolf und

Raid. Die sorglose und glückliche Hochzeitsfeier hatte sich in einen Albtraum verwandelt.

Tiny folgte Spike zu seinen Freunden hinüber, seine Hand in Rys. Soweit es ihn betraf, würde sie nicht von seiner Seite weichen. Auf gar keinen Fall.

»Lagebericht«, blaffte Brick.

Tiny wiederholte noch einmal, was Harold Lodge angedroht hatte.

»Was ist das für ein Spiel, von dem er spricht?«, fragte Pipe Ryleigh.

»Er hat mich immer gezwungen, es mit ihm zu spielen, bevor ich wegging. Wir kämpften im Grunde per Computer. Es ging darum, wer schneller hacken und den anderen überlisten konnte, um zu verhindern, dass ein ganzes Stromnetz in irgendeiner Stadt zusammenbricht.«

Alle starrten sie schockiert an.

»Was? Ist das überhaupt möglich?«, fragte Henley.

Ry nickte. »Leider ja. Mein Vater wollte natürlich immer den ›Bösen‹ spielen. Er hat versucht, besser zu hacken, um das Netz zu zerstören, und ich musste alles tun, was ich konnte, um das zu verhindern. Ich war besser als er, also hätte ich ihn aufhalten können, aber er hasste es zu verlieren und ließ seine Wut an mir aus, indem er den Menschen in den Städten, die es am meisten brauchten, mehr Geld als üblich stahl. Von Regierungsprogrammen, die Obdachlosen, Armen, Kindern und so weiter halfen. Also lernte ich, ihn gewinnen und das Stromnetz zusammenbrechen zu lassen. Er konnte sich damit brüsten, dass er mich besiegt hatte, dann betrank er sich normalerweise, um zu feiern, und ich stellte das Netz wieder her, sobald er bewusstlos wurde.«

»Das ist es also, was er jetzt tun will? Wieder dieses verrückte Spiel mit dir spielen? Und warum? Was ist das Ziel?«, fragte Stone.

»Und auf welche Stadt hat er es abgesehen? Oder will er die Energieversorgung der *Zuflucht* stören?«, fragte Tonka.

»Ich weiß es nicht. Das ergibt keinen Sinn«, sagte Ryleigh mit einem leichten Kopfschütteln.

»Finde ich auch. Warum drohen, alles in der *Zuflucht* in die Luft zu jagen, nur um sie zu einem Spiel zu zwingen?«, sagte Brick.

»*Braucht* er denn einen Grund? Er ist krank«, bemerkte Owl.

»Im Moment ist es wichtig, alle in Sicherheit zu bringen«, sagte Pipe. »Wenn Ry einen Fehler macht, könnte dieser Wichser beschließen, sie zu bestrafen, indem er eine weitere Hütte in die Luft jagt. Wir haben keine Ahnung, was er als Nächstes tun wird.«

»Wir könnten alle nach Los Alamos gehen«, schlug Alaska vor.

Spike schüttelte den Kopf. »Tiny sagte, dass Lodge die Fahrzeuge erwähnt hat. Er könnte eine Bombe in einem oder allen von ihnen deponiert haben. In der Sekunde, in der wir versuchen, alle von hier wegzubringen, könnte er sie in die Luft jagen.«

Die Gesichter der Frauen verloren an Farbe.

»Was sollen wir also tun?«, fragte Cora und blickte zu ihren Pflegekindern, die mit den anderen Gästen um ihre Schwester Joyce herumstanden, die sie so festhielt, als sei sie ihre Mutter.

Tiny begegnete Bricks Blick, dann sah er zu seinen anderen Freunden. Sie hatten sich vor Jahren geschworen, ihr Geheimnis niemals jemandem zu verraten. Doch dieses Versprechen schien angesichts der aktuellen Bedrohung sinnlos.

Brick räusperte sich. »Die Bunker«, sagte er.

Sofort nickten alle Besitzer der *Zuflucht*.

Ryleigh drückte Tinys Hand. Er erwiderte den Druck, sah sie aber nicht an.

»Bunker? Was für Bunker?«, fragte Maisy.

»Als wir diesen Ort gebaut haben, haben wir sieben Bunker errichten lassen. Draußen in den Wäldern. Unterirdisch. Einen für jeden von uns. Als Vorsichtsmaßnahme. Als wir hier ankamen, waren wir alle paranoid und hatten immer noch mit unseren eigenen Versionen der Hölle zu kämpfen, die wir durchlebt hatten. Ich habe Alaska in einem versteckt, als ich einen Mann gejagt habe, der sie entführen wollte, und Ry hat Jasna dort versteckt, als sie verschwunden war, bis wir sie erreichen konnten«, erklärte Brick der Gruppe.

»Heilige Scheiße«, sagte Reese.

»Du wusstest von ihnen?«, fragte Cora Ry.

Sie nickte, ging aber nicht näher darauf ein.

»Ry hat die Hinweise auf die Bunker leicht gefunden, vielleicht hat ihr Vater sie auch gefunden«, sagte Tonka.

»Vielleicht. Aber ich schwöre, ich habe jede Erwähnung im Internet gelöscht, die ich finden konnte«, entgegnete Ryleigh.

»Das Risiko müssen wir eingehen«, sagte Brick. »Sie sind unsere beste Option. Die Bunker sind nicht riesig, aber sie sollten groß genug sein, um alle unterzubringen. Wir können Frauen und Männer gleichmäßig aufteilen und alle in Sicherheit bringen, bis wir alle Gebäude durchsucht und sichergestellt haben, dass es keine weiteren Bomben gibt. Das heißt, während Ry ihr Ding macht.«

Ry richtete sich auf. »Nein, ihr müsst *alle* zu den Bunkern gehen. Wir wissen nicht, was mein Vater vorhat. Er könnte eine der Bomben genau dann zünden, wenn ihr in eine Hütte geht, um sie zu durchsuchen. *Niemand* ist sicher. Ihr müsst mit euren Frauen und Freunden zu den Bunkern gehen.« Ihre Stimme war hart und unnachgiebig.

»Ich bin mir nicht sicher, ob das WLAN die Bunker erreichen wird«, sagte Tonka. »Manchmal ist es sogar unten in der Scheune schlecht.«

»Das macht nichts, denn ich werde genau hier sein«, sagte Ryleigh.

Alle protestierten sofort. Lautstark.

Aber sie hielt eine Hand hoch. »Dafür haben wir keine Zeit«, zischte sie und sah auf die Uhr. »Mein Vater hat mir zwanzig Minuten gegeben, um online zu gehen. Jetzt sind es nur noch zwölf. Ihr müsst alle zu den Bunkern bringen. Ich muss meinen Laptop aus der Hütte holen. Ihr geht. Ich habe das angefangen und ich werde es beenden. Ich habe jeden Einzelnen von euch genug in Gefahr gebracht. Ich werde das nicht mehr tun. *Bitte.* Bringt alle in Sicherheit.«

Tinys Freunde waren nicht glücklich. Sie waren es gewohnt, in jeder gefährlichen Situation die Kontrolle zu übernehmen. Sie waren es gewohnt, zu handeln und sich nicht zu verstecken. Aber Ryleigh hatte recht. Keiner konnte tun, was sie tat. Sie konnten sich nicht als sie ausgeben, konnten nicht online gehen und sich ihrem Vater stellen.

Ihr Leben lag buchstäblich und im übertragenen Sinne in ihren geschickten Händen.

»Sie hat recht«, sagte Tiny. »Bringt die anderen in Sicherheit. Ich bleibe bei Ryleigh.«

»Nein, Tiny, das kannst du nicht.«

Er ignorierte ihren Protest. Wenn sie glaubte, dass er sie hierließ, um sich Harold allein zu stellen, hatte sie nicht darauf geachtet, was für ein Mann er war. Er war vielleicht nicht klug genug, um sich mit Harold Lodge an einem Computer zu messen, aber er konnte Ryleigh verdammt gut den Rücken freihalten, während sie um ihrer aller Leben kämpfte.

Als die anderen zu planen begannen, wer in welchen Bunker gehen würde, zog Tiny Ryleigh zur Seite. »Ich werde zu unserer Hütte laufen und deinen Laptop holen. Du bleibst hier. Du gehst nirgendwo hin, hast du verstanden?«

»Tiny, bitte! Geh in einen der Bunker.«

»Auf keinen Fall.«

»Ich werde nicht damit leben können, falls du meinetwegen verletzt wirst«, sagte sie.

»Und *ich* werde nicht damit leben können, dass ich mich in einem verdammten Bunker verstecke, während du hier oben mit deinem Vater kämpfst. Ich halte dir den Rücken frei, Süße. In guten wie in schlechten Zeiten, in Krankheit und Gesundheit. Ich werde nie von deiner Seite weichen.«

Sie schniefte, nickte aber dankbar. »Nimm auch das Stromkabel mit, ich weiß nicht, wie lange das dauern wird.«

Tiny küsste sie fest und schnell und wollte noch so viel mehr sagen, aber die Uhr tickte. Er konnte es in seinen Knochen spüren. Es war ein Risiko, die Lodge zu verlassen, ihr Vater könnte genau das geplant haben. Er könnte ihn genau in dem Moment in die Luft jagen, in dem er seine Hütte betrat.

Aber er glaubte nicht, dass er das tun würde. Nein, Harold Lodge wollte diesen Showdown. Er war eingebildet genug, um zu glauben, dass er gewinnen könnte.

Tiny würde sein Geld jederzeit auf Ryleigh setzen. Irgendwie würde sie als Siegerin hervorgehen. Das musste sie. Denn wenn nicht, würde alles, was er je gewollt hatte, alles, wofür er und seine Freunde gearbeitet hatten, vor ihren Augen zerstört werden.

Tiny war noch nie in seinem Leben so schnell gelaufen wie beim Verlassen der Lodge. Er war in höchster Alarmbereitschaft, aber nichts schien fehl am Platz zu sein ... natürlich abgesehen von den Holzlatten, Ziegelsteinen und anderen Trümmern, die überall von den beiden zerstörten Hütten verstreut lagen. Er schnappte sich den Laptop und das Netzkabel vom

Küchentisch und war in weniger als drei Minuten zurück in der Lodge.

Ryleigh nahm den Laptop von Tiny und stellte ihn auf die Rezeption. Sofort bewegte sie wie wild ihre Finger über die Tastatur, um alles einzurichten, was sie brauchte, um das »Spiel« ihres Vaters zu spielen.

Während er weg war, hatten Brick und die anderen offensichtlich allen erklärt, was vor sich ging. Dass sie in die Bunker auf dem Grundstück evakuiert werden sollten. Der Weg dorthin würde zwar ein wenig beschwerlich sein, aber nichts, was sich nicht bewältigen ließe.

Alle sahen ein wenig erschrocken aus, aber niemand geriet in Panik. Sie waren bereit zum Aufbruch, aufgeteilt in Gruppen ...

Bunker eins-neun mit Brick, Alaska, ihrem Hund Mutt, Bricks Mutter sowie Robert und Luna. Bunker eins-zehn mit Tonka, Henley, Jasna, Baby Elizabeth, Cheri Singleton und ihrer Tochter. Bunker eins-elf mit Spike, Reese, Baby Dylan, Woody und Isabella. Und Bunker eins-zwölf mit Pipe, Cora, ihren vier Pflegekindern sowie Jess und Carly.

Auf der Ein-Uhr-Position zur Lodge befanden sich im Bunker eine-eins Owl, Lara, Sharyn Vogt und ihre Mutter sowie der Landschaftsgärtner Hudson. In Bunker eins-zwei waren Stone, Maisy, Paige, Jason und Savannah. Und im letzten Bunker eins-drei, in dem Ry Jasna nach ihrer Rettung in Sicherheit gebracht hatte, kamen Raiden, Khloe, Tonkas Hunde Beauty und Wally sowie Wolf und Caroline unter.

Die Tiere in der Scheune würden bleiben müssen, wo sie waren, und alle beteten, dass es ihnen gut gehen würde, aber bei einem so kurzen Zeitfenster blieb keine Minute, um dorthin zu gehen und alle Ställe zu öffnen, damit sie entkommen konnten, falls ein Sprengsatz im Gebäude oder in der Nähe platziert worden war.

So besorgt und gestresst Tiny auch war, so sehr schätzte er doch jede einzelne der Frauen, die Ryleigh sagten, dass sie sie liebten und an sie glaubten, während sie zu den Türen eilten. Er konnte sehen, wie ihre Schultern sich ein wenig entspannten. Zu wissen, dass niemand ihr die Schuld an dieser beschissenen Situation gab, selbst wenn sie es tat, wirkte Wunder für ihre geistige Gesundheit.

Bald war die Lodge bis auf Ryleigh und ihn selbst leer. Es war unheimlich, sich das Essen auf den Tellern anzusehen, die auf den Tischen im Raum verteilt waren. Die halb vollen Gläser mit Punsch. Es war offensichtlich, dass eine Party unterbrochen worden war, und hätte er nicht gewusst, was passiert war, hätte Tiny sich gefragt, was in aller Welt dafür gesorgt hatte, dass alle sich scheinbar in Luft aufgelöst hatten.

Aber mit dem Wissen, dass seine Freunde in den Bunkern in Sicherheit waren, konnte er sich ganz auf Ryleigh konzentrieren. Sie saß an der Rezeption über ihren Computer gebeugt und hatte die Stirn in Falten gelegt.

Und sie weinte.

Tränen fielen aus ihren Augen auf den Tisch, und alle paar Sekunden wischte sie sie ungeduldig mit einem Arm weg.

»Ryleigh?«, fragte Tiny besorgt, als er näher trat.

»Ich kann nicht glauben, dass du geblieben bist«, flüsterte sie, aber sie hörte nicht auf zu tippen. »Du hättest mit ihnen gehen sollen.«

»Ich habe dir doch schon gesagt, dass ich nirgendwo hingehen werde.«

»Ich habe einen Film gesehen, ist schon lange her. Gegen Ende ist Sandra Bullock in Schwierigkeiten. Mit Handschellen an eine Stange in einem fahrenden U-Bahn-Wagen gefesselt. Der Held konnte sie nicht aus den Handschellen befreien, und es würde zu einem Aufprall kommen. Aber anstatt zu gehen und sich in Sicherheit zu bringen, blieb er bei ihr. Sandra Bullock konnte nicht glauben, dass er bei ihr blieb, anstatt aus dem Zug zu springen.« Ryleigh sah zu ihm auf, ihre Finger bewegten sich nicht mehr auf der Tastatur. »Du bist geblieben. Noch nie hat jemand sich ... bei *irgendetwas* für mich entschieden.«

Tiny konnte sich nicht von ihr fernhalten. Nicht mehr. Er drückte sich an ihre Seite und senkte die Stirn an ihre Schläfe. »Wenn ich zwischen einem Leben ohne dich und dem sicheren Tod wählen müsste, würde ich den Tod wählen. Jedes Mal.« Er hob den Kopf, blickte ihr in die Augen und sagte streng: »Aber das ist nicht meine Entscheidung für den Tod. Auf keinen Fall haben wir das durchgemacht, was wir durchgemacht haben, und einander gefunden, nur um jetzt zu sterben. Du wirst ihn besiegen, Ryleigh. Daran habe ich absolut keinen Zweifel.«

Sie seufzte. Dann holte sie tief Luft, bevor sie die Aufmerksamkeit wieder auf den Bildschirm vor ihr richtete. »Ich kann ihn in diesem dummen Spiel schlagen. Wenn wir früher gespielt haben, wollte er immer der Böse sein. Und ich habe ihn gewinnen lassen. Jedes verdammte Mal. Denn wenn ich es nicht tat, war er noch furchtbarer. Aber es war nicht schwer herauszufinden, was er vorhatte, bevor er es tat. Er ist berechenbar ... oder zumindest war er das mal. Doch jetzt? Ich weiß es nicht. Ich bin mir sicher, dass ich ihn bei Computerspielen schlagen kann, aber es ist das, was er *sonst* noch in der Hinterhand hat, was mich wahnsinnig macht.«

»Was zum Beispiel?«, fragte Tiny und ließ ihr etwas Platz, blieb aber an ihrer Seite.

Sie blickte nicht vom Bildschirm auf. »Er hat diese Bomben nicht gelegt, Tiny. Er ist einfach nicht so schlau. Ich meine, sicher, er könnte nachschlagen, wie man sie herstellt, aber körperliche Arbeit ist einfach nicht sein Ding.

Er mag es nicht, sich die Hände schmutzig zu machen ... buchstäblich und im übertragenen Sinne. Wer hat sie also gelegt? Wen hat er damit beauftragt, und wie ist derjenige auf das Grundstück gelangt, ohne gesehen zu werden? Und ist er jetzt immer noch da draußen?«

Tiny presste die Lippen zusammen. Sie hatte recht.

»Ich habe noch«, sie sah auf die Uhr, »drei Minuten Zeit, bis sein blödes Spiel beginnt. Ich schaue in die Kameraübertragungen. Die um die Hütten, die er zuerst in die Luft gejagt hat. Ich will sehen, ob ich jemanden finde, der dort herumschleicht.«

Tiny hielt den Atem an, als sie das Kameramaterial überprüfte. Er war sich nicht sicher, wonach sie suchte, aber er vertraute ihr. Er musste nicht derjenige sein, der es begutachtete, Ryleigh würde schon finden, was sie suchte.

Es dauerte nicht lange. »Verdammte Scheiße!«

Tiny beugte sich vor, um zu sehen, was sie so besorgt klingen ließ, und bemerkte, dass eine Nachricht auf dem Computerbildschirm erschienen war. Er hatte keine Ahnung, von wem sie kam, nahm aber an, dass es ihr Vater war, der sie verarschen wollte. Dort stand nur: *Kamera 3; 16.10. 02:26 Uhr.*

Ohne zu zögern, begann Ryleigh, auf die Tasten zu klicken, um den Link zu Kamera drei auf dem Grundstück aufzurufen und die in der Nachricht angegebene Uhrzeit und das Datum abzurufen.

»Heilige Scheiße! Sieh mal, Tiny! Siehst du das?«

Das tat er. Er sah nur Bäume. Das Bildmaterial stammte von einer der Kameras, die auf den Wald gerichtet waren. In der rechten Ecke des Bildschirms war eine der Hütten zu sehen, die es nicht mehr gab. »Was sehe ich hier?«, fragte er, als er nichts Ungewöhnliches entdeckte. Niemand schlich durch den Wald. Es gab weder Vögel noch andere Tiere. Nichts.

»Da, *das*? Siehst du das? Der herabfallende Ast? Er sollte nicht da sein. Er ist zwei Minuten vorher gefallen. Er hat die Aufnahmen in eine Schleife gelegt, damit man immer wieder das Gleiche sieht. Und da wir nur Bäume sehen, war es leicht zu übersehen. Scheiße, Scheiße, *Scheiße*!«

Sie drückte ein paar weitere Tasten und die aktuelle Ansicht der Kamera erschien auf dem Bildschirm. Die Hütte war nicht mehr da, nur noch das Fundament und ein paar brennende Trümmer in der Mitte.

Sie schaltete auf eine andere Kamera um, und beide sahen zu, wie Spike Reese half, in den Bunker eins-elf hinunterzuklettern. Sie rief alle Bunkerkameras auf – natürlich wusste sie, welche so platziert waren, dass sie die Bunker sehen konnten – und sie sahen, wie alle ihre Freunde eintraten und die Türen hinter sich schlossen. Als sie drinnen waren, blieb nur eine hübsche Waldszene, nichts, worüber jemand, der die Aufnahmen sah, weiter nachdenken würde.

»Ich muss mir die anderen Kameras ansehen. Ich muss auch sehen, ob ich das fehlende Filmmaterial finden kann. Vielleicht kann ich herausfinden, wer die Bomben platziert hat, nachdem er die Aufnahmen in eine Schleife gelegt hat«, murmelte sie. Doch dann erschien ein digitaler Timer über den Kameraübertragungen auf ihrem Bildschirm. Er begann mit der Zahl zwanzig und zählte herunter.

»Atme tief durch, Süße. Ich glaube an dich. Du schaffst das«, sagte Tiny, der sich hilflos fühlte. Er hasste dies. Er wünschte sich fast, dies wäre eine Mission, bei der er seine Teamkameraden mit Kugeln und Messern beschützen könnte. Denn Ryleigh *war* seine Teamkameradin. Sein Ein und Alles. Aber er konnte nichts anderes tun, als neben ihr zu stehen und sie wissen zu lassen, dass er da war.

»Los geht's, Dad«, murmelte sie.

Der Timer zählte bis null, dann begann eine Codezeile

nach der anderen auf Ryleighs Laptop-Bildschirm zu laufen.

»Scheiße! Dieses Arschloch! Er hat es auf Albuquerque abgesehen«, sagte Ryleigh, während sie verzweifelt einen Code eintippte, den Tiny nicht einmal ansatzweise verstand. Mit den Fingern hämmerte sie auf die Tasten, während sie etwas vor sich hin murmelte.

»Oh nein, das tust du nicht«, flüsterte sie, während sie die Eingabetaste besonders fest drückte. »Das Loch ist zu, such dir einen anderen Eingang, Arschgesicht.«

In jeder anderen Situation hätte Tiny über ihre Schärfe gelächelt. Aber nicht jetzt. Jedes Mal wenn sie fluchte, hielt er den Atem an. Er betete, dass sie es schaffen würde, ihren Vater zu überwältigen.

»Scheiße, was jetzt?«

Er sah, dass eine weitere Nachricht auf ihrem Bildschirm aufgetaucht war. Es war eine andere Uhrzeit und ein anderes Datum.

»Dies kann nicht mein Vater sein«, murmelte Ryleigh mit einem leichten Kopfschütteln.

Zu Tinys Erstaunen verschwanden die Zeilen des ununterscheidbaren Codes, als sie die Kameraansichten wieder aufrief.

»Was machst du da?«, fragte er leise.

»Jemand füttert mich mit Informationen, aber es ist nicht mein Vater. Auf keinen Fall hätte er mir genau gesagt, welchen Zeitpunkt und welche Kamera ich mir ansehen muss, um herauszufinden, dass die Kameraübertragungen in einer Schleife laufen. Wer auch immer es ist, er will, dass ich sehe, was zu dieser bestimmten Zeit und an diesem bestimmten Datum ist. Während Dad daran arbeitet, durch das neueste Loch zu kommen, das ich gestopft habe, habe ich ein oder zwei Minuten Zeit, mir dieses Video anzusehen«, antwortete sie.

Tiny war wieder einmal erstaunt. Sie betrieb Multitasking. Verdammtes *Multitasking*. Sie war fantastisch. Nein, *erschreckend* fantastisch.

Sie wechselte ein paarmal hin und her, von der Kamera zum Spiel. Dann fluchte sie. »Ich habe dir gerade ein Video geschickt«, sagte sie und wandte sich wieder dem Code zu, der vorbeirollte. »Schau mal, ob du die Typen darin erkennst.«

Tinys Handy vibrierte in seiner Tasche. Er klickte auf den Link, den sie geschickt hatte, kniff die Augen zusammen und vergrößerte das Video. Es waren zwei Männer in Tarnkleidung zu sehen, die durch den Wald liefen. So sehr er sich auch bemühte, er hatte keine Ahnung, wer sie waren. Er erkannte sie überhaupt nicht.

»Ihre Namen sind Archer und Arthur Anderson. Und ja, das sind wirklich ihre Namen. Es sieht so aus, als seien sie aus der Armee geworfen worden. Unehrenhaft entlassen. Mein Vater hat sie gefunden, indem er sich in Regierungsdateien gehackt hat. Er suchte wahrscheinlich nach den dämlichsten Typen, die er finden konnte. Hat ihnen Geld angeboten und sie dann umgebracht.«

Tiny wusste, dass er sie mit offenem Mund anstarrte, aber er war völlig schockiert über das, was sie sagte. Er wusste, dass sie gut war, aber *das*? All das herauszufinden, während sie mit ihrem Vater ein mentales Feiglingsspiel spielte? Es war verdammt noch mal unfassbar.

»*Vermutest* du, was er getan hat, oder sagst du es mir?«, fragte er.

»Ich sage es dir«, murmelte sie. »Ich bin in seinem System. Er macht sich mehr Sorgen darüber, dieses blöde Spiel zu gewinnen, als die Hintertüren zu seiner Festplatte zu schützen. Ich sehe, wo er zehntausend Dollar auf Archers Bankkonto überwiesen hat. Dann suchte er drei Tage später nach ihren Namen und hackte sich in die Berichte der

Gerichtsmediziner. Ihr Tod wurde als Mord/Selbstmord eingestuft, und an dem Tag, an dem sie starben, wurden die zehntausend Dollar wieder von dem Konto zurücküberwiesen.«

Tiny konnte nicht glauben, was er da hörte. »Und er hat sie selbst umgebracht?«

»Wahrscheinlich nicht. Ich weiß nicht, wie lange er schon aus dem Gefängnis raus ist, aber er würde sich die Hände nicht auf diese Weise schmutzig machen. Wahrscheinlich hat er jemanden aus dem Dark Web angeheuert. Oder sogar jemanden, der mit ihm hinter Gittern war. Vielleicht hat er als Bezahlung für die vorzeitige Entlassung gesorgt. Er mag keine unerledigten Dinge. So wie ich. Aber das Gute ist, dass wir uns wenigstens keine Sorgen mehr machen müssen, dass die beiden in der *Zuflucht* herumschleichen und weitere Bomben legen.«

Tiny konnte sich nicht davon abhalten, nach Ryleigh zu greifen. Er musste sie berühren. Ihr versichern, dass er nicht zulassen würde, dass ihr jemals jemand wehtat.

Er schaute sich um, hielt Ausschau nach der geringsten Bedrohung für die Frau, die er liebte und die er notfalls mit seinem eigenen Leben beschützen würde, und spürte, wie sich eine Gänsehaut auf seinen Armen bildete. Dort, wo er und Ryleigh sich an der Rezeption befanden, fühlte er sich plötzlich sehr ungeschützt. Der leichte Geruch von Sprengstoff lag in der Luft und kam von dem zerbrochenen Fenster. Er konnte den Wind in den Bäumen draußen hören, aber ansonsten war alles totenstill. Das Klicken ihrer Finger auf der Tastatur war das einzige andere Geräusch.

Ihm entging nicht, wie Ryleigh sich in seine Berührung hineinlehnte. Obwohl sie sich auf den Bildschirm vor ihr konzentrierte, erlaubte sie sich, sich in seiner Gegenwart zu entspannen.

Einige Minuten vergingen, während Ryleigh weiter

gegen ihren Vater in dem Online-Willensstärkespiel antrat. Dann schnappte sie nach Luft. »Oh nein. Nein, nein, nein, nein!«

»Was? Was ist denn los?«

Ihre Atmung beschleunigte sich, bis sie fast hyperventilierte. »Er weiß es! Er weiß von den Bunkern! Ich schwöre, ich habe ihre Erwähnung überall entfernt, wo ich sie finden konnte, aber ich habe offensichtlich etwas übersehen. Und jetzt verspottet er mich. Er sagt mir, dass wir genau das getan haben, was er wollte. Dass er *wusste*, dass wir alle in die Bunker schicken würden, wenn er uns sagt, dass er Bomben um *Die Zuflucht* herum platziert hat.«

»Und? Was hat er getan? Sprich mit mir, Ryleigh.«

»Er sagt, in dem Moment, in dem sich die Türen zu den Bunkern schlossen, wurden die Bomben, die er an allen angebracht hatte, aktiviert.«

Tiny gefror das Blut in den Adern.

»Wenn sie eine öffnen, werden sie alle hochgehen. Jede einzelne von ihnen. Sie sind irgendwie miteinander verbunden. Aus der Ferne. Ich weiß nicht wie. Und er hat den Zünder.« Ryleighs Hände zitterten, und Tiny konnte sehen, dass ihr das Tippen schwerfiel.

»Blufft er?«, fragte Tiny in der Hoffnung, dass sie Ja sagen würde.

»Ich weiß es nicht! Das glaube ich nicht. Er sagt mir, wenn ich ihm die zehn Millionen Dollar schicke, wird er sie entschärfen und alle am Leben lassen. Aber Tiny – *er wird es nicht tun*. Warum sollte er? Er hat die Leute getötet, die er angeheuert hat, um die Bomben zu legen. Er wird nicht zögern, jeden zu töten, den ich liebe. Er wollte immer gewinnen. Er will mich wissen lassen, dass ich unfähig bin zu lieben. Er ist ein *Psychopath*. Und er will, dass ich leide.«

Plötzlich nahm sie die Hände von der Tastatur und ließ sie an die Seiten fallen. Ryleigh sackte nach vorn und legte niedergeschlagen die Stirn auf die Rezeption. »Was soll das hier bringen?«, fragte sie gebrochen. »Er wird gewinnen. Er gewinnt *immer*!«

»Vergiss es«, knurrte Tiny. Er packte sie an den Schultern und zog sie aufrecht. Dann küsste er sie. Ein harter, strafender Kuss. Ein Kuss, um ihre Aufmerksamkeit zu bekommen. »Er wird nicht gewinnen. Niemand wird sterben. Und du wirst herausfinden, wo er ist, und *dieses Mal* wird er für immer eingesperrt. Verstanden?« Er war sich nicht sicher, was er da sagte oder ob er es selbst glaubte. Aber er konnte Ryleigh nicht aufgeben lassen. Nicht jetzt. Sie war buchstäblich ihrer aller einzige Hoffnung, lebend aus diesem Schlamassel herauszukommen.

Sie blinzelte. Dann nickte sie und wandte sich wieder ihrem Laptop zu.

Tiny atmete ein wenig erleichtert auf. Er war sich nicht sicher, welche seiner Worte bei ihr ein Feuer entfacht hatten, aber er war froh, dass etwas durchgedrungen war.

Dann hörte sie wieder auf zu tippen. »Tiny ... Ich habe das WLAN der *Zuflucht* gesperrt. Ich ändere das Passwort jede Woche. Es ist maximal verschlüsselt, und du weißt genauso gut wie ich, dass das sechzehnstellige Passwort lästig ist. Die Gäste hassen es, und viele machen sich gar nicht erst die Mühe, online zu gehen, weil es so nervig ist. Ich habe es diese Woche nicht geändert, weil wir keine zahlenden Gäste hatten ...« Ihre Stimme wurde leiser. »Er ist *hier*, Tiny. Ich weiß es. Er benutzt das WLAN der *Zuflucht*, um dieses dumme Spiel zu spielen. Um mich zu verspotten. Er will mich persönlich leiden sehen. Er will mein Gesicht sehen, wenn er gewinnt. Ich soll wissen, dass er mich besiegt hat.«

Tinys Herz raste. »Er ist hier? Auf dem Grundstück?«

»Ja. Ich würde mein Leben darauf verwetten.«

Das war seine Chance. Seine Chance, die Bedrohung für

Die Zuflucht und seine Freunde loszuwerden. Gerade als er den Mund öffnete, um ihr zu sagen, dass er auf die Jagd gehen würde, öffnete sich die Eingangstür der Lodge.

Tiny wirbelte herum und stellte sicher, dass sein Körper zwischen dem Eintretenden und Ryleigh war. Er hatte keine Waffe, aber er hatte sein Leben lang für diesen Moment trainiert. Er würde alles tun, was nötig war, um Harold Lodge auszuschalten, und falls erforderlich, sein Leben dafür geben.

KAPITEL EINUNDZWANZIG

Ry dachte, ihr Herz würde ihr aus der Brust schlagen. Sie hatte schreckliche Angst. Und sie war stinksauer. Es war eine seltsame Kombination. Niemals in einer Million Jahren hätte sie sich vorstellen können, dass ihr Vater das tat, was er gerade tat. Wenn sie es gewusst hätte, wäre sie aus der *Zuflucht* verschwunden, ungeachtet der Konsequenzen. Aber dafür war es jetzt zu spät.

Sie befand sich in einem geistigen Wettstreit mit einem Mann, der sie nie geliebt hatte. Der sie nie als etwas anderes als ein Mittel zum Zweck gesehen hatte. Selbst dieses Spiel war abgekartet. Es war ihm egal, ob Albuquerque einen Stromausfall erlitt oder nicht. Er wollte nur Geld. Wie immer bei Harold Lodge lief alles auf Geld hinaus.

Er war hier. Sie wusste es in ihren Knochen. Er wollte sie verlieren sehen. Wollte sie weinen und betteln sehen, wollte ihr Versprechen hören, alles zu tun, was er wollte. Er war arrogant genug, um sehen zu wollen, wie sie für ihre vermeintlichen Sünden gegen ihn persönlich bezahlte. Das würde sein Untergang sein. Zumindest hoffte sie das.

Die Tür zur Lodge öffnete sich und sie zuckte zusammen. Aber ihr entging nicht, wie Tiny sich sofort umdrehte und sich zwischen sie und die neue Bedrohung stellte, die das Gebäude betreten hatte. Sie hasste und liebte es zugleich, dass er das getan hatte.

Aber die Person, die hereinkam, war nicht ihr Vater. Oder ein weiterer korrupter ehemaliger Soldat, der gekommen war, um sie zu töten.

Es war Wolf. Tinys Freund.

»Ganz ruhig, ich bin's nur«, sagte er und hob die Hände, um zu zeigen, dass er unbewaffnet war.

Ry wollte am liebsten lachen. Auch wenn der Mann schon lange im Ruhestand war, glaubte sie nicht, dass er jemals die Art von Kerl sein würde, den man im ersten Moment *nicht* für eine Bedrohung hielt. Ja, vorhin, als er entspannt und glücklich gewesen war, hatte er ziemlich sanftmütig gewirkt. Aber jetzt? Er strahlte eine Art von Gefahr aus, die sie nur bei Tiny und den anderen *Zuflucht*-Besitzern gesehen hatte, als einer von ihnen bedroht worden war. Die Gefahr, die den Raum zu erfüllen schien, nachdem die Hütten explodiert waren.

Zuvor hatte sie sich überwältigt gefühlt und wäre fast an der Intensität erstickt. Aber jetzt hieß sie sie willkommen. Umarmte sie.

Ihr Vater dachte, sie sei hilflos. Eine leichte Beute. Er respektierte weder Tiny noch irgendjemanden, der in der *Zuflucht* lebte oder dorthin kam. Er hielt jeden für ein Weichei, der nicht mit »ein paar Widrigkeiten« – sein Ausdruck für posttraumatische Belastungsstörung – umgehen konnte. Und das von einem Mann, der sein Leben damit verbracht hatte, sich hinter einem Computer zu verstecken und auf seinem Hintern in seinem Haus zu sitzen.

Harold Lodge war ein erbärmliches menschliches Wesen. Und Ry glaubte an Karma. Manchmal ließ es sich

Zeit, die Menschen für ihre bösen Taten bezahlen zu lassen, aber letztendlich bekamen sie, was sie verdient hatten. Und sie betete inständig, dass heute der Tag war, an dem ihr Vater mit dem Karma selbst konfrontiert werden würde.

Aber sie konnte nicht aufhören zu arbeiten, während sie darauf wartete, dass dies geschah. Sie musste seine kranken Psychospielchen weiterspielen. Sie musste weiterhin seine Sticheleien lesen, die zwischen den Codezeilen auf dem Bildschirm auftauchten, während sie sich duellierten. Ihr Vater nutzte das Sicherheitssystem des Stromnetzes aus, und sie flickte die Löcher so schnell, wie er sie öffnete. Irgendwann würde er keine Löcher mehr stechen können, und sie würde gewinnen.

Aber was dann? Ry hatte keinen Zweifel, dass er etwas geplant hatte.

Wie er gesagt hatte, hielt er alle Trümpfe in der Hand. Solange er einen Zünder für die Bunker hatte, solange er kontrollierte, wer lebte und wer in einer feurigen Explosion starb, hatte er die Oberhand. Sie wussten es beide.

»Wolf, was zum Teufel machst du hier?«, fragte Tiny.

»Wenn du glaubst, dass ich meinen Arsch in einen Bunker setze, während du den ganzen Spaß hast, bist du nicht der SEAL, für den ich dich gehalten habe.«

Ry wollte am liebsten die Augen verdrehen. Spaß? Wolf hielt das hier für *Spaß*? Aber dann schüttelte sie den Kopf. Natürlich tat er das nicht. Das war nur eine Floskel. Eigentlich war sie froh, dass er hier war. Nicht um ihretwillen, sondern um Tinys willen. Er würde nicht zulassen, dass der Mann, den sie liebte, irgendwelche verrückten Risiken einging. Er würde ihm den Rücken freihalten, während Tiny den ihren freihielt. Immerhin war er auch ein SEAL gewesen. Sie konnten zusammenarbeiten.

»Wie ist die Lage?«, fragte Wolf.

»Nicht gut«, gab Tiny zu. Und die Tatsache, dass er

nichts beschönigte, brachte Ry dazu, ihn noch mehr zu respektieren. Er erklärte schnell, was los war. Ry warf immer wieder verstohlene Blicke auf den älteren Mann und war nicht überrascht, als er die Stirn runzelte und äußerst besorgt aussah. Seine Frau war in einem der Bunker. Er hatte allen Grund, sich Sorgen zu machen.

»Ich habe einen Freund, er war in meinem Team«, sagte Wolf. »Er ist Sprengstoffexperte. Vielleicht kann ich ihn anrufen. Ich gehe zu einem der Bunker und lasse mir von ihm erklären, wie man die Bomben entschärft.«

Ry war sich nicht sicher, ob das funktionieren würde. Aber sie war sich auch nicht sicher, dass es *nicht* funktionieren würde. Sie war völlig hin- und hergerissen. Sie wollte alle aus diesen verdammten Bunkern holen, und zwar sofort, aber nicht, wenn das bedeutete, all diese Bomben hochgehen zu lassen – und ihr Gefühl sagte ihr, dass Harold nicht bluffte.

»Wenn du etwas tun willst«, platzte sie heraus, »dann nimm Tiny und sucht mein Arschloch von Vater. Er ist hier irgendwo. Er schaut zu. Er wartet auf den richtigen Zeitpunkt, um uns alle in die Luft zu jagen. Findet ihn und tötet ihn, bevor er die Chance hat, uns das anzutun.«

Sie konnte nicht glauben, dass sie das gerade gesagt hatte, dass sie jemanden ermutigt hatte, einen anderen Menschen zu töten. Aber genug war genug. Ihr Vater war ein böser Mann. Er musste aufgehalten werden. Selbst wenn sie einwilligte und irgendwie zehn Millionen Dollar für ihn auftrieb, würde er nicht verschwinden. Er würde zurückkommen. Er würde mehr wollen. Er würde sie erpressen, ihre Freunde bedrohen, alles tun, um seinen Willen zu bekommen. Der einzige Weg, ihn davon abzuhalten, war *dauerhaft*.

Sie würde wahrscheinlich in die Hölle kommen, weil sie ihrem Vater den Tod gewünscht hatte, aber das war Ry im

Moment egal. Solange Tiny in Sicherheit war. *Die Zuflucht.* Sie würde jede Strafe annehmen, die sie verdiente, wenn die Menschen, die sie liebte, geschützt waren.

»Das wird nicht nötig sein, meine liebe Tochter. Ich bin genau hier.«

Ry erstarrte und nahm die Hände von der Tastatur.

Ihr Vater kam mit einem breiten Grinsen aus der Küche.

Ihr fiel die Kinnlade herunter. Sie konnte nicht glauben, dass er so dumm war, sich freiwillig zu zeigen. *Hier.* Mit Tiny und Wolf an ihrer Seite.

Er war so gut wie tot, er wusste es nur –

Plötzlich setzte Wolf sich in Bewegung ...

Er drehte sich um und lief direkt auf die Eingangstür zu.

Ry sah fassungslos zu. Er lief buchstäblich davon! So viel zu ihrer Vorstellung, dass er ein großer, böser SEAL war.

Ihr Vater lachte hysterisch, als die Tür sich hinter Wolf schloss. »Er wird seine wertvolle Frau nicht retten können. Ich habe hier die Kontrolle.«

Tiny bewegte sich und trat hinter dem Empfangstresen vor.

»Nein, tu es nicht«, flüsterte Ry.

Er hörte nicht zu. Er trat in Sichtweite ihres Vaters, der zwar keine Waffe in der Hand hielt, aber sie traute ihm trotzdem nicht. Nicht im Geringsten.

»Du bist also der Mann, der meine Tochter endlich zu einer richtigen Frau gemacht hat, was?«

Die Frage war unhöflich und grob, aber Ry war nicht überrascht.

»Du hast die Wahl, Ryleigh«, sagte ihr Vater fast im Plauderton.

Ry spürte, wie ihre Hände zitterten, aber sie zwang sich, den Mann anzusehen, den sie bis vor einer Woche jahrelang nicht mehr gesehen hatte. Der Mann, der sein Bestes getan hatte, um sie genauso zu machen wie er.

Amoralisch. Böse. Der an niemanden außer an sich selbst dachte.

»Willst du nicht wissen, wie die Wahl aussieht?«, fragte ihr Vater, der sich sichtlich amüsierte. Offensichtlich glaubte er, die Oberhand zu haben, aber Ry würde immer auf Tiny wetten. Sie hatte keine Ahnung, was er tun konnte, aber es war unwahrscheinlich, dass er lange tatenlos dastehen würde.

»Was?«, fragte sie schließlich in dem Wissen, dass ihr Vater sonst wahrscheinlich angefangen hätte zu schreien.

»Du kannst dich selbst retten – oder deine Freunde«, sagte er fast schadenfroh. »Diese Zünder in meinen Händen sind mit zwei verschiedenen Bombenserien verbunden, die ich an diesem gottverlassenen Ort platziert habe. Wenn eine hochgeht, wird die nächste gezündet und so weiter. Du kannst dich und dein Fickspielzeug retten, und ich werde alle Bunker mit einem Knopfdruck ausschalten. Oder du kannst die Leute in diesen nutzlosen Bunkern wählen – warum irgendjemand dachte, sie seien sicher, ist mir schlei-erhaft – und ich jage diese Lodge mit euch darin in die Luft. Und diesen schicken neuen Hangar. Und die Scheune mit diesen entzückenden ... *kotz!* ... Tieren.«

Ry blinzelte ihn einmal an. Zweimal. Dann konnte sie nicht anders – sie lachte.

Und als sie einmal angefangen hatte, konnte sie nicht mehr aufhören.

Wahrscheinlich sah sie aus und hörte sich an wie eine Verrückte, aber das war ihr egal. Ihr Vater war wahnsinnig. Lächerlich. Und so *dumm*.

»Was gibt es da zu lachen? Hör auf! Ich meine es ernst, hör *sofort* auf!«, schrie ihr Vater.

»Ryleigh«, sagte Tiny mit leiser Stimme.

Sie riskierte es nicht, zu dem Mann hinüberzusehen, den sie mehr als alles andere auf der Welt liebte. Wenn sie es täte, würde sie wahrscheinlich in sich zusammenbrechen. Sie hing ohnehin schon am seidenen Faden. Sie konnte nicht glauben, dass ihr Vater, ein Mann, zu dem sie einst aufgeschaut hatte – vor langer, *langer* Zeit, bevor sie erkannt hatte, dass er ein Stück Scheiße war –, drohte, nicht nur sie, sondern Dutzende unschuldiger Menschen in die Luft zu jagen. Er war so viel schlimmer, als sie es sich jemals vorgestellt hatte, dass es unmöglich nachzuvollziehen war.

»Ich würde dir alles Geld der Welt geben, wenn ich könnte«, sagte sie zu ihrem Vater, als sie wieder sprechen konnte. Sie erkannte ihre eigene Stimme nicht wieder. So hatte sie noch nie mit ihm gesprochen. Aber sie war es leid, den Kopf einzuziehen. Alles zu tun, was er verlangte, nur weil sie Angst hatte. »Aber ich kann nicht. Es ist weg. Alles. Jeder Cent.«

»Was?«, fragte Harold. »Nein, ist es *nicht*. Ich weiß, dass du es versteckt hast. So wie ich es dir beigebracht habe. Gib es mir zurück, sofort!«

»Ich habe es verschenkt. An Wohltätigkeitsorganisationen im ganzen Land und auf der ganzen Welt. Immer nur ein bisschen. Ich habe es den Menschen zurückgegeben, denen du es gestohlen hast. Veteranengruppen, Obdachlosenorganisationen, Waisenkinder, Tiere … nenne eine Wohltätigkeitsorganisation, und ich habe sie unterstützt. All das Geld, das du hart arbeitenden und unschuldigen Menschen gestohlen hast, von jungen Unternehmen, deren Konten nicht gesichert waren, sogar das Geld, das du voller Stolz unserer Regierung genommen hast … es ist weg. Zurückgegeben an diejenigen, die es verdient haben. Und weißt du was? Es war ein *fantastisches* Gefühl. So viel besser, als es überhaupt erst zu stehlen.«

»Du lügst. Du Miststück, du *lügst*!«, brüllte Harold.

»Ich habe sogar einen großen Teil davon an *Die Zuflucht* gespendet. Genau die Gebäude, die du in die Luft zu jagen drohst, wurden mit diesem Geld gebaut. Der Hangar? Wurde mit Spendengeldern gebaut. Die Hütten, die du bereits in die Luft gejagt hast? Sie werden mit dem Geld, das ich gespendet habe, wiederaufgebaut.«

»Nein! Nein, nein, nein!«, schrie ihr Vater, sein Gesicht dunkelrot. »Das ist *mein* Geld! Ich habe es anständig und ehrlich gestohlen!«

»Falsch!«, schrie Ry zurück und fühlte sich immer sicherer. »Du hast gar nichts gestohlen! Du hast *mich* gezwungen, es zu stehlen. Ich war ein Kind! Alles, was ich wollte, war deine Liebe, und ich habe alles getan, was du von mir verlangt hast, in der Hoffnung, du würdest mich auch nur *anlächeln*. Mich für meine Arbeit loben. Mir sagen, dass du mich liebst! Aber stattdessen hast du mich herabgesetzt, mir gesagt, ich sei wertlos. Dass ich nicht schnell genug sei. Nicht raffiniert genug. Nicht *gut* genug. Also habe ich härter gearbeitet. Ich lernte so viel ich konnte, damit du mich vielleicht eines Tages lieben würdest. Aber nichts war je genug.

Das Lächerliche daran ist, wenn du mir auch nur ein bisschen Zuneigung gezeigt hättest? Dann wäre ich wahrscheinlich genauso geworden wie du. Ich wäre heute noch an deiner Seite und würde Geld stehlen. Aber weil du so kalt, so herzlos warst, bist du für alles verantwortlich, was ich getan habe. Dafür, dass ich gegangen bin und das Geld mitgenommen habe.«

Es war, als seien sie und ihr Vater die einzigen beiden Menschen auf der Welt. Sie funkelten einander an. Sie war nicht eingeschüchtert, wie sie es sonst in der Gegenwart ihres Vaters war. Sie wich nicht zurück. Sie behielt ihr Kinn oben, als sie ihrem Vater die Dinge sagte, die sie schon immer hatte sagen wollen, aber nie den Mut dazu gefunden hatte.

»Ich habe dich *nie* geliebt«, blaffte ihr Vater. »Ich wollte nie Kinder. Deine Mutter war sogar noch wertloser als du.

Sie hat mir zwei undankbare Bälger geschenkt und war darüber hinaus kaum dazu zu gebrauchen, mich zum Höhepunkt zu bringen. Ich habe sie behalten, bis du alt genug warst, um für dich selbst zu sorgen, dann war sie verdammt noch mal weg.«

»Ich war *fünf*!«, schrie Ry. »Ich konnte nicht für mich selbst sorgen! Ich brauchte meine Mutter. Meinen *Vater*!«

»Du tust so, als seist du so viel besser als ich«, spottete Harold. »Aber wie du gerade bemerkt hast, warst *du* es, die das Geld gestohlen hat. *Du* warst diejenige, die sich in die Konten genau der Wohltätigkeitsorganisationen gehackt hat, die du jetzt zu unterstützen vorgibst. Und du hast es geliebt! Ich habe dich beobachtet, meine liebe Tochter, es hat dir Spaß gemacht, im Internet herumzuschleichen und zu stehlen, was dir nicht gehörte. Deshalb wollte ich, dass du zurückkommst und an meiner Seite arbeitest. Du bist gut in dem, was du tust, weil du die Macht liebst, die damit einhergeht! Ich werde vielleicht vom FBI gesucht, aber du bist genauso schlimm wie ich. *Noch schlimmer!*

Du hast alle in die Irre geführt. Jeder hier hält dich für so süß und nett. In Wirklichkeit bist du eine Viper in einer Grube voller knuddeliger Kätzchen. Sie haben keine Ahnung, wie gefährlich du bist. Aber eines Tages werden sie es herausfinden, und dann wirst du weg sein. Mit einem Tritt ins Gesicht. All diese Menschen, die du beschützt, werden sich schneller von dir abwenden, als du blinzeln kannst. Du bist *dumm*. Du warst schon immer dumm. Und deinetwegen wird all das hier weg sein. *PUFF!* Weg mit einem gottverdammten Druck auf den Knopf dieser Zünder!«

Zu jedem anderen Zeitpunkt hätten seine Worte Ry erdrückt. Sie hätte sie sich zu Herzen genommen. Sie hätte sie verinnerlicht. Hätte geglaubt, was er sagte. Aber sie war aufrecht und stolz. Er hatte unrecht. In Bezug auf sie, in

Bezug auf ihre Freunde. Und in Bezug auf das, was hier passieren würde.

Denn im Gegensatz zu ihrem Vater wusste sie, dass Wolf nicht aus Angst von der Lodge weggelaufen war ... er war nicht zu einem Bunker gelaufen, um seine Frau zu retten.

Er hatte die Lodge umrundet und bewegte sich jetzt – während ihr Vater schimpfte, tobte und sich ganz darauf konzentrierte, sie herabzusetzen und zu demoralisieren – heimlich aus der Küche.

»Glaubst du, ich werde es nicht tun?«, schrie ihr Vater. »Ich werde es tun! Ich werde den ganzen Ort in die Luft jagen! Es wird verdammte Körperteile regnen! Und es wird deine Schuld sein. *Alles deine Schuld!* Ich gebe dir noch eine Chance, mir mein Geld zu geben. Zehn Sekunden, Ryleigh. Leg deine Finger auf die Tastatur und gib mir mein Geld. Sonst ... *KABUMM!*«

Ry war nicht sicher, wie er glaubte, *sie* in die Luft jagen zu können, ohne selbst Teil davon zu sein, aber das war auch egal. Er würde keine Gelegenheit bekommen, die Knöpfe an den Zündern zu drücken. Daran hatte sie keinen Zweifel.

Kaum hatte sie den Gedanken, setzte Wolf sich in Bewegung.

Er stürzte sich auf ihren Vater und schlang einen muskulösen Arm um seinen Hals.

Es war fast schon komisch, wie seine Augen sich weiteten, wie schnell er die Zünder fallen ließ, um Wolfs Arm zu packen und zu versuchen, ihn von seinem Hals zu lösen, damit er atmen konnte.

Ry zuckte zusammen, als die Plastikzünder auf dem Hartholzboden der Lodge aufprallten. Sie hielt den Atem an, halb in der Erwartung, draußen im Wald das schreckliche Geräusch explodierender Bomben zu hören. Aber nichts geschah, und sie konnte wieder aufatmen.

Tiny sprang vor und schnappte sich die Zünder, während Wolf ihren Vater festhielt, aber Harold Lodge gab offensichtlich nicht kampflos auf. Während Ry von ihrem sicheren Platz hinter der Rezeption aus zusah, zog Harold von irgendwoher ein Messer hervor.

»Wolf! Messer!«, schrie sie – aber es war zu spät. Ihr Vater schaffte es, die Klinge in Wolfs Oberschenkel zu stoßen. Im nächsten Moment war der Boden unter ihnen glitschig von dem, was sie für Blut hielt, das aus der Wunde in seinem Bein sickerte.

Trotzdem ließ Wolf ihren Vater nicht los. Stattdessen wurde sein Griff um seinen Hals fester, und das Gesicht ihres Vaters färbte sich fast lila.

Tiny legte die Zünder schnell auf einen Tisch und stürzte sich ins Getümmel.

Jetzt hatte Ry Angst. Das Herz schlug ihr bis zum Hals, als sie sah, wie ihr Vater um sein Leben kämpfte. Er war kein erfahrener Kämpfer, nicht wie die beiden ehemaligen SEALs, mit denen er rang, aber er war verzweifelt ... und er hatte das Messer immer noch fest im Griff.

Der Kampf war erstaunlich ruhig, das einzige Geräusch waren Grunzlaute, als ihr Vater versuchte, sich zu befreien. Die Männer rutschten im Blut auf dem Boden aus und rangen um ihr Gleichgewicht. Ry sah ein Aufblitzen des Messers, dann gingen alle drei Männer heftig zu Boden.

Sie lief hinter der Rezeption hervor, bereit, um ... was zu tun? Zu helfen? Es gab nichts, was sie hätte tun können, außer ihnen in die Quere zu kommen. Aber der Drang, *etwas* zu tun, war überwältigend.

Dann setzte Tiny sich auf die Knie. Wolf tat das Gleiche.

Ihr Vater blieb flach auf dem Boden liegen. Regungslos.

Tiny stand auf und hielt Wolf eine Hand hin, der sie ergriff und sich ebenfalls aufrichtete.

Als Ry wieder zu ihrem Vater hinunterblickte, sah sie

das Messer, mit dem er auf Wolf eingestochen hatte, aus seinem Hals ragen. Das Blut sammelte sich schnell um seinen unbeweglichen Körper.

Sie hätte schockiert sein sollen. Entsetzt. Stattdessen fühlte sie sich wie betäubt.

»Setz dich«, befahl Tiny Wolf und griff nach seinem Arm.

Aber Wolf schüttelte den Kopf. »Mir geht's gut. Er hat keine Arterie erwischt. Tut höllisch weh, aber ich hatte schon Schlimmeres. Wir müssen herausfinden, wie wir die Bunkerbomben entschärfen können.«

Ry blinzelte. Wie konnte sie das nur vergessen? Nur weil ihr Vater tot war, hieß das nicht, dass sie in Sicherheit waren. Es war möglich, dass er, wie er gedroht hatte, überall in der *Zuflucht* Bomben platziert hatte, und wenn sie nicht herausfanden, wie man sie entschärfen konnte, konnte er immer noch gewinnen. Das war inakzeptabel.

Ry drehte sich um und lief zurück zu ihrem Laptop hinter dem Empfangstresen.

»Ryleigh?«, fragte Tiny.

»Bring die Zünder hierher«, befahl sie mit zitternder Stimme. »Er sagte, sie seien miteinander verbunden. Wenn eine hochgeht, explodieren sie alle«, murmelte sie. »Wir müssen also herausfinden, welche zuerst platziert wurde. Wenn wir die eine entschärfen können, gehen vielleicht auch die anderen aus.«

»Atme, Ryleigh«, befahl Tiny.

Sie zuckte zusammen, da sie nicht gemerkt hatte, dass er sich neben sie gestellt hatte. Er legte ihr eine Hand auf die Hüfte, und seine Berührung gab ihr Halt. Sie atmete tief ein und zwang sich, sich zu entspannen. Die Bomben waren noch nicht explodiert, sie hatte noch eine Chance, alle zu retten.

Der Gedanke, dass ihre Freunde wegen ihres Vaters

sterben würden, war abscheulich ... die Kinder, Bricks Mutter. Die Hunde. Sie alle könnten in kürzester Zeit tot sein, wenn sie sich nicht konzentrierte und das tat, was sie am besten konnte.

Ihr Vater hatte nicht unrecht. Sie hatte tatsächlich das Gesetz gebrochen. Sie hatte Geld gestohlen. Aber sie hatte sich in den letzten zehn Jahren den Arsch aufgerissen, um Buße zu tun, um etwas zurückzugeben. Sie war sich nicht sicher, ob es ein Gericht interessieren würde, dass sie das Geld nicht hatte annehmen wollen, dass sie versucht hatte, sich die Liebe eines Mannes zu verdienen, der nicht in der Lage war, sich für jemand anderen als sich selbst zu interessieren, aber sie wollte verdammt sein, wenn sie Dutzende von Unschuldigen für ihre Sünden büßen lassen würde.

Sie rief noch einmal die Überwachungskameras auf. Es war eine unmögliche Aufgabe, sich durch stundenlanges Videomaterial zu wühlen, um die Männer zu finden, die ihr Vater angeheuert hatte, um die Sprengsätze anzubringen. Sie war sich nicht einmal sicher, welche Kamera sie beobachten sollte. Welcher der Bunker der erste war, geschweige denn, an welchem Tag die Ladungen platziert worden waren.

»Was glaubst du, welcher es ist, Ryleigh?«, fragte Tiny ruhig neben ihr.

Ry stockte der Atem. Sie konnte das nicht tun. »Ich weiß es nicht«, sagte sie und klang selbst für ihre eigenen Ohren erbärmlich und niedergeschlagen. »Ich weiß es nicht!«, wiederholte sie, während sie zu Tiny aufsah.

»Doch, du weißt es. Du schaffst das. Ich vertraue dir, Ryleigh.«

Sein Vertrauen war alles. Er war ein Mann, der durch den Verrat einer Frau gebrochen worden war. Er hatte Jahre seines Lebens damit verbracht, alle auf Distanz zu halten. Der es nicht einmal ertragen konnte, neben jemandem einzuschlafen, aus Angst, man würde versuchen, ihn zu töten, während er sich ausruhte. Und doch hatte er sie in seine Hütte geholt. Er schlief wie ein Baby mit ihr in seinen Armen. Er vertraute ihr nicht nur, er liebte sie.

Sie.

Sie hatte gefunden, wonach sie sich ihr Leben lang gesehnt hatte. Liebe. Und es war nicht nur die Liebe von Tiny. Es war die Liebe von allen. Brick, Alaska, Tonka, Henley, Spike, Reese, Pipe, Cora, Owl, Lara, Stone und Maisy. Und alle anderen, die hier in der *Zuflucht* arbeiteten. Sie würde sie nicht im Stich lassen. Niemals.

Sie schloss die Augen und holte tief Luft. Dann noch einmal. Ihre Hände zitterten immer noch, aber sie fühlte sich viel konzentrierter. Sie dachte über die Bunker nach. Das erste Mal, als sie von ihnen erfahren hatte. Und das erste Mal, als sie sie benutzt hatte ...

»Bunker eins-drei«, sagte sie, mehr zu sich selbst als zu jemand anderem. »Ich glaube, er wusste irgendwie, dass ich Jasna dorthin gebracht habe. Wenn er das archivierte Filmmaterial gefunden hat, wird er ihn absichtlich ausgewählt haben. Es ist der einzige Bunker, zu dem ich eine Verbindung habe.«

»Caroline ist in eins-drei«, sagte Wolf, wobei ihm die Stimme brach.

Entschlossenheit stieg in Ry auf.

»Kannst du sie aus der Ferne entschärfen?«, fragte Tiny, der einen Zünder in der Hand hielt. »Mit einem von diesen?«

Ry nahm ihn ihm ab und drehte das kleine Gerät in den Händen. Sie hatte Angst, es auseinanderzunehmen, obwohl das ursprünglich ihr Plan gewesen war. Sie wollte herausfinden, ob es einen Mikrochip gab, den sie an ihren Computer anschließen konnte, um ihn zu deprogrammieren. Aber der Gedanke, auch nur den kleinsten Fehler zu machen, löste

Übelkeit in ihr aus. Dies war kein Computerspiel. Dies war das echte Leben. Und echte Menschen würden sterben, falls sie es vermasselte.

Widerstrebend schüttelte sie den Kopf.

»Gut, dann gehen wir zur Quelle«, sagte Wolf und klang wie der führende Navy SEAL, der er war.

»Der Bunker«, stimmte Tiny zu.

»Ich rufe Dude auf dem Weg dorthin an. Er wird wissen, wie man ihn entschärft und dafür sorgt, dass die Verbindung zu den anderen unterbrochen wird. Dein Vater kann unmöglich jemand Besseren als Dude gefunden haben.«

»Ich sollte mir die Videos ansehen ... um zu bestätigen, dass das wirklich die erste Bombe war, die gelegt wurde«, protestierte Ry.

»Keine Zeit«, erklärte Tiny mit einem Kopfschütteln. »Du bleibst hier.«

Sie schnaubte. »Daraus wird nichts. Erstens lässt du mich hier nicht mit einer Leiche zurück. Bei meinem Glück wird mein Vater wieder lebendig und schleicht sich von hinten an mich heran, oder seine böse Seele ergreift von mir Besitz und du hast eine Freundin, deren Kopf sich immer mal wieder dreht. Ich komme mit.«

Tinys Mundwinkel bewegten sich nicht einmal ein Stückchen nach oben. »Ich will, dass du in Sicherheit bist.«

»Und ich will, dass meine Freunde nicht in die Luft gejagt werden!«, rief sie fast hysterisch. »Bitte, Tiny. Lass mich hier nicht allein. An deiner Seite bin ich am sichersten. Nirgendwo sonst.«

Er starrte sie ein oder zwei Sekunden lang an, bevor er nickte.

Die Erleichterung, die Ry durchflutete, machte sie schwindelig, aber sie zögerte keinen Moment, als Tiny sich der Tür zuwandte. Während sie sich unterhalten hatten, hatte Wolf aus ein paar Stoffservietten, die auf den Tischen im Raum lagen, einen behelfsmäßigen Verband gemacht. Mit Tiny und Ry im Rücken humpelte er zur Tür, das Telefon am Ohr.

Dies musste funktionieren. Das *musste* es. Wolfs Kumpel musste es schaffen. Wenn nicht, würde Ry sich das niemals verzeihen können. Egal was Tiny oder sonst jemand sagte, sie hatte diese Bedrohung in *Die Zuflucht* gebracht. Es war *ihr* Vater, *ihr* Ballast, die sie an diesen Punkt gebracht hatten. Sie musste dabei sein ... entweder wenn alles buchstäblich in die Luft gesprengt wurde, oder um zu sehen, wie die Jahre des Weglaufens und der Angst zu Ende gingen.

So oder so, die nächsten Minuten würden ihr Leben ein für alle Mal verändern.

KAPITEL ZWEIUNDZWANZIG

Tiny joggte durch die Bäume und wagte es nicht, Ryleighs Hand loszulassen. Wolf war vor ihnen und tat so, als sei ihm nicht gerade in den Oberschenkel gestochen worden. Aber er nahm an, dass Adrenalin und die Angst um seine Frau ein starker Motivator waren. Wenn sie das überlebten, wenn Wolfs Teamkamerad die Bomben entschärfen konnte, würde er dafür sorgen, dass Wolf so schnell wie möglich medizinisch versorgt wurde.

Aber im Moment war Zeit von entscheidender Bedeutung. Eine falsche Bewegung, und ein kleiner Kratzer an Wolfs Oberschenkel wäre das geringste Übel.

Tiny war überrascht gewesen, als Wolf aus der Lodge gelaufen war, aber er hatte keine Sekunde lang geglaubt, dass der Mann sie tatsächlich zurücklassen würde. Er wusste, wozu der ehemalige SEAL fähig war. Seine und Carolines Geschichte war legendär. Ganz zu schweigen von all den anderen Missionen, an denen Wolf und sein Team teilgenommen hatten. Sie waren vielleicht nicht öffentlich bekannt, aber SEALs redeten. Manchmal war das Klatschnetzwerk von SEAL zu SEAL peinlich. Aber es war gründlich.

Wolf war nicht der Typ, der vor einer Konfrontation davonlief. Aber er *war* klug genug, um zu wissen, wann Heimlichkeit sinnvoller war.

Ryleighs Vater hatte sich nicht so leicht unterkriegen lassen, selbst als er und Wolf versucht hatten, ihn zu überwältigen. Das Messer war außerdem verdammt scharf, und nachdem Lodge versucht hatte, Wolf die Kehle durchzuschneiden, während sie miteinander rangen, hatte Tiny es ihm entrissen – und war plötzlich von Klarheit getroffen worden.

Ryleigh hatte recht. Harold Lodge würde nie aufhören zu versuchen, seiner Tochter und allen wehzutun, die sie liebte. Ein normales Gefängnis konnte ihn nicht halten. Ein einziges illegal erworbenes Handy würde genügen, und der Mann wäre wieder auf freiem Fuß. Das hatte er bewiesen. Also tat Tiny, was er tun musste. Er tötete nicht gern, aber in diesem Fall fühlte es sich verdammt gut an.

Nie wieder würde Harold seine Tochter belästigen. Nie wieder würde er Ryleigh das Gefühl geben, dass sie verschwinden musste, um ihn oder jemand anderen zu schützen. Sie konnte ihr Leben frei und unbelastet von dem Monster leben, das sie aufgezogen hatte.

Tiny hasste es jedoch, dass sie jetzt mit ihm auf dem Weg zu den verkabelten Bunkern war. Aber wenn ihr Vater die Wahrheit gesagt hatte – und er hatte keine Ahnung, ob das der Fall war –, war sie in der Lodge oder irgendwo anders in der *Zuflucht* wahrscheinlich nicht sicherer als bei ihm. Und ... er konnte nicht leugnen, dass er sich mit ihr an seiner Seite gefestigter fühlte.

Sie war fantastisch gewesen. Er hatte immer gewusst, dass sie gut war in dem, was sie tat. Er hatte sie in Aktion erlebt. Aber zu sehen, wie sie im Alleingang das ahnungslose Albuquerque vor einem großen Stromausfall bewahrte, war wahnsinnig beeindruckend. Tex hatte vor all den Monaten recht gehabt, als er zugegeben hatte, dass Ryleigh eine bessere Hackerin war als er selbst. Sie war einmalig.

Sie näherten sich dem Bunker eins-drei, der sich in der Drei-Uhr-Position von der Lodge aus befand. »Wo ist es? Es kann nicht in der Nähe der Öffnung sein, sonst wäre es entdeckt worden«, überlegte Tiny.

»Richtig, die Jungs hätten gewusst, dass etwas nicht stimmt, und wären nicht in die Bunker gegangen, wenn sie dachten, es bestünde irgendeine Gefahr. Ich weiß, dass ich nichts gesehen habe, als ich Raid geholfen habe, die Hunde in diesen Bunker zu bringen«, sagte Wolf.

Tiny ließ den Blick über den Boden schweifen, wo der Bunker vergraben war, dann zeigte er auf ein aufgewühltes Stück Erde in der Nähe der Rückseite des Bunkers. »Dort.«

Die drei schlichen sich vorwärts, und Wolf ging etwa dreißig Zentimeter von der aufgewühlten Erde entfernt unbeholfen in die Knie. Er hielt Tiny sein Handy hin. »Hältst du das mal? Stell es auf Lautsprecher, damit ich Dude hören kann.«

Tiny nickte und nahm das Telefon entgegen. Er spürte, wie Ryleigh die Finger in den Bund seiner Hose krallte. Zu wissen, dass sie da war, ließ ihn praktisch vor Nervosität vibrieren. Falls diese Bombe hochginge, wären sie alle tot. Auf der Stelle. Er drückte auf die Lautsprechertaste des Telefons.

»Dude?«, fragte Wolf.

»Sag mir, was du siehst«, befahl der Mann am anderen Ende der Leitung. Er war geradlinig und konzentriert, was Tiny zu schätzen wusste.

»Können wir FaceTime benutzen?«, fragte Tiny. »Das würde es einfacher machen, denke ich.«

»Das Handysignal ist hier draußen nicht stark genug«, sagte Ryleigh leise von hinten.

Tiny fluchte. Das hatte er vergessen. Sobald sie hier herauskamen, würde er sich um mehr Handymasten in diesem Teil ihres Waldes kümmern. Selbst wenn *Die Zuflucht* die gesamten Kosten dafür übernehmen musste, selbst wenn sie jemanden bei der Telefongesellschaft bestechen mussten, würde er das in die Wege leiten.

»Keine Sorge, Dude kann mich da hindurchführen. Er braucht die Bombe nicht zu sehen, um zu wissen, was zu tun ist«, sagte Wolf, der dabei völlig ruhig klang.

»Wolf, rede mit mir«, sagte Dude, sein Tonfall nun gereizt.

»Dreck. Die Bombe wurde vergraben. Ich habe Angst, sie freizulegen, weil ich sie nicht auslösen will.«

»Nach dem zu urteilen, was du mir erzählt hast, glaube ich nicht, dass das passieren wird. Wenn der Dreckskerl einen Zünder hatte, wird sie nicht explodieren, wenn die Erde drumherum entfernt wird. Sei einfach vorsichtig.«

»Verstanden.«

Tiny sah zu und hasste das hilflose Gefühl, das ihn fast überwältigte, als Wolf die Bombe langsam freilegte.

»Wie sieht sie aus?«, fragte Dude.

Wolf beschrieb, was er sah, welche Farbe die Drähte hatten, wie sie angeschlossen waren.

»Scheint mir ein ziemlich simpler Apparat zu sein«, sagte Dude.

»Mein Vater sagte, sie seien alle miteinander verbunden. Wenn eine explodiert, explodieren sie alle«, warf Ryleigh ein.

»Ich glaube nicht, dass das stimmt«, sagte Dude. »Ich meine, was Wolf beschrieben hat, scheint amateurhaft zu sein. Und wenn dein Vater Soldaten gefunden hat, die unehrenhaft entlassen wurden, würde mich das nicht wundern.

Die haben wahrscheinlich nicht einmal das Einmaleins des Bombenbauens gelernt, geschweige denn die fortgeschrittenen Techniken.«

Tiny spürte, wie Ryleigh sich an ihn lehnte, als sie ihm ins Ohr flüsterte: »War das ein Witz?«

Seine Lippen zuckten, aber das lag eher an seinen Nerven als an seiner Belustigung. »Ich glaube schon«, sagte er mit einem Nicken.

»Wolf? Du hast gesagt, es gibt gelbe, lila und rote Drähte, richtig?«

»Ja.«

»Klar, dass die Arschlöcher nicht einmal die richtigen Kabelfarben verwenden konnten. Und da ist ein elektronischer Kasten oben drauf geschnallt? Das Licht blinkt, ja?«

»Mh-hm.«

»Gut. Du musst also nur den lila Draht unten aus dem blinkenden Kasten herausziehen.«

Tiny verkrampfte sich. Das schien *viel* zu einfach zu sein.

Aber Wolf zögerte keine Sekunde lang. Sobald Dude zu Ende gesprochen hatte, zog er den lila Draht heraus. Er löste sich mit einem einfachen Ruck aus dem elektronischen Gerät.

Tiny hielt den Atem an und machte sich auf eine Explosion gefasst.

»Wolf? Hast du es geschafft?«

»Ja, und das Licht blinkt nicht mehr.«

»Gut. Dann ist es vollbracht.«

»Das war's? Wirklich?«, fragte Ryleigh.

»Ja. C4 ist eigentlich ein sehr stabiler Sprengstoff. Deshalb ist es beim Militär so beliebt. Wir können es in unsere Rucksäcke stopfen und müssen uns keine Sorgen machen, dass es hochgeht, nur weil wir herumgeschubst werden.«

Wolf stand mühsam auf und ging auf die versteckte Tür zum Bunker zu.

»Was ist mit den anderen Bomben? Können die genauso leicht entschärft werden?«, fragte Tiny. Einerseits war er sehr erleichtert, dass die Bomben doch nicht alle miteinander verbunden waren. Und es sah auch nicht so aus, als könnte die Bombe dadurch ausgelöst werden, dass jemand die Bunkertüren öffnete oder schloss, sonst wären sie alle explodiert, als ihre Freunde und Familienmitglieder sie betraten. Andererseits könnte es aber auch sein, dass noch sechs aktive Bomben zur Explosion bereit waren.

»Ich weiß es nicht. Ich müsste sie mir erst beschreiben lassen, bevor ich das mit Sicherheit sagen kann.«

Tiny schaute zu Wolf, der seine Frau nun in eine Umarmung gezogen hatte. »Wolf, kann ich dein Handy mitnehmen? Ich will die anderen Sprengsätze überprüfen.«

Wolf winkte ihm bestätigend zu.

»Bleib hier«, sagte Tiny zu Ryleigh.

Zu seiner Belustigung und Irritation verdrehte sie die Augen. »Kommt nicht infrage. Komm schon, wir müssen weiter.«

Ehe Tiny sichs versah, lief er mit Ryleigh an seiner Seite zu Bunker eins-zwei. Als sie dort ankamen, sahen sie sich vorsichtig um und fanden eine weitere leicht aufgewühlte Stelle mit Erde. Tiny grub die Bombe vorsichtig aus, und zu seiner Erleichterung sah sie genauso aus wie die erste. Um sicherzugehen, beschrieb er sie Dude, der ihm wieder empfahl, einfach den violetten Draht aus dem elektronischen Kasten zu ziehen, der oben auf dem C4 befestigt war.

Ryleigh öffnete die Tür zum Bunker. Tiny erklärte Stone kurz alles, was passiert war, und sagte ihm dann, er solle zurück zur Lodge gehen und etwas finden, um Harolds Leiche abzudecken, damit keine der Frauen und Kinder sie sehen konnte. Er bat ihn auch, alle aus der Lodge fernzuhalten, um den Tatort zu sichern. Die Polizei musste gerufen werden. Aber zuerst mussten sie noch mehr Bomben entschärfen.

Er und Ryleigh joggten weiter durch die Bäume, in Richtung Bunker eins-eins. Insgesamt wiederholten sie die Entschärfung der Bomben, die Harolds Komplizen platziert hatten, noch fünfmal.

Als sie den letzten Bunker, eins-neun, mit Alaska und Brick darin öffneten, war Tiny erschöpft. Er fühlte sich wie nach einem besonders zermürbenden zweiwöchigen Einsatz im Iran, als er noch ein SEAL gewesen war. Sie mussten sich über die Berge ins Land schleichen und es auf demselben Weg wieder verlassen, nachdem sie ihre hochrangige Zielperson getötet hatten. Er fühlte sich genauso ausgelaugt und zittrig wie damals.

»Danke«, sagte er zu Dude. »Du hast keine Ahnung, wie viel deine Hilfe mir und meinen Freunden bedeutet.«

»Ich würde euch raten, jedes andere Gebäude auf eurem Grundstück zu überprüfen. Seht nach, ob ihr einen Bombenspürhund besorgen könnt. Warte, ich glaube, ich habe einen Kontakt, ich werde sehen, ob er so schnell wie möglich dorthin kommen kann. Ihr wollt nicht die Annahme riskieren, alles sei in Ordnung, nur damit eine versteckte Bombe hochgeht.«

»Ja, das sehe ich auch so. Obwohl das Arschloch gelogen hat, dass sie zusammenhängen, hat er wahrscheinlich auch bei den anderen Bomben gelogen. Aber ich bin nicht bereit, dieses Risiko einzugehen.«

»Sag Wolf, er soll mich später anrufen, wenn er einen Moment Zeit hat. Ich will sichergehen, dass es ihm und Caroline gut geht. Meine Cheyenne wird auch mit Ice sprechen wollen.«

»Mach ich. Wann immer du und deine Familie Urlaub

machen wollt, steht euch *Die Zuflucht* zur Verfügung. Völlig kostenlos.«

»Danke. Habt ihr eine Hütte abseits der anderen? Ich denke, meine Frau und ich werden etwas Privatsphäre brauchen.«

Tiny lachte. »Ja. Das werden wir einrichten.« Er beobachtete, wie Ryleigh Alaska umarmte und ihr versicherte, dass alles in Ordnung sei. Luna weinte, als sie sich zu den anderen in eine Umarmung zu dritt gesellte.

»Tiny?«

»Ja?« Er erinnerte sich kaum daran, dass er immer noch mit Dude telefonierte.

»Das hat sie gut gemacht. Deine Frau. Sie ist immer an deiner Seite geblieben. Ich weiß nicht, ob man sich mehr von einem Partner wünschen kann.«

»Außer, dass sie dort bleiben sollte, wo es sicher ist«, murmelte er.

»Bei *dir* ist sie sicher. Das weiß sie, und sie war klug genug, dort zu bleiben, wo sie sich beschützt fühlen konnte.«

Dude hatte nicht unrecht. Aber das Komische war, dass Tiny sich von ihr genauso beschützt fühlte. Es ging nicht darum, dass er ein Mann war, ein SEAL, es ging um das Wissen, dass sie, wenn die Kacke am Dampfen war, klug genug war, um ihm zu helfen herauszufinden, was ihre nächsten Schritte sein sollten. Sie waren ein Team, und das war ein großartiges Gefühl. »Ja.«

»Gut, dann mache ich jetzt Schluss. Vergiss nicht, Wolf zu sagen, dass er mich später anrufen soll.«

»Werde ich nicht. Nochmals danke, Dude. Ernsthaft, ich weiß nicht, was wir ohne dich getan hätten.«

»Deine Frau hätte nachgeschlagen, wie man Bomben entschärft, und es herausgefunden«, sagte er lachend. »Bis dann.«

Tiny legte auf und steckte Wolfs Handy in seine Tasche. Der Kerl hatte nicht ganz unrecht. Ryleigh hätte auf jeden Fall recherchiert, wie man eine Bombe entschärft, oder sie hätte im Dark Web jemanden gefunden, der das konnte. Er hatte keinen Zweifel daran, dass Ryleigh alles finden würde, was *Die Zuflucht* brauchte, jede Art von Experte, die nötig war.

Früher hätte ihm die Macht, die sie hatte, Angst gemacht. Aber jetzt? Nach dem, was sie durchgemacht hatten? Er begrüßte sie. Seine Ryleigh war erstaunlich. Ein Schatz. Vor dem, was sie tun konnte, hatte er genauso wenig Angst wie vor den Fähigkeiten seiner Freunde aus der Spezialeinheit. Sie waren alle auf ihre Weise furchterregend. Und doch wichen ihre Frauen nicht vor ihnen zurück. Sie erwarteten nicht, dass sie plötzlich anfingen, die Fähigkeiten einzusetzen, die sie beim Militär gelernt hatten, um anderen zu schaden. Warum sollte er denken, dass Ryleigh anders handeln würde?

Jemand berührte seine Schulter, und Tiny drehte sich, um Brick dort stehen zu sehen. Ehe er sichs versah, umarmte er seinen Freund. Fest.

»Danke«, sagte Brick heiser.

Tiny zog sich zurück und nickte ihm zu. Der heutige Tag war eine Achterbahnfahrt der Gefühle gewesen. Beide Männer waren sich bewusst, dass sie alles hätten verlieren können. *Die Zuflucht*, die Liebe ihres Lebens, ihre Freunde und Familie. Heute war es viel zu knapp gewesen, aber Harold Lodge war keine Bedrohung mehr. Hoffentlich konnten sich jetzt alle entspannen und glücklich bis ans Ende ihrer Tage leben.

Tiny grinste ein wenig bei dem Gedanken. Wem wollte er etwas vormachen? Er hatte keinen Zweifel daran, dass es noch eine Menge Höhen und Tiefen geben würde, während sie alle Familien gründeten und weiterhin den Menschen mit einer posttraumatischen Belastungsstörung dienten. Aber zusammen konnten sie alles überwinden. Sie hatten es immer wieder bewiesen.

»Komm schon, wir müssen zurück. Nachsehen, ob die Lodge sicher ist, und uns dann mit den Behörden auseinandersetzen«, sagte Brick.

Tiny presste die Lippen aufeinander und nickte. Es würde Fragen darüber geben, was passiert war, wie ein toter Mann mit einem Messer im Hals auf dem Boden gelandet war.

Er spürte, wie Ryleigh einen Arm um seine Taille legte, und seine Beklemmung legte sich. »Die Kameras sind gelaufen. Es ist alles auf Video. So sehr ich mir auch wünschen würde, dass die Dinge, die mein Vater gesagt hat, nie wiederholt werden, werde ich die Konsequenzen tragen, die ich tragen muss, um dafür zu sorgen, dass du und Wolf keinen Ärger bekommt, weil ihr ihn umgebracht habt.«

Tiny beugte sich hinunter und küsste sie auf den Kopf. »Es wird keine Konsequenzen geben.«

»Aber –«

»Keine. Konsequenzen«, sagte Tiny mit Nachdruck. »Wir haben Beziehungen, Süße. Und du bist zu gut, um eine Spur zu hinterlassen. Es ist alles in Ordnung. Außerdem, wer glaubt schon dem Geschwätz eines Verrückten? Eines Mannes, der vom FBI gesucht wurde und aus dem Gefängnis ausgebrochen ist?«

»Und der neun Bomben gelegt hat – von denen wir wissen – und zwei Gebäude in die Luft gejagt hat?«, fügte Brick hinzu.

»Du bist eine von uns«, sagte Alaska, als sie sich neben ihren Mann stellte. »Und wir beschützen, was zu uns gehört.«

»Verdammt richtig«, stimmte Brick zu.

Ryleigh lächelte und kuschelte sich an Tiny. Er war immer noch erschöpft und freute sich nicht darauf, sich in der Lodge mit den Behörden auseinanderzusetzen, aber nichts fühlte sich so gut an wie seine Frau an seiner Seite.

Mutt bellte einmal, als wollte er ihnen sagen, dass sie aufhören sollten zu reden und anfangen sollten zu laufen. Brick lachte und tätschelte seinem Hund den Kopf. »Tut mir leid, wir gehen«, sagte er zu ihm. Dann nahm er Alaskas Hand auf der einen und die seiner Mutter auf der anderen Seite und ging auf die Lodge zu.

Luna und Robert waren hinter ihnen, und bevor Ryleigh ihnen folgen konnte, hielt Tiny sie fest.

Sie drehte sich so, dass sie an seiner Brust war, und sah zu ihm auf. »Tiny?«

»Ich liebe dich«, sagte er.

Sie lächelte. »Ich liebe dich auch.«

»Ich bin auch stolz auf dich. Und voller Ehrfurcht. Was du tun kannst ... es ist außergewöhnlich. Du bist viel zu klug für jemanden wie mich. Um hier draußen am Ende der Welt zu sein. Aber ich gebe dich nicht auf. Du kannst tun, was du willst, arbeiten, für wen du willst, ich weiß genau, dass unsere Regierung dich gern auf ihrer Gehaltsliste hätte, oder du könntest als Sicherheitsberaterin arbeiten und Firmen beibringen, wie man verhindert, gehackt zu werden. Ich weiß nicht. Aber ich werde dich nicht gehen lassen. Ich gehöre dir, Süße. Für jetzt und immer.«

Sie lächelte zu ihm hoch. »Wie wäre es mit der *Zuflucht*? Kann ich hier arbeiten?«

»Wie ich schon sagte, du kannst arbeiten, wo immer du willst, solange du mich an deiner Seite bleiben lässt. Denn ich sage dir eins, ich habe mich noch nie so sicher gefühlt wie genau hier. Alles, was du brauchst, ist ein Handy, und du kannst alles tun. Terroristen ausschalten, die Ozeane und den Planeten retten, die Welt zu einem besseren Ort machen.«

»Tiny«, flüsterte sie, sichtlich überwältigt.

»Nein, nicht weinen. Ich nenne nur die Fakten. Wir müssen dafür sorgen, dass die Lodge sicher ist, wir müssen den Polizisten Aussagen geben, du musst die Überwachungsvideos herunterladen, damit sie sehen können, dass dein Vater eine Bedrohung war und wir uns verteidigt haben.« Dann küsste er sie. Und es war kein kurzer Kuss. Er legte all seine Liebe, die er für sie hatte, in diese Umarmung. Er zeigte ihr ohne Worte seine Liebe, sein Vertrauen und seinen Stolz auf alles, was sie tun konnte.

Als sie sich lösten, atmeten sie beide schwer.

»Ist es schon Zeit fürs Bett?«, fragte Ryleigh. »Das Einzige, was ich noch weniger mag als Ungeziefer und die freie Natur, ist Bewegung. Und wir müssen kilometerweit gejoggt sein.«

Tiny lachte und schaute auf die Uhr. »Eigentlich ist es noch nicht einmal Essenszeit.«

Sie blinzelte. »Ernsthaft? Es fühlt sich an, als seien unzählige Stunden vergangen.«

»Ich weiß. Aber tatsächlich ist es noch gar nicht so lange her. Wenn wir uns beeilen und den restlichen Mist hinter uns bringen, können wir vielleicht sogar die Feier zu Ende bringen.«

Ryleigh lächelte. »Das würde mir gefallen. Und Alaska auch. Es wäre genau das, was wir brauchen, um diesen beschissenen Tag hinter uns zu lassen.«

»Amen«, sagte Tiny. Dann nahm er ihre Hand in die seine, und sie gingen durch die Bäume hinter den anderen her. Es gab eine Menge zu tun. Die Hütten mussten wiederaufgebaut werden, die Löcher in ihrer Sicherheit mussten geflickt werden, das C4 musste entfernt werden ... aber zuerst mussten sie ihre Freunde sehen. Sich selbst davon überzeugen, dass alle sicher und unverletzt waren.

Dann lag ihre Zukunft vor ihnen. Die Möglichkeiten waren endlos, und Tiny konnte es kaum erwarten, jeden Moment mit dieser Frau an seiner Seite zu erleben.

KAPITEL DREIUNDZWANZIG

Als Ry und Tiny zur Lodge zurückkamen, waren alle ziemlich aufgeregt. Die Polizei und die Feuerwehr waren schon da. Die Explosion der Hütten war bis nach Los Alamos zu hören – und zu spüren – gewesen, und die Leute hatten sofort den Notruf gewählt.

Zwei Stunden später war die Leiche ihres Vaters abtransportiert, die Spuren seines Todes beseitigt und alle Gebäude nach weiteren Sprengsätzen durchsucht worden – ohne dass etwas gefunden worden war. Das Bombenentschärfungskommando der Polizei von Los Alamos arbeitete daran, das C4 und die Bomben an jedem der Bunkerstandorte zu entfernen.

»Es tut mir leid, dass eure Bunker nicht länger ein Geheimnis sind«, sagte Ry zu Tiny, als sie in dem ganzen Chaos einen Moment für sich hatten.

»Das ist schon in Ordnung. Sie haben ihren Zweck erfüllt. Einst brauchten wir sie für unseren eigenen Seelenfrieden, aber nachdem einige Zeit verstrichen ist und wir alle unsere Seelenverwandte gefunden haben, denke ich, dass wir aus ihnen herausgewachsen sind.«

»Das ist gut«, sagte Ry und drückte seine Hand, die sie immer noch hielt.

»Ja. Und ich denke, nach dem heutigen Tag werden wir sie wahrscheinlich ausgraben lassen. Vielleicht verkaufen wir sie. Der Gedanke daran, was allen hätte passieren können, wenn Wolf nicht hier gewesen wäre, um seinen Freund anzurufen ...« Tiny erschauderte.

Ry umarmte ihn fest. Er erwiderte die Umarmung ebenso heftig. Dann zog er sich zurück. »Wie geht es dir? Das war eine ziemlich heftige Szene, die du da erlebt hast.«

»Mir geht's gut.«

»Ryleigh, schließ mich nicht aus«, sagte Tiny stirnrunzelnd, als er auf sie herabblickte, die Hände auf ihrem Rücken verschränkt, während er sie an sich drückte.

Sie zuckte mit den Schultern. »Mein Vater hat so etwas ständig gemacht. Mir gesagt, dass ich unter Zeitdruck stand ... was vielleicht der Fall war, denn ich war nicht immer so gut im Hacken wie jetzt, wenn mich also jemand dabei erwischt hätte, wie ich in seiner Akte herumschnüffele, hätte das schlimm enden können.«

»Ich meinte nicht die Sache mit dem Stromnetz, obwohl das wirklich furchtbar war. Sondern auch ... du hättest deinen Vater nicht so sehen sollen.«

»Was? Verrückt? Geldgierig? Verdammt wahnsinnig?«, sagte Ry ein wenig schärfer als beabsichtigt. Sie holte tief Luft. »Tut mir leid. Tiny, alle Gefühle, die ich für meinen Vater hatte, sind schon lange erloschen. Er war kein guter Mensch. Nein, das ist eine Untertreibung. Er war ein Monster. Er hatte keinerlei Empathie für andere. Es war ihm egal, was *andere* dachten oder fühlten.

Was heute passiert ist, *musste* passieren. Du weißt so gut wie ich, dass es nur eine Frage der Zeit gewesen wäre, bis er nach einer erneuten Gefangennahme wieder freigekommen wäre. Die Sache ist die ... die Welt dreht sich um Computer.

Mein Vater war vielleicht nicht so gut wie ich, wenn es darum ging, Codes zu manipulieren, aber er war trotzdem sehr sachkundig. Was heute passiert ist, sein Tod, ist für alle das Beste.«

»Trotzdem ... er war dein Vater.«

Ry schüttelte entschieden den Kopf. »Nein. Er hat schon vor langer Zeit aufgehört, das zu sein. Können wir jetzt bitte über etwas anderes reden?«

»In Ordnung. Aber Henley ist immer hier, wenn du reden willst, und ich natürlich auch.«

»Ich weiß das zu schätzen, aber ganz ehrlich, Tiny, geht es mir gut. Wirklich.«

»Okay.«

In diesem Moment klingelte ihr Handy. Überrascht, weil so ziemlich jeder, der ihr etwas bedeutete oder den sie kannte, bei ihr war, zog Ry es aus der Tasche und warf einen Blick auf das Display, nur um zu sehen, dass die Nummer unterdrückt war. Sie wollte den Anruf gerade ignorieren ... aber irgendetwas veranlasste sie stattdessen ranzugehen. »Hallo?«

»Leg nicht auf. Ich bin's, Bryce.«

Ry blinzelte überrascht. Dann überkam sie Panik.

Sie hatte seit Jahren nichts mehr von ihrem Bruder gehört. Sie hatte gewusst, dass ihr Vater gelegentlich noch mit ihm sprach, und auf keinen Fall wollte sie eine Bedrohung ausschalten, nur um festzustellen, dass die Erleichterung über den Tod ihres Vaters verfrüht war.

»Ryleigh? Das ist doch der Name, den du mittlerweile benutzt, oder?«, fragte ihr Bruder.

Tiny, der offensichtlich ihre Verzweiflung sah, packte sie am Arm, zog sie außer Hörweite der anderen und nahm ihr das Telefon aus der Hand. Er tippte auf eine Taste, um es auf Lautsprecher zu stellen, und fragte dann in tiefem, schroffem Ton: »Wer ist da?«

»Wer ist *da*?«, konterte Bryce.

»Ryleighs Mann. Und jemand, der verdammt noch mal alles tun wird, um sie zu beschützen. Also, wer zum Teufel ist da?«

»Bryce. Ich bin ihr Bruder.«

Ry nahm einen tiefen Atemzug und nickte Tiny zu. Sie hoffte, dass Tiny sich daran erinnerte, dass sie ihm von ihrem Bruder erzählt hatte. Dass Bryce älter war als sie und während ihrer Kindheit nicht da gewesen war. Er hatte das Haus noch vor ihrer Mutter verlassen und verstand sich nicht gerade gut mit ihrem Vater. Ryleigh kannte ihn kaum ... aber sie konnte nie sicher sein, dass er ihrem Vater nicht verraten würde, wo sie sich versteckt hielt, wenn sie sich auf der Flucht bei ihm gemeldet hätte. Nach allem, was ihr Vater ihr erzählt und entgegengeschleudert hatte, war er ein Computergenie ... es war also nicht schwer zu verstehen, wie er sie gefunden hatte. Aber sie hatte keine Ahnung, warum er sie jetzt kontaktierte.

»Was willst du?«, fragte Tiny.

»Ryleigh? Bist du noch da?«

»Ich bin hier«, sagte sie.

»Wenn wir mit diesem Gespräch fertig sind, werde ich dich nicht mehr kontaktieren, und ich würde es begrüßen, wenn du das umgekehrt auch nicht tust. Wir sind jetzt frei. Wir beide.«

»Wir beide?«, fragte Ry neugierig.

»Dad war schon seit Langem völlig verrückt, aber in letzter Zeit noch mehr. Er schimpfte über dich und den Ort, an dem du dich versteckt gehalten hast. Ich habe ihn ignoriert, so wie ich es jahrelang getan habe, bis er beschloss, mich zu erpressen, damit ich ihm helfe, dich zurück in den Schoß der Familie zu holen sozusagen. Er dachte, mit meiner ... *Erfahrung* mit Armeedatenbanken hätte ich Verbindungen. Dad hat Archer und Arthur

Anderson nicht gefunden. Das war ich. Sie waren totale Idioten. Sie wussten nur über Sprengstoff Bescheid, weil sie sich für Prepper oder so einen Scheiß hielten. Sie waren gegen die Regierung, der ganze Kram. Ich habe sie Dad empfohlen, weil ich wusste, dass sie nur das Nötigste tun würden, um bezahlt zu werden, und selbst das würden sie vermasseln.«

Ry konnte nicht glauben, was sie da hörte. »Ist das dein Ernst?«

»Mein voller Ernst. Und ich hatte recht. Sie haben nur die Hälfte der Bomben gelegt, für die sie bezahlt wurden. Und die Bomben an den Bunkern waren leicht zu entschärfen, nicht wahr?«

»Ja«, sagte Ry leise.

»Gut. Dann ist alles so gelaufen, wie es sollte.«

»Du hast diese Nachrichten geschickt, nicht wahr? In denen du mir gesagt hast, welche Teile der Videos ich mir ansehen soll?«, fragte Ry.

»Ja. Es hätte zu lange gedauert, bis du gefunden hättest, was du wissen musst, also habe ich dir genau gezeigt, was du sehen musst. Ich wusste, dass dein SEAL-Freund und seine Freunde mit den Bomben umgehen können, und ich hatte gehofft, dass sie auch Dad ausschalten würden. Wir sind beide frei. Er ist mir schon seit Jahren ein Dorn im Auge. Er hat mich erpresst, mich bedroht, mir das Leben zur Hölle gemacht. Und jetzt ist es vorbei. Für uns beide.«

Ry hatte gemischte Gefühle bei dem, was sie da hörte. Sie hatte Bryce nie richtig gekannt, hatte keine Ahnung, dass ihr Vater ihn mit Drohungen so unter Kontrolle hatte, wie er es bei ihr getan hatte. Da er nie versucht hatte, sie zu erreichen, sie jahrzehntelang allein gelassen hatte, nahm sie an, dass Bryce wahrscheinlich aus demselben Holz geschnitzt war wie ihr Vater. Dass er genauso schlimm war. Etwas anderes zu hören, dass er alles getan hatte, um ihr zu helfen, um sie beide von der schwarzen Wolke zu befreien, die über ihren Köpfen hing, war eine große Überraschung.

»Mach's gut, Ryleigh. Hab ein schönes Leben. Ich weiß, dass ich es haben werde.«

Dann wurde die Leitung still.

»Bryce?«

Aber er antwortete nicht. Er hatte aufgelegt.

Ry sah sprachlos zu Tiny auf.

»*Leck mich!*«, rief Tiny aus, als er Ry in die Arme zog. Sie schmiegte sich an ihn und fühlte sich besser in dem Wissen, dass ihr Mann von dem ganzen Gespräch genauso überrascht zu sein schien wie sie selbst.

Schließlich zog sie sich zurück. »Sollen wir der Polizei erzählen, was wir gerade erfahren haben?«, fragte sie.

Tiny seufzte. »Wahrscheinlich. Aber ich denke, wir sollten es dabei belassen. Wir haben keine Beweise, dass das, was er gesagt hat, wahr ist. Und willst du, dass die Beamten deinen Bruder aufspüren, um mehr Informationen zu bekommen?«

»Nein«, sagte Ry, ohne zu zögern. Bryce war nie ein Teil ihres Lebens gewesen, nur eine weitere Person im Hintergrund, die ihr vielleicht Schaden zufügen wollte oder auch nicht. Wenn er die Wahrheit sagte, hatte er ihr einen großen Gefallen getan. Und sie hatte nicht vor, sich dafür zu revanchieren, indem sie ihn in die Missetaten ihres Vaters oder in rechtliche Schwierigkeiten hineinzog.

»Gut. Also, ich habe das Gefühl, dass ich das noch einmal fragen muss. Und ich werde dich wahrscheinlich noch eine Weile fragen, nur um sicher zu sein. Geht es dir gut?«

Ry sah zu dem Mann auf, den sie liebte, und stellte fest, dass es ihr mehr als gut ging. Eine große Last war ihr von den Schultern genommen worden. Ihr Vater war tot, ihr Bruder stand nicht in den Startlöchern, um dort weiterzumachen, wo er aufgehört hatte. Sie konnte jetzt wirklich leben. Mit ihrem Leben weitermachen ... mit Tiny. »Es geht mir gut«, versicherte sie ihm.

Als Ry sich im Raum umsah, bemerkte sie zu ihrer Erleichterung, dass niemand ausflippte. Alle unterhielten sich leise miteinander. Es sah auch nicht so aus, als sei jemand gegangen. Sie waren immer noch alle beisammen und unterstützten einander. »Alle anderen scheinen auch gut mit dem klarzukommen, was passiert ist«, überlegte sie.

»Die Jungs sind sauer, dass ich ihnen nicht gesagt habe, was passiert ist, und sie nicht zur Unterstützung gerufen habe«, sagte Tiny achselzuckend.

Ry runzelte die Stirn. »Es war nicht so, als hätten wir Zeit gehabt, sie einfach anzurufen und ihnen zu sagen, was los ist. Außerdem dachten wir, die Bomben würden zünden, wenn sie die Bunker verlassen.«

»Das habe ich ihnen gesagt, aber sie sind trotzdem nicht glücklich.«

»Nun, sie müssen einfach darüber hinwegkommen«, sagte Ry ein wenig verärgert.

Tiny lachte. »Das werden sie. Sie brauchen nur etwas Zeit. Oh, oh, Achtung.«

Ry drehte sich um und schaute dorthin, wohin er mit dem Kopf zeigte, und sah all die Frauen, die auf sie zukamen. Tiny ließ sie los. »Ich werde mit Wolf reden, aber ich habe dich im Auge. Wenn du willst, dass ich mich einmische, sag mir Bescheid, und ich bringe dich hier raus.«

»Danke, aber ich komme schon zurecht«, sagte Ry, der es gefiel, dass er ihr Freiraum gab *und* gleichzeitig auf sie aufpasste.

Er küsste sie kurz, bevor er sich auf den Weg dorthin machte, wo Wolf mit seiner Frau stand und mit Woody und Isabella sprach.

Ry machte sich auf das gefasst, worüber ihre Freundinnen mit ihr reden wollten, denn es war mehr als offensichtlich, dass sie etwas auf dem Herzen hatten. Aber Alaska gab ihr keine Gelegenheit, etwas zu sagen, denn sie packte Ry und umarmte sie so fest, dass es fast wehtat.

»Wir sind so froh, dass es dir gut geht«, sagte Alaska, als sie sich zurückzog.

»Mir geht es gut«, beruhigte Ry sie und die anderen.

»Du gehst nicht«, platzte Reese heraus.

»Was?«, fragte Ry verwirrt.

»Falls du ein schlechtes Gewissen hast, oder als seist du irgendwie befleckt wegen dem, was dein Vater getan hat ... wir wollen nicht, dass du gehst«, sagte Reese etwas ruhiger.

»Oh«, entgegnete Ry überrascht.

»Wir kennen dich. Du hast wahrscheinlich das Gefühl, dass wir dir nicht trauen, weil Harold das getan hat. Oder dass wir einen Groll hegen, aber das könnte nicht weiter von der Wahrheit entfernt sein«, sagte Henley sanft.

»Wir brauchen dich«, fügte Cora hinzu.

»Ja, wer soll denn sonst das WLAN reparieren, wenn es ausfällt?«, fragte Maisy.

»Oder die Viren auf unseren Computern loswerden?«, fügte Reese hinzu.

»Oder mir die Weihnachtsbaumkuchen geben, die Robert dir schenkt, weil du sein Liebling bist?«, bemerkte Lara mit einem Lächeln.

Ry fühlte sich so gesegnet, diese Frauen als Freundinnen zu haben. Plötzlich wurde sie von ihren Gefühlen überwältigt. »Ihr hättet alle sterben können. Eure Kinder, Ehemänner, Freunde und Familie ...« Sie konnte nicht weitersprechen.

Alaska zog sie in eine weitere Umarmung. Ry spürte, wie Henley sie von hinten umarmte, dann schlossen die anderen Frauen sich dem Gruppenknuddeln an. Ry war inmitten all ihrer Freunde, und sie hatte sich noch nie so zufrieden und geliebt gefühlt.

»Aber das sind wir nicht«, sagte Alaska. »Außerdem wussten wir nicht einmal, dass wir in Gefahr waren. Wenn du also denkst, dass die Zeit in den Bunkern für uns traumatisch war, dann liegst du falsch. Du warst diejenige, die diese schreckliche Erfahrung gemacht hat, nicht wir. Und du hast uns gerettet.«

Ry schüttelte den Kopf. »Nein, das habe ich nicht. Das war Wolfs Freund Dude.«

Doch Alaska presste stur die Lippen zusammen. »Nein, *du* warst es. Ich weiß nicht alles, was passiert ist, aber ich bin mir sicher, dass du mit deinen Super-Computerfähigkeiten genau herausgefunden hast, welche Informationen die Jungs brauchten, um ihr Ding durchzuziehen. Wir Frauen sind stärker, als die Gesellschaft uns zugesteht. Wir formen irgendwie winzige Menschen in unseren Körpern und quetschen sie dann aus unseren Vaginen. Wir ernähren sie, ziehen sie auf, kümmern uns um unsere Ehemänner, arbeiten und pflegen Freundschaften. Wir sind *fantastisch*. Und du ... Ry, du hast so viel überwunden. Und du bist so *klug*. Ich bin sicher, du könntest überall hingehen, für jeden arbeiten, aber wir wollen, dass du bleibst. Bei uns. Hier. Bitte sag uns, dass du nicht gehen wirst.«

»Weggehen?«, entgegnete Ry ein wenig überwältigt. »Warum sollte ich die einzige Familie verlassen wollen, die ich je gekannt habe? Die einzigen Freunde, die ich je hatte? Außerdem gibt es hier eine Menge zu tun, die Hütten müssen wieder aufgebaut werden, die Bunker müssen raus, und so vieles mehr.«

Alle schrien vor Freude auf, dann umarmten sie sich noch einmal.

»Meint ihr, wir können die Party wieder in Gang bringen?«, fragte Henley mit einem Lächeln. »Ich weiß nicht, wie es euch geht, aber ich glaube, wir müssen etwas von der Spannung abbauen, die immer noch über allen schwebt. Vielleicht mit etwas mehr Tanz.«

»Ja!«, sagten alle fast im Chor.

Nachdem alle weggegangen waren, blieb Alaska zurück.

»Es tut mir leid, dass mein Vater deinen Hochzeitstag ruiniert hat«, sagte Ry zu ihr.

Aber die andere Frau schüttelte den Kopf. »Er hat ihn vielleicht noch unvergesslicher gemacht, aber ruiniert? Nichts könnte den Tag ruinieren, an dem Drake endlich offiziell zu mir gehört. Ich habe das Gefühl, als hätte ich mein ganzes Leben auf diesen Tag gewartet, und nichts und niemand kann ihn ruinieren.« Sie legte eine Hand auf Rys Arm. »Im Ernst, danke, dass du uns allen das Leben gerettet hast.«

Ry spürte, wie sie errötete. »Wie ich schon sagte, das habe ich nicht.«

»Das kannst du ruhig weiter denken, aber jeder hier weiß das Gegenteil. Du bist ein wichtiger Teil der *Zuflucht*, Ry. Denke niemals etwas anderes. Und das liegt nicht an deinen erstaunlichen Computerkenntnissen. Sondern weil du *du* bist. Deine Freundlichkeit, die Art, wie du immer da bist, wenn jemand dich braucht. Wie bodenständig und praktisch du sein kannst. *Die Zuflucht* braucht dich so sehr, wie du sie brauchst.«

»Danke«, murmelte Ry.

»Gern geschehen.«

Die Musik setzte ein, ein wenig leiser als vor dem Vorfall, aber Alaska strahlte. »Komm schon! Das ist der Electric Slide, wir müssen ihn machen!«

»Willst du mich verarschen? Der Electric Slide?«, fragte Ry lachend.

»Ja. Das ist Pflicht, und es ist mein Hochzeitstag, also musst du tun, was ich will.«

»Machst du jetzt einen auf Brautzilla?«, scherzte sie.

»Ja!«, antwortete Alaska und zog sie dorthin, wo die anderen Frauen sich in der Mitte des Raumes aufgereiht hatten.

Ry ließ sich zu der behelfsmäßigen Tanzfläche führen, doch dabei blieb ihr Blick an Tiny hängen. Er hob eine Augenbraue, da er sich offensichtlich vergewissern wollte, dass es ihr gut ging. Ry lächelte ihn an, und sie sah tatsächlich, wie seine Muskeln sich entspannten, als er feststellte, dass sie in Ordnung war.

Dies mochte eine Feier anlässlich der Hochzeit von Alaska und Brick sein, aber Ry hatte das Gefühl, dass es irgendwie ihre eigene Party war. Ein Höhepunkt von Jahren des Herzschmerzes und des Terrors. Ihre Belohnung dafür, dass sie nicht mehr weglaufen und sich verstecken musste. Ihr Vater würde sie oder die Menschen, die sie liebte, nie wieder bedrohen. Und obwohl sie nichts von dem, was sie durchgemacht hatte, auslöschen konnte, war Ry entschlossen, ihr Leben nicht von ihrer Vergangenheit bestimmen zu lassen. Sie war für ihre Zukunft verantwortlich, und nach dem zu urteilen, was sie jetzt sagen konnte, umgeben von Freunden und so viel Liebe, dass sie spüren konnte, wie die Luft davon vibrierte, würde sie ein wunderbares Leben haben. Hier. In der *Zuflucht*. Einem Ort, an den gebrochene Menschen kamen, um zu heilen. Um sie selbst zu sein. Um nicht verurteilt zu werden.

Die Zuflucht war ein Wunder. Sie hatte Ry alles gebracht, was sie sich jemals gewünscht hatte. Sie hatte keine Ahnung, was die Zukunft bringen würde, aber sie hatte keinen Zweifel daran, dass sie chaotisch, durcheinander und voller Liebe für jeden sein würde, der einen Fuß auf das Gelände setzte.

EPILOG

Tiny zuckte zusammen, als er das laute Geschrei hörte, das von dem großen Spielplatz hinter den Hütten der Besitzer kam. Eines von Coras und Pipes neuesten Pflegekindern wurde von Rebecca gejagt, Maisys und Stones drittem Kind ... die mit ihren fünf Jahren dachte, sie hätte das Sagen über alle.

»Was schreit die Prinzessin denn jetzt so?«, fragte Stone, als er sich zu Tiny gesellte.

Das kleine, stolze, väterliche Lächeln auf dem Gesicht seines Freundes brachte Tiny zum Lachen. »Sie ist ein heiliger Schrecken«, sagte er.

»Ja«, stimmte Stone, ohne zu zögern, zu.

»Habt ihr Patrick gesehen?«, fragte Spike.

»Er ist drinnen mit Josiah und Samantha«, sagte Pipe hinter ihnen.

Tiny schaute über seine Schulter und grinste, als er Pipe sah – mit *seiner* Tochter in den Armen. Sofort drehte er sich um und streckte die Arme nach seinem kleinen Mädchen aus. »Danke«, sagte er.

Pipe lächelte und übergab das frisch gewickelte, schläfrige Baby seinem Vater.

Tiny starrte auf Miracle hinunter. Sie war perfekt. Es hatte fast neun Jahre gedauert, bis Ryleigh schwanger wurde. Und viele Tränen und Enttäuschungen. Sie hatte drei Fehlgeburten gehabt, und die Ärzte hatten auch nicht geglaubt, dass die kleine Miracle bis zum Ende durchhalten würde. Und doch war sie jetzt hier.

Elizabeth, Dylan, Matthew und Max liefen aus dem Gebäude hinter ihnen in den Garten und trugen zu dem Chaos bei. Brick, Tonka und Owl gesellten sich zu Tiny, Stone, Spike und Pipe auf die Veranda. Sie alle passten auf ihre Kinder auf, während die Damen eine ihrer wöchentlichen »Nur Frauen«-Pausen einlegten.

Die letzten zehn Jahre waren voller guter und schlechter Zeiten gewesen. *Die Zuflucht* hatte sich stark gewandelt; Veränderungen, die Tiny sich nie hätte vorstellen können, als er und seine Freunde vor so langer Zeit mit der Einrichtung begonnen hatten.

Es hatte nicht lange gedauert, bis den Jungs klar wurde, dass sie *Die Zuflucht* nicht als kinderfreien Rückzugsort weiterführen konnten. Nicht bei der Anzahl der Babys, die geboren wurden. Also aktualisierten sie die Webseite, machten deutlich, dass auf dem Gelände Babys und Kinder lebten, und wenn Kinder für irgendjemanden ein Auslöser für seine posttraumatische Belastungsstörung waren, rieten sie den Gästen, sich einen anderen Ort zu suchen.

Sie bauten jedoch neue Hütten für die Besitzer, die ein gutes Stück von der Lodge entfernt lagen, um ihre eigene Privatsphäre zu wahren und den Gästen einen möglichst entspannten Aufenthalt zu ermöglichen. Die neuen Hütten waren viel größer und in einem riesigen Kreis um einen zentralen Spielplatz und eine Mini-Lodge angeordnet, in der alle zusammenkommen und sich aufhalten konnten.

Dort befanden Tiny und seine Freunde sich gerade. Sie

standen auf der überdachten Veranda und sahen ihren Kindern beim Spielen zu.

Tonka und Henley hatten nur ein gemeinsames Kind, Elizabeth. Jasna war gerade in Albuquerque und beendete ihr Studium. Reese und Spike hatten die drei Kinder, die sie sich immer gewünscht hatten – Dylan, der zehn Jahre alt war, Patrick, der drei Jahre später zur Welt kam, und die kleine Joyce, die gerade vier Jahre alt geworden war.

Lara und Owl hatten auch eines, ein kleines Mädchen, das sie Samantha Jean genannt hatten. Sie war neuneinhalb und wirkte wie achtzehn. Sie hatten noch mehr gewollt, aber als Sams Geburt Lara fast umgebracht hätte, weigerte Owl sich, die Gesundheit seiner großen Liebe durch eine weitere Schwangerschaft zu riskieren.

Cora und Pipe hatten ihre ursprünglichen Pflegekinder adoptiert. Ihre Joyce war jetzt siebenundzwanzig und lebte mit ihrem Mann und zwei Kindern in Los Alamos; Kason war dreiundzwanzig und nach Los Angeles gezogen, um eine Schauspielkarriere zu verfolgen. Er hatte gerade eine große Rolle in einer bekannten Krimiserie im Fernsehen bekommen. Shannon war achtzehn und hatte vor, in der *Zuflucht* zu bleiben und Teilzeit zu arbeiten, während sie das Community College besuchte. Und Max war vierzehn und der Basketballstar der Highschool, obwohl er erst im ersten Jahr war.

Das Ehepaar hatte in den letzten zehn Jahren fast zwei Dutzend Pflegekinder aufgenommen und damit das Leben jedes einzelnen Kindes entscheidend verändert. Derzeit lebten zwei Pflegekinder bei ihnen in der *Zuflucht*, ein zehnjähriger Junge und ein sechzehnjähriges Mädchen.

Maisy und Stone hatten vier Kinder, Matthew, Josiah, Rebecca und Luke. Sie waren im Abstand von zwei Jahren geboren, wobei der Älteste neun Jahre alt war. Sie hatten also fast ein Jahrzehnt lang alle Hände voll zu tun gehabt und beschlossen, dass sie offiziell mit dem Kinderkriegen fertig waren.

Alaska und Brick hatten keine eigenen Kinder. Sie hatten darüber nachgedacht, aber da Alaska schon vierzig war, als sie heirateten, hatten sie gemeinsam beschlossen, dass sie sich damit begnügten, *Die Zuflucht* zu leiten und sich um die Babys und Kinder ihrer Freunde zu kümmern.

Mit all den Kindern war *Die Zuflucht* ein lebendiger Ort. Es war immer etwas los. Wanderungen, Lagerfeuer, Schnitzeljagden. Und Tiny und seine Freunde genossen das Chaos. Sicher, manchmal vermisste Tiny die Ruhe, die *Die Zuflucht* früher geboten hatte. Aber das war es wert, wenn er sich nachts neben Ryleigh legte, die kleine Miracle zwischen sie gekuschelt.

»Wer hätte gedacht, dass wir mal hier landen würden?«, überlegte Brick, während sie all die Kinder beobachteten, die im Garten herumliefen und spielten.

»Ich nicht«, sagte Tonka achselzuckend.

»Ich auch nicht«, stimmte Spike zu.

»Es ist komisch«, überlegte Owl. »Es ist noch gar nicht so lange her, da haben wir überlegt, was für ein Ort *Die Zuflucht* sein soll, und wir waren uns alle einig, dass es ein Rückzugsort nur für Erwachsene sein sollte.«

Tiny lachte. Er hatte gerade das Gleiche gedacht. »Und dass es einfach sein sollte, mit nur ein paar Hütten und Angestellten.«

Darüber lachten alle. Natürlich hatten sie den Ort vergrößert, Hütten hinzugefügt und mehr Vollzeitmitarbeiter eingestellt. Sie hatten jetzt zwanzig Vollzeitangestellte. Angefangen bei Reinigungskräften und Verwaltungsangestellten bis hin zu Köchen und Tierpflegern. Sie hatten einen erweiterten Stall voller Tiere, die ständig von den Gästen besucht wurden, und einen Hubschrauber, der Owl und Stone mehr als beschäftigt hielt. Mit all den Rundflügen, Hilfe bei der Suche nach Vermissten und bei Waldbränden waren sie in ihrer Region ständig gefragt.

Sie veranstalteten Pfadfinderwochen, bei denen sie die Hütten für Gruppen zur Verfügung stellten, die dort Treffen abhielten und etwas über Sicherheit im Freien lernten. *Die Zuflucht* wurde nicht nur zu einem Ort, an dem Patienten mit einer posttraumatischen Belastungsstörung geheilt werden konnten, sondern auch zu einem Ort, an dem alle möglichen Gruppen verschiedene Überlebenstechniken erlernen konnten.

Die Veränderungen waren umfangreich, aber in Tinys Augen machten sie *Die Zuflucht* vielseitiger. Und nichts davon wäre ohne Ryleigh möglich gewesen.

Sie war die Einzige, die genau wusste, wie viel Geld sie für *Die Zuflucht* gespendet hatte.

Das FBI hatte acht Stunden mit ihr in einem Verhör-raum verbracht, nicht allzu lange nachdem ihr Vater getötet worden war. Acht Stunden, die Tiny fast gebrochen hätten. Er hatte sie vor all den Fragen schützen wollen. Er wollte in den Raum stürmen und sie entführen. Wenn die Agenten auch nur eine Sekunde daran gedacht hätten, sie für die Verbrechen ihres Vaters anzuklagen oder sie für ihre vermeintliche Beteiligung an den Diebstählen ins Gefängnis zu stecken, wäre er bereit gewesen, mit ihr aus dem Land zu fliehen. Auf keinen Fall hätte er zugelassen, dass sie auch nur einen Tag hinter Gittern verbrachte für etwas, zu dem ihr Vater sie gezwungen hatte.

Aber schließlich wollte das FBI sie nicht einsperren – sondern sie einstellen. Diese Leute waren nicht dumm. Sie hatten sofort erkannt, dass es ein großer Gewinn wäre, jemanden mit ihren Fähigkeiten auf ihrer Gehaltsliste zu haben.

Das Geld, das sie nach dem Tod ihres Vaters nicht hatte

weggeben können – etwa acht Millionen –, wuchs durch Zinsen und kluge Investitionen weiter an, und Tiny wusste, dass seine Frau immer noch einen stetigen Strom in *Die Zuflucht* und andere Wohltätigkeitsorganisationen leitete, die sie gern unterstützte. Aber er sagte nie ein Wort. Er ließ sie einfach tun, was sie tun musste, um die Dämonen aus ihrer Vergangenheit zu vertreiben.

Sie arbeitete immer noch für das FBI. Digitales Aufspüren von Cyber-Kriminellen. Sie spürte flüchtige Personen auf, indem sie deren Online- und Handyaktivitäten gegen sie verwendete. Tiny war sicher, dass sie viele Dinge tat, die nicht ganz legal waren, Dinge, bei denen er einen Herzinfarkt bekäme, wenn er mehr Details wüsste ... aber andererseits, hatte er nicht dasselbe getan, als er ein SEAL gewesen war? Streng geheime Missionen, über die er nie sprechen würde?

Tiny vertraute seiner Frau uneingeschränkt. Er vertraute darauf, dass sie wusste, wann sie Nein zu etwas sagen musste, das ihre Vorgesetzten von ihr verlangten – denn sie hatte schon oft Nein gesagt. Sie hatte einen ausgefeilten Moralkodex. Sie hatte kein Problem damit, das Gesetz zu beugen, um Kinderschänder und Mörder zu finden, aber bei der Spionage für ihr Land zog sie die Grenze. Tiny liebte sie für ihre Integrität noch mehr.

Sie hatten in einer kleinen, privaten Zeremonie geheiratet, genau wie sie es geplant hatten. Es war ein Tag, den Tiny nie vergessen würde. Nur sie beide, der Trauzeuge und der Standesbeamte, während sie sich schworen, einander für den Rest ihres Lebens zu lieben und zu ehren.

Und jetzt war er hier. Ein Jahrzehnt später hielt er seine Tochter im Arm und seine besten Freunde wohnten nur einen Steinwurf von seiner Haustür entfernt. Ein Sprichwort besagte, dass man ein Dorf braucht, um ein Kind großzuziehen, und er und seine Freunde hatten sich hier in der *Zuflucht* ihr eigenes Dorf geschaffen.

»Wir haben Glück«, sagte Pipe. »Wir haben alles, was wir uns nur wünschen können. Seelenverwandte, Kinder, beste Freunde und einen sicheren Ort, um sie aufzuziehen.«

Tiny nickte, als seine Freunde zustimmten. Sie wurden auf ihre alten Tage immer rührseliger, aber das war ihm egal.

In diesem Moment fiel Rebecca hin und landete hart auf den Händen und Knien. Sofort begann sie zu weinen. Luke, der sich nicht sicher war, warum seine Schwester weinte, stimmte mit ein. Joyce sah besorgt aus und zog ihren älteren Bruder Dylan zu der Stelle, an der Rebecca auf dem Boden kauerte.

Stone trat vor, bereit, seine Tochter zu beruhigen, aber Brick hielt ihn am Arm fest. »Sie schaffen das schon«, sagte er zu seinem Freund.

Mit »sie« waren die Kinder gemeint. Alle versammelten sich um das eher erschrockene als verletzte kleine Mädchen und beruhigten sie. Elizabeth stellte sie auf die Beine, Patrick klopfte ihr den Schmutz von den Knien, während Max das Gleiche mit ihren Händen tat. Die jüngeren Kinder tätschelten ihr einfach den Rücken und die Arme und sagten ihr, dass sie in Ordnung sei. Innerhalb von zwei Minuten liefen alle wieder herum, alle Verletzungen vergessen.

Ihre Kinder hatten ihren eigenen Stamm gebildet, waren ihre eigenen besten Freunde. Und wieder einmal schwoll Tinys Herz in seiner Brust an. Dies war ihre Zukunft. Die Zukunft der *Zuflucht*. Diese zweite Generation würde nie erfahren, was es hieß, ein Außenseiter zu sein. Sie würden nie schikaniert werden, denn sie hatten einen Stamm von »Brüdern und Schwestern«, die ihnen den Rücken freihielten.

Er blickte in das Gesicht seiner Tochter und lächelte. Sie war die Jüngste, das Baby. Sie würde wahrscheinlich sehr verwöhnt werden, aber das war ihm egal. Jedes kleine Mädchen sollte das Gefühl haben, eine Prinzessin zu sein. Er seufzte, als er an die Erziehung seiner Frau dachte, daran, wie schrecklich sie von dem Menschen missbraucht worden war, der sie eigentlich am meisten lieben sollte, und er schwor sich, dass Miracle immer wissen würde, dass sie geliebt wurde. Vor allem von ihrem Vater.

Ryleigh hätte sich von ihrem Vater brechen lassen können. Genauso wie alle anderen Frauen hier sich von ihren Erfahrungen hätten zerstören lassen können. Aber sie waren alle entschlossen, glücklich zu sein. Ihre Vergangenheit hinter sich zu lassen und das beste Leben zu haben, das sie führen konnten. Das war nicht immer einfach gewesen. Sie mussten mit den negativen Emotionen und Traumata fertigwerden, die ab und zu auftauchten. Aber mit dem Unterstützungssystem, das sie hier aufgebaut hatten, ging es allen gut.

Tiny hatte keine Ahnung, was in den nächsten zehn Jahren und darüber hinaus auf ihn zukommen würde. Nicht auf Miracle noch auf seine Frau noch auf den Rest seiner Freunde. Aber eines wusste er mit Sicherheit – das, was sie hier, in ihrer Ecke von New Mexico, aufgebaut hatten, würde Generationen überdauern. Die Kinder, die sie aufzogen, die Menschen, denen sie halfen, die Freundschaften, die sie in den letzten zehn Jahren geschlossen hatten, sie alle würden weiter gedeihen.

»Was glaubst du, worüber sie da drin reden?«, fragte Owl und meinte damit ihre Frauen, die sich in der Mini-Lodge befanden, eingeschlossen in einem Raum mit einem Schild »Bitte nicht stören, es sei denn, es gibt Blut und Gedärme« an der Tür.

»Essen. Schlafen. Sex«, sagte Spike achselzuckend.

Alle lachten. Wahrscheinlich hatte er nicht unrecht.

Tiny beugte sich hinunter und küsste Miracle auf die Stirn, und ihr kleines Gesicht verzog sich als Reaktion. Wahrscheinlich aus Verärgerung; seine Tochter liebte ihren Schlaf und mochte es nicht, wenn man sie aus irgendeinem Grund störte.

»Ich gehe mit Max ein paar Körbe werfen«, sagte Pipe. »Er wird mich fertigmachen, aber das ist okay. Eines Tages wird er ein großer NBA-Star sein und ich werde damit prahlen, dass ich ihm alles beigebracht habe, was er weiß.«

»Ich glaube, ich schaue mal, ob Sam, Dylan und Elizabeth mit mir Verstecken spielen wollen. Ist noch jemand dabei?«, fragte Owl.

»Klar.«

»Klingt gut.«

Spike und Stone schlossen sich Owl an und gingen in den Garten.

»Ich werde die jüngeren Kinder zusammentreiben und vielleicht können wir Fangen spielen«, sagte Brick.

»Ich will nach den Tieren sehen. Ich schnappe mir den Rest der mittleren Bande und schaue, ob sie helfen wollen«, sagte Tonka.

Und schon war Tiny mit Miracle allein auf der Veranda. Er saß auf einem der Dutzend Schaukelstühle, die sie dort aufgestellt hatten, und grinste, während er seine Freunde und ihre Kinder in der frischen Bergluft herumtollen sah.

Die Tür zur Lodge knarrte, und er schaute hinüber und lächelte, als er Ryleigh sah.

»Geht es dir gut?«, fragte er.

»Ja. Ich war an der Reihe, mehr Snacks aus der Küche zu holen, und da dachte ich, ich schaue mal nach allen.«

Seine Frau war immer noch einer der nettesten Menschen, die er je getroffen hatte. Es war wahrscheinlicher, dass sie sich freiwillig gemeldet hatte, um mehr Snacks zu holen, und obwohl sie und die anderen Frauen kein Problem damit hatten, ihren Männern die Verantwortung für die Kinder zu überlassen, wusste Tiny, dass sie immer noch ein wenig traumatisiert war von den drei Fehlgeburten, die sie gehabt hatte, und den Problemen, die sie mit der Empfängnis hatte. Es gefiel ihr nicht, Miracle zu lange aus den Augen zu lassen.

»Es geht ihr gut«, flüsterte er und hielt seiner Frau eine Hand hin.

Ryleigh kam sofort an seine Seite. Sie beugte sich hinunter und streichelte Miracles Gesicht mit einem Finger, dann drehte sie sich um und küsste ihn. Und einfach so wurde Tinys Schwanz hart. Selbst nach zehn Jahren erregte seine Frau ihn immer noch. Sie versuchte nicht einmal, ihn zu verführen, sie zeigte ihrem Mann einfach, wie sehr sie ihn liebte.

»Brauchst du etwas?«, fragte sie.

»Nein.«

»Sicher? Wasser? Einen Snack?«

»Wie alt bin ich, drei?«, neckte er sie.

Ryleigh verdrehte die Augen. »Ich glaube mich zu erinnern, als du das letzte Mal eine verdammte Erkältung hattest, hast du so getan, als würdest du sterben, und wolltest, dass ich dir Eiswürfel bringe und neben dir sitze und dir eine Kompresse auf die Stirn drücke ... als seist du ein Kleinkind.«

Tiny lachte. Sie hatte nicht unrecht. »Ich brauche weder Wasser noch einen Snack. Mir geht's gut.«

Sie grinste. Er konnte gar nicht genug von ihrem Lächeln bekommen.

»Tiny?«

»Ja, Süße?«

»Ich bin so glücklich. Was auch immer ich in meiner Vergangenheit an Sünden begangen habe, habe ich mehr als wiedergutgemacht. Du sollst nur wissen, dass ich nirgendwo anders auf der Welt sein möchte als hier bei dir. Und unserer Tochter. Und bei unseren Freunden und all diesen Verrücktheiten.«

Tiny hatte sich hin und wieder Sorgen gemacht, dass er sie zurückhielt. Es war mehr als offensichtlich, dass sie mit den klügsten Köpfen der Welt zusammenarbeiten könnte. Sie könnte daran arbeiten, die Technologie voranzubringen, erstaunliche Dinge mit Computern zu tun. Stattdessen war sie hier in der *Zuflucht* und führte ein Leben, von dem manche Wissenschaftler und Ingenieure behaupten würden, es sei eine Verschwendung ihrer Talente. Deshalb bedeutete es ihm sehr viel, zu hören, dass sie glücklich und zufrieden war.

»Ich liebe dich«, sagte er, wobei seine Worte vor Rührung bebten.

»Und ich liebe dich«, erwiderte sie. »Und wenn unsere Miracle heute Abend schlafen geht, werde ich dir zeigen, wie sehr.«

Ihre Worte machten die Situation mit seinem Schwanz nicht besser. Er wurde noch härter, wenn er daran dachte, wie genau seine Frau ihm später ihre Liebe zeigen würde. »Ich freue mich darauf«, sagte er so ruhig, wie er konnte.

»Das solltest du auch. Denn ich werde deine Welt auf den Kopf stellen.«

»Scheiße, du hast mit den Mädchen über Sex geredet«, sinnierte er.

Ryleigh schenkte ihm ein geheimnisvolles Lächeln, beugte sich vor und küsste ihn noch einmal. »Vielleicht«, sagte sie kokett, bevor sie sich umdrehte und wieder ins Haus ging.

Tiny lachte, woraufhin Miracle in seinen Armen zappelte, da es ihr nicht gefiel, dass ihr Mittagsschlaf erneut gestört wurde. »Tut mir leid, meine Schöne. Ich wollte dich nicht wecken. Geh wieder schlafen, aber ich will nur noch sagen, dass du Mom und Dad heute Nacht ein paar Stunden geben musst, ohne uns zu stören, okay?«

Seine Tochter antwortete nicht, nicht dass er das erwartet hätte.

Tiny lehnte sich zurück und schaukelte langsam, während er seinen Freunden und ihren Kindern zusah, wie sie im Garten herumliefen.

Ja, man konnte mit Sicherheit sagen, dass er ein glücklicher Mann war. Er und seine Freunde hatten sich in New Mexico ein Leben aufgebaut, das ihre Familien verdient hatten. Ein Leben voller Liebe, Freundschaft und dem Wissen, dass *Die Zuflucht*, egal wohin sie gingen, immer ein sicherer Ort sein würde, den sie ihr Zuhause nennen konnten.

Vielen Dank, dass Sie die Serie *Die Zuflucht in den Bergen* gelesen haben. Ich habe immer gedacht, dass es ein idealer Ort für alle ist, die in ihrem Leben ein Trauma erlitten haben und einen »sicheren« Ort brauchen, an den sie sich für eine Weile zurückziehen können. Ich habe es auch geliebt, einige meiner Charaktere aus meiner Reihe *SEALs of Protection* wiederaufleben zu lassen. Wenn Sie mehr von Caroline, Wolf und Dude lesen wollen, finden Sie ihre Geschichten in *Schutz für Caroline* und *Schutz für Cheyenne*.

Ich habe auch eine neue Serie mit Navy SEALs begonnen, die *SEALs of Protection: Alliance* heißt. Das erste Buch heißt *Schutz für Remi* und Sie werden dort auch etwas von Caroline, Wolf und der ganze Bande sehen.

Ich danke Ihnen allen für Ihre Unterstützung über die Jahre hinweg. Ohne Sie könnte ich das, was ich liebe, nicht tun.

BÜCHER VON SUSAN STOKER

Schutz für Addison (6 May)
Schutz für Kelli
Schutz für Bree

Das Bergungsteam vom Eagle Point
Ein Retter für Lilly
Ein Retter für Elsie
Ein Retter für Bristol
Ein Retter für Caryn
Ein Retter für Finley
Ein Retter für Heather
Ein Retter für Khloe

SEALs of Protection: Legacy
Ein Beschützer für Caite
Ein Beschützer für Brenae
Ein Beschützer für Sidney
Ein Beschützer für Piper
Ein Beschützer für Zoey
Ein Beschützer für Avery
Ein Beschützer für Kalee
Ein Beschützer für Jane

Die SEALs von Hawaii:
Die Suche nach Elodie
Die Suche nach Lexie
Die Suche nach Kenna
Die Suche nach Monica
Die Suche nach Carly
Die Suche nach Ashlyn
Die Suche nach Jodelle

Delta Team Zwei
Ein Held für Gillian

Ein Held für Kinley
Ein Held für Aspen
Ein Held für Jayme
Ein Held für Riley
Ein Held für Devyn
Ein Held für Ember
Ein Held für Sierra

Mountain Mercenaries:
Die Befreiung von Allye
Die Befreiung von Chloe
Die Befreiung von Morgan
Die Befreiung von Harlow
Die Befreiung von Everly
Die Befreiung von Zara
Die Befreiung von Raven

Ace Security Reihe:
Anspruch auf Grace
Anspruch auf Alexis
Anspruch auf Bailey
Anspruch auf Felicity
Anspruch auf Sarah

Die Delta Force Heroes:
Die Rettung von Rayne
Die Rettung von Emily
Die Rettung von Harley
Die Hochzeit von Emily
Die Rettung von Kassie
Die Rettung von Bryn
Die Rettung von Casey
Die Rettung von Wendy
Die Rettung von Sadie

Die Rettung von Mary
Die Rettung von Macie
Die Rettung von Annie

SEALs of Protection:
Schutz für Caroline
Schutz für Alabama
Schutz für Fiona
Die Hochzeit von Caroline
Schutz für Summer
Schutz für Cheyenne
Schutz für Jessyka
Schutz für Julie
Schutz für Melody
Schutz für die Zukunft
Schutz für Kiera
Schutz für Alabamas Kinder
Schutz für Dakota

Eine Sammlung von Kurzgeschichten
Ein langer kurzer Augenblick

BIOGRAFIE

Susan Stoker ist die New York Times, USA Today und Wall Street Journal Bestsellerautorin der Buchreihen »Badge of Honor: Texas Heroes«, »SEAL of Protection«, »Die Delta Force Heroes« und einigen mehr. Stoker ist mit einem pensionierten Unteroffizier der US-Armee verheiratet und hat in ihrem Leben schon überall in den Vereinigten Staaten gelebt – von Missouri über Kalifornien bis hin zu Colorado. Zurzeit nennt sie die Region unter dem großen Himmel von Tennessee ihr Zuhause. Sie glaubt ganz und gar an Happy Ends und hat großen Spaß daran, Geschichten zu schreiben, in denen Romantik zu Liebe wird.

Besuchen Sie Susan im Netz!
www.stokeraces.com
facebook.com/authorsusanstoker
twitter.com/Susan_Stoker
bookbub.com/authors/susan-stoker

instagram.com/authorsusanstoker
Email: Susan@StokerAces.com

www.ingramcontent.com/pod-product-compliance
Lightning Source LLC
Chambersburg PA
CBHW060311100726
47907CB00002B/367